LA MORT D'AYESHA

Du même auteur
aux éditions J'ai lu

Les Trois Lunes de Tanjor :

1 - Le Peuple turquoise, *J'ai lu n° 7489*
1 - La flamme d'Harabec, *J'ai lu n° 7736*

ANGE

LA MORT D'AYESHA

LES TROIS LUNES DE TANJOR - LIVRE TROISIÈME

J'AI LU

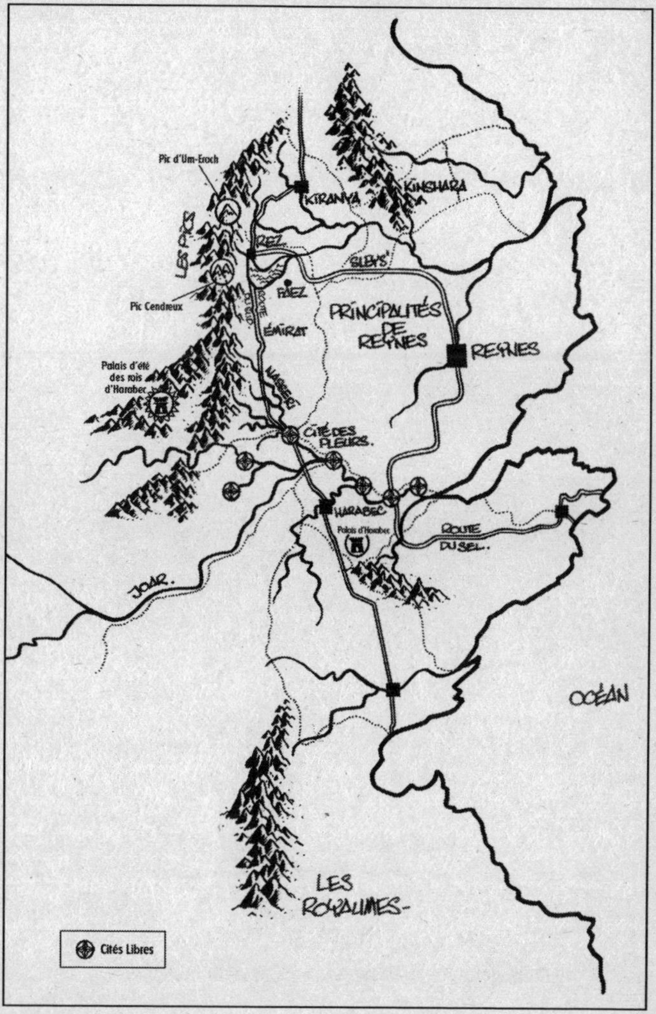

Pic d'Um-Eroch
LES PICS
KIRANYA
KINSHARA
REZ
SLEYS'
PAEZ
Pic Cendreux
ROUTE DU SUD
ÉMIRAT
PRINCIPAUTÉS DE REYNES
REYNES
Palais d'été des rois d'Harabec
NARBEC
CITÉ DES PLEURS.
HARABEC
Palais d'Harabec
ROUTE DU SEL.
JOAR.
OCÉAN
LES ROYAUMES
Cités Libres

Livre III

LA MORT D'AYESHA

Première partie

PAR-DELÀ LES MONTAGNES

1

La petite fille regarda le cadavre tomber à côté d'elle sans réagir. C'était un homme aux cheveux bruns, un homme libre, mais les clients de l'auberge l'avaient tout de même tué : il avait fait l'erreur de dissimuler ses esclaves, le jour du Grand Sacrifice, pour tenter de les sauver.

Son épouse se mit à hurler comme une bête, puis tomba à genoux en sanglotant, mais un voisin la releva et la gifla si fort qu'un peu de sang coula de ses lèvres. Dans la salle de pierre creusée dans la falaise, le bruit était assourdissant. Des enfants hurlaient de peur au fond de la pièce, des hommes se battaient, des femmes s'accrochaient à leurs maigres bagages. L'aubergiste avait disparu depuis longtemps. Pas pour appeler la garde : ici, à Fonterault, petite ville à moitié troglodytique, collée au flanc ouest des pics, il n'y avait plus de gardes. La guerre, la peur, l'arrivée massive des réfugiés, la faim surtout avaient détruit toute structure, toute loi. Ils étaient des milliers à s'entasser dans cette ville qui, en temps de paix, abritait trois cents âmes...

Les premiers jours, alors que malgré l'afflux des affamés, un semblant d'ordre régnait encore dans la cité, ceux qui avaient de l'argent avaient envahi la taverne, et s'étaient battus à coups de pièces d'or pour obtenir le privilège d'une chambre, d'une botte de foin dans l'étable, d'une place sur un banc. L'aubergiste avait pris l'or, et l'avait gardé quand, deux jours plus tard, d'autres réfugiés épuisés, cherchant un abri contre les pluies torrentielles, avaient envahi l'auberge comme une inondation, se déversant dans la salle commune et les chambres, s'entassant à trente par pièce, chassant, écrasant ou tuant les occupants précédents. Ils étaient à présent trois cents, rien que dans la salle principale, à attendre, serrés comme des grains de sable, abandonnés là comme la boue par la montée d'un fleuve...

La petite fille était entrée avec eux. Elle n'avait tué personne, elle n'avait chassé personne, elle voulait seulement sentir un toit au-dessus de sa tête, des gens autour d'elle.

Elle était si seule.

Elle avait si peur.

La petite fille s'appelait Non'iama. Recroquevillée dans le coin de la salle commune, elle regarda ces inconnus pressés les uns contre les autres, cette foule agitée de mouvements incompréhensibles. Oui, la foule était un fleuve, et il fallait s'en méfier. Comme la surface de la rivière de Sarsannes où, quelques mois auparavant, elle puisait encore de l'eau pour ses maîtres, la surface de la foule était agitée de vagues, en apparence discrètes mais qui trahissaient la présence de courants, de forces d'une violence extrême, en bas, dans les profondeurs glauques des eaux.

Ces courants, la petite fille les connaissait assez pour sentir quand la situation était dangereuse, quand la violence pouvait soudain jaillir, et la folie souterraine exploser brusquement à la surface.

Pas encore, pourtant... Pas encore. La mort de l'homme qui s'était vanté d'avoir protégé ses esclaves, le court accès de brutalité contre sa femme, jetée contre le mur et abandonnée là, avaient calmé les premiers remous. Les hurlements des enfants au fond de la salle s'étaient apaisés brusquement, comme si on les avait fait taire, vite, avant que la colère des meurtriers ne se retourne contre eux.

La foule s'était calmée – pour quelques instants, peut-être. Le bourdonnement des réfugiés avait repris : conversations à voix basses, questions nerveuses qui restaient sans réponses, sanglots d'épuisement. Non'iama, cependant, ne s'y trompait pas.

Le meurtre de l'homme n'était qu'une ride à la surface... mais en dessous, l'eau était sauvage.

Le moment allait arriver bientôt, la petite fille le savait, ce moment où la foule allait devenir folle et les humains se transformer en loups...

Il fallait qu'elle soit sortie avant.

Il fallait sortir... Respirer. Tout ici l'oppressait, les grappes serrées des réfugiés, bien sûr, mais aussi cette salle creusée directement dans le roc, au cœur des montagnes que la petite fille sentait peser au-dessus de sa tête, écraser la petite auberge troglodytique, ce trou rempli d'humains impuissants qui avaient eu la folie de s'y cacher. Le rocher l'étouffait, et les respirations rauques, l'odeur âcre des peaux et de la sueur, les formes lourdes qui l'empêchaient d'atteindre la porte, tout cela se mêlait dans son esprit fatigué à l'image de la pierre qui l'entourait... dense, grise, épuisante. La pierre. La pierre qui paraissait rentrer au plus profond de sa gorge, et la noyer.

Le mal des espaces clos... À Sarsannes, certains en étaient atteints : ils ne supportaient pas les minuscules bâtiments et les rues étroites de la cité. Ils partaient alors, pour s'installer à la campagne où le ciel était large, où ils pouvaient respirer...

Non'iama prit une bouffée d'air rance. Il fallait qu'elle sorte. Avant qu'Arekh, son maître, s'interpose entre elle et les soldats qui arrivaient, il lui avait ordonné de se cacher. S'ils étaient séparés, ils se retrouveraient à Fonterault dans cinq jours, sur la route de l'est, près de la grande aiguille, avait-il chuchoté, et Non'iama s'était enfuie. Ses cheveux blonds dissimulés par un morceau de tissu, elle s'était mêlée aux réfugiés... mais c'était trop dangereux, maintenant. Elle n'était plus en sécurité. Une étincelle, et la foule allait s'allumer comme une traînée de poudre ; elle serait écrasée, tuée sans doute, ou son foulard tomberait dans la mêlée, ils verraient qu'elle était fille du Peuple turquoise, et alors...

Alors tout serait fini.

Il fallait qu'elle sorte.

Non'iama se leva. Par terre, à ses côtés, le cadavre avait fini de saigner et la blessure coagulait déjà. La petite fille enjamba la femme écroulée contre le mur, dont le visage maculé d'hématomes était secoué de sanglots, elle poussa un sac, se glissa entre deux enfants, traversa un premier groupe... et se retrouva bloquée. Les réfugiés formaient une masse compacte, oppressante, et Non'iama sentit comme un poing peser sur ses poumons. Soudain, sans prévenir, sans logique, la panique la prit – il fallait qu'elle ait de l'air, de l'air, il fallait qu'elle respire, qu'elle sorte avant qu'ils ne la tuent...

Elle se jeta en avant, mue par une terreur aveugle, tentant d'écarter les corps indistincts, s'engouffra dans une masse de dos, de cuisses, de bagages, poussant, tirant, entendant des protestations furieuses et des cris de surprise ; une main d'homme la rejeta en arrière, elle faillit tomber, se rattrapa, regarda autour d'elle, réalisa qu'elle n'avait avancé que de quelques mètres...

Un cri s'éleva à la porte et elle comprit qu'il était trop tard.

— Ils ont passé le pont ! hurlait une voix de femme à l'extérieur de la salle, dans le boyau de roche qui reliait l'auberge troglodytique à l'extérieur. Ils ont passé le pont !

Et la foule explosa.

« Ils » pouvaient être n'importe qui. Depuis que l'étoile turquoise s'était enflammée, dévorant le ciel, l'ouest des Royaumes avait sombré dans un océan de feu et de sang. Au nord, les créatures des Abysses et leurs cohortes répandaient le feu et la destruction. Au sud-ouest, les Mérinides les précédaient, descendant toujours plus au sud, profitant de la panique créée par les envahisseurs pour envahir les terres de leurs rivaux. Les Sarses et les survivants des tribus du désert essayaient de leur résister, et tout cela n'était rien, n'aurait rien été encore, si au moment du Grand Sacrifice, les esclaves du Peuple turquoise n'avaient pris la folie de leur étoile pour un signe des dieux et ne s'étaient retournés contre leurs maîtres dans une révolte sanglante. Depuis, les rebelles survivants sillonnaient le pays comme des bandes de loups.

Oui, « ils », ce pouvait être les esclaves révoltés, les soldats, les Mérinides, une armée, une autre, n'importe laquelle – ici, à l'ouest des montagnes, le monde était devenu dément, et l'espoir le plus fou, pour les êtres qui y erraient aujourd'hui, était de survivre un jour de plus.

— Ils arrivent ! hurla quelqu'un, quelque part.

Une vague de panique souleva le groupe et la petite fille fut projetée en arrière, perdant tout le terrain qu'elle avait si difficilement parcouru, alors que les familles se levaient en houle furieuse avec un rugissement de peur. Non'iama fut repoussée contre le mur, sa tête heurta la paroi et sa vision se brouilla un instant... Quand elle reprit ses esprits, elle était plaquée contre la pierre par des corps paniqués ; elle sentit sa respiration se perdre, le rocher, le rocher allait gagner, la pierre se déversait dans sa gorge, elle se sentit étouffer, mourir, écrasée, comme elle l'avait été par le destin, par la captivité, depuis qu'elle était née...

Le tissu glissa et ses cheveux blonds, pauvres et sales, tombèrent sur ses épaules. Elle vit un garçon la regarder, crier quelque chose en montrant ses cheveux du doigt, mais le cri se perdit dans la foule...

Dans un dernier élan, elle tenta de se dégager, de fuir, alors que le garçon tirait sur la manche de sa mère, la désignant du doigt...

Une main lui saisit l'épaule. Une voix de femme s'éleva à ses oreilles.

— Par là, petite.

La voix était calme et posée, un espoir de raison dans un océan de folie, et Non'iama s'y accrocha. La main l'entraîna à travers la foule, le visage de la petite heurta des jambes, des corps, mais on l'aidait à se frayer un chemin, on la tira... Le claquement d'une porte en bois qui se referme... Un verrou...

Et le silence.

La fillette regarda autour d'elle.

Elle était dans la longue et étroite grotte secondaire des cuisines. Le calme la caressa comme un baume. La femme qui l'avait sauvée était forte, ses vêtements de lin tachés. La torche accrochée à la pierre éclairait des cheveux fauves, bien trop clairs pour être ceux d'une femme libre.

— Vite, dit l'inconnue en la tirant de nouveau, vers le fond de l'office.

Non'iama jeta un coup d'œil à la porte : le verrou ne tiendrait pas longtemps. Le battant vibrait déjà sous la pression de ceux qui poussaient, là, dehors, mus par la panique et le désespoir.

— Vite, répéta la femme, et elles descendirent deux petites marches, suivant la longue caverne qui s'enfonçait dans le roc, faisant un brusque coude sur la gauche.

La porte continuait à battre derrière elles et elles coururent, traversant un monde que la petite fille connaissait bien : celui de l'office, là où, avant la révolte, se préparaient les plats pour les hommes libres. La cuisine taillée dans l'intérieur de la montagne ne ressemblait guère à celle dans laquelle la petite avait grandi, à Sarsannes, mais on y trouvait les mêmes bacs à eau, les batteries de casseroles, les marmites en cuivre et en étain, le four à braises et cette odeur de graisse froide, d'épluchures et de sucre roussi qui collait aux murs malgré les nettoyages successifs.

Et bien sûr, il y avait les esclaves.

Ils étaient au fond ; alors que la caverne se transformait en garde-manger – vide – après un nouveau coude. Non'iama aperçut un homme et une femme, penchés vers le sol ; puis la femme s'enfonça dans la terre... non, comprit la petite fille alors qu'elles s'approchaient, elle descendait par une trappe...

Loin derrière eux, la porte céda dans un bruit de bois torturé. La femme aux cheveux fauves poussa de nouveau Non'iama devant elle, sans se retourner. Des cris d'enfants déchirants s'élevèrent dans la première partie des cuisines ; Non'iama imagina les familles terrorisées, poussées par la foule, trébuchant dans l'office avant de se faire piétiner par les autres...

La trappe. Le deuxième esclave la tenait ouverte, attendant la femme aux cheveux fauves.

— Miu ! Vite !! Descends... Um-Akr soit maudit, dit-il à voix basse, en apercevant Non'iama. Qui c'est, celle-là ? (Il ouvrit la bouche comme pour crier, puis se retint pour ne pas alerter les autres, ceux qui entraient en ce moment même...) Dépêche-toi... Dépêche-toi...

Il tenta de pousser la femme par la trappe mais celle-ci résista, voulant faire passer Non'iama d'abord. Il y eut une courte lutte, où se joua, en silence, la vie ou la mort de la petite fille : l'homme voulait la laisser derrière et Miu ne voulait pas.

Derrière eux, les pas et les cris se rapprochaient. L'homme céda soudain ; Non'iama descendit.

Les deux autres suivirent, et quand l'homme referma avec précaution la trappe, descendant les échelons qui menaient dans la caverne souterraine, Non'iama entendit quelque chose coulisser au plafond au-dessus de leurs têtes. Un panneau de bois, ou un tonneau vide, qui devait être relié au mécanisme de fermeture, pour dissimuler l'entrée dès qu'elle se refermait. Une technique classique, employée pour le marché noir.

Non'iama descendit les échelons et regarda autour d'elle.

L'endroit était minuscule et complètement fermé : un trou dans le roc, de deux mètres sur trois à peine, plongé dans une obscurité presque totale.

La petite fille tenta de reprendre son souffle. La sensation affreuse d'étouffement l'assaillit plus fort encore. Les parois pesaient sur sa poitrine comme une force tangible.

Elle se plia en deux, la respiration sifflante, le ventre tordu par la douleur.

— Tu es folle, Miu, souffla l'homme en finissant sa descente. Tu es folle. Qui est-ce ?

Non'iama se releva avec peine, la poitrine douloureuse, luttant pour contrôler sa nausée. Que lui arrivait-il ? Était-elle vraiment malade ? Elle ne l'avait jamais été, même à Sarsannes, chez ses premiers maîtres, alors qu'autour d'elle les autres enfants esclaves mouraient comme des mouches.

— Et en plus, elle a les fièvres, dit une nouvelle voix avec dégoût.

Non'iama écarquilla les yeux.

Ils n'étaient pas seuls dans ce caveau de pierre. En plus de Miu, la femme qui l'avait sauvée, et de l'homme à la trappe, ils étaient trois, trois esclaves aux yeux brillants comme des animaux, le regard fixé sur elle, à la dévisager. Au-dessus d'eux, au plafond, des pas résonnèrent, suivis d'un piétinement. Des éclats de voix étouffés, des gémissements, des chocs. Les réfugiés avaient envahi les cuisines. Dans le cellier, personne ne leva les yeux ; il y eut seulement un court silence. Quelqu'un, dans la foule, là-haut, trouverait la trappe... ou non. La vie, ou la mort. Il ne servait à rien de s'inquiéter, le destin s'abattrait, ou non. Toute émotion était inutile.

Les visages des six occupants du cellier n'étaient éclairés que par une veine de pierre blanche translucide, qui sur la paroi gauche, émettait une pâle lueur blafarde.

— Il n'y a déjà pas assez de nourriture, reprit la deuxième femme, assez jeune, celle qui avait dit que Non'iama avait les fièvres. On n'a pas besoin d'elle.

— Je prendrai sur ma part, dit Miu d'une voix ferme.

— Mais pourquoi...

— C'est une des nôtres, souffla Miu. Elle était parmi les réfugiés, et son fichu est tombé. Vous avez vu ses cheveux ? Ils l'auraient écartelée. Vous l'auriez laissé massacrer devant vous ? Une enfant de cet âge ?

Les autres esclaves gardèrent le silence, et la réponse que Non'iama lut dans leurs yeux n'était sans doute pas celle que Miu attendait.

— Elle est malade, répéta la jeune femme, avec obstination. Et muette en plus, si ça se trouve.

— Je ne suis pas muette, dit Non'iama d'une voix claire qui surprit tout le monde, y compris elle-même. Et je n'ai pas les fièvres.

Et comme pour prouver qu'elle avait raison, sa voix, son énergie, repoussèrent le poids qui s'était installé sur ses poumons. La pression s'allégea et elle respira mieux. Le regard d'animal affamé de la jeune femme perdit de son éclat, et elle recula d'un pas, comme si sa proie semblait plus coriace que prévu. *Des loups*, pensa Non'iama. Elle n'était pas entourée d'humains, mais de loups, et elle devait montrer les dents si elle ne voulait pas être dévorée par la meute.

Des bêtes sauvages. Comme la foule, là-haut. Elle frissonna. Esclaves ou non, les hommes étaient des bêtes, seule changeait la couleur de leurs yeux...

La main de Miu se posa sur l'épaule de Non'iama et sa voix ferme et douce s'éleva de nouveau.

— Elle est des nôtres. Et la nourriture n'a aucune importance. Tout dépend de Manros et de sa promesse. S'il la tient... s'il revient... nous serons sauvés, sinon, nous mourrons. Nous pourrions crouler sous les jambons et le vin que cela ne changerait rien à l'affaire. (Elle répéta, comme pour s'en convaincre.) La nourriture n'a aucune importance...

Miu se trompait. La nourriture devait prendre une importance cruciale. C'est l'idée de la nourriture qui les tortura surtout, au fil des heures interminables passées dans l'obscurité sèche du cellier, assis par terre, serrés les uns contre les autres, à respirer l'air parfumé par l'odeur âcre et sucrée qui imbibait les planches de chêne des tonneaux...

... à attendre.

À attendre le retour de Manros.

Manros était l'aubergiste. Celui qui avait pris l'or de ses clients avant de disparaître quand la situation lui avait échappé ; un homme libre, évidemment, un notable, enrichi par les revenus de son auberge mais aussi par de nombreux trafics. Fonterault, au flanc des montagnes, au cœur du monde, avait une position idéale pour le marché noir et Manros ne reculait devant rien ; il vendait de tout, des informations, des marchandises réservées aux Guildes de l'Émirat, des épices et du sel, sans payer les taxes.

Un homme qui se fichait des lois comme il se moquait des dieux.

Et c'était sur cet homme que reposaient les espoirs des cinq captifs du cellier – et maintenant, ceux de Non'iama, qui ne l'avait jamais vu.

Manros, qui n'était fidèle à aucun principe, s'était montré loyal envers ses esclaves. Des esclaves auxquels il ne devait rien, sur lesquels il avait pouvoir de vie ou de mort, des esclaves qui, quand le temps du Grand Sacrifice était venu, ne pouvaient plus rien lui rapporter, qu'une condamnation à mort pour hérésie... et pourtant il les avait protégés. Quand les milices avaient sillonné la ville pour rassembler les membres du Peuple turquoise pour le Grand Sacrifice, Manros les avait cachés... nourris, protégés, prenant tous les risques pour les garder en vie.

Pourtant, le risque n'avait fait que croître.

L'esclavage, dans les Royaumes, était de droit divin. Les astres formaient autour de l'étoile turquoise la Rune de la Captivité. Ainsi les dieux avaient-ils condamné les enfants du Peuple turquoise à l'esclavage en inscrivant leur destin dans les astres.

Cet esclavage avait duré des milliers d'années, sans espoir de répit : qui pouvait effacer une condamnation écrite dans les cieux ? Puis, une femme était venue : elle portait le nom de Marikani mais était en réalité Ayesha, la déesse. Le jour du Grand Sacrifice, le jour où tous les esclaves adultes étaient destinés à périr sur l'autel, elle avait levé le bras et dans la nuit l'étoile turquoise avait explosé, embrasant les cieux, grandissant jusqu'à dix fois sa taille, effaçant de sa lumière la pâle lueur des astres qui l'entouraient... ainsi que la Rune de la Captivité.

La nuit avait été sanglante. Sur tous les autels, les esclaves s'étaient révoltés : les dieux n'avaient-ils pas donné l'ordre de leur libération ? Le lendemain matin, alors que les survivants se sauvaient dans les bois, les habitants des Royaumes avaient regardé, hagards, la lueur de l'aube s'élever dans un ciel nouveau. Ils étaient restés là, sur le seuil de leurs maisons, les yeux levés vers le firmament.

Que faire ?

Pendant un instant, leur destin était resté suspendu. Cet instant, Non'iama s'en souvenait. Ce matin-là, elle était descendue sur la place du marché de Nômes, tenant la main d'Arekh, et pendant un battement de cœur, dans les lueurs tendres de l'aurore, elle avait cru au miracle. Elle avait cru que le temps de la révolte et de la haine était terminé, que l'aube s'était levée sur une nouvelle ère... elle avait cru que les maîtres allaient étreindre leurs anciens serviteurs et les appeler frères, que les femmes libres allaient pleurer dans les bras des femmes esclaves, qu'il n'y aurait plus de chaînes, plus de haine, plus de poursuites et plus d'acier. Les dieux avaient parlé. Les hommes et les femmes du Peuple turquoise allaient entrer dans la ville, sans armes, et sans armes les hommes libres, respectant l'arrêt divin, allaient les accueillir : ils allaient leur offrir la moitié de leurs maisons, la moitié de leurs champs, et les peuples croîtraient côte à côte pour bientôt ne plus faire qu'un...

Cela ne s'était pas passé ainsi.

Pourtant, certains avaient essayé. Le charpentier de Nômes avait fait sortir de son grenier une famille d'esclaves aux cheveux blonds : ses esclaves, dissimulés, comme ceux de Manros, pour qu'ils échappent au Grand Sacrifice, et devant la foule assemblée, il leur avait enlevé leurs chaînes et les avait affranchis. Les dieux venaient de parler, avait-il dit, et il avait étreint les nouveaux hommes libres, les larmes aux yeux... et là encore, Non'iama avait tout cru possible, elle avait retenu sa respiration, et comme elle, l'univers avait hésité...

Puis un homme avait lancé une pierre sur le charpentier.

— Traître ! avait-il crié. Lâche !

Arekh avait reculé dans l'ombre, y entraînant Non'iama ; déchirant un pan de sa chemise, il l'avait noué sur ses cheveux, cachant les boucles pâles de l'enfant.

— Ne bouge pas, Non'iama, avait-il dit. Quoi qu'il se passe, ne bouge pas, ne réagis pas...

Et le charpentier avait été lapidé, et la famille d'affranchis avec lui, et le prêtre était descendu de la montagne, les yeux luisant de haine, ses vêtements maculés de poussière et de sang, et il avait hurlé un discours de rage et de douleur mêlées – Non'iama avait appris plus tard que ses deux fils avaient été tués près de l'autel par les esclaves révoltés – et le discours parlait de l'Apocalypse, des signes du mal, des lois divines qui se renversaient, du chaos qui se déversait sur la terre, de la résistance que les derniers hommes au cœur pur devaient mener... et Arekh avait commencé à entraîner Non'iama loin de la place du marché, cherchant à retrouver la déesse Ayesha et les esclaves rebelles qui s'étaient enfuis dans la forêt...

... et Non'iama avait compris que son monde idéal ne naîtrait pas ce jour-là, et suivi Arekh...

... et plus tard, quand les gardes étaient arrivés, ils avaient été séparés...

— Manros ne reviendra pas, dit l'homme à la trappe.

Cela faisait une journée qu'ils étaient dans le cellier. Non'iama était assise sur le sol en terre battue, son dos usant la pierre humide.

— Tais-toi, dit un des esclaves. Ferme-la.

— Il ne reviendra pas, c'est tout, répéta l'homme. Et vous le savez tous.

... Après cette nuit-là, à Fonterault, la situation devint intolérable pour Manros et les esclaves qu'il dissimulait. Avec l'arrivée des réfugiés, la nourriture était devenue si rare que même l'argent de l'aubergiste ne lui permettait de s'en procurer qu'avec peine. L'hystérie était telle que les hommes et les femmes libres qui avaient le malheur d'avoir des cheveux ou des yeux trop clairs, aussitôt soupçonnés d'être des esclaves révoltés, se faisaient lapider dans les rues.

Un jour ou l'autre, ils seraient découverts : il fallait prendre une décision. Manros était donc parti, promettant aux esclaves cachés aux cuisines de revenir. Il était parti chercher du brou de noix pour teindre leurs cheveux, des armes, des vêtements et assez de nourriture pour qu'ils puissent traverser les montagnes.

En cas de danger, leur avait dit Manros, ordre était de se réfugier dans le cellier. La porte basse du cellier à vins, une petite porte en bois ronde, presque invisible dans le mur est, s'ouvrait sur un réseau de tunnels qui, disait-on, traversait les Pics, un réseau de tunnels si anciens que leur origine se perdait dans le gouffre des temps. Avec la nourriture et les armes apportées par Manros, leurs cheveux teints, les esclaves sortiraient par cette petite porte et se perdraient dans le réseau souterrain... ensuite, ils se sépareraient et tenteraient d'atteindre l'est des Royaumes.

Chacun pour soi.

Un plan idéal... sauf que la porte basse était verrouillée *de l'extérieur*. Les cinq esclaves, et Non'iama, étaient prisonniers dans le cellier, en attendant que Manros revienne les délivrer.

S'il venait.

S'il n'était pas mort.

S'il n'était pas blessé, ou prisonnier, ou retenu par la guerre ou l'exode.

Si, surtout, il décidait de tenir sa promesse.

Les jambes douloureuses à force de rester assise dans la pénombre sinistre, la faim lui dévorant l'estomac, la pierre oppressant sa poitrine, la soif déchirant sa gorge, Non'iama regretta plusieurs fois que Miu ait décidé de la sauver. Sans son intervention elle serait morte, cela était certain, déchirée par la foule en colère, mais sa souffrance n'aurait pas duré longtemps... quelques instants seulement, à hurler, avant que son cœur ne cesse de battre dans sa poitrine... et Miu, en l'arrachant à ce destin, Miu par sa bonté l'avait plongée dans un cauchemar plus étouffant encore. Non'iama, vivante, était déjà dans sa tombe, et encore une tombe aurait-elle été plus paisible, car dans une tombe il n'y aurait pas eu ces quatre paires d'yeux sauvages, fixées sur elle, attendant la moindre erreur...

Ils étaient cinq autres esclaves, donc, à attendre, dans le noir et l'odeur de moisi, dans un cellier trop petit pour contenir dix tonneaux. À écouter les piétinements et les gémissements qui résonnaient au-dessus de leurs têtes.

D'abord il y avait Miu. Tout avait été si vite que la petite fille n'avait guère eu le temps de l'étudier. L'obscurité noyait maintenant ses cheveux fauves mais Non'iama distinguait encore une silhouette carrée, lourde. La voix trahissait un certain âge, peut-être quarante ans.

Puis, il y avait Afa, la jeune femme. Quelques réflexions amères, quelques allusions dans les brèves conversations permirent à Non'iama de comprendre que Manros avait sans doute pris Afa de force plusieurs fois, sur sa couche en paille, et que ces actes laissaient à la jeune esclave une haine sourde, une conviction amère que l'aubergiste ne viendrait pas... qu'il les laisserait là, crever, dans leur trou où même les rats ne pouvaient entrer.

Il y avait Berus-Alm, l'homme qui avait refermé la trappe. Il était grand et massif, et ne parlait que par phrases courtes et sèches. Non'iama sentait souvent son regard fixé sur elle, étincelant d'une amertume étrange.

Les autres étaient deux hommes, deux frères. L'aîné avait la silhouette sèche et semblait âgé ; les autres l'appelaient Bû, *le vieux*. Il était parfois agité de frissons et de tremblements inexpliqués, et sursautait dès que les réfugiés, là-haut, faisaient du bruit, que quelqu'un laissait tomber un sac ou une arme, qu'un enfant criait ou qu'une bagarre résonnait. Il se levait alors, tendait le poing vers le haut, et des insultes sortaient en flots de sa bouche, rendues plus obscènes encore par le chuchotement presque imperceptible de sa voix.

Puis il y avait le frère cadet, Sî, qui lui aussi tremblait et frissonnait, comme si leur mère, en leur donnant la vie, leur avait transmis cette habitude à tous deux. Il était plus grand que Bû, les épaules plus carrées.

Ce fut lui qui proposa de manger Non'iama.

Il le dit d'une voix égale, sans trace d'humour ou d'émotion, le deuxième matin. Les six prisonniers savaient que c'était le matin car, pendant quelques heures interminables, le silence au-dessus de leurs têtes n'avait plus été troublé que par le bruit de quelques rares pas, ou parfois d'un glissement de sac sur le plancher, des plaintes saccadées d'un enfant affamé. Non'iama les imaginait, là-haut, les familles endormies sur les sacs, les hommes seuls assis contre le mur pour faire face à l'ennemi qui pouvait venir les assassiner et dérober leurs pauvres possessions, essayant de dormir par à-coups, les yeux rougis par la fatigue.

La grand-mère de Non'iama, quand elle vivait encore, enchaînée par le pied au pilier du centre de la cuisine de Sarsannes, gourmandait la petite fille quand celle-ci faisait l'erreur de lui parler des images qu'elle voyait quand elle fermait les yeux. Et les images, il y en avait beaucoup. Quand Non'iama rêvassait après avoir fini la vaisselle, elle imaginait les bals qui illuminaient parfois le troisième étage du bâtiment d'en face, elle imaginait le fils, le maître de maison, sur son cheval, avançant parmi les étals de Sarsannes sous le soleil doré de l'après-midi, elle souffrait en imaginant les pleurs de leur maîtresse, dans la chambre du haut, qui avait accouché d'un deuxième bébé mort-né.

« Arrête avec tes idioties, Non'iama, disait sa grand-mère. Tu as tes propres problèmes. Ne perds pas ton temps à t'occuper de ceux des autres. »

Elle avait raison. Non'iama avait ses propres problèmes.

— On devrait la manger, avait expliqué Sî, alors que là-haut le bruit indiquait que les réfugiés se réveillaient. (Bien qu'il n'ait pas prononcé de nom, personne ne douta de qui il s'agissait.) Si on lui brise la nuque sur la pierre, elle mourra sans faire de bruit. La viande crue, ce n'est pas terrible, mais ça nous permettra de survivre quatre ou cinq jours de plus. Le temps pour Manros de revenir...

Un moment, le silence avait régné dans le cellier. Les quatre paires d'yeux brillants contemplaient Non'iama, sans ciller. La petite fille entendit, à ses côtés, Miu se tendre, puis ravaler sa colère, cherchant sans doute des arguments plus efficaces que la fureur.

— On a encore du pain, dit Berus-Alm. On verra quand on n'en aura plus.

Les esclaves étaient entrés dans la trappe avec les dernières provisions de l'auberge... un peu de pain pour chacun, et de l'eau. Miu avait, comme promis, partagé avec Non'iama.

— Tu retardes l'échéance parce qu'elle te rappelle ta fille, dit Afa, un accent méchant, presque rieur, dans la voix. Mais ta fille est morte, Berus, et on va crever, nous aussi, si on ne prend pas des dispositions.

— Pas avant qu'on ait fini le pain, répéta Berus. C'est tout ce que je dis.

Miu parla enfin, d'un ton neutre et froid.

— Si vous touchez à cette fille, expliqua-t-elle avec un calme parfait, comme si elle détaillait une recette de tourte, je hurle. Longtemps, sans m'arrêter. Si je hurle, ils entendront, là-haut. Ils chercheront la trappe, et ils la trouveront.

Sa phrase fut saluée d'un nouveau silence. Les quatre paires d'yeux continuaient à briller, leurs propriétaires réfléchissant. Prenant les nouveaux faits en considération. Se demandant, sans doute, si la meilleure solution ne serait pas de tuer Miu aussi. Si c'était possible sans que Non'iama ne commence à crier, elle aussi, alertant les réfugiés.

> *Et la captivité n'est pas dans les chaînes,*
> dit une voix, soudain.
> *Mais dans les cœurs,*
> *Et c'est la terreur qui pèse*
> *Ouvrez le ciel dans mon âme*
> *Bleu et froid, par-dessus l'océan*
> *Je vous en supplie*
> *Emmenez mes yeux*
> *Par-delà l'océan*
> *Car chante en moi l'appel des glaces...*

Ils sursautèrent tous, regardant, ébahis, Bû, le frère aîné. Il avait baissé les yeux sur le sol et déclamé les mots avec lenteur, comme une récitation. Le texte, ils le connaissaient tous – c'était le dernier couplet d'une de ces vieilles chansons qui, on ne savait comment, passaient de génération en génération chez les esclaves, une des chansons que fredonnaient les femmes hâves à leurs bébés trop pâles, sans vraiment en comprendre le sens.

Un instant, les yeux arrêtèrent de brûler, de dévorer Non'iama. Afa détourna le regard, et Berus-Alm eut un léger soupir – imperceptible, aussitôt réprimé. Sî étudia son frère, la bouche ouverte, abasourdi, comme s'il se demandait s'il n'était pas possédé. Miu baissa la tête.

Puis le moment passa.

Ainsi qu'une nouvelle journée. Là-haut, les réfugiés avaient fini de se réveiller dans un grincement de bois torturé, et les heures s'écoulèrent, ponctuées d'éclats de voix, de bruits de pleurs, de conversations chuchotées, de pas. Sans doute les hommes sortaient-ils pour évaluer la situation, chercher désespérément de la nourriture ou de l'eau. « Ils arrivent ! » avait dit quelqu'un quand la foule était devenue folle. Qui ? Les cinq esclaves en avaient discuté rapidement, dans le noir, avant de se décider pour les Sarses, ou des bandits.

À moins que ce ne soit qu'une rumeur, une crise de panique ? Et s'il n'y avait pas d'envahisseurs ?

Restait-il encore de la nourriture en ville, ou allaient-ils tous périr de faim, tous les habitants, qu'ils soient en haut ou en bas, à l'air libre ou dans l'auberge, dans l'office ou dans le cellier ?

Et les heures continuèrent à s'égrener, le calme parfois rompu, au-dessus d'eux, par la toux rauque et déchirante d'un enfant, un petit garçon, décida Non'iama.

Elle commençait à perdre le fil du temps. Ou peut-être celui de sa raison. L'obscurité et la pierre s'infiltraient par sa peau, noyant ses réflexions, son énergie. Parfois, elle avait du mal à se rappeler qui elle était, ou pourquoi elle était là.

De nouveau, là-haut, les bruits s'affaiblirent, comme une marée descendante. Dans le cellier, personne ou presque ne bougeait, et cette immobilité était malsaine, irréelle. Parfois, des yeux se fermaient, et il n'y avait plus que trois, ou deux paires d'yeux de loups pour la fixer. Puis Non'iama se noya dans un océan gris, dans un sommeil oppressé au milieu de la meute, au milieu des bêtes à la fourrure de nuit qui grognaient doucement, tournant autour d'elle dans la clairière, se rapprochant d'elle en cercles concentriques, alors qu'elle dormait sous le grand chêne et qu'au loin, l'océan grondait, ses vagues sombres déferlant dans l'ombre, le vent laissant sur son visage endormi une bruine de sel et d'eau, et elle dormait, et les bêtes se rapprochaient, et un rocher était tombé sur sa poitrine mais elle avait au moins sur ses lèvres ce goût d'eau salée, entendant chanter dans son cœur l'appel des glaces...

Quand elle se réveilla, elle ne pouvait plus respirer. La terreur et la montagne oppressaient ses poumons et sa gorge était serrée dans un cercle de fer.

Elle se sentit prise de spasmes ; de nouveau l'envie de vomir monta en elle et des hoquets la secouèrent, et quand elle les contrôla enfin, elle vit que les loups étaient réveillés, tous réveillés et qu'ils la fixaient...

— Vous voyez, elle est malade, dit Afa avec une sorte de joie dans la voix.

— Tu la touches, je hurle, répéta Miu. Foutez-lui la paix, gronda-t-elle, perdant enfin son calme... Au nom de Fîr, qu'êtes-vous, des hommes ou des chiens ?

— Si elle est malade, susurra Afa avec le même plaisir étrange, elle va souffrir, subir une longue agonie. Que nous pourrions lui épargner. Réfléchis, Miu. Il te reste beaucoup de pain ?

— Vous ne comprenez pas, dit soudain Miu, et quelque chose dans son ton attira l'attention des autres. Vous ne comprenez pas qu'elle est plus importante que nous ?

Ils la regardèrent tous, étonnés, et Miu reprit, sa voix vibrante.

— Vous ne vous demandez pas, parfois, *pourquoi* ? Pourquoi le ciel a-t-il brûlé ? Pourquoi l'étoile a-t-elle explosé ?

— Nous sommes libres maintenant, dit Sî, sourcils froncés, avant que Berus n'éclate d'un rire hystérique.

— Libres ? Libres ? Tu appelles ça libre ? dit-il en désignant le cellier. Rien n'a changé. Si tu crois que...

— Non, rien n'a changé, souffla Miu avec violence, et tout le monde se tut. Rien n'a changé pour *vous*, parce que les chaînes ne sont pas sur vos pieds, elles sont en votre âme... Regardez-vous, prêts à dévorer une enfant, le cœur tordu par la panique et la peur... Oui, rien n'a changé, vous êtes toujours esclaves ! La captivité est dans le cœur, pas dans les chaînes...

Berus se mit à hurler, prenant tout le monde par surprise.

— Pas dans les chaînes ? Pas dans les chaînes ? Garde tes conneries pour les prêches, Miu ! Tu...

— Mais vous êtes fous, arrêtez de hurler, dit Sî, se levant à son tour...

— Vous êtes enchaînés parce que vous avez grandi dans les fers, cria Miu, hurlant maintenant presque aussi fort que Berus, et pour nous c'est fini, *fini*, mais elle (désignant Non'iama), elle, ce n'est pas pareil... elle et tous les enfants comme elle peuvent grandir sous un ciel libre... Vous comprenez ? Elle doit survivre, parce que...

— Moi je propose qu'on la mange tout de suite, dit Afa, et elle s'approcha de Non'iama, les yeux étincelants.

Elle repoussa Miu d'une main ferme et Miu trébucha ; les autres virent son hésitation. En un geste, le pouvoir avait changé de main. Jusque-là, Miu avait réussi à contenir la meute mais l'autre louve, la jeune femelle, venait de faire preuve de sa force et les autres allaient la suivre...

— Ayesha me protège ! cria soudain Non'iama d'une voix claire. Ne me touchez pas ! *Ayesha me protège !*

— Moins fort ! dit Sî, criant à son tour. Mais vous êtes tous fous, ou quoi... ?!?

— Ayesha me protège, répéta Non'iama, butée, fixant un à un les occupants du cellier. Je l'ai vue.

J'étais là, j'étais à côté quand elle a levé les bras. J'ai vu l'éclair bleuté et la Rune de la Captivité disparaître...

— Nous l'avons tous vu, dit Berus.

— Mais je l'ai vue, *elle*, insista Non'iama. J'ai marché à ses côtés pendant des semaines. Elle connaît mon nom, et elle m'a souri.

— Elle ment, dit Afa, sourcils froncés. Pourquoi n'es-tu pas aux côtés de la déesse maintenant, si tu es sa disciple ?

— Je ne suis pas sa disciple, souffla Non'iama. J'appartiens à son... à son... à son consort. Seigneur ès Morales...

— Tu n'appartiens à personne, commença Miu, mais Afa l'interrompit.

— Ayesha a un consort humain ? *Un homme ?* Sottises, siffla-t-elle soudain, son chuchotement à la limite de l'hystérie. Ayesha ne va pas... toucher... la chair d'un homme... la chair de...

Elle se pencha, comme si elle était elle aussi prise de nausées, avant de fixer Non'iama :

— Il faut la tuer... la tuer, siffla-t-elle, elle ment... elle ment...

Et soudain elle se jeta sur Non'iama, les mains en avant, visant la gorge. Non'iama eut un petit hoquet de surprise, et recula avec un petit cri pour empêcher les doigts de se refermer sur elle. Afa la fit basculer et Non'iama se débattit, luttant contre cette femme que l'obscurité rendait plus dangereuse qu'une créature des Abysses, et un instant, alors que les mains de la femme cherchaient ses yeux, elle se dit que c'était peut-être ça, le poids des chaînes, que c'était le métal qui transformait les humains en créatures du dieu que l'on ne nomme pas...

Puis Afa fut tirée en arrière, par Berus et Miu, et elle se débattit pour leur échapper...

— SILENCE ! cracha soudain Sî, la tête levée. (Afa se tourna vers lui, les lèvres retroussées en un feulement de haine, et il la gifla à toute volée. La jeune femme resta immobile, un instant interdite, tandis que l'esclave désignait la trappe.) Tais-toi.

Là-haut, au-dessus de leurs têtes, le bois tremblait. Les six captifs restèrent figés, pétrifiés, tandis que les piétinements devenaient assourdissants, que des cris de rage résonnaient et que des chocs heurtaient la trappe... Bû, désespéré, se jeta comme un animal en cage sur la porte du cellier, cette porte fermée qui les maintenait là, ensemble, dans leur petit Abysse personnel, et tenta de l'enfoncer à grands coups d'épaule, laissant échapper de petits gémissements comme s'il suppliait le rocher, comme s'il suppliait les dieux...

— Silence !! répéta Sî, avant de prendre le bras de son frère et de le lancer par terre. Ils ne nous ont pas trouvés ! Ils...

Il s'interrompit, désignant le plafond, et ils comprirent.

Là-haut, la trappe ne s'était pas ouverte : les cris de rage s'étaient convertis en cris de douleur, mêlés de pleurs hystériques, de gémissements de terreur au-dessus desquels se faisaient entendre des ordres brefs, des voix d'hommes, et de lourds bruits de bottes. Les hurlements s'élevèrent dans une symphonie sanglante et Non'iama crut entendre, perdue dans ce chaos de douleur, la voix cassée du petit garçon criant quelque chose, le nom de sa mère peut-être, d'une gorge enfin délivrée de la toux qui le rongeait... puis le cri s'interrompit brusquement et Non'iama se laissa tomber le long du mur, les oreilles bouchées pour ne plus entendre.

Quand elle les enleva, plus tard, bien plus tard, le calme était retombé là-haut. Mais l'office n'était pas vide. Il y avait des pas, encore, ces pas d'hommes aux lourdes bottes, et leurs rires qui résonnaient dans le silence...

— Qu'allons-nous faire ? dit Miu d'une petite voix aiguë, au bord des larmes. Qu'allons...

La porte basse s'ouvrit et Manros apparut.

La lueur de sa torche illumina le cellier, leur faisant mal aux yeux après tant de jours d'obscurité, et quand ses pupilles s'habituèrent à la lumière, Non'iama aperçut un homme très brun, aux yeux noirs brillants, avec une petite barbe, accroupi devant la porte.

— Me voilà, disait-il. Vite... venez. J'ai été bloqué à la frontière... Ils ne laissent passer personne...

Les six occupants du cellier restèrent figés, debout, à le regarder.

— Allez, sortez, reprit Manros d'une voix hachée. Vite... Il y a des Sarses partout dans la ville, et ils font un vrai massacre... Vite, pendant que les tunnels sont encore libres... Allez... réveillez-vous...

Mais les esclaves ne bougeaient toujours pas. Non'iama comprenait. Le changement avait été si brusque, l'apparition de Manros si soudaine, qu'ils n'arrivaient pas encore à réaliser.

Manros continua, faisant un geste avec sa torche, et Non'iama remarqua la maigreur de son visage, la blessure fraîche sur sa joue.

— Je n'ai rien pu obtenir, dit-il en secouant la tête. Pas d'armes, pas de brou, rien... J'aurais pu passer vers l'est seul, en donnant tout mon argent, mais finalement, j'ai décidé de revenir... Je ne pouvais pas... Je ne pouvais pas vous abandonner là...

— Pas de nourriture ? dit Afa d'une voix stridente.

L'accent aigu de sa voix sembla sortir les autres de leur torpeur, et ils sursautèrent, avant de se rapprocher lentement de la porte.

— Non, dit Manros. Pas de nourriture. Plus rien ne passe d'un côté à l'autre des montagnes, et...

— Pas de nourriture ! répéta Afa, et soudain elle bondit en avant avec un cri suraigu, se jetant sur Manros, le faisant rouler dans la poussière de la grotte, derrière le cellier, et les autres virent sa main droite tâter la ceinture de Manros, y trouver la dague, la lever sur la gorge de son ancien maître et frapper, une fois, deux fois, trois fois...

— Afa !! hurla Sî en sortant, essayant de l'arrêter, mais le sang avait déjà éclaboussé les pierres ; Bû courut aider son frère, ainsi que Berus, mais le temps qu'ils arrivent, Afa se relevait déjà, la dague ensanglantée à la main.

Non'iama resta immobile un instant, à regarder le spectacle, puis sentit la main de Miu prendre la sienne et la tirer en avant, vers les cavernes, vers les tunnels, vers le labyrinthe qui se perdait dans la montagne.

— Viens, dit Miu avant de se mettre à courir, entraînant Non'iama dans le couloir rocheux, et quand Non'iama jeta un regard derrière elle, sa dernière vision fut celle d'Afa, la lame étincelante, les yeux fous, se retournant vers Berus avec un regard de haine.

Non'iama ne les revit plus jamais – ni Afa, ni Berus, ni les autres, et Miu ne survécut pas aux trois jours qu'elles passèrent dans les tunnels avant de trouver enfin un boyau qui menait à la surface. Elle ne mourut pas d'une blessure, ni de faim, mais d'un mal bien plus ancien, qui lui rongeait le sein depuis des années, expliqua-t-elle à Non'iama, quand elle s'écroula enfin sur un rocher, alors qu'à quelques mètres, le tunnel montait vers l'air libre. Serrant la main de Non'iama, elle avait refusé la gourde de vin qu'elles avaient trouvée, ainsi que quelques provisions, dans un sac abandonné près d'un cadavre au fond de la montagne.

— Garde le vin, avait-elle dit en toussant. Et ne t'inquiète pas pour moi. Je ne croyais pas tenir si longtemps. Je ne croyais pas sortir de ce cellier.

Non'iama l'avait quand même veillée une nuit de plus, la forçant à manger et à boire.

— N'oublie jamais, avait dit Miu alors que l'aube se levait. Il importe peu si cet homme... Arekh... est là ou pas, près de l'aiguille, quand tu y arriveras. Tu peux t'en tirer seule. C'est... Ce n'est pas dans les chaînes... (Elle toussa encore.) C'est là, dit-elle en touchant le front de Non'iama. La liberté... C'est là. Comme dans la chanson. (Elle sourit.) On dit que le Peuple turquoise vient de par-delà les océans, tu sais ? Que là-bas, au nord-est, dans les glaces, se trouve le pays dont nous venons. Qu'il nous appelle... Tu entends ?

Elle mourut au matin. Non'iama prit les provisions, le sac, et partit. Elle sortit des tunnels, s'orienta au soleil et finit, après une nouvelle journée d'errance, par trouver la route de l'est et l'aiguille de pierre dont Arekh lui avait parlé.

Arekh n'était pas là.

Non'iama attendit deux jours, mangeant lentement les provisions, se cachant quand elle entendait des chevaux ou des soldats.

Arekh n'arrivait toujours pas.

Enfin, alors qu'une nouvelle aube se levait, elle remit son sac sur le dos et partit vers le nord-est.

2

L'aube s'était levée. Dans la lumière dorée, une odeur de terre humide et d'écorce montait du sol. Marikani marchait à travers les tentes, le cœur serré, évaluant le nombre de dormeurs, comptant les corps encore assoupis autour des foyers éteints. Et ce n'était que le premier camp. Il y en avait un autre, plus bas, sous la barrière de rochers... avec deux cents, trois cents personnes, peut-être. Ici, dans le camp principal, ils étaient au moins cinq cents. Hommes, femmes et enfants.

Tous des *ayhâssis* – étymologiquement, les « féroces », les « enfants bleus du chaos » : en bref, les esclaves révoltés. Le mot était nouveau, il datait du lendemain de la nuit du Grand Sacrifice. Un prêtre l'avait lancé, quelque part, et la mode avait pris.

Au moins huit cents ayhâssis, donc.

Et des nouveaux les rejoignaient tous les jours.

Les deux camps avaient été montés à l'est des pics, sur le flanc des montagnes. Ils étaient, pensa Marikani avec une certaine ironie, du « bon » côté des Royaumes, protégés de la vague de chaos et de mort qui transformait l'ouest en un immense charnier. En descendant vers l'est ils trouveraient des paysages familiers : l'Émirat, les Principautés de Reynes, les Cités Libres et là-bas, au sud, Harabec. Son pays. Dont elle connaissait chaque colline, chaque champ.

Étrange de savoir qu'ici, les peuples vivaient encore en relative sûreté, que les familles avaient encore un toit... Bien sûr, les rumeurs de guerre devaient répandre la terreur, de nombreuses routes commerciales avaient été coupées, et la crise menaçait ; bien sûr, les armées se mettaient en place et un vent de panique soufflait sur les trônes et les conseils privés à l'idée de la menace qui croissait à l'ouest... mais ce n'était encore qu'une menace, pas une réalité. Peut-être la guerre s'arrêterait-elle aux montagnes. Peut-être les « créatures des Abysses » et leurs armées se contenteraient-elles de la moitié des terres civilisées et laisseraient les autres en paix.

Marikani en doutait. Elle leva les yeux, tournant son regard vers l'est. Elle ne voyait rien, que la forêt, mais il n'était pas difficile de les imaginer, derrière les feuilles, ces hommes qu'elle connaissait si bien – Harrakin, les conseillers de Reynes, l'émir – consultant les chefs d'armée, étudiant les cartes, les routes, les défenses.

Eux aussi doutaient que la guerre s'arrête aux montagnes.

Un instant elle *vit*, de manière aussi claire que si elle s'y trouvait, le Bureau d'Automne du palais d'Harabec. Ses boiseries sculptées, le gravier et les colonnes élégantes de la cour qu'on voyait à travers la porte-fenêtre, la longue table en bois où elle était restée tant de fois si tard, à parler à Banh, son conseiller, de traités commerciaux et de protection des routes. Harrakin, son mari – son mari ? oui, son mari, leur mariage était tout neuf, les cérémonies n'avaient eu lieu que dix mois auparavant et pourtant ces dix mois semblaient peser un poids d'éternité – Harrakin, donc, était sans doute assis en ce moment même dans le bureau, le front soucieux, à lire les rapports de ses espions, à échanger des messages avec Reynes, à conclure des alliances.

Harrakin était loin d'être un imbécile. Il comprenait le danger, il savait sûrement que par rapport aux forces qui se mouvaient aujourd'hui, Harabec, sa minuscule armée, son histoire, ses dieux étaient insignifiants. Il savait que peut-être – *peut-être*, s'il ne prenait pas les bonnes décisions, le pays sur lequel ses ancêtres régnaient depuis plus de cinq mille ans serait balayé dans la tourmente pour n'être bientôt plus qu'un nom sur des registres brûlés.

Le cœur de Marikani se serra soudain, douloureusement, à la vision de son époux dans le Bureau d'Automne, et elle crut sentir l'odeur du vernis du bois sur les murs, celles du vieux cuir, des chaises et des bougies parfumées à l'essence de niis que le Palais achetait par milliers, à chaque printemps... Elle vit dans un éclair douloureux la beauté des nuits étoilées d'Harabec dans le ciel si clair, au-dessus du marbre, alors que les courtisanes souriaient et dansaient ; elle crut entendre leurs voix aux accents mélodieux, éduqués, parlant politique, poésie, liaisons et intrigues avec cette fausse futilité que les nobles du sud semblaient acquérir en naissant... et la nostalgie la frappa comme un couperet.

— Ils ont faim, dit une voix derrière elle.

C'était Halian, son aide de camp. Il désigna une tente. Le tissu rugueux traînait dans la boue, les branches rassemblées hâtivement ne protégeaient guère contre l'humidité du sol. Près de l'ouverture se trouvait une jeune fille de quatorze ou quinze ans, serrant contre elle son petit frère, tous deux blafards ; derrière, à peine visible dans l'ombre, une femme allaitait un bébé.

Le camp s'éveillait ; la lumière avait tourné à un doré profond, mais la couleur était trompeuse et l'air était glacial. Les feux s'allumaient, éclairant des silhouettes à la peau pâle, si pâle, pensa Marikani en frissonnant pour eux – elle n'avait pas froid, un lourd manteau de fourrure lui protégeait les épaules.

Autour d'elle, les hommes étaient surreprésentés : jeunes, entre vingt et trente ans. C'étaient eux qui survivaient le mieux, et c'étaient eux qui l'avaient rejointe les premiers, quand, après avoir perdu Arekh et Non'iama dans le chaos qui avait suivi la destruction de la Rune de la Captivité, Marikani s'était enfuie dans les rochers avec les esclaves libérés de Nômes. Leur groupe avait peu à peu grandi, alors qu'ils avançaient vers l'est, vers la protection des monts, augmenté des fugitifs du Peuple turquoise fuyant la folie des habitants trahis par leurs dieux. De quatre-vingts – il y avait eu beaucoup de morts à Nômes ils étaient rapidement passés à cent, puis à deux cents, et la rumeur avait grandi, la nouvelle de la déesse Ayesha réunissant son peuple pour une longue marche qui devait les emmener vers les terres bénies, et comme des filets d'eau venant à la rivière, d'autres étaient arrivés, transformant leur fuite en exode...

Des hommes, oui, mais pas seulement, des femmes et des enfants aussi, si pâles, si fragiles. Des blessés, des éclopés, des petits garçons hagards qui avaient vu leurs parents massacrés, des colosses au regard vide qui avaient passé les vingt-cinq dernières années de leur vie enchaînés à un moulin et ne savaient même plus parler. Tous ces regards, tous ces corps abîmés, sales, douloureux, ces voix cassées, cette grammaire hachée, tous ces gens qui n'espéraient plus qu'en elle.

— Ils ont faim, Ayesha, répéta Halian.

— Je ne m'appelle pas Ayesha, répondit-elle sèchement. Mon nom est Marikani.

Halian hocha la tête sans répondre, continuant à la fixer, et Marikani soupira. C'était inutile. Halian l'avait rejointe quatre semaines auparavant, à la tête d'une petite troupe de quinze hommes, tous blonds, la peau pâle et les yeux bleus, en pleine forme et bien armés.

Ils faisaient partie de la garde privée d'un seigneur, avaient-ils expliqué, et ils avaient réussi à s'enfuir la veille du jour du Grand Sacrifice après « avoir pris quelques bibelots dans le manoir, pour la route ». Et en effet, Halian portait un pourpoint de velours aux armes d'un seigneur sarse, ainsi qu'une belle épée à la garde incrustée d'ambre. Marikani ne leur avait pas demandé ce qu'ils avaient fait du seigneur, ou de sa dame, ou de ses serviteurs, ou comment ils avaient survécu avant de la rejoindre. Leurs sacs étaient remplis de pain, d'outres de bière, de bibelots précieux et de bijoux féminins. Et contrairement aux autres, à leur arrivée, ils n'étaient pas affamés.

Maintenant, ils l'étaient.

Et pourtant, jamais, malgré la faim et la souffrance, Halian ne l'avait appelée autrement qu'Ayesha, et parfois, il avait ce regard que Marikani haïssait... ce regard de soumission et d'adoration totales, qui lui donnait envie de vomir.

— Oui. Oui. Ils ont faim, dit-elle, frissonnante. Je sais. (La lassitude l'envahit, et elle se tourna vers lui, les larmes aux yeux.) Que voulez-vous que j'y fasse ? siffla-t-elle dans un chuchotement à la limite de l'hystérie. J'ai été éduquée pour la diplomatie... pour la politique. Je ne suis pas un chef de guerre. Je ne suis même pas un soldat... Tous ces gens ! souffla-t-elle. Comment voulez-vous que je les nourrisse ?

— Vous êtes Ayesha, dit Halian.

Marikani le regarda, hésitant à le gifler, avant d'éclater d'un rire nerveux. Riant toujours, elle se laissa tomber par terre, assise, sur un sac, tandis qu'un enfant à côté d'elle se poussait avec un cri d'étonnement. Il la regarda, les yeux écarquillés.

— C'est vrai, je suis Ayesha. Et Ayesha va trouver de la nourriture pour huit cents personnes. Elle fait ça tous les matins, à l'aurore, avant de prendre son chocolat...

Halian acquiesça, sans comprendre le sarcasme.

— Oui ! Ayesha fait des miracles, commenta-t-il, la voix vibrante.

Marikani dut se retenir pour ne pas l'étrangler. Son rire s'éteignit lentement et elle baissa la tête, fixant le sol.

Puis elle prit un bâton et traça une ligne par terre.

— Nous sommes quelque part à l'ouest du Nasseri, dit-elle lentement, rassemblant ses souvenirs – des souvenirs de cartes, de frontières, étalées sur la table de la Salle de Guerre. Au sud devrait couler le Lô...

Halian hocha la tête.

— Une grande rivière, glacée, à l'eau boueuse. Menala l'a vue il y a deux jours, en revenant de la chasse. À trois lieues d'ici.

— ... Si nous sommes passés par le col gris, continua lentement Marikani, traçant de nouvelles lignes sur le sol, nous sommes sans doute par ici, à dix lieues de la route du sud et de la frontière de l'Émirat...

— Près de la Cité des Pleurs, dit Halian, qui avait, trois ans auparavant, accompagné son seigneur dans un grand voyage. Et la ville de Sanaos est à cinq lieues, au nord. Comment pourrait-il en être autrement ?

Marikani se passa la main sur le front. La migraine l'assaillait.

Huit cents personnes à nourrir. Sur le sol, les traits dans la terre parurent s'embrouiller et elle se força à reprendre contenance.

— Il pourrait en être autrement, dit-elle enfin, hésitante... Il pourrait en être autrement si nous n'avons pas emprunté le bon col. La végétation me paraît un peu éparse. Si je me suis trompée, et que je vous ai conduits par le col de Vihiri...

Le bâton traça le signe d'un autre col, plus au sud. Halian se pencha pour regarder.

— Le col de Vihiri ?

— ... Alors nous sommes loin de l'Émirat. Et la rivière au sud n'est pas le Lô, mais un autre bras du Joar. Il est important de savoir où nous nous trouvons, Halian. L'été touche à sa fin, les entrepôts des villes doivent être remplis de blé.

Halian hocha la tête, comprenant, réfléchissant, calculant. La déesse parlait un langage qu'il connaissait. Un langage de bataille, de pillage et de butin.

— Je vais envoyer Laos et Menala se renseigner : Menala est assez brune pour passer pour libre et les cheveux de Laos sont gris. Ils se mêleront aux réfugiés, iront droit au prochain village et se renseigneront. Ils peuvent être de retour ce soir, s'ils se hâtent, ajouta-t-il en voyant Marikani jeter un regard aux corps maigres qui se pressaient autour du feu. J'irais bien moi-même, mais je suis trop blond. Je n'aurais pas fait deux pas sur la route qu'ils m'auraient réduit en pièces.

— Si Laos et Menala se font prendre...

« Qu'ils ne parlent pas, même sous la torture », avait failli dire Marikani. Si les seigneurs locaux apprenaient que des centaines d'esclaves en fuite se trouvaient là, cachés dans la forêt, ils enverraient leurs troupes et ce serait un massacre. Rien que d'imaginer les nâlas de l'émir débouler dans la forêt et hacher les chairs des enfants qui se trouvaient là, bleus de froid, sous la tente...

Pourtant, les mots ne sortirent pas de sa bouche. D'ailleurs, Halian comprenait la situation. Il était conscient du risque ; il donnerait ses ordres en conséquence. Non, elle ne pouvait pas prononcer une telle phrase, intimer à des êtres humains de subir la torture sans broncher.

Qui était-elle pour ordonner de telles choses ? Laosimba et les Liseurs d'Âmes l'avaient torturée – quelques heures à peine, une torture superficielle, qui ne lui avait laissé que quelques cicatrices sur les bras, l'épaule et le sein. Marikani avait assisté à de véritables séances de torture – les bourreaux d'Harabec étaient aussi doués que leurs collègues de Reynes –, et ce qu'elle avait subi n'avait rien à voir. Les Liseurs d'Âmes voulaient la garder en forme pour son procès, ils voulaient qu'elle soit en pleine possession de ses capacités mentales pour raconter l'étendue de son blasphème, et aussi, sans doute, pour apprendre le plus d'informations possible sur les forces militaires et politiques d'Harabec.

Bref, la torture qu'elle avait subie n'était que symbolique. Il s'agissait de faire mal, mais sans rien endommager, sans la rendre folle – et puis ils étaient pressés, ils avaient autre chose en tête que les raffinements de la torture religieuse avec les Mérinides qui battaient les remparts de Salmyre – et pourtant, le seul souvenir de ces quelques heures couvrait Marikani d'une sueur froide. Était-elle si faible, se demanda-t-elle, que la moindre adversité suffisait à la briser ? Peut-être. Malgré ses origines... quand avait-elle souffert physiquement ? Jamais. Elle avait été élevée dans le velours et le miel, elle avait grandi entourée d'honneurs et de soins...

Puis elle était tombée, et elle doutait parfois qu'elle ait la force de se relever. Son corps lui faisait encore mal, rappelant les gestes des bourreaux, la traversée des sables brûlants. Elle se réveillait la nuit, prise de cauchemars ; elle se sentait faible, impuissante, indigne de la confiance de ceux qui, aujourd'hui, ne comptaient plus que sur elle.

Sans doute avait-elle espéré mourir la nuit du Grand Sacrifice. Elle ne pouvait pas abandonner les siens, et elle ne pouvait pas les sauver... alors elle avait tout misé sur un dernier geste ; même si elle réussissait à entraîner quelques esclaves dans sa révolte, elle ne comptait pas survivre à l'heure qui suivait le sacrifice. Les soldats la tueraient ; même Arekh, qui l'avait sauvée tant de fois, ne pourrait le faire cette fois-là, et ce serait la fin, et elle se reposerait enfin.

Mais la fin n'était pas venue. Au-dessus de leurs têtes, l'étoile turquoise avait enflammé le ciel, et Marikani n'était pas morte. À la place, elle avait couru, fui, elle s'était battue et avait lancé des ordres, elle avait soutenu des femmes défaillantes et des hommes désespérés dans les rochers brûlants des plateaux, elle avait marché jusqu'à l'épuisement dans la boue humide des montagnes...

Elle n'était pas morte, et c'était loin d'être fini.

L'épreuve continuait. *Les dieux soumettent ceux qu'ils aiment à l'épreuve*, disait le livre de Fîr, *et ceux qui en sont dignes la passent en souriant*.

Mais Marikani ne croyait pas aux dieux, et elle n'était pas sûre de pouvoir passer l'épreuve, même sans sourire.

Laos et Menala ne se firent pas prendre, et revinrent avec de précieuses informations. Marikani s'était trompée dans ses deux hypothèses. Ils n'étaient pas près de l'Émirat ; s'ils étaient bien passés par le col de Vihiri, leur « troupe » avait sans doute dévié vers le sud, plus encore que prévu. Ils étaient plus proches de la Ville Blanche que de la Cité des Pleurs, et si la rivière qui coulait au sud était bien le Joar, c'était un autre bras.

La mauvaise nouvelle, c'était que les Cités Libres n'étaient pas des puissances agricoles, et ne stockaient pas de farine ou de blé dans leurs entrepôts – pas assez, en tout cas, pour contenter huit cents personnes affamées. La bonne, c'était que le bras sud du Joar regorgeait de poissons. Marikani envoya donc un groupe de cinquante femmes à la pêche, avec ordre de ramener tout ce qu'elles pouvaient, même des algues brunes d'eau douce, qu'on pouvait faire bouillir et qui donnaient une sorte de gelée comestible.

Ce n'était pas une réponse, ni même un semblant de réponse – les poissons et les algues les nourriraient à peine une journée. Mais cela leur laisserait le temps de la réflexion.

Si les Cités Libres n'étaient pas des puissances agricoles, c'était que leur richesse était issue du commerce. Des dizaines de caravanes, voire plus, arpentaient les routes chaque jour avec leurs marchandises. Pas des épices, des soieries et des bijoux comme à Salmyre, mais des chargements bien plus intéressants dans leur situation : du bétail, des légumes, de la farine, de la viande séchée, du vin.

— Une caravane ne suffira pas à nous nourrir tous, dit Marikani, arpentant la terre humide sous l'abri pompeusement rebaptisé « tente de commandement » par Halian. Il était accompagné de quatre autres hommes, des nouveaux, arrivés dans la journée avec un groupe de cent personnes, dont beaucoup de femmes et d'enfants : des esclaves des Mérinides, qui avaient contourné les pics par le sud, poussés par les rumeurs qui disaient qu'« Ayesha emmenait son peuple par-delà les montagnes ».

C'étaient les premiers esclaves de Mérinides, et ils étaient plutôt en bon état ; les familles unies, les hommes farouches, prêts à se battre. Une trentaine de guerriers au moins, à ajouter à la centaine d'hommes valides et parfois armés déjà présents dans le camp. Halian avait pris les cinq plus charismatiques, leur avait attribué le nom de « chefs de troupes » et les avait emmenés au « conseil ». Marikani n'avait pu s'empêcher de penser aux conseils de campagne menés par Harrakin lors des rares batailles auxquelles elle avait assisté – des batailles dont le succès était presque certain, bien sûr. On n'exposait pas au danger l'héritière en titre des rois-sorciers d'Harabec. Les conseils de campagne... l'immense tente en soie pourpre, brodée aux armoiries d'Harabec, les officiers droits et dignes, avec leurs armures d'acier, leurs armes étincelantes ; les chants des soldats à l'extérieur, fourbissant leurs armes, fredonnant les mélodies en l'honneur d'Arrethas.

Ici, le vent glacé s'infiltrait par les trous de la toile en lin et ses « officiers » étaient en haillons.

— ... Il faut savoir que les convois les plus importants ne déchargent pas leurs marchandises à l'intérieur des Cités Libres, continua-t-elle, tandis que les six hommes la dévoraient des yeux avec une adoration et une crainte religieuses. Les portes des cités sont parfois très embouteillées et il faut attendre des heures, voire des jours pour régler les taxes d'entrée et passer. Les négociants les plus importants refusent de se plier à ce jeu. Et, parfois, toutes les marchandises d'une caravane ne sont pas destinées à la même cité...

Trop compliqué, réalisa Marikani en regardant ses hommes. Son discours était trop complexe. Le vocabulaire, le style... Deux des « officiers » au moins avaient perdu le fil, elle le voyait dans leur regard. Ce n'étaient pas des soldats d'Harabec, il fallait qu'elle le garde en mémoire. Certains de ces esclaves, avant de s'enfuir, n'étaient jamais sortis des fermes, des mines, des manufactures où ils étaient nés.

Elle prit une grande inspiration. Tant pis s'ils ne comprenaient pas ; Halian leur expliquerait. Seul son ton importait, et la détermination qu'elle pouvait leur transmettre.

— ... aussi les négociants déchargent-ils certains de leurs convois dans ce qui s'appelle des centres de commerce, établis aux carrefours des routes principales. Une partie des paiements peut s'effectuer là, ainsi que le tri de la plus grande partie de la marchandise. Les boutiquiers des cités viennent parfois directement s'y approvisionner. (Marikani croisa le regard vide d'un des ayhâssis et soupira.) Bref... le centre de commerce du Roc Noir, qui dessert trois Cités Libres, dont la Ville Blanche, se trouve à sept lieues au sud. En cette saison, il devrait être plein.

— Et la garde ? demanda Halian.

Marikani eut l'impression qu'il visualisait déjà l'attaque et hocha la tête.

— En temps de paix, elle ne dépasse pas une quinzaine d'hommes. La région est calme, et il n'y a pas eu de guerre depuis... (elle eut un geste vague) longtemps. La situation à l'ouest pourrait même nous servir : les Cités Libres doivent rassembler leurs troupes sur la frontière ouest, et réquisitionner la plupart des hommes disponibles... Nous aurons peut-être une bonne surprise...

Une nouvelle voix s'éleva.

— Ou une mauvaise, s'ils se doutent que nous sommes là. Après tout, c'est en suivant la rumeur que nous vous avons rejoints. Une rumeur que nos ennemis peuvent eux aussi avoir entendue.

Marikani étudia l'homme qui venait de parler. Il était râblé, châtain, musclé, avec une courte barbe ; vu la couleur de sa peau, il aurait presque pu passer pour un homme libre si le bleu très clair de ses yeux ne l'avait pas trahi.

— En effet. Comment t'appelles-tu ?

— Bara, ô Ayesha. Je viens de Massevine.

Massevine était la capitale d'une des plus importantes régions mérinides.

— Tu as subi un entraînement militaire, Bara ?

L'homme haussa les épaules.

— J'ai fait beaucoup de choses, ô puissante Ayesha. Certaines impliquaient que je lise, d'autres que je voyage, d'autres que je cogne.

— Voilà le résumé de beaucoup d'existences, dit Marikani en souriant, mais personne ne sourit à sa plaisanterie. (*Garde ton esprit pour un autre public*, pensa-t-elle, avant de soupirer.) Bien. Écoute-moi, Bara. Écoutez-moi tous.

Il y eut un silence dans la tente et elle sentit les six paires d'yeux la fixer, la détailler, comme s'ils se repaissaient d'elle, comme s'ils puisaient en elle.

Les humains ont les yeux fixés sur les dieux
Et jour et nuit ceux-ci sentent
Le poids de leurs regards ;
Et ce regard est un lien entre le monde des hommes et celui des Cieux...

... disait le Chant du Chemin d'Arrethas. Pourquoi fallait-il que ce couplet lui revienne à l'esprit ce matin ? Marikani en avait entendu tant, à la cour, de ces chants qu'elle n'écoutait pas vraiment ; au fil du temps elle avait appris, comme tant d'autres souverains, à regarder droit devant elle, à faire semblant d'écouter le Haut Prêtre alors qu'elle préparait mentalement ses conseils suivants.

— Je ne suis pas une déesse. Je ne suis ni la fille de Fîr, ni celle du dieu que l'on ne nomme pas, comme on raconte parfois... Je ne suis qu'une humaine, née d'un père et d'une mère, tous deux esclaves, comme vous. Je l'ai répété à Halian qui ne veut pas me croire, dit-elle en s'essayant à nouveau à la plaisanterie, mais encore une fois, personne ne sourit. À Nômes, je n'ai fait que donner le signal de la révolte... rien d'autre. Je n'ai pas donné d'ordre aux étoiles, je n'ai pas effacé la rune. Si l'étoile turquoise, là-haut, dans le ciel, a explosé, je n'y suis pour rien, et j'ignore comment et pourquoi... Le Peuple turquoise... Vous... *Nous*... (elle prit une grande inspiration) nous avons saisi cette occasion pour nous révolter, pour nous délivrer... mais les dieux n'ont rien à voir là-dedans. Et je ne suis qu'humaine.

Le silence régnait dans la tente.

— Je sais que vous avez besoin de croire en Ayesha, dit-elle, sentant, sachant qu'ils ne la comprenaient pas, qu'elle parlait dans le vide, que s'ils étaient déjà incapables d'appréhender le concept d'un « centre de commerce », les subtilités des mécanismes de la foi risquaient de leur échapper. Mais j'ai menti trop longtemps et je me suis promis de ne jamais recommencer. Je suis... votre chef de guerre, soupira-t-elle, cherchant un terme approprié. C'est tout.

De nouveau, le silence.

— L'étoile a flamboyé quand vous avez levé les bras, dit enfin Bara. J'ai parlé à ceux de Nômes, là, dehors. Ils vous ont vue. Ils vous ont tous vue.

— Bara, dit doucement Marikani. Vous avez déjà vu le soleil se lever ? (Un bref hochement de tête.) Imaginez que vous soyez en haut d'une montagne, juste avant l'aube. Vous levez les bras, pour prier... et le soleil se lève. Cela veut-il dire que vous avez fait apparaître le soleil ?

— Bien sûr que non, dit Bara, un large sourire dévoilant ses dents blanches. Mais le soleil se lève tous les jours.

Marikani resta un instant silencieuse, ne sachant que répondre. Puis elle soupira.

— Écoutez... Si j'étais une déesse... pourquoi le nierais-je ? Pourquoi essaierais-je de vous convaincre du contraire ?

— Peut-être que vous ne le savez pas, répondit Bara après un instant de réflexion. Comme Faniima, qui croyait être fille de bergers... et qui n'a compris que Lâ l'avait engendrée que quand elle est devenue reine...

C'est bien ma chance, pensa Marikani. Le seul esclave du camp, peut-être, qui avait quelques notions religieuses, et il fallait qu'il soit dans sa tente.

— Faniima avait des pouvoirs divins, dit-elle. Regardez-moi. J'ai mal aux pieds, j'ai faim, et mes cheveux sont sales. Si on me frappe, je souffre. Si on me tue, je meurs. Je n'ai rien d'une déesse.

— Beaucoup de dieux sont morts sur cette terre, reprit Bara doucement. Fîr lui-même a été brûlé par les flammes du dieu que l'on ne nomme pas et son corps humain a été réduit en poussière. Mais son esprit est parti dans la nuit, a illuminé le firmament et du ciel il règne maintenant sur les hommes et les dieux...

Marikani se détourna, exaspérée.

— Très bien, Bara. Très bien. (Elle eut un geste énervé.) Je ne veux pas entendre parler des dieux, d'accord ? Je vous demande seulement de me croire sur parole. Je sais ce que je suis, et je ne suis pas Ayesha. C'est tout.

Le silence retomba et Marikani étudia le reste de ses « officiers ». Halian la regardait avec une émotion proche de la douleur et les quatre autres la fixaient, bouche bée, comme s'ils ne comprenaient pas.

— De toute façon, ce n'est guère le moment d'en discuter, soupira Marikani... Nous avons une attaque à monter.

Personne ne lui répondit.

Une pause gênée suivit et Marikani se baissa pour dessiner un nouveau plan sommaire sur le sol.

— Nous allons prendre soixante-dix hommes. Les centres de commerce sont tous plus ou moins bâtis sur le même principe... comme ça, dit-elle en continuant son tracé. Les gardes se défendront, et il faudra les tuer, bien sûr, mais il y aura aussi des marchands et leurs familles à l'intérieur. Ils ne sont pour rien dans cette affaire. Si nous pouvons les épargner...

— *À chaque pas divin, les innocents périssent,*

Car le chemin des dieux est bordé de sang et de flammes

Mais la route ne touche pas encore à sa fin...

C'était Halian qui avait parlé. Et le couplet était un nouvel extrait du Chant du Chemin d'Arrethas, réalisa Marikani, continuant son plan, tête baissée pour dissimuler son trouble. Le même chant qui dansait dans son esprit depuis tout à l'heure.

— Vous connaissez ce texte ? dit-elle d'un ton neutre, levant enfin la tête.

— C'était un des favoris de mon maître, dit Halian en s'accroupissant. (Il passa une main sur son torse et sourit, effleurant négligemment une large tache de sang, à peine visible sur le velours sombre, au niveau de la poitrine.) Avant, il avait de beaux vêtements, et il chantait. Maintenant, je porte son pourpoint, et c'est moi qui chante.

Le centre de commerce du Roc Noir était situé au carrefour de la route du sud et de la route de la soie, au sud des Cités Libres. Il n'y avait aucun roc noir à l'horizon, et le centre lui-même était une bâtisse en pierre grise, assombrie par la pluie fine qui s'accrochait aux aspérités des murs. Un lieu de taille moyenne, plus pratique qu'impressionnant... Des bâtiments, principalement des écuries et des entrepôts, étaient construits autour d'une grande cour et le tout était entouré d'une large muraille. Deux grandes arches d'entrée, une au sud, une au nord. Une petite tour carrée, à deux étages, protégeait la porte nord et un chemin de ronde courait en haut des murs.

Malgré les paroles de Bara, elle avait espéré une garde réduite – trois hommes bâillant à l'entrée sud, trois somnolant à l'entrée nord, cinq ou six jouant aux cartes dans la tour – mais son espoir fut déçu. Les rares rayons de soleil, filtrant à travers la bruine argentée, découpaient une bonne trentaine de silhouettes sur le chemin de ronde. Il y en avait sûrement d'autres à l'intérieur. Des précautions avaient donc été prises – parce que, comme l'avait craint Bara, les rumeurs avaient filtré et on savait qu'un groupe d'esclaves en fuite s'était réuni dans la forêt, ou simplement à cause de la proximité de la frontière ? Il y avait aussi les réfugiés, pensa Marikani, certains devaient réussir à traverser les montagnes et affluer, affamés. Les commerçants craignaient les pillards.

Des pillards comme nous, pensa-t-elle avant de faire un signe à Bara et de faire rebrousser chemin à son cheval.

Étrange de se retrouver de l'autre côté de l'épée. Les pillards étaient le cauchemar des populations innocentes installées aux frontières d'Harabec et Marikani avait toujours fait de son mieux pour les protéger.

La troupe d'esclaves – constituée finalement de quatre-vingts hommes – était massée à la lisière des bois, à moins d'un tiers de lieue. Marikani et Bara s'étaient avancés en éclaireurs pour observer le centre du haut d'une petite colline.

Ils s'éloignèrent lentement, sentant les regards des hommes de ronde sur leur dos. Mais les gardes n'avaient aucune raison de se méfier d'eux. Une femme à cheval, suivie d'un homme à pied... ce pouvait être n'importe qui. Une dame et son serviteur, sans doute, qui faisaient demi-tour pour rejoindre leur escorte arrêtée de l'autre côté de la colline.

Des gardes, donc, une trentaine, et peut-être une quinzaine de plus dans les bâtiments... c'était le premier imprévu, et ils en rencontrèrent un autre, plus impressionnant encore, alors qu'ils remontaient la route. Une caravane de sept chariots, conduite par des Kiranyens et protégée par une escorte de douze cavaliers noir et argent, aux couleurs de Reynes.

À la vue de leurs uniformes, Marikani fut parcourue d'un frisson glacé. Ils croisèrent le convoi, elle très droite sur son cheval, Bara dans la position humble d'un serviteur, les yeux rivés sur le sol pour que nul ne remarque ses iris trop bleus.

Marikani s'obligea même à faire un signe de tête aux conducteurs. Par bonheur, elle était trop mal habillée pour que ceux-ci lui prêtent une réelle attention.

Nous ne sommes que deux ; ils n'auraient que quelques gestes à faire pour s'emparer de moi, pensa-t-elle alors que les gardes passaient à moins de trois pas d'elle. Ils n'avaient que quelques gestes à faire pour qu'elle se retrouve à nouveau enchaînée sur un palanquin, en route pour Reynes et les chambres de torture des Liseurs d'Âmes...

— ... et cinq bons chevaux, murmura Bara quand ils furent passés.

— Pardon ?

— Les cinq alezans, là, derrière, vous avez vu ? répéta son compagnon et Marikani, risquant un coup d'œil en arrière, les aperçut en effet, attachés au dernier chariot. Ce sont de belles bêtes, dressées pour la bataille. Ça se monte bien, ces animaux-là...

— En effet... murmura Marikani, pensive. En effet...

La peur, les images des bourreaux en noir et argent s'évanouirent alors qu'elle réfléchissait. Bara avait raison : les cinq alezans étaient de belles bêtes, rapides et solides. Il y avait aussi les douze chevaux des membres de l'escorte ; ils feraient de bonnes montures – une fois les hommes de Reynes mis hors d'état de protester, bien sûr...

(« Mis hors d'état de protester. » Une expression de Banh, son conseiller à la cour d'Harabec... Banh était un homme sensible et bien élevé qui ne parlait de la violence qu'avec d'infinies métaphores et qui blêmissait à la vue du sang. Combien de fois Harrakin et Marikani s'étaient-ils moqués gentiment de lui ?)

... cela faisait en tout dix-sept bons chevaux ; avec un peu de chance, il y en aurait au moins trois ou quatre au centre de commerce, comptons vingt ; y avait-il vingt cavaliers dans leur troupe ? Si ce n'était pas le cas, on pourrait les former ; vingt cavaliers constitueraient une bonne avant-garde pour de futures attaques – car les provisions de ce centre ne dureraient pas éternellement, il en faudrait d'autres... et ceux qui ne monteraient pas devraient être entraînés eux aussi pour faire de bons fantassins ; on ferait marcher les familles au milieu, pour que les guerriers les protègent, et Marikani, remontant lentement la route sur son cheval, tournant dans les bois, organisait déjà mentalement les troupes, nommait les chefs d'équipe, effectuait la distribution des armes et des provisions, comme si la seule mention des chevaux avait sorti son esprit du brouillard de désespoir du matin précédent, comme si l'autre Marikani, celle qui dirigeait les armées d'Harabec, traitait avec les plus grands souverains et refusait toujours de considérer une situation comme désespérée, même quand les chiens les poursuivaient sur les crêtes... comme si cette autre Marikani, en fermant à demi les yeux, voyait les informations se lier les unes aux autres comme des mailles d'un filet stratégique, la Marikani qui réfléchissait, agissait, qui en quelques années avait permis à Harabec de reprendre une position de force au sud des Royaumes, cette Marikani-là n'attendait qu'une phrase pour réapparaître...

— Cela fait tout de même beaucoup d'hommes dans le centre, dit Bara en fronçant le nez, mais le jeu en vaut la chandelle. Changeons-nous de stratégie, Ayesha ?

— Non.

La stratégie était d'une simplicité cristalline ; avec les hommes dont elle disposait, il ne pourrait y en avoir d'autres. Les quatre-vingts hommes allaient approcher le plus discrètement possible, se relèveraient dès qu'ils seraient repérés, et fonceraient en hurlant droit devant eux, sur la porte nord, portant un gros tronc d'arbre mal dégrossi en guise de bélier. La porte ne résisterait pas longtemps ; elle n'était pas conçue pour ça... quatre-vingts hommes affamés déferlant sur eux, le centre de commerce non plus n'était pas conçu pour y résister ; les murailles avaient pour fonction de décourager les petites bandes de brigands, rien d'autre.

Oh, il y aurait des morts, sous les tirs d'arbalètes des soldats ; à l'intérieur, les douze hommes de Reynes feraient un véritable massacre contre des combattants non entraînés, mais à la fin, ils succomberaient eux aussi sous le nombre, sous la vague.

Et la vague écrasa tout, en effet, au crépuscule, quand Marikani donna l'ordre ; et des morts, il y en eut, plus que prévu : trente morts du Peuple turquoise, dont Halian qui périt avec le nom d'Ayesha aux lèvres, après avoir fait basculer le dernier arbalétrier des murailles qu'il avait réussi à atteindre en se frayant un passage à coups d'épieu... et les ayhâssis massacrèrent les gardes, hachèrent les douze soldats de Reynes, achevèrent le négociant auquel appartenait la caravane.

Marikani, sur son cheval, regarda les mourants qui finissaient d'agoniser sur le sol pavé, alors que les flammes des torches et celles qui embrasaient les écuries donnaient à son visage les mêmes reflets sanglants. Autour d'elle, les ayhâssis vidaient les entrepôts de manière méthodique, chargeant les sacs de farine et de grain sur des chariots, prenant quelques ballots d'épices et de tissus qui pourraient, peut-être, plus tard, servir de monnaie d'échange.

Bientôt, à part les envahisseurs, il ne resta de vivant entre les murailles de pierre que la femme éplorée du négociant, ses deux petites-nièces, leur jeune apprenti, un groupe de marchands âgés venus de la Cité des Pleurs et qui avaient eu la malchance de se trouver là au moment de l'attaque, la cuisinière affectée à la garde et son tout jeune enfant.

Les ayhâssis, dirigés par Bara, les rassemblèrent au fond de la cour, attendant les ordres de Marikani. Celle-ci observa le petit groupe tremblant. Quelques heures auparavant, elle avait demandé à ce qu'on épargne les innocents, mais déjà, elle n'était plus la même. En ordonnant l'attaque, une partie d'elle avait changé pour toujours. Une voix glacée, celle de la raison froide, lui parlait maintenant. Une voix qui lui disait qu'elle ne devait pas laisser de témoins, que personne ne devait pouvoir raconter qui ils étaient, combien ils étaient et d'où ils venaient... Le secret ne serait pas longtemps gardé, mais même quelques heures de gagnées avant que les raids punitifs ne soient lancés pourraient faire toute la différence. Quelques heures de gagnées leur permettraient de fuir vers le nord, de s'enfoncer dans la forêt, loin, là où personne ne pourrait les retrouver...

La voix glacée affirmait que si « Ayesha » voulait sauver *ses* femmes, *ses* enfants, ceux qui l'attendaient, là-bas, dans la forêt, elle devait sacrifier ceux-là.

Et Marikani était assez cynique, désormais, pour comprendre.

Arekh rirait bien, s'il savait, pensa-t-elle en faisant un signe à Bara.

L'homme s'approcha.

— Tuez-les, dit-elle, en désignant les rescapés.

Quand on donne un ordre, on l'assume, disait son précepteur, une éternité auparavant.

Elle ne détourna pas les yeux.

3

L'eau gouttait sur la pierre. Il souffrait. La souffrance l'appelait dans son rêve moite, montait, escaladait ; elle grimpait sur ses membres, sur sa cuisse, dans son aine, comme, longtemps auparavant, quand il avait escaladé les montagnes. Car les montagnes dansaient dans son rêve – il savait que c'était un rêve, même s'il lui était impossible d'en sortir, de savoir qui il était, où il était – les montagnes dansaient dans son rêve et il respirait l'air glacé soufflant sur la neige, il voyait les branches entrelacées et les feuilles d'automne, il entendait les chiens hurler et la respiration saccadée de deux femmes derrière lui. La douleur grimpait, elle était maintenant passée de son aine à son ventre, irradiait dans ses muscles ; et il comprit qu'un des chiens l'avait rattrapé – qu'il courait, qu'il montait la pente avec un chien accroché à son ventre, et chaque pas lui déchirait les entrailles. Sa tête était lourde, lourde sous l'effet de l'alcool qu'il avait bu, et si son ventre lui faisait si mal, finalement, était-ce le chien, ou le regard de son père, là-bas, de l'autre côté de la table, ce regard dont le seul souvenir pliait le petit garçon qu'il était de spasmes d'effroi ?

Le sang coula sur les dalles, sur la terre de la forêt, le sang du sanglier et le sang de son frère, se mêlant, sur la peau de sa jambe, chaud contre sa chair transie, et ce fut ce qui le réveilla.

L'eau gouttait sur la pierre.

Il s'appelait Arekh. Mais le nom fut difficile à retrouver, il lui fallut plusieurs minutes pour s'en souvenir, et cela le terrifia. Il était allongé, quelque part sur de la pierre humide, cela il le sentait ; il sentait aussi que cela faisait longtemps, très longtemps, et que ce n'était pas la première fois, qu'il s'était déjà réveillé ainsi, en ce même endroit, qu'il était retombé dans un gouffre d'inconscience ; il y avait aussi les cris d'un bébé, il s'en souvenait, les cris d'un tout petit bébé, un nouveau-né, sans doute. Ou peut-être les cris faisaient-ils partie du rêve, car il avait beau se concentrer, écouter, il n'entendait plus de cris. Le bébé dormait, ou plutôt faisait-il partie de ce cauchemar, sans doute était-ce un autre souvenir de son frère, un symbole dont se servaient les dieux pour le torturer...

« Il n'y a pas de dieux. » La voix de Marikani, résonnant dans sa tête. Elle avait sans doute raison. Les hommes n'avaient pas besoin de dieux pour se torturer, ils faisaient ça très bien tout seuls.

La pensée lui avait éclairci l'esprit. Il ne pouvait pas ouvrir les yeux, sa tête lui faisait trop mal, mais il leva la main pour tâter le sol, d'un geste brusque du bras.

Trop brusque. Quelque chose de métallique se tendit à son geste, une chaîne cliqueta, un anneau de métal lui tira sur le poignet, et une douleur étourdissante lui traversa le bras, montant de son coude à son épaule ; une douleur comme il en avait rarement connu, si aiguë que le blanc de la neige des montagnes lui sauta aux yeux, recouvrant son esprit d'une avalanche immaculée, une douleur si aiguë qu'il ne put même pas crier – et l'inconscience le frappa comme une gifle tandis qu'il retombait dans le noir.

Quelque part, le bébé se remit à pleurer.

Plus tard, bien plus tard, il se réveilla. Puis retomba dans l'inconscience encore une fois, sentant seulement que le sang autour de sa cuisse formait maintenant une petite flaque, que la douleur dans son bras irradiait jusqu'à ses épaules. Il n'allait pas survivre longtemps, réalisa-t-il avant de s'évanouir, flottant dans un brouillard douloureux, il perdait son sang, l'infection le gagnait et la sécheresse de sa gorge indiquait qu'il n'avait sans doute ni mangé, ni bu, depuis très, très longtemps. La pensée, pourtant, n'avait rien de désespérant ; elle ne lui procurait ni panique, ni terreur, c'était juste une analyse froide de la situation. Il y avait pire mort, se dit-il à son troisième réveil, si faible maintenant que ses poumons avaient peine à se soulever ; la souffrance était à la fois atroce et lointaine, et il pouvait presque s'en détacher. Pourquoi ne pas mourir là, finalement, même s'il ignorait où ce « là » pouvait être, pourquoi ne pas mourir en rêvant, dans un délire mêlant son frère, son enfance, les chiens et le rire éclatant de Marikani, pourquoi ne pas périr dans ce cauchemar qui, au moins, lui permettait de partir entouré de visages ?

Les images tournaient de nouveau dans sa tête. On chuchotait à son oreille – sa mère, ou peut-être Mereïnnes. Quelque chose de doux, de réconfortant, mais les visages féminins qui dansaient devant lui reprenaient toujours la même forme, celle d'une femme aux grands yeux noirs ; et cette forme l'appelait.

Lentement, il se laissa glisser dans l'abîme.

— Arekh ès Morales de Miras, dit l'homme debout à la porte de la cellule. C'est bien vous ?

Arekh resta silencieux.

— D'accord, dit l'homme avec un petit rire. Tenez-vous prêt.

Il s'éloigna et une porte se referma avec un bruit de métal. Arekh ne bougea pas.

Il était assis par terre, sa cuisse nettoyée et bandée, la blessure de son bras recousue. On lui avait fait avaler une soupe tiédasse de légumes bouillis et de morceaux de pain, et quelqu'un avait laissé une torche brûler de l'autre côté du couloir. Quand la femme qui l'avait soigné et nourri était partie, il avait pu observer son environnement. C'était bien une cellule – sans doute souterraine puisque aucune lumière ne rentrait par l'ouverture pratiquée en haut du mur, juste un courant d'air froid. Les murs étaient en pierre noire et humide ; l'eau gouttait d'une petite avancée rocheuse dans les parois mal taillées. La chaîne reliée au cercle de fer sur son poignet droit était attachée à un piton au fond ; elle était assez longue pour lui permettre de bouger.

Arekh avait tâté la pierre noire, cherchant des indices.

Où se trouvait-il ? Son dernier souvenir était le paysage âcre et rouge de Nômes, sous le soleil du matin... la poussière sous ses pieds et l'odeur de terre brûlée qui semblait coller à ces terres chaudes, même après la fraîcheur de la nuit. Il avait une épée à la main et frappait, tentant de protéger Non'iama, qui courait vers les plateaux ; autour de lui, les esclaves en fuite couraient dans toutes les directions, poursuivis par les gardes. Marikani avait disparu trois heures auparavant, avec un premier groupe d'esclaves, et Arekh ignorait si elle était morte ou vivante. Il se souvenait seulement de l'expression ébahie de son visage quand l'étoile turquoise, au-dessus d'elle, avait explosé.

Et maintenant il était prisonnier. Où ? Il ne se souvenait même pas avoir été frappé, mais parfois, après un choc, les souvenirs liés à une blessure disparaissaient – il se souvenait d'un soldat, dans l'armée de Kiranya, qui, pendant une bataille, s'était fait piétiner par un chariot traîné par six chevaux. L'homme avait survécu, mais il ne se rappelait rien des trois jours qui avaient précédé la bataille ; en vérité, il ne se souvenait même pas avoir été engagé.

Les gardes qui les avaient attaqués venaient de Raos, à l'ouest de Nômes... Il avait sans doute été transporté là-bas, ou bien peut-être même à Pierranne, une grande ville frontalière, un peu plus au sud. Pourquoi le retenaient-ils ? Pourquoi n'avait-il tout simplement pas été tué avec les autres ?

Oui. Il devait être à Pierranne. Il fallait une ville d'une certaine importance pour avoir des geôles de cette taille. C'était l'explication la plus logique. Il était sans doute tombé la veille, le lendemain du Grand Sacrifice, et avait été porté ici, inconscient, au matin.

Pourtant il sentait, il *savait* que ce n'était pas vrai. L'impression était diffuse, désagréable, d'autant plus qu'il ne parvenait pas à s'en expliquer les raisons. D'abord, il y avait ses blessures. Arekh n'était pas médecin, mais quelques guerres l'avaient instruit ; en observant sa cuisse et son bras, il avait eu l'impression que les bords avaient déjà commencé à se refermer... plusieurs fois, sans doute. Elles s'étaient seulement rouvertes par manque de soins.

Plusieurs fois.

Et puis, il y avait ces cauchemars. Et son esprit, encore embrumé, au point qu'il avait d'abord cru qu'il avait bu. Mais il n'avait pas bu, du moins pas consciemment. On l'avait sans doute drogué. Ce qui expliquait l'absence totale de souvenirs du voyage depuis les plateaux de...

Des pas dans le couloir. Un bruit de clés.

Trois hommes, cette fois. Dans le couloir, la torche était presque éteinte, mais Arekh savait compter le nombre de bottes sur la pierre. Les clés tournèrent dans la serrure de la grille rouillée par l'eau et les années et Arekh leva la tête.

Oui, trois hommes. Habillés de sombre. La lumière mourante de la torche faisait briller quelque chose sur leurs vêtements et Arekh sentit son cœur se serrer, sans savoir pourquoi.

— Arekh ès Morales, fils de Joanki ès Morales et de sa femme Loïse, seigneur de Miras et de ses terres...

Comme avant, Arekh se contenta de fixer l'homme qui parlait, sans répondre.

— Vous avez été condamné par les Principautés de Reynes pour « parricide, trahison et meurtres pourpres »...

Et cette fois, Arekh leva la tête, blême, le visage figé de stupeur, tandis qu'un mouvement de la torche révélait la terrible vérité. L'argent qui brillait sur leurs uniformes noirs.

Reynes. Ils l'avaient capturé, et ils l'avaient ramené à Reynes.

Le choc le rendit presque indifférent à la douleur de sa cuisse torturée quand ils le firent sortir et le poussèrent dans le boyau rocheux pour qu'il avance, lui faisant grimper trois marches, puis s'arrêtant pour ouvrir une nouvelle porte qui donnait sur d'autres tunnels, à peine plus grands, à peine plus éclairés. Reynes. Ce n'était pas possible, se répéta-t-il, malgré l'évidence, malgré les uniformes noir et argent si familiers, si atrocement familiers, de ses gardiens. Il ne pouvait pas avoir fait huit cents lieues sans le savoir, il ne pouvait pas avoir traversé les Royaumes, inconscient, pour être jeté dans les geôles du seul endroit qu'il ne pouvait pas, qu'il ne *voulait* pas revoir de toute son existence, un endroit dont le seul nom lui donnait, éveillé, des terreurs glacées. Non, ce n'était pas possible, il était à Pierranne, au pire dans une Cité Libre, pas dans les prisons labyrinthiques et anciennes qui s'étendaient sur des lieues sous les bâtiments de l'Assemblée et des jardins officiels de Reynes, la plus grande cité des Royaumes... Au prochain tournant ils allaient monter un escalier, se retrouver dans une cour, à l'air libre. Ni Pierranne ni les cités libres n'avaient des prisons dans lesquelles il était possible de marcher, ainsi, vingt minutes durant, droit devant soi sans voir la lumière du jour, et malgré l'affreuse certitude qui pesait sur lui, se faisant plus lourde à chaque pas, il espérait encore...

Non, ils n'avaient pas pu lui faire traverser le pays sans qu'il ait au moins une bribe de souvenir, un lambeau de conscience...

Une porte s'ouvrit. On le poussa de nouveau.

Le cœur d'Arekh s'arrêta.

La pièce était taillée directement dans le roc. Le roc noir des sous-sols des Principautés, qu'Arekh connaissait bien pour en avoir arpenté les couloirs, cherchant des archives, soudoyant les secrétaires et les espions qui faisaient bourdonner comme une ruche les étages inférieurs de l'Assemblée. Il n'y avait aucune ouverture, aucune fenêtre, seulement le roc noir et l'humidité qui, là aussi, infiltrait la pierre. Une grotte, façonnée de main humaine... une grotte assez grande pour que les pas y résonnent et qu'Arekh ne puisse voir le visage des gardes qui se trouvaient à l'autre bout, une grotte sur laquelle était sculpté, en bas-relief sur la pierre sombre, le sceau de Reynes.

Il n'y avait plus d'espoir.

Au milieu de la pièce se trouvait une table, taillée dans le roc elle aussi, et au bout de la table, assise sur un tabouret en bois, le visage émacié, les pieds enchaînés, se trouvait Liénor.

Serrant un tout petit bébé dans ses bras.

Arekh traversa la distance qui le séparait de la table, chaque pas scellant son destin. Un homme en gris et argent, debout, le regarda avancer en souriant. Il lui fit signe et Arekh s'assit, sur le tabouret en bois, en face de Liénor.

Les gardes reculèrent, pour aller se placer devant la porte par laquelle ils étaient entrés.

Ils restèrent tous les trois, au centre de l'immense grotte noire.

Liénor et Arekh, enchaînés, de chaque côté de la table, l'homme en gris, debout.

— Bienvenue, eleni Morales, dit l'homme, souriant toujours. Nous pensions vous avoir perdu. Je suis heureux que vous ayez survécu à vos blessures.

Arekh ne répondit pas. Il leva les yeux sur Liénor, et ils se regardèrent un moment. Le vide, le désespoir des yeux de Liénor étaient terrifiants. Elle portait sur son visage et sur son torse les premières traces de torture... les cicatrices encore à vif, le sang à peine coagulé. Son corps avait des accès de tremblements, et ses bras serraient convulsivement l'enfant – il ne devait pas avoir un mois. Au niveau de ses seins, des auréoles de lait s'agrandissaient sur le tissu en lin rugueux, déjà taché de sang séché.

Ils en étaient à l'effleurement, le premier niveau de la torture. On jouait avec les nerfs à fleur de peau, sans trop abîmer l'intérieur, en respectant les os et l'intégrité du corps. Au deuxième niveau, on tranchait plus profond.

L'enfant ne semblait pas avoir été touché.

Pour l'instant.

— Nous ne voudrions pas que vous nous... glissiez entre les doigts avant que nous n'ayons eu quelques réponses à nos questions, reprit le Liseur d'Âmes. Je vous présente toutes mes excuses pour la façon dont vous avez été traité – ou plutôt, pour la façon dont vous n'avez pas été traité, du moins au début... Certains ici n'avaient pas compris votre importance. Si vous étiez mort, il y aurait eu de graves sanctions.

Dans les histoires de chevalerie, dans les contes où étaient narrés, en vers ou en prose, les exploits des héros – demi-dieux, fils de rois, bâtards de bergers et de déesses – les prisonniers avaient toujours des réflexions ironiques et bravaches à lancer à leurs geôliers. Arekh sentait que le Liseur d'Âmes aurait aimé que son prisonnier réponde, il aurait adoré se lancer dans une joute d'humour noir, qu'il aurait pu raconter ensuite, en remontant à la surface, à ses collègues et aux belles dames de l'Assemblée, qui l'auraient écouté d'un petit air choqué, à la fois fascinés et dégoûtés...

Mais Arekh n'avait rien à dire. Il ne pouvait détacher ses yeux du visage si fragile du bébé, de la manière dont il dormait, la bouche plissée, comme s'il souffrait déjà, ou comme s'il participait à la souffrance de sa mère.

Le Liseur d'Âmes eut un soupir déçu.

— Bien. Avant toute conversation sérieuse, il faut que je vous répète les phrases rituelles... Vous devez déjà les avoir entendues, je suppose. « Le parricide est un crime qui ne s'expie pas, car les dieux détournent leur regard de celui qui tranche les fils qui ont noué sa vie. Reynes ne pardonne pas aux criminels, car les criminels eux-mêmes n'ont pas pardonné. » Bref...

Le Liseur d'Âmes se retourna et fit signe aux gardes qui se tenaient au bout de la grotte, presque invisibles. L'un d'eux s'approcha, portant un plateau, une cruche de vin et un verre. Le Liseur d'Âmes se servit avec lenteur, alors que le garde restait debout, très droit ; il but ; puis reposa le verre sur le plateau.

Le garde s'éloigna.

— Bref, vous n'avez aucune chance, reprit le Liseur d'Âmes en souriant. Pour parler de façon mélodramatique, vous ne quitterez pas Reynes vivant, aussi ne vous accrochez pas à cette idée. Mais il y a des tas de façons de mourir, et beaucoup sont désagréables...

La voix de Liénor s'éleva soudain, inattendue.

— Vous devriez demander aux assistants de l'Assemblée de vous écrire vos discours. Les vôtres sont pitoyables.

Arekh releva la tête. Ainsi c'était Liénor qui avait décidé de s'occuper de la partie « héroïque et bravache » de la scène. Alors qu'elle était blessée, épuisée, sans espoir, serrant son enfant dans ses bras.

Une image lui revint ; celle de Liénor dans la boue de la Cité des Pleurs, la rage dans les yeux. *Liénor est plus forte que moi*, avait dit un jour Marikani en souriant. *Je ne l'ai jamais vue pleurer.*

Le Liseur d'Âmes jeta à la jeune femme un coup d'œil mauvais, puis reposa les yeux sur Arekh.

— Vous savez pourquoi vous êtes là, bien sûr, eleni Morales. Le parricide est puni de mort, et si nous avions suivi la procédure habituelle, vous auriez déjà été exécuté. Mais nous avons mué votre condamnation en *exiis* religieux. Comme ehari Liénor Mar-Arajec, ici présente, vous avez été en présence du mal absolu. Le feu des Abysses vous a touché, tordant votre âme, s'interposant entre vous et le regard des dieux. Nous avons donné à Liénor Mar-Arajec plusieurs fois, déjà, l'occasion d'abjurer l'influence maléfique de la déméana, d'implorer le pardon des dieux et de purifier son âme avant de trouver une mort paisible. Mais elle a refusé : telle est la force des griffes obscures des Abysses, qui ont eu le temps, au fil des ans, de lui ronger le cœur. Mais vous avez été exposé moins de temps aux mensonges et à la séduction de la déméana. Peut-être avez-vous été moins touché. Quand je vous ai vu à Salmyre, vous paraissiez sain d'esprit encore...

Arekh leva la tête et observa le Liseur d'Âmes. Le visage de l'homme ne lui disait rien. Sans doute faisait-il partie de la délégation de Laosimba, ou était-il présent au Concile... Arekh était trop occupé, à l'époque, pour faire attention.

— La déméana ? répéta-t-il, d'un ton interrogateur.

C'était la première fois qu'il entendait le mot, qui semblait avoir été construit à partir de deux racines religieuses, *dém*, « l'obscurité des Abysses », et *ana*, la « femelle mauvaise ».

— Celle qui se fait appeler Ayesha, expliqua l'homme. La fille du dieu que l'on ne nomme pas.

— Marikani ? dit Arekh sans pouvoir retenir un petit rire sec.

Le Liseur d'Âmes se redressa, presque vexé.

— Ayesha n'est pas humaine. Elle est la puissance des abîmes, celle qui apporte le chaos, venue dans les Royaumes porter le feu et la destruction...

— Vous plaisantez.

Un regard au Liseur d'Âmes suffit à convaincre Arekh du contraire.

— Elle est celle qui fait basculer les Cieux.

– La fille du dieu que l'on ne nomme pas, soupira Arekh. Elle doit détester ça.

Liénor eut un léger sourire et Arekh en fut heureux.

— Avez-vous couché avec elle ? demanda soudain le Liseur d'Âmes. Avez-vous plongé votre chair dans la chair immortelle et maudite de la déméana ?

Arekh resta bouche bée, le regardant, ébahi.

— Non, dit-il enfin.

Cette fois, ce fut au tour de Liénor de rire.

— Bien, déclara le Liseur d'Âmes avec emphase. Il reste peut-être une chance, alors. Um-Akr voit par mes yeux, Um-Akr entend par mes sens, aussi aujourd'hui je vous le demande : acceptez-vous, Arekh ès Morales, de reconnaître devant le dieu la nature démente et mauvaise de la déméana ? Acceptez-vous de renier son influence et sa voix, de vous lever, ici même, devant Um-Akr, pour crier votre erreur ? Acceptez-vous de renier jusqu'au nom d'Ayesha, et d'implorer la pitié du dieu, pour qu'il vous soit pardonné ?

— Allez vous faire foutre, répondit Arekh.

Il regretta vite sa réponse. Dans la cellule de torture où, d'un geste, le Liseur d'Âmes le fit emmener, Arekh eut le temps de réfléchir alors que les bourreaux lui liaient les mains au-dessus de la tête et lui écartaient les jambes dans la position de la passion des hérétiques. Il aurait mieux fait de jurer tout ce qu'ils voulaient... Il n'était pas à un faux serment près, et qu'importait de renier cette « déméana » qu'ils avaient inventée ? Quand ils amenèrent le seau d'eau glacée et le fouet, Arekh hésita à prononcer les paroles d'abjuration, mais un étrange orgueil (ou une folie digne de Marikani, pensa-t-il) le retint. Céder maintenant, tout de suite, avant le premier coup aurait paru lâche et il ne pouvait s'y résoudre. Et curieusement, cette résistance à il ne savait quoi, cette loyauté dont il ignorait le principe le soutint pendant de longues heures, alors que la lanière de cuir et de métal s'abattait sur sa peau, qu'ils lui jetaient l'eau glacée du seau sur ses blessures et recommençaient... Cette étrange folie qui l'empêchait de renier le nom de la déméana ne disparut pas, et il hurla, hurla pour se vider la tête, pour s'empêcher de réfléchir et de céder. Bientôt il ne fut plus que douleur ; la pierre, l'eau, le froid et la souffrance mêlés dans un tourbillon où plus rien n'avait de sens.

Et ce n'est que le début, pensa-t-il avant de perdre conscience, quand les lanières battirent ses cuisses blessées. *Que le premier jour.*

Ils l'envoyèrent passer la nuit suivante dans une nouvelle cellule, plus grande. Quand les gardes le poussèrent à l'intérieur, il y trouva Liénor assise en tailleur par terre, le regard fixé sur l'entrée, le bébé dans ses bras, tétant le sein.

De nouvelles blessures étaient apparues sur le visage de la jeune femme, mais ses traits restaient reconnaissables. Arekh s'écroula à côté d'elle et resta là, étendu, incapable de bouger, incapable de dire un mot. Mais il ne pouvait s'empêcher de penser. Pourquoi, si Liénor était « la compagne de la déméana », restaient-ils aux premiers niveaux de torture ? Parce qu'ils avaient besoin d'elle, sans doute. Et s'ils avaient besoin d'elle, pensa Arekh avec un plaisir étrange, c'était sans doute que Marikani était encore vivante. Elle était quelque part, libre, à « porter le feu et la destruction » dans les Royaumes.

Les Liseurs d'Âmes n'avaient pu la capturer, mais ils voulaient quelqu'un à montrer à la foule terrifiée par les événements. S'ils n'avaient pas la déméana, ils avaient « son âme damnée » ! *Regardez, voyez sur le visage de cette femme maudite la terrible lumière des Abysses ! Regardez comme nous arrachons le mal de son âme !*

— Ils vous nomment son « consort », dit Liénor d'une voix rauque.

Elle gardait les yeux fixés sur le bébé qui tétait. Combien de temps encore, pensa Arekh, avant que la douleur et l'angoisse tarissent son lait ? Et après ? Qu'arriverait-il à l'enfant ?

— Son consort ? répéta-t-il.

— Le consort de la déméana. Vous avez beau dire que vous n'avez pas couché avec elle, ils ne vous croient pas. Ou ils ont décidé de ne pas vous croire.

Un consort... oui, c'était bien pratique, pour montrer à la foule, aussi. *Regardez ! Les agents humains de la déméana ! Nous tenons ses complices !*

— Son consort. Décidément, j'ai... tous les inconvénients... sans avoir eu les avantages, réussit à dire Arekh, s'interrompant pour combattre des vagues de douleur. (Si Liénor sourit, cette fois, il ne le vit pas.) Comment... Quand vous ont-ils capturée ?

Le bébé perdit le sein et laissa échapper quelques pleurs saccadés, à peine audibles. Il paraissait si faible, pensa Arekh. Ses petits bras si maigres.

— Ils vont... Ils vont me le prendre, dit Liénor, les yeux fiévreux. S'ils me permettent de le garder, s'ils ne l'ont pas encore tué, c'est pour pouvoir mieux me l'arracher après... pour avoir un dernier moyen de chantage... Ils s'amusent à me faire peur, à approcher leurs lames du bébé... et si... et si...

Elle se tut, et le silence tomba de nouveau dans la cellule.

Liénor reprit la parole au bout d'une longue minute.

— Ils m'ont arrêtée à la frontière de Pierranne. Je voulais rentrer à Lônnes... le domaine de mon mari, au sud d'Harabec. Mais Laosimba avait demandé mon arrestation, et ils avaient mon signalement. Ils veulent tous ceux que Marikani a touchés, d'une manière ou d'une autre...

Arekh hocha la tête.

— Ils ne nous tueront pas, dit-il enfin. (Sa voix était rauque et il tenta de l'éclaircir. Ce n'étaient que quelques coups de fouet, et déjà son corps se révoltait contre lui.) Ils veulent nous garder comme moyen de chantage, comme monnaie d'échange, au cas où...

— Ils me posent des questions, dit Liénor, berçant l'enfant qui avait recommencé à pleurer, un son grêle, presque aigre. Ils me posent des questions sur Marikani... sur son enfance, son caractère, ses amis, ses alliés... sur Harabec et ce que je sais de la cour... (Elle se tourna vers Arekh et le fixa, une lueur terrifiante dans les pupilles.) Mais je ne leur dis rien ! *Rien !* Ils peuvent tout essayer, me faire n'importe quoi... *Je ne dirai rien !*

Arekh la regarda, bouche bée, tandis que Liénor secouait l'enfant dans un rythme étrange, répétant : « Rien... Rien... Rien » d'une voix cassée.

— Liénor, dit-il enfin, épouvanté par la démence qui dansait dans ses yeux. (Il s'obligea à bouger, malgré sa cuisse déchirée, malgré les muscles de son dos qui semblaient crier comme une immense plaie.) Liénor, dites-leur tout ! Tout ce qu'ils veulent entendre ! Ça n'a aucune importance ! Si vous pouvez vous éviter des souffrances inutiles, parlez ! N'arrêtez pas de parler, noyez-les sous les paroles, donnez-leur les noms de toutes les statues d'Harabec, dites-leur les noms de tous les imbéciles avec lesquels elle a dansé, détaillez-leur la moindre perle de sa robe de mariée... Abjurez la déméana autant de fois qu'ils le désirent... Donnez-leur ce qu'ils veulent, ce ne sont que des mots ! Par Fïr, souffla-t-il avant de réaliser l'ironie d'invoquer les dieux, par tout ce que vous voulez, Liénor, il est inutile de souffrir ainsi...

— Je ne trahirai pas Marikani, dit la jeune femme d'une voix rauque.

Elle se balançait maintenant d'avant en arrière, les yeux fixés sur la pierre.

— Mais vous ne trahissez rien du tout ! souffla Arekh. Si...

Il s'interrompit soudain, réalisant ce qu'il aurait dû comprendre bien avant, si la souffrance et le reste de la drogue ne l'avaient pas abruti. Si Liénor et lui avaient été jetés dans la même cellule, c'était sans doute pour qu'ils parlent. Ils devaient être espionnés, ils l'étaient forcément. Un pauvre soldat, ou un clerc au service des Liseurs d'Âmes devait être collé contre un soupirail aménagé pour cet usage, et, la plume à la main, devait noter tout ce qu'ils se racontaient...

Arekh leva la tête, cherchant, au plafond, dans les murs, une zone d'ombre plus profonde qui révélerait une cavité, puis abandonna. Quelle importance, après tout ? C'était là l'ironie de leur torture. Ils n'avaient aucun secret à révéler, rien en tout cas qui puisse vraiment être utile à leurs ennemis.

— Liénor, vous ne trahissez personne, répéta-t-il. Si ne nous sommes pas encore morts, c'est que nous pouvons leur être utiles. Si nous pouvons leur être utiles, c'est que Marikani n'est pas morte, elle non plus, c'est qu'elle est libre, quelque part... perdue dans la nature, avec une bande d'esclaves révoltés. Elle se fiche bien de tout ce que nous pouvons raconter sur son enfance ou sur la cour d'Harabec. Rien de ce que je puisse dire ne peut lui nuire. Si elle était là, elle vous ordonnerait de parler...

— Vous avez refusé, dit Liénor sans le regarder. (Elle se balançait toujours.) Vous avez refusé de la renier.

Là, dans l'ombre, à cent pieds au-dessous des rues de Reynes, enterré très loin sous la vie, sous la liberté, Arekh soupira.

Marikani lui avait dit une phrase, il y avait très, très longtemps...

— « La logique et l'humain ne marchent pas toujours de concert »... Mais je leur donnerai ce qu'ils veulent dès demain. Si je peux faire plaisir à ces fous en abjurant, je m'en voudrais de les priver. Ça ne coûte rien à personne.

— Lâche, cracha Liénor, la fureur faisant vibrer les membres amaigris de son corps. *Lâche !!* Je savais que vous ne l'aimiez pas vraiment, je savais...

Sa voix s'éteignit, comme si elle était à bout de forces. Dans ses bras, le bébé se mit à tousser, une petite toux sèche et atroce qui fit plus mal à Arekh que les coups de fouet. Liénor le berça de nouveau, attendant qu'il se calme.

— Lâche, répéta-t-elle enfin.

Arekh eut un petit rire.

— Ce n'est pas de la lâcheté, Liénor, dit-il d'une voix douce. C'est de l'espoir. Si j'étais lâche, je leur cracherais au visage demain ; je prendrais mes chaînes, j'essaierais d'étrangler un des gardes pour que l'autre riposte et me tue d'un coup d'épée. Et mes souffrances seraient terminées.

— Vous devriez, cracha Liénor, furieuse. Ça vous éviterait de trahir le nom de celle qui vous a tant donné et...

— Oh oui, elle m'a « tant » donné, dit Arekh, riant de nouveau, car il lui semblait qu'il n'y avait rien à faire d'autre – mais même rire était douloureux, et il s'arrêta. Elle m'a donné le droit de me retrouver ici...

Liénor, vous vous souvenez combien de fois j'ai reproché à Marikani de m'avoir sauvé ? D'avoir inutilement prolongé la vie de Mîn, pour ne lui offrir que quelques jours de souffrance supplémentaires ?

Liénor ne dit rien et Arekh reprit.

— Eh bien elle aura au moins réussi quelque chose, dit-il, ignorant s'il était amer ou non. Je suis maintenant infecté de la même folie. Je crois qu'il faut vivre, Liénor, même pour quelques heures de souffrance plus. Il faut tenter de vivre.

La phrase avait sonné de manière théâtrale, dans l'obscurité de la cellule, mais les jours suivants, Arekh faillit plusieurs fois oublier sa résolution. Il avait parlé, raconté tout ce que Vernard, le Liseur d'Âmes, voulait savoir sur Harabec et sur Marikani, embellissant même la vérité. Parfois, la douleur le conduisait aux limites de la folie.

Le troisième jour de torture, Laosimba ès Verityu de Meslore, Béni de Fîr, enveloppé dans un lourd manteau de fourrure noir bordé d'argent pour se protéger contre l'air glacé des tunnels, vint honorer le supplicié de sa visite. Arekh inventa à son intention, avec un talent qui aurait rendu envieux les conteurs de la cour de Kiranya, une scène haute en couleurs qui réjouit Laosimba et fit froncer les sourcils de Vernard. La respiration hachée par la souffrance – ils s'étaient amusés à le brûler, maintenant, au fer rouge, et avec des tisons – Arekh se lança dans un récit incohérent parlant de formes abyssales dansant autour de Marikani, de lueurs pourpres sortant de ses pupilles le matin, au petit déjeuner, de sacrifices et de cannibalisme, d'orgies et de transes où elle parlait dans un langage incompréhensible et sauvage.

Laosimba repartit satisfait, et après sa prestation Arekh se laissa retomber, épuisé, sur la planche où il était enchaîné, alors que Vernard le fixait d'un regard soupçonneux.

La torture n'avait pas cessé. Pourtant Arekh avait abjuré, trois fois, et effectué toutes les génuflexions et les simagrées nécessaires, il avait juré tous les serments demandés... Dire qu'un an auparavant, les dieux le terrifiaient, et que l'idée même d'un parjure divin lui paraissait plus atroce que le plus atroce des meurtres... et maintenant il mentait, mentait devant les icônes et les objets les plus sacrés, et l'ombre d'un remords ne l'effleurait même pas...

Pourtant, malgré tout, le soir venu, ils continuaient, le rejetant, brisé, dans sa cellule, la même cellule où ils ramenaient également Liénor, sa journée terminée.

Quelles que soient les souffrances d'Arekh, elles n'approchaient en rien celles de la jeune femme, et jour après jour, il la vit se décomposer, son bébé encore vivant, de plus en plus maigre, de plus en plus fragile.

Pendant cinq nuits, elle refusa de le regarder, sifflant seulement des insultes dès qu'il essayait de lui parler, de la réconforter.

— Lâche, soufflait-elle, avec de moins en moins de force, et de plus en plus de haine. Lâche. Traître. Serpent.

La sixième nuit, elle ne dit rien. Elle tomba assise, l'enfant dans ses bras, dos au mur, fixant le plafond, les yeux si vides qu'Arekh crut un instant qu'elle était morte.

— Liénor, souffla-t-il, s'approchant. Il s'agenouilla à ses côtés, sentant ses forces l'abandonner. (Il lui mit la main sur l'épaule, et elle ne le rejeta pas.) Liénor... Il faut... Marikani aurait voulu...

— Ils vont prendre le bébé, croassa-t-elle. Demain. Ils m'ont dit qu'ils allaient le prendre. Pour lui faire... pour lui faire...

Elle s'interrompit. Arekh la prit maladroitement dans ses bras, et laissant aller sa tête sur son épaule, Liénor éclata en sanglots hystériques.

4

Le carreau transperça l'épaule d'Harrakin avec un claquement sec. La douleur et le choc lui brouillèrent la vue, mais malgré la brume rouge qui passait sur ses yeux, il ne perdit pas un instant.

— Déployez-vous ! cria-t-il, portant la main à son épaule. Protégez la caravane !

D'un geste rapide, sans se courber, sans une grimace de douleur, il cassa le bois qui dépassait de la blessure, laissant la pointe à l'intérieur. Il serra la hampe dans sa main, sans s'attarder à l'examiner ; il y avait plus urgent.

— Vite ! cria-t-il, alors qu'après la vague de douleur, les hommes et le paysage reprenaient lentement leur clarté. Formez le cercle !

— Vous êtes blessé, sire ! dit son lieutenant, un jeune soldat brun et sec dont Harrakin n'avait jamais connu le nom. Il faut...

— Le cercle ! tonna Harrakin, reprenant le contrôle de son cheval qui, il le sentait, commençait à s'affoler. Vous bavarderez plus tard !

Autour d'eux... rien. Personne. Ils étaient seuls, du moins en apparence. La caravane royale et ses cent vingt hommes paraissaient minuscules sur la route poussiéreuse... de petits cailloux insignifiants, écrasés par la majesté des contreforts de Hismark. Le vent faisait danser des tourbillons de poussière entre les hautes falaises de pierre rouge. Le monde était un puzzle de couleurs brusques. L'écarlate et le jaune des rochers, le bleu mordant du ciel. Le soleil ne chauffait guère, mais le paysage était désertique et superbe : une anomalie du sud de l'Émirat ; des terres vibrantes et arides que nul ne se battait pour conquérir.

Les cavaliers formèrent une barrière humaine autour de leur roi.

Personne.

Il n'y avait personne.

Le carreau était venu du nord-ouest, du haut des falaises rouges. Les assaillants se cachaient sur les crêtes... *là-bas*, pensa Harrakin, sa main tenant son épaule pour vérifier qu'il ne perdait pas trop de sang, oui, *là-bas* sur cette arête rocheuse dont les dentelles de pierre formaient des silhouettes presque humaines... ou peut-être là, derrière ces pitons rougeâtres, ou là encore, plus au nord, en haut de la falaise ocre qui grimpait à pic...

Derrière, les autres cavaliers s'étaient déployés autour des chariots et des palanquins ; les fantassins, les *Fils de Murufer*, s'étaient placés à l'avant, prêts à tout, et les vingt arbalétriers avaient mis un genou à terre, visant un ennemi invisible.

La douleur de son épaule arracha à Harrakin une grimace involontaire. Il savait avant de prendre la route que le voyage serait dangereux. Mais il devait se rendre à Reynes. Il le fallait ; la situation était trop grave. Il n'avait pas le choix, et ce n'étaient pas quelques brigands qui l'empêcheraient de passer... Des brigands, ou des esclaves révoltés, des fauves humains, racontait-on, qui pillaient, détruisaient, massacraient sur leur passage. On disait même que Marikani avait pris la tête d'une des bandes, un groupe, non, un flot de rebelles, un peuple, sur lequel couraient les plus folles rumeurs...

Après les premiers pillages des bandits de Marikani, Laosimba, qui dirigeait les Liseurs d'Âmes à Reynes, avait adressé à Harrakin une lettre furieuse... comme si celui-ci était en partie responsable des exactions de celle qu'il avait aimée, épousée, puis dénoncée. Harrakin avait jeté la missive au feu avec un haussement d'épaules amusé. Il ne fallait pas la laisser s'échapper. Qu'est-ce qu'ils imaginaient, ces Liseurs d'Âmes... Qu'elle allait se réfugier dans une cabane, au bout du monde, pour faire de la broderie et pleurer ses péchés passés ? Marikani n'était peut-être pas née du sang royal d'Harabec, comme tous l'avaient cru si longtemps, mais elle avait été éduquée comme une princesse de sang, et par les dieux, elle en avait le panache. En attendaient-ils moins d'une femme qu'Harrakin avait épousée ? S'ils ne voulaient pas qu'elle se retourne contre eux, ils n'avaient qu'à lui trancher la gorge sur place, ces imbéciles...

C'est ce qu'Harrakin aurait fait, si on le lui avait permis. « N'épargne pas ton adversaire aujourd'hui, car lui ne t'épargnera pas demain », lui avait répété, durant son enfance, un de ses nombreux précepteurs. Oui, il fallait achever ses ennemis, même quand on les estimait, *surtout* quand on les estimait. Harrakin aurait fait exécuter Marikani aussitôt, dans les caves de Salmyre, si on lui avait laissé le choix, mais non, il avait fallu que ces idiots exigent la torture rituelle, la condamnation officielle sous le toit du Grand Temple de Reynes, la souffrance divine sous le regard de Fîr... Ils voulaient surtout parader dans les rues de Reynes avec leur proie.

Et leur proie s'était échappée, et elle les mordait aujourd'hui...

Et voilà qu'à cause de ces imbéciles et de leur vanité, Harrakin et son escorte se retrouvaient en mauvaise position dans un défilé rocheux, sans doute sous le feu d'une de ces bandes d'esclaves révoltés entraînés par Marikani...

Une bande d'esclaves pour l'instant invisible...

Toujours rien.

Pas un mouvement.

Le ciel, si bleu.

Le rouge des rochers, comme du sang en attente.

— Elle a des pouvoirs étranges, souffla le lieutenant à côté d'Harrakin. La *déméana*..., dit l'homme en baissant encore la voix, comme s'il avait peur de prononcer ce nom à voix haute. Il lui suffit d'un geste pour faire s'abattre la mort et le feu... Elle fait apparaître et disparaître ses hommes dans un tourbillon de poussière, et...

Le regard d'Harrakin l'interrompit.

— Encore un mot et je vous dégrade, siffla celui-ci à voix basse, pour que les hommes ne l'entendent pas. Qu'un idiot comme vous soit arrivé au poste de lieutenant est une honte pour notre armée.

Le jeune homme devint livide, puis tressaillit, sentant en un instant tout lui échapper... la faveur de son roi, son honneur, sa place, peut-être. Harrakin continua à le fixer, se demandant s'il ne devrait pas mettre tout de suite sa menace à exécution, et le remplacer, là, sur-le-champ, par un officier qui ne soit ni lâche, ni superstitieux...

— Ayashi ? dit une voix mélodieuse derrière eux. Bien-aimé, que se passe-t-il ?

— Aucune idée, Samia. Reste dans le palanquin.

Mais quand il se retourna vers le centre de la caravane, la jeune femme était en train d'en sortir, posant sa délicate chaussure de satin sur le marchepied tandis que ses suivantes s'empressaient autour d'elle.

— Sommes-nous en danger ? demanda-t-elle en secouant ses boucles avec un sourire timide.

— Par Fîr, cracha Harrakin, éperonnant son cheval pour remonter vers l'arrière de la caravane, rentre là-dedans, Samia, ou je t'y fais rentrer moi-même !

La jeune femme fit aussitôt volte-face, tremblante. Harrakin s'en voulut d'avoir employé un ton aussi sec : il ne fallait jamais humilier une femme devant des subalternes. Surtout quand cette femme était une lointaine parente, de sang royal, et qu'elle avait une chance de devenir son épouse.

Si elle attendait bien un enfant, et si cet enfant était un fils.

Mais l'épaule d'Harrakin le lançait, la situation était grave, et la bêtise et la lenteur de Samia l'exaspéraient tant, parfois, que s'il n'avait pas su ce qu'il devait aux dieux leurs ancêtres, il l'aurait volontiers giflée.

Arrivé à l'arrière, il se retourna de nouveau, puis passa sur le flanc droit.

Rien ne bougeait sur les falaises ocre.

Pas un souffle de vent.

— Sire... souffla le capitaine des Fils de Murufer, venant à sa rencontre. Nous devrions reprendre la route. Sans doute n'étaient-ce que quelques brigands solitaires, qui ont fui en voyant à qui ils avaient affaire... D'ailleurs, dit-il avec un geste vers le bras d'Harrakin, le chirurgien devrait examiner votre...

— Pas encore, dit Harrakin, scrutant les montagnes.

Non. Ce n'étaient pas des brigands solitaires, et personne n'avait pris la fuite. Tous ses instincts le lui criaient.

Le silence était trop lourd, la montagne trop étincelante.

Un bruit...

À peine audible, comme un sifflement. Le capitaine retint son souffle, les soldats se tendirent, quelques-uns d'abord, alors que le sifflement était encore si faible qu'il pouvait passer pour un rêve, puis tous, la peur dans les yeux, alors que le son enflait, enflait, faisant vibrer leurs oreilles à la limite de la douleur tandis que les femmes hurlaient dans la caravane...

— Silence ! cria Harrakin en direction des palanquins, mais le sifflement était trop fort et personne ne l'entendait.

À ses côtés, les hommes paniquaient, Harrakin le sentait de manière presque physique. Son cheval, terrifié, s'ébrouait et arpentait le sol sablonneux ; Harrakin en reprit le contrôle avec difficulté. À travers ce sifflement irréel, les hennissements des bêtes et les cris suraigus des femmes résonnaient aux limites de son audition, comme un bruit de fond...

Il se concentra, tentant d'ignorer les peurs qui s'infiltraient en lui. Les souvenirs de vieux contes pour bonnes femmes, qui racontaient des histoires de créatures écorchées, des bâtards d'humains et de créatures des Abysses qui attiraient les justes dans les gouffres par leurs chants maudits...

— *Là-bas*, cria le lieutenant à son oreille – Harrakin, qui ne l'avait pas entendu approcher, devina plutôt qu'il ne comprit ses paroles. (Autour d'eux, les soldats se bouchaient les oreilles, lâchant leurs armes, tremblant, criant. Le lieutenant désignait une crête à l'est, à l'opposé de l'endroit d'où était sans doute parti le carreau.) *Le sifflement... de là-haut... une piste... attaque...*

Ses mots étaient épars, mais Harrakin comprit, et, secouant la tête, il l'empêcha de se lancer à l'assaut de la montagne. Le lieutenant protesta, insista, Harrakin le comprit à ses gestes, à son expression ; il devait dire que si les ennemis étaient là-haut, là d'où venait le sifflement, alors autant attaquer, autant charger, grimper la pente, avant que les archers ennemis ne les massacrent de loin... et Harrakin, qui avait oublié la douleur, sentit soudain quelque chose de mouillé sur sa chemise. Le sang. Cette fois, le sang coulait, imbibant lentement ses vêtements, et son bras s'engourdissait – pourvu que le carreau ne soit pas empoisonné, pensa-t-il, combattant un très léger étourdissement...

Le lieutenant leva le bras, se préparant à donner l'ordre d'attaque...

— *Non*, dit simplement Harrakin.

L'officier se figea. Il ne pouvait avoir entendu, mais il avait lu dans les yeux de son roi.

— Non, répéta Harrakin pour lui-même, toujours à l'écoute, tous ses sens en éveil, malgré le sifflement hurlant dans les oreilles, un sifflement parfait pour déconcentrer les hommes...

... les déconcentrer pour ne pas qu'ils réfléchissent...

... pour ne pas qu'ils *entendent*...

... qu'ils entendent *quoi* ?

Tu n'as pas que tes yeux, disait le Chant du Guerrier, la chanson d'Arrethas.

Le bon guerrier n'avait pas que ses yeux... il n'avait pas que ses oreilles non plus...

Harrakin ferma les paupières, chercha, chercha ce que le sifflement voulait lui cacher, tandis que le lieutenant l'observait étrangement...

La terre tremblait.

La terre tremblait, comme sous le galop de soixante chevaux, quatre-vingts même, des cavaliers qui arrivaient sur eux, *du sud*, de derrière, alors que le carreau d'arbalète et le sifflement leur avaient fait concentrer leur attention et leurs hommes au nord...

— *À moi !* cria Harrakin, mettant son cheval au galop, remontant vers l'arrière de la caravane tandis que les cavaliers le suivaient, obéissant à ses gestes plutôt qu'à ses mots.

Il donna des ordres, en fit deviner d'autres plutôt qu'il ne les cria, sentant le sentiment d'urgence monter, faisant courir les Fils de Murufer à l'arrière, placer les arbalétriers sur le flanc, et à l'étonnement d'Harrakin, le lieutenant qui paraissait si stupide sembla deviner les pensées de son roi, et lui aussi galopa, faisant de grands signes aux soldats, les faisant aligner vers le sud, alors que la tension montait à chaque instant qui s'égrenait sous le ciel d'un bleu coupant, entre les rochers d'une immobile hypocrisie...

Et soudain, ils furent là.

Au fond du défilé.

Galopant droit sur eux.

Quatre-vingts cavaliers au moins, une centaine peut-être même, habillés de noir, fondus dans la poussière soulevée par leur passage, flous et mortels comme des spectres du chaos. Le sifflement étouffait comme un brouillard le bruit de leur arrivée, et leurs mouvements silencieux semblaient ensorcelés. Ce n'étaient pas des adversaires, mais des fantômes, une horde de fantômes se mouvant comme une vague lente, leurs longues capes noires ondulant derrière eux...

... et les cavaliers d'Harabec se figèrent, et les arbalétriers restèrent la main bloquée, transfigurés par l'arrivée de ces êtres de cauchemar... Et au milieu de la masse noire galopait, ou voguait, tant son mouvement semblait fluide, une créature sombre au corps immense et flottant, ses yeux orange étincelants luisant telles des flammes maléfiques...

Le lieutenant avait déjà donné deux fois, par gestes, aux arbalétriers l'ordre de tirer, et ceux-ci n'avaient pas bougé. *Nous allons mourir*, réalisa Harrakin, la douleur irradiant son épaule, *nous allons nous faire massacrer, et non parce qu'ils sont en surnombre, mais parce que le sifflement et la terreur paralysent ces imbéciles...*

Ses hommes l'adoraient ; ils l'auraient suivi dans les Abysses si Harrakin avait pu leur parler, les exhorter, les rassurer. Mais avec le sifflement qui les rendait fous, qui couvrait les autres bruits, il ne pouvait parler... Oh, c'était bien joué... Oui, ils allaient périr parce que l'ennemi avait bien pensé sa stratégie...

Non.

La colère prit Harrakin.

Le roi d'Harabec n'allait pas s'avouer vaincu par quelques cavaliers et un instrument de musique. Il en avait vu d'autres, et ses soldats aussi. S'il ne pouvait les exhorter pour leur redonner courage, il pouvait...

Il pouvait leur insuffler la bravoure autrement.

Faisant cabrer son cheval dans un geste théâtral, Harrakin bondit, passant deux fois devant ses soldats, le bras levé tenant son épée d'un geste de défi...

Puis, quand tous les regards furent sur lui, il tourna bride et, seul, fonça droit sur l'ennemi.

Il galopa, épée levée, sur les cavaliers qui arrivaient. Seul contre quatre-vingts. Il n'avait pas l'intention de périr, pas s'il pouvait l'éviter, mais si c'était la seule manière de donner du cœur au ventre à ses hommes, alors...

Alors, par les dieux que le soleil éblouissait aujourd'hui, il montrerait à ces « créatures » comment mourait un fils d'Arrethas.

Quarante pas. Ses adversaires n'étaient qu'une ligne sombre et poussiéreuse, une masse indistincte dans laquelle régnait la forme fluide de la créature aux yeux de feu.

Vingt pas. Avait-il mal jugé leur réaction ? Que faisaient ses hommes ? Pourquoi les arbalétriers ne tiraient-ils pas ? Ses soldats allaient-ils le laisser se sacrifier devant eux, sans réagir ?

Dix pas.

Une volée de carreaux d'arbalète s'abattit soudain sur la ligne ennemie, et devant Harrakin, une dizaine de chevaux roulèrent dans la poussière. Seuls les soldats des flancs avaient été abattus, ses hommes évitant de tirer au centre, de peur de le toucher...

Les cavaliers d'Harabec étaient-ils partis à la charge ? Sinon, il serait mort dans quelques battements de cœur...

Cinq pas.

Une nouvelle volée de carreaux. De nouveaux morts.

La surprise dans les yeux de ses adversaires.

— *ARRETHAS !!*

Mêlée.

Plus de temps pour penser, pour réfléchir, seuls restaient la vie, la mort, le fer et le sang.

Au dernier moment, Harrakin avait dévié sur la droite pour surprendre ceux qui préparaient déjà leur coup. Il ne ralentit pas, ne tira pas sur les rênes, comptant sur la force d'inertie et le poids de son cheval – une des meilleures bêtes des Royaumes – pour se frayer un chemin en écrasant tout sur son passage. Il se baissa pour éviter les premiers coups, et le temps de relever la tête il était déjà au cœur des rangs ennemis, une forêt d'épées, de lames et d'épieux au-dessus de sa tête... Alors, criant des injures inaudibles, riant de joie et de violence pure, riant de la force qui le soutenait et de sa propre folie, il frappa, tranchant des bras, des visages, des torses, le sang éclaboussant sa peau et ses vêtements, labourant les flancs de son cheval avec ses éperons pour ne pas ralentir, car le mouvement était la seule chose qui le maintenait en vie. La bataille, le fil de son existence s'étaient transformés en une série d'images, en de petites scènes éparses : une épée parée, le choc faisant vibrer son bras... son cheval qui oscillait avant de se relancer en avant, tandis qu'Harrakin tranchait dans les chairs d'un homme et de sa monture... un immense guerrier tenant une hache, hurlant, bouche ouverte, un cri silencieux tandis que le bras qui menaçait de s'abattre se décollait de son corps...

Son cheval galopait toujours, un coup à droite, un coup à gauche... sa monture trébucha de nouveau, faillit tomber ; Harrakin n'avait plus d'inertie, il fallait qu'il sorte de la mêlée... Une éclaircie sur la droite... Il éperonna son cheval et fonça tout droit, parant, frappant, taillant, couvert de sang, la souffrance de son épaule gauche oubliée, il était cerné de toute part, il ne pouvait...

Un mouvement, comme si un ordre avait été donné, pour répondre à une attaque. Les cavaliers ennemis se déplacèrent comme une marée, et Harrakin se trouva soudain hors de l'eau, hors de la troupe, son cheval épuisé galopant dans le vide avant de s'arrêter sur le côté du défilé, près des rochers, alors que derrière lui ses adversaires se regroupaient pour faire face à la charge des cavaliers d'Harabec.

Se retournant, Harrakin vit venir la dernière attaque – un homme à la cotte de mailles étincelante, aux cheveux très noirs et aux yeux de braises, sortant du groupe pour se précipiter sur lui.

Harrakin ne bougea pas, laissant à son cheval, qui tremblait sur ses jambes, quelques battements de cœur de plus pour souffler... puis, au dernier moment, il fit virer sa bête, feinta, donna un coup d'épée de côté, embrochant l'homme avec le « ohay !!! » joyeux qu'il lançait à l'entraînement, tandis qu'il passait sans peine sa lame au milieu des anneaux de métal. L'homme continua sa course, la poitrine explosée, avant d'aller s'effondrer près de la paroi du défilé.

Harrakin se retourna pour observer la bataille.

Le lieutenant, qu'il aurait décidément eu tort de renvoyer, avait fait du bon travail. Les Fils de Murufer s'étaient déployés sur la droite et chargeaient, soutenant les cavaliers, alors que les arbalétriers tiraient sur la gauche pour éviter de toucher leurs alliés. On disait des arbalétriers d'Harabec que leur talent était tel qu'ils pouvaient décocher leurs carreaux pendant la bataille, alors que sur le front se mêlaient amis et ennemis, et ne toucher que leurs adversaires, car Arrethas guidait leurs carreaux. Cette technique, appelée le Feu d'Arrethas, avait disait-on sauvé Harabec six cents ans auparavant lors d'une bataille cruciale... mais ni Harrakin, ni ses ancêtres n'avaient pris le risque de l'utiliser depuis.

Et ce n'était pas le moment aujourd'hui. L'ennemi était supérieur en nombre et chaque homme était précieux. De certaines légendes, d'ailleurs, il valait mieux parfois ne pas tester la véracité.

Les cavaliers d'Harabec taillaient courageusement dans la masse, et il était difficile, avec la poussière, le sifflement, de voir qui avait l'avantage. Harrakin se redressa, prit une inspiration profonde, fit quelques gestes pour détendre les muscles de son bras droit. Son bras gauche était presque entièrement insensible. Qu'importait, il devait y retourner. La colère, l'euphorie, la soif de sang n'étaient pas retombées et il avait faim de plonger sa lame dans la chair de ces barbares – car vus de près, voilà ce qu'ils étaient, des barbares, avec des capes – qui osaient faire de la peur leur arme...

Des barbares. Ici, à l'intérieur de l'Émirat. Les Armées des Abysses, comme les appelaient maintenant les prêtres à travers les Royaumes... à l'est des monts, à au moins vingt lieues à l'intérieur des terres. Ce n'était pas le moment d'y réfléchir – Harrakin s'inquiéterait plus tard de la signification de cette attaque, pour l'instant, il devait se concentrer sur leur survie. Mais son esprit n'obéissait pas seulement à la raison, et ses pensées tournoyèrent un instant, mues par une inquiétude mordante. Si loin des montagnes, à l'intérieur des Royaumes, dans les terres civilisées... Quatre-vingts cavaliers ennemis ? Sans que personne n'en soit averti, sans que nul les ait vus passer ? Que faisaient-ils là ? Y en avait-il d'autres ? Où ? Quand étaient-ils arrivés ?

Comme réveillée par ces interrogations, la douleur l'envahit, passant de son épaule à son torse. Il avait trop réfléchi. Son énergie retombait et il sentit une vague de découragement l'envahir. Bien sûr, il y avait les fantassins et les arbalétriers, mais ils n'étaient que trente cavaliers contre quatre-vingts... Ils n'avaient pas une chance...

Au moins, ils auraient combattu, au lieu de se faire massacrer comme des lâches, statufiés de terreur...

Le sifflement s'arrêta.

Harrakin leva les yeux vers les cimes. Cinq soldats, reconnaissables aux couleurs flamboyantes d'Harabec, se dressaient sur une crête avec un geste de victoire. Trois d'entre eux portaient quelque chose à bout de bras, comme un trophée – difficile de voir d'en bas, sans doute une sorte d'instrument de musique...

Et soudain, tout redevint normal.

Sans la musique d'outre-monde qui plongeait la scène dans une atmosphère irréelle, le combat n'était plus qu'un combat, l'embuscade une embuscade, et la « créature du chaos », là-bas, au centre, ressemblait décidément à un épouvantail enveloppé de tissu noir. La douleur reflua, la raison revint à Harrakin, le champ de bataille ne fut plus le terrain d'une défaite annoncée, mais un terrain de jeu où il suffisait, comme dans toutes les guerres, de pousser les bonnes pièces...

Le cheval au galop, il remonta vers la ligne de front, hurlant des ordres.

— Fils de Murufer ! Remontez ! Séparez-vous en deux groupes, cria-t-il dès que leur capitaine fut à portée de voix. Prenez leur flanc droit en tenailles, séparez-les de nos cavaliers ! Visez les jambes des chevaux ! Ne vous occupez pas des hommes, taillez dans les bêtes, avancez tout droit en tranchant le plus de jarrets possible ! Allez !

Les arbalétriers s'approchaient en « crabe », tirant, puis avançant de quatre pas pendant qu'ils rechargeaient, tirant de nouveau.

Arrethas, protège tes fils, pensa Harrakin, mettant peut-être son cœur dans une prière pour la première fois depuis sa naissance – *si tu nous regardes, si tu veilles sur la lignée d'Harabec, c'est le moment de le montrer !*

— La victoire est à nous ! hurla-t-il ensuite, de sa voix la plus forte, l'épée levée, secouant sa longue chevelure sur ses épaules dans un geste volontairement théâtral. (Dans une guerre, plus le chef paraissait brave et fier, plus ses soldats l'étaient.) N'hésitez plus ! Ils sont plus nombreux, mais moins entraînés ! Ils reculent déjà... Un dernier effort, et nous les repoussons ! *Avec moi !* Nous vainquons déjà !

Et sur ce magistral mensonge, il se jeta en avant, taillant de nouveau dans la masse, frappant en chantant l'*Ode au Sang*, entendant ses hommes reprendre le chant derrière lui... et terrifiés par ses coups, par la férocité de sa voix, par son visage transformé en masque guerrier, les cavaliers ennemis s'écartèrent de son chemin. Son mensonge se transformant en réalité, Harrakin sentit ses adversaires faiblir, il sentit leur cohésion se défaire lentement devant la nouvelle énergie des hommes d'Harabec, sous le chant d'Arrethas, et pendant quelques battements de cœur, il se sentit porté par le souffle du dieu...

Et il l'aperçut non loin... la « créature ». Les guerriers des Abysses essayaient de la protéger, de l'entourer, mais leur belle harmonie avait maintenant de nombreux accrocs. Porté par le courant, forçant les vagues des chevaux et des hommes, Harrakin avança jusqu'à elle, alors qu'elle essayait de s'éloigner, qu'elle essayait de faire reculer son cheval pour s'éloigner de ce guerrier aux yeux de feu que rien ne paraissait arrêter. Mais le chaos empêchait la chose à la robe noire de manœuvrer, et bientôt Harrakin parvint à sa hauteur ; derrière lui, trois cavaliers d'Harabec avaient engagé ceux qui lui bloquaient le chemin. D'un coup, il se débarrassa du dernier guerrier qui tentait de le séparer de sa proie.

Puis il la regarda avant de frapper. La créature des Abysses. Un corps immense constitué d'un tissu flottant et noir, dont, de près, on voyait les taches et les accrocs. Ses yeux étincelants brillaient à travers un casque de métal troué, derrière lequel on voyait danser des flammes irrégulières. Oui, un épouvantail... c'était exactement ce dont il s'agissait, pensa Harrakin en frappant, un grand coup circulaire de son épée dans le corps de la « créature », cassant l'armature qui se trouvait derrière le vêtement, entraînant le tissu et le bois avec lui, atteignant enfin, au cœur de l'échafaudage, le corps humain qui supportait le tout... un humain qui tomba avec un petit cri aigu avant d'être piétiné par les chevaux.

Le vide s'était fait autour d'Harrakin. Il y eut comme une respiration dans la bataille et les regards se posèrent sur le cadavre mâché de l'homme dont le sang maculait le sol ocre, sur le casque qui avait roulé à terre, révélant un curieux pot en métal, hors duquel se répandait, brûlant encore, un liquide noir et visqueux.

— Achevez-les ! cria Harrakin, levant de nouveau son épée avec un grand rire joyeux, comme s'ils avaient déjà gagné... et cette fois, ce n'était pas un mensonge ; bientôt les derniers cavaliers ennemis, désorganisés, s'enfuirent dans les rochers, tandis que les arbalétriers leur tiraient dans le dos et que les fantassins achevaient les retardataires.

Après la bataille, les soldats survivants hurlèrent de joie et dansèrent, chantant des odes de remerciement à Arrethas. Harrakin ressentait une sorte de bonheur sauvage, surpris à l'idée d'avoir gagné, d'avoir survécu. Il laissa ses hommes se réjouir, sentant l'hystérie dans leur voix – eux aussi savaient que c'était un miracle s'ils respiraient encore.

Puis ils commencèrent à compter leurs morts.

Il n'y avait que sept survivants chez les cavaliers. Vingt morts chez les Fils de Murufer. Pas de victimes parmi les arbalétriers.

Le sol était jonché des cadavres et des blessés ennemis.

— Bien-aimé, comment va votre épaule ? Je vous en prie, laissez-moi vous soigner...

Samia, accompagnée d'une suivante et de deux courtisanes. Les autres occupants des palanquins, les dix-huit femmes et les quelques conseillers qui les suivaient à Reynes étaient eux aussi sortis. Ils regardaient le charnier autour d'eux, le visage hagard, leurs superbes habits brodés déplacés dans le sang et la poussière. Harrakin vit un groupe de trois femmes fixer les soldats couverts de sang qui ululaient dans une danse rythmée, offrant leur victoire à Arrethas. Le visage des courtisanes reflétait leur incompréhension, leur choc.

Pourtant elles en avaient vu d'autres, pensa Harrakin en descendant de cheval. La cour d'Harabec était loin d'être un endroit paisible. Mais la soudaineté de l'attaque, sa violence, le nombre de morts en un temps si court...

Il comprenait.

— Laissez-moi vous conduire à votre tente, messire, reprit Samia. Le chirurgien va retirer la hampe...

— Non. Je veux interroger les prisonniers d'abord.

La voix d'Harrakin était sèche, et il passa devant Samia et les suivantes sans leur accorder un regard. L'euphorie du combat avait soudain disparu.

Difficile de savoir pourquoi la jeune femme l'exaspérait tant. Elle jouait bien son rôle, pourtant, celui de la tendre concubine royale inquiète de la santé de l'homme qu'elle aimait. Mais justement, cela sentait tant le rôle... Toutes les attitudes de Samia paraissaient forcées, pensa Harrakin, énervé. On aurait dit qu'elle avait trouvé le livret d'une pièce de théâtre narrant « la vie d'une concubine à la cour d'Harabec » et appris toutes les répliques et les gestes par cœur, pour les sortir au moment voulu.

Il pouvait presque donner des noms à ses attitudes. « Samia joue la pudeur. » « Samia joue l'amour. » « Samia joue l'abandon ». « Samia joue le remords. » « Samia joue l'inquiétude. » « Samia joue la femme transfigurée à l'idée de porter un enfant. »

Surtout, Samia ferait n'importe quoi pour rester en faveur, pensa-t-il avec un mépris un peu injuste – comment le lui reprocher ? N'était-ce pas le cas de tous à la cour ?

Si. Et il avait d'autres préoccupations.

L'interrogatoire des prisonniers – il y en avait à revendre, les blessés agonisaient toujours sur les rochers, leurs yeux écarquillés contemplant le roc rouge – révéla un certain nombre de choses.

Il s'agissait bien de l'armée des Abysses... Eux se faisaient appeler les Sakâs. Ils avaient un chef, un roi, qu'ils refusaient de nommer.

Le gros de l'armée des Sakâs avait monté le camp sur le flanc des montagnes... mais contrairement à ce groupe de cavaliers, ils n'étaient pas encore passés à l'est. Ils attendaient, derrière les cimes, à la frontière des deux régions.

Les prisonniers refusaient de dire à combien se montait leur armée, ou donnaient des renseignements contradictoires. D'ailleurs, ils ignoraient sans doute la vérité. La plupart ne savaient même pas compter.

Quant à la raison de cette embuscade... la raison pour laquelle les Sakâs avaient envoyé ces quatre-vingts hommes en plein territoire des Royaumes, alors que les autres restaient à attendre, à la frontière des anciens empires... Là encore, les prisonniers l'ignoraient, ou refusaient de parler, et les soldats d'Harabec n'avaient ni le talent, ni le temps de se lancer dans une torture élaborée pour les faire parler.

Mais Harrakin comprit. Au bout d'un quinzième interrogatoire, les bribes de réponses obtenues lui permirent de reconstituer le puzzle. Il s'agissait d'une sorte... d'épreuve. Un essai. Le roi des Sakâs les avait envoyés là pour voir ce qui adviendrait, au bout de combien de temps les cavaliers se feraient repérer, s'ils étaient capables de battre les premiers ennemis qu'ils rencontreraient.

Le roi des Sakâs testait ses hommes, et la force de ses ennemis.

L'est, ses immenses richesses, ses villes à prendre étaient un terrain inconnu pour cet homme qui n'avait sans doute connu que les montagnes sauvages du nord et les farouches royaumes du désert, pensa Harrakin en regardant ses hommes achever les prisonniers, une fois l'interrogatoire terminé. L'est... les Royaumes... la civilisation... c'était tout autre chose. Le roi des Sakâs devait se demander si oui ou non, ces terres étincelantes étaient à sa portée. Il hésitait. Il envoyait des hommes, il les sacrifiait, pour voir ce qui allait leur arriver.

Avant de prendre sa décision.

— Mais vous les avez vaincus, ô mon bien-aimé, dit Samia, le soir, sous la tente, tandis qu'elle massait le corps nu d'Harrakin avec l'huile parfumée d'Amaure. Si cet homme... enfin, ce roi... s'il voulait savoir si ses hommes étaient de taille à nous affronter... Eh bien, vous lui avez prouvé le contraire, n'est-ce pas ?

Harrakin garda le silence un moment, laissant les mains de Samia lui caresser le torse, les hanches, les cuisses. Le chirurgien avait enlevé la hampe et soigné la blessure, mais il avait froncé les sourcils en voyant l'aspect de la plaie. Il ne pouvait garantir que la pointe n'était pas empoisonnée, avait-il déclaré. Il ne pouvait garantir qu'elle l'était, non plus, et dans le doute, il avait fait boire à Harrakin un cordial en lui disant que sa constitution était forte, et que le sang sombre des dieux qui courait dans ses veines le protégerait.

Le bras était resté insensible depuis. Mais peut-être était-ce normal.

— Ce n'est pas aussi simple, Samia, dit enfin Harrakin, avec douceur. (Il s'était montré injuste avec elle. Elle faisait de son mieux, et si elle devait être son épouse, autant ne pas commencer leur relation sur la rancœur et le mépris.) Oui, nous les avons vaincus... mais tu as vu à quel prix. Et avec quelle difficulté...

Il se retourna sur le dos, non sans mal, tentant de ne pas s'appuyer sur son bras blessé. Dehors, le camp était silencieux. Ils avaient avancé toute la journée, droit vers l'est, s'enfonçant le plus vite possible à l'intérieur des terres, le plus loin possible des pics. Mais les hommes étaient épuisés et au coucher du soleil, il avait fallu monter les tentes.

— Nous n'avons presque plus d'escorte, soupira-t-il. Et nous ne sommes pas encore à Reynes. S'il y avait une nouvelle attaque, nous ne pourrions la repousser. Tu ne comprends pas à quel point nous sommes passés près du désastre, belle Samia. Toi... l'enfant que tu portes peut-être... sans l'aide d'Arrethas, vous seriez en train d'agoniser maintenant, dans la poussière... (La terreur passa dans les yeux de la jeune femme et Harrakin haussa les épaules.) Et puis, il ne s'agit pas seulement de nous... J'ignore combien ils sont là-bas, dit-il, caressant la joue de sa compagne. Là-haut, à attendre... Sais-tu ce que cela veut dire pour l'Émirat, s'ils attaquent ? Pour Harabec ?

— L'Émirat ? répéta la jeune femme sans comprendre. Mais l'émir est notre ennemi... Tant mieux, s'il tombe...

Harrakin soupira, puis se laissa retomber sur la couche, sentant son exaspération revenir.

Et chaque geste suivant de Samia, alors qu'elle s'attardait sur l'intérieur de ses cuisses, l'appelant à l'amour – sans doute, pensa Harrakin, pour se donner toutes les chances d'être enceinte à la conjonction des prochaines lunes, si elle ne l'était pas cette fois – ne fit que l'irriter plus encore.

Il l'aima pourtant, puis s'endormit vite, mais ses rêves furent troublés. Plusieurs fois, il se réveilla en sursaut, croyant entendre le sol trembler.

Ensuite, il resta éveillé, les yeux fixant le lin pourpre de la tente, comptant les lieues qu'il leur restait à parcourir jusqu'à Reynes.

5

La main de Bara se posa sur son épaule et Marikani s'immobilisa. Le ciel était très sombre ; des trois lunes, seule E-Lâ brillait sourdement à l'horizon, derrière le Pic Cendreux. Mais même sa clarté semblait assourdie par les nuages.

C'était une nuit lourde et froide.

Soudain, Bara la tira en arrière, sans ménagement. Avant que Marikani n'ait pu reprendre sa respiration, il la poussait derrière le tronc d'un grand pin et l'obligeait à s'accroupir.

Ils restèrent ainsi, recroquevillés au cœur de la forêt, aux aguets, dans les branches et les buissons, à demi dissimulés par le tronc immense.

Marikani ne bougea pas, n'émit pas un soupir de protestation. Bara était devenu son protecteur attitré et elle lui faisait confiance.

Ils étaient partis tous les deux à l'aube, quittant le camp, pour juger de la manière dont étaient gardées les granges communautaires de Faez, où les paysans des terres ouest de l'Émirat entreposaient leurs récoltes. Quand ils s'étaient approchés, avec mille précautions, ils avaient trouvé les granges vides et désertes. Les récoltes avaient été vendues, ou placées ailleurs ; les nouvelles des pillages avaient fait le tour des royaumes et les gouverneurs de province prenaient garde à ne plus laisser de farine ou de marchandises dans des endroits isolés.

Après avoir fait le tour des bâtiments, Marikani et Bara avaient pris le chemin du retour, le cœur serré. Il restait encore quelques jours de réserves... mais après ? La nourriture devenait de plus en plus difficile à trouver.

Marikani n'annoncerait pas la nouvelle à ceux qui attendaient, là-bas, dans le camp. Elle n'avait d'ailleurs rien dit, elle n'avait pas parlé des granges, pour ne pas donner de faux espoirs à son « peuple ». C'était pour cela qu'elle se déplaçait avec Bara, au lieu d'envoyer des équipes de reconnaissance. Pour que les mauvaises nouvelles ne soient que pour elle.

Elle ne pouvait leur dire toute la vérité. Mal nourris, mal soignés, les siens n'avançaient que par foi, que par courage. Marikani pesait chacun de ses mots : un moment de découragement pouvait être fatal.

À ses côtés, dans l'obscurité, Bara bougea soudain... Sans se relever, il se déplaça comme un fauve, lentement, vers la gauche et les fourrés plus épais. Quelques instants plus tard, il avait disparu.

Marikani resta seule, accroupie dans la nuit.

Pourquoi Bara l'avait-il obligée à se dissimuler derrière le tronc ? Pourquoi s'était-il éloigné ? Qu'avait-il senti ?

Il n'y avait pas d'animaux dangereux dans les montagnes, à cette altitude... sauf peut-être des serpents, comme celui qu'Arekh et Mîn avaient tué, un jour, dans cette même forêt.

C'est alors qu'elle les vit.

Trois hommes. Trois silhouettes sombres, presque invisibles, descendant doucement la pente là où Bara et elle se trouvaient quelques instants auparavant.

Marikani se figea, retenant son souffle, ses membres glacés.

Les hommes passèrent, descendant entre les pins dans un silence presque parfait.

Elle ne distinguait que leurs silhouettes... Ils paraissaient grands. À leurs ceintures, du métal brillait sourdement. Sans doute des épées, ou des haches.

Quelques battements de cœur plus tard, ils avaient disparu, se fondant comme un rêve entre les arbres.

Marikani attendit, comptant jusqu'à cent.

Rien.

Elle écouta.

Rien.

Avec une infinie lenteur, elle se releva, fit quelques pas en avant...

Et se retrouva tête à tête avec une quatrième silhouette.

L'homme fut aussi surpris qu'elle. Sorti sans un bruit des arbres, en amont, il s'immobilisa, bouche ouverte d'étonnement. La lumière d'E-Lâ éclairait un visage aux traits acérés, faisait étinceler le métal d'une cotte de mailles, l'acier d'une épée à son côté. Il aurait pu frapper à n'importe quel moment, mais Marikani lisait l'hésitation dans ses yeux : une femme, seule, la nuit, sans escorte, sans lanterne, au plus profond des bois, dans un des lieux les plus isolés des Royaumes... ? Lui aussi pouvait croire, croyait sans doute à un rêve, à une apparition.

Marikani fit un pas en arrière, qui brisa le charme. La bouche du soldat se fendit d'un sourire, il leva les deux mains, en posa une sur la taille de Marikani, une sur son sein. Celle-ci se dégagea silencieusement ; l'homme la rattrapa, ouvrit la bouche pour appeler ses compagnons...

Bara s'abattit sur lui comme un vautour sur sa proie. Un instant, il n'y avait personne et la main du soldat commençait à déchirer la chemise de Marikani... L'instant d'après, Bara était sur lui, une main sur sa bouche, la lame de sa dague étincelant dans l'autre. Marikani se dégagea de nouveau, sans un bruit, sans un cri de surprise ; il y eut un gargouillement sourd alors que l'homme tombait sur le sol humide, la gorge tranchée.

Toujours en silence, sans se concerter, Marikani et Bara prirent le cadavre et le balancèrent dans les fourrés, hors du chemin qu'avaient emprunté les autres soldats.

Puis ils se cachèrent de nouveau et attendirent.

Les soldats ne revinrent pas.

Au bout d'une heure, Bara considéra qu'ils pouvaient bouger, et ils s'agenouillèrent près du corps, essayant de deviner, d'après ses vêtements et ses armes, d'où il pouvait venir. Il n'y avait pas assez de lumière, et après un moment d'hésitation, ils prirent le risque d'allumer une flamme, afin de mieux étudier son visage.

Il était important de savoir à qui ils avaient affaire.

L'homme que Bara venait de tuer avait le teint très mat, les cheveux roux, les yeux révulsés. Sa cotte de maille était de bonne qualité, mais sans décoration ou marque permettant d'identifier son origine. Il portait un pantalon de lin noir et des bottes.

Ses mains étaient rugueuses et fortes ; les mains d'un guerrier. La garde de l'épée était banale, l'acier usé, mais très acéré.

Marikani haussa les épaules. La fatigue de la journée, de trop de journées passées à marcher, à se battre, à somnoler sur un sol glacé lui tombait d'un coup sur les épaules.

— Il peut s'agir de n'importe qui, chuchota-t-elle. Il ne porte pas les couleurs de l'Émirat, mais c'est peut-être un mercenaire...

Bara hocha la tête.

— Ou un homme de Kiranya. Le petit roi et l'émir se sont sûrement alliés pour nous rechercher.

Marikani prit l'épée, puis, ensemble, ils retirèrent au cadavre sa cotte de mailles. Tout matériel était précieux.

Puis ils repartirent vers le camp.

Marikani s'aperçut, en marchant, que le sang de l'homme avait taché sa chemise. Elle passa ses doigts dessus, étonnée de sa propre indifférence. Était-elle la même femme que deux ans auparavant ? Elle avait tout vécu, tout fait. À part peut-être tuer un innocent de ses propres mains.

Essuyant le liquide sur son pantalon, elle continua sa route.

Deux heures plus tard, ils étaient rentrés. À l'aube, le peuple d'Ayesha avait repris sa marche.

À trente lieues au nord des Cités Libres, le climat était plus glacial encore. Ils étaient maintenant plus de mille esclaves, hommes, femmes, enfants, bébés, à suivre Marikani, à n'espérer qu'en elle. Sous sa direction, ils marchaient jour et nuit vers le nord, suivant les montagnes, remontant vers Kiranya et ne s'arrêtant que pour de brèves périodes de repos quand les plus faibles étaient épuisés.

Après le premier raid, Marikani ne leur avait laissé que le temps de distribuer la nourriture et de prendre un repas avant d'ordonner de lever le camp. Elle savait, à ce moment déjà, qu'elle avait commis un acte de guerre contre les Royaumes.

L'émir, Harrakin, les bourgmestres des Cités feraient tout ce qu'ils pourraient pour les éliminer au plus vite.

Il fallait fuir.

Il fallait atteindre l'océan.

L'océan. L'idée était venue à Marikani au douzième jour de leur exode, dans son sommeil, alors qu'épuisée après seize heures de marche elle s'était enfin écroulée entre deux souches. Autour d'elle, comme une marée se déversant sur la pente, les familles se serraient les unes contre les autres pour lutter contre l'humidité pénétrante. Ils n'avaient pas fait de feu :

mille personnes sur un flanc de montagne, même protégées par le feuillage dense des bois, n'étaient déjà que trop visibles. Les quelques hommes de patrouille qui avaient eu la malchance de les rencontrer avaient été rattrapés et tués impitoyablement.

Pour l'instant, il s'agissait toujours d'hommes de l'émir.

Les guetteurs nommés par Marikani, qui scrutaient le ciel pendant la marche à la recherche d'oiseaux espions, n'avaient encore rien vu.

Sans doute ceux qui étaient à leur recherche croyaient-ils qu'ils avaient retraversé les montagnes vers les territoires de l'ouest. Ni l'émir, ni même Harrakin n'imaginaient que Marikani avait l'intention de mener presque mille cinq cents esclaves révoltés à travers les Royaumes, de leur faire traverser d'est en ouest, jusqu'à la mer, des terres où chaque habitant était un ennemi, où chaque ville, chaque village avait sa milice, chaque pays ses soldats, où chaque pouce de terrain était surveillé, protégé par un propriétaire jaloux.

Pourtant, c'était ce qu'ils allaient faire.

Marikani leva les yeux, alors que derrière elle marchaient les siens comme une interminable file, comme une armée revenant de campagne – une armée épuisée, mal nourrie, aux habits déchirés, qui aurait eu la folie de vouloir traverser les bois à pied.

La forêt était leur seule chance, le seul espoir qu'ils avaient de monter le plus possible vers le nord, de traverser Kiranya pour atteindre la mer... Atteindre l'océan.

Oui, cette folie l'avait prise une nuit – si on pouvait appeler une nuit quatre pauvres heures de sommeil. Ce soir-là, l'inconscience avait englouti Marikani comme une eau noire. À peine avait-elle posé la tête sur le bois qu'elle avait rêvé de lions.

Des lions sculptés dans la pierre, les lions des tunnels où Liénor, Arekh et elle avaient erré pendant des jours avant de revoir enfin la lumière du soleil. Sous la montagne se trouvait un réseau de catacombes et de tunnels, sculpté par les deux Empires qui avaient disparu, des millénaires auparavant, sous la pluie de feu créée par la chute du dieu que l'on ne nomme pas. Ces tunnels devaient servir à cacher des soldats, sans doute pour garder la frontière naturelle des pics, mais il y avait autre chose... des tunnels bien plus anciens, et un temple sculpté de visages d'animaux aux expressions étranges. Même hors du temple, les boyaux de rocher étaient marqués des signes d'une civilisation étrangère, qui avaient à la fois fasciné et terrifié Marikani. Des visages de lions sculptés, riant, hurlant, pleurant. Elle s'était jurée, en sortant de ce labyrinthe où ils avaient failli périr, d'y revenir en des temps plus calmes, accompagnée des plus grands historiens de la capitale, et peut-être même du Haut Prêtre d'Harabec, qui se passionnait pour l'art ancien.

Bien sûr, elle n'était jamais revenue.

Pourtant les visages de fauves ne s'étaient pas effacés de son souvenir. Elle y pensait parfois, comme à un symbole de l'infini mystère du monde. Mais ils n'avaient jamais envahi ses rêves comme ce soir-là.

Dans son rêve, elle était tombée entre les lions, et les têtes de pierre avaient pris vie, se riant d'elle avec des accents rauques, des rugissements étranges qui résonnaient comme des cris d'oiseaux. Puis les fauves s'étaient jetés sur elle et l'avaient dévorée, mais elle n'avait pas souffert ; elle s'était simplement recréée, encore et encore ; elle avait plusieurs corps, plusieurs visages, et bientôt elle s'était mise à danser avec eux, puis tout avait disparu et elle s'était retrouvée seule, sur la grève, devant les vagues sombres qui déferlaient, l'odeur du sel, des algues et du sable lui emplissant les poumons comme un appel...

Ses paupières s'étaient ouvertes et elle avait scruté la nuit, sa fatigue envolée.

Elle avait réfléchi, sentant l'humidité du sol s'infiltrer dans son dos, les petits insectes de la forêt courir autour d'elle, entendant les respirations des esclaves endormis, et le souffle régulier de Bara qui montait la garde à ses côtés, assis contre un arbre. Son esprit était plus clair qu'il ne l'avait été depuis des jours.

C'était la seule solution. Ils ne pouvaient continuer comme ça, à errer sur des terres hostiles, volant la nourriture dont ils avaient besoin. Même en oubliant les armées qui, un jour, les retrouveraient, même en oubliant les gardes de plus en plus nombreux, les pillages de plus en plus difficiles, le temps passant, il n'y aurait tout simplement plus rien à piller. L'économie des Royaumes avait déjà été désorganisée par le naufrage des terres de l'ouest ; et puis il y avait aussi l'afflux de réfugiés, la baisse du commerce. *Une bête doit être saine pour nourrir ses parasites*, disait un proverbe paysan, et les Royaumes n'étaient plus assez sains pour nourrir un peuple entier de bandits qui ne pouvaient que voler, et rien produire.

Si seulement ils pouvaient s'installer sur des terres libres, y habiter, les cultiver. Mais il n'y avait pas de terres libres, pas une parcelle de terrain fertile qui n'appartienne à leurs ennemis. Leur seule chance était de s'installer ailleurs... mais dans les Royaumes, il n'y avait pas d'« ailleurs ».

Sauf de l'autre côté de l'océan. Dans les terres mystérieuses d'où était venu, trois mille ans auparavant, le Peuple turquoise.

Ailleurs.

De l'autre côté des mers.

L'esprit de Marikani avait continué de tourner, cette nuit-là, toujours allongée sur ce sol glacé qui lui faisait mal au dos... Une déesse qui avait mal au dos, voilà qui ferait une page intéressante dans les livres religieux. Pour partir par-delà les mers, ils auraient besoin de bateaux : pas des barques, mais d'immenses vaisseaux capables d'affronter l'océan. De grands vaisseaux aux voiles blanches, assez nombreux pour transporter plus de mille hommes, femmes et enfants, plus peut-être, car il en arriverait d'autres...

Sautant sur ses pieds, aux premières lueurs de l'aube, elle avait fait part à Bara de son projet. À voix basse, en quelques phrases hachées, s'étonnant elle-même de la démence apparente de ses paroles. Elle lui avait parlé de son rêve, des lions, comme si elle voulait justifier son accès de déraison... puis elle avait hésité, presque rougissante, attendant qu'il lui rie au nez.

Mais Bara n'avait pas ri. Il ne l'avait pas trouvée folle. Il n'avait pas raillé, il s'était contenté de la regarder de ses yeux trop bleus, et dans son regard Marikani avait lu l'émerveillement, la stupeur, la joie.

— Ayesha voit plus loin que les cimes, et son regard nous porte, avait-il soufflé.

Heureuse qu'il l'ait comprise, heureuse que la première personne à laquelle elle parlait de cette idée insensée ne la rejette pas, Marikani avait oublié de demander à Bara de garder le secret. C'était une erreur. Trois heures plus tard, alors que la file d'esclaves avait repris sa marche à travers la forêt, les poumons respirant les parfums moites et enivrants des feuilles en décomposition, les pieds glacés par le sol humide, tout le monde savait. Comme une traînée de feu, la nouvelle était passée de bouche en bouche, de famille en famille.

Ayesha va nous mener par-delà les mers.

Ayesha va nous emporter vers les terres bénies.

Ayesha va nous emmener sur les vaisseaux fendant les vagues noires...

Soudain, le pied de Marikani se prit dans une racine et elle trébucha – voilà ce qu'on gagnait à marcher le nez en l'air. Elle tenta de se rattraper, mais la branche qu'elle avait saisie cassa, elle sentit sa cheville lâcher et faillit basculer... au dernier moment, la main de Bara la rattrapa, la soutint, et elle se laissa aller sur lui, s'accrochant à son épaule.

Un instant, elle sentit le cœur de Bara battre près du sien... puis il se releva et s'éloigna d'un pas.

— Merci, dit-elle avec un petit rire. Voilà une chute qui aurait été fatale à ma dignité de déesse. Si...

Elle s'interrompit en voyant son expression.

Bara était peut-être un homme de guerre accompli, mais cacher ses sentiments aux femmes demandait un tout autre talent. Ses yeux étaient fixés sur Marikani avec un tel désir, une telle adoration, une faim si grande que même l'obscurité naissante n'arrivait pas à dissimuler son expression. Marikani resta quelques instants interdite, muette de stupeur. Pourtant elle n'aurait pas dû être surprise. Elle avait assez d'expérience. Une telle réaction était si logique, si humaine, si... si banale.

Mais elle n'avait rien vu venir. Elle était si concentrée sur la tâche à accomplir, sur les problèmes à régler.

Sous son regard, Bara blêmit ; il se serait enfoncé dans la terre pour y disparaître s'il avait pu, réalisa Marikani. Il balbutia quelque chose d'incompréhensible, s'excusant par des phrases hachées avant de se taire enfin, n'osant plus lever les yeux. Sa souffrance paraissait si grande que Marikani lui effleura l'épaule.

Bara sursauta, comme s'il avait été brûlé. Réalisant son erreur, Marikani enleva sa main...

... et resta figée, les yeux fixés sur un point derrière l'esclave... regardant les montagnes, les yeux fixés sur les cimes.

Toute gêne oubliée, Bara se retourna aussitôt, ses sens en alerte.

Autour d'eux, hommes, femmes et enfants continuaient à passer, curieux, mais n'osant interrompre une conversation entre Ayesha et son lieutenant.

— Qu'y a-t-il ? souffla Bara.

— Là-bas, dit Marikani en désignant le haut des pics. Les lueurs orange. (Bara fronça les sourcils, cherchant.) *Là*, insista-t-elle sans élever la voix, au sud du Pic Cendreux...

— Oui, dit Bara doucement, quand il les aperçut enfin. Trois, à intervalles réguliers ?

— Non, cinq... dit Marikani en scrutant de nouveau la nuit.

— Sept, corrigea Bara. Huit. Neuf. Onze. Elles s'allument de toutes parts...

Les lueurs suivaient la frontière de l'Ancien Empire. Des dizaines de petits points orange, brillant dans la nuit comme des appels, posés comme au pinceau à intervalles réguliers pour souligner la ligne des crêtes.

Des feux.

Des dizaines, des centaines de feux, là-haut, sur les montagnes.

— Ce sont peut-être des caravanes, ou des réfugiés, souffla Bara. Il fait si froid, ils auront voulu se réchauffer. Ou des Berebeïs...

— Non, dit Marikani, frissonnante. Non. Les Berebeïs ne sont pas si nombreux. Et les réfugiés pas si organisés.

Elle hésita, tandis qu'autour d'elle les esclaves avançaient, la regardant, souriant malgré leur fatigue. Deux petits garçons édentés, au sourire lumineux, étaient perchés sur les épaules de leurs parents. Ils lui firent un signe de la main en passant et Marikani se força à leur sourire en réponse.

— Le col du Pic Cendreux, dit Bara. Il est tout près. De ce côté, dit-il en désignant un point, au milieu des lueurs orange. Si des troupes voulaient passer, ce serait le chemin le plus sûr.

Marikani ferma les yeux un instant.

Un signe sanglant sur les murailles. Des cadavres de villageois hideusement massacrés. Des hommes, déguisés en créatures du dieu que l'on ne nomme pas, semant destruction, terreur et haine.

— Bara, fais doubler l'allure, dit Marikani, reprenant brusquement sa marche. Pas de pause cette nuit. Je veux que nous ayons dépassé le col dans moins de trois heures.

Bara lui emboîta le pas, secouant la tête.

— Ayesha... nous marchons depuis ce matin... Ils sont épuisés, regardez-les, dit-il en désignant un homme et une femme d'environ quarante ans, parmi les plus âgés de la troupe... Ils ne peuvent pas continuer comme ça...

Marikani ne ralentit pas.

— Bara. Fais-moi confiance. Si nous ne dépassons pas le col cette nuit, aucun de nous ne sera peut-être vivant demain. (Elle s'arrêta et le fixa, ses yeux brun-doré dans les iris très bleus de l'ancien esclave.) Je sais qui sont ces êtres, là-haut. J'ai vu ce qu'ils peuvent faire. C'est peut-être notre dernière chance de passer... Crois-moi.

La peur dans les yeux de Bara se transforma en résolution.

— Très bien. Je vais donner des ordres.

Il fit quelques pas, se dirigeant vers les chefs d'équipe qui tenaient leurs chevaux par la bride pour les aider à traverser le terrain accidenté, puis hésita et se retourna vers Marikani :

— Les hommes que nous avons vus hier... celui que j'ai tué... Ce n'étaient peut-être que des espions. (Il désigna vaguement les lueurs orange, là-haut.) Peut-être ne vont-ils pas traverser. Peut-être vont-ils rester à l'ouest des montagnes.

— Peut-être, souffla Marikani. Peut-être.

S'il y avait eu des dieux, elle les aurait priés.

Le soleil étincelait sur Faez, un soleil d'automne, plus brillant que chaud. Les cités de l'Émirat avaient une atmosphère, une harmonie reconnaissables entre mille : le bleu du ciel immaculé, le blanc impeccable des maisons, l'or et l'acajou des portes et des balustrades, les tentures orange, rouges et beiges, volant au vent, aux couleurs de l'Émirat et à la grande gloire de son dirigeant, Sa Puissance l'émir au Sourire Infini, trois fois béni par les Dieux.

Celui-ci était déjà l'ennemi mortel de Marikani quand celle-ci était souveraine d'Harabec. Maintenant qu'elle conduisait un peuple d'esclaves révoltés, maintenant qu'elle était la *déméana*, l'ennemie de toute civilisation, elle ne voulait même pas imaginer ce qui arriverait si elle tombait entre ses mains.

Mais elle avait besoin d'alliés.

Les anciens esclaves avaient monté un nouveau camp à trente lieues au nord du Pic Cendreux, le plus loin possible du col. Ils avaient encore de la nourriture pour trois jours. Marikani et Bara les avaient laissés là-bas, à attendre, sous le contrôle des chefs d'équipe. Les abandonner de nouveau était un risque important, mais Marikani n'avait pas le choix.

Les feux orange avaient allumé en elle un sentiment d'urgence. Son plan était peut-être fou – emmener un peuple entier à l'assaut de l'océan – mais si elle devait essayer, c'était maintenant. Quand la guerre s'abattrait sur les Royaumes, quand la famine et la misère s'abattraient sur le monde, il serait trop tard pour négocier et chercher des alliés.

Voilà pourquoi elle était là, aujourd'hui, dans la cité de son plus puissant ennemi.

— Attention, souffla Bara, et elle les vit : une patrouille de soldats de l'émir.

Des *vahas*, des fantassins. Habillés de tissu de lin clair pour mieux se fondre dans les rues. Seule la broderie, sur leur manche, représentant un soleil stylisé, le symbole de la puissance de l'Émirat, prouvait leur autorité.

Ils étaient trois, marchant à droite de la rue, du côté de la lumière... Une patrouille banale, à première vue, rien d'exceptionnel. Même en temps de paix, l'émir tenait son pays d'une main de fer. Tout était régenté : le commerce, la religion, les mœurs. Quand Marikani était venue en visite officielle, des années auparavant, les patrouilles dans la ville étaient monnaie courante. Mais à l'époque, les vahas étaient détendus, ils se promenaient en bavardant, riant et plaisantant avec la population, faisant des commentaires graveleux sur les formes élégantes des femmes moulées dans leurs saaïs immaculés. C'était le jeu. Les femmes faisaient semblant d'être offensées, elles jetaient aux vahas des coups d'œil faussement furieux qui leur permettaient de révéler la beauté de leurs yeux, rendus plus étincelants encore par les breloques d'or et d'argent nouées à leurs longs cheveux noirs... puis elles s'éloignaient, dissimulant leur sourire. Les vahas étaient bien payés, ils faisaient de bons maris. Leur attention n'était jamais inopportune.

Mais cette légèreté, ce lien avec le peuple qu'ils protégeaient, ce jeu de la séduction et du hasard n'existaient plus aujourd'hui. Ce matin-là, dans la rue, les femmes se hâtaient. Les vahas paraissaient tendus, à cran. Leur regard accrochait les passants un par un, les jaugeant, les étudiant, comme des aigles leur proie.

Et ces trois-là avançaient droit sur eux.

Marikani continua sa marche, sentant le souffle de Bara s'accélérer à ses côtés. Ils étaient coincés. Ils ne pouvaient pas tourner dans une ruelle adjacente... le croisement suivant se trouvait après les soldats. Ils ne pouvaient pas faire demi-tour sans éveiller les soupçons. Pas d'échoppe ou de marché où se perdre ; autour d'eux ne se trouvaient que des murs et des maisons aux portes closes.

Un sentiment d'irréalité et de peur serra le ventre de Marikani. C'était si... ridicule. Être allée si loin, avoir fait tant de choses, échappé à tant de dangers pour se faire arrêter à Faez par la première patrouille rencontrée. Cela paraissait impossible, dérisoire. Mais tout était possible. Les plus grands bandits finissaient souvent leur carrière par une erreur mineure. Après avoir dévalisé des palais, ils se faisaient prendre la main dans le sac, dans un marché, pour trois tomates.

Le regard du chef de patrouille se posa sur Marikani. S'attarda. Il étudiait l'aspect étranger de la jeune femme, la longue dague à sa ceinture, ses robes à la mode de Kiranya, ses cheveux nattés relevés sur sa tête, son tatouage de lionne autour des yeux, comme les femmes du nord... et l'aspect bizarre de Bara à côté d'elle, ce pan de son turban qui retombait sur ses yeux, de manière apparemment accidentelle...

Ils étaient repérés. Encore un instant et l'officier allait traverser la ruelle, se diriger vers eux, poser des questions.

Il n'y avait plus qu'une solution.

Son plus beau sourire aux lèvres, Marikani se dirigea droit vers les soldats.

— La chaleur du soleil soit sur vous, et la bénédiction des dieux, dit-elle en s'inclinant, laissant, au lieu de le cacher, son accent du sud s'exprimer naturellement dans sa voix. Ô vahas, puis-je vous demander aide et conseil ?

Derrière elle, elle sentit, comme si elle pouvait le voir, Bara hésiter, puis avancer à son tour.

— Je suis prêt à aider de très près toutes les jolies femmes, répondit le deuxième vahas à mi-voix, ajoutant d'une voix encore plus basse un commentaire égrillard.

Le troisième vahas, plus âgé, paraissait bienveillant, mais le visage du chef de patrouille restait fermé, ses yeux inquisiteurs détaillant chaque trait du visage de Marikani.

— Je t'écoute, femme, dit-il d'une voix glacée.

— Mon nom est Vashni Mar-Erhinel, d'Harabec, improvisa Marikani avec un chaleureux sourire... (elle désigna son tatouage d'un geste) et mon époux approvisionne en sel une partie de la cour de Kiranya. Nous avons des difficultés d'approvisionnement ; mon époux est à l'armée et je dois parler aux Exilés. Je pensais les trouver sur le lac, mais on m'a dit qu'ils étaient en ville...

— Votre mari a été envoyé sur les frontières ? demanda le chef de patrouille, son ton légèrement adouci.

Marikani hocha la tête.

— Oui. Ils rassemblent des hommes près des monts... au cas où... enfin, vous savez.

— Nous savons, dit l'homme qui avait plaisanté sur les cuisses de Marikani.

Son expression était maintenant sérieuse, presque compatissante.

— Les Exilés sont au Grand Marché, dit le chef de patrouille.

— Au marché ?

Les Exilés, des condamnés de droit commun reconvertis en marchands pour survivre, n'avaient pas le droit de poser le pied sur la terre ferme. Seule l'eau, sous la protection de Verella, était leur domaine. Ils étaient « exilés » du sol sur lequel vivaient les autres habitants et si l'un d'entre eux transgressait la règle, il était aussitôt exécuté.

— Dans les rigoles, expliqua le vahas. Nous leur avons interdit la rive sud du lac, car la flotte fait des exercices. Le Grand Marché est devant le temple d'Um-Akr, sur la place... Saurez-vous vous y rendre ?

Le ton était aimable, mais le regard du chef de patrouille était maintenant posé sur Bara, resté deux pas en arrière, tête baissée. Dans un instant, comprit Marikani, le vahas allait lui demander de montrer son visage, et à ce moment-là, il serait trop tard... Toute explication paraîtrait forcée, suspecte.

Le vahas ouvrait la bouche ; il fallait le prévenir...

— J'ai un autre problème, dit Marikani, d'un ton en apparence nonchalant, et d'un geste sec elle poussa Bara en avant puis releva le tissu, exposant le bleu franc de ses yeux aux regards.

Le chef de patrouille se raidit, et les deux autres vahas eurent un geste de recul.

— Mon neveu a les yeux bleus depuis sa naissance, expliqua Marikani avec juste ce qu'il fallait de douleur et de dégoût dans sa voix. Ma sœur a été prise de convulsions lorsqu'elle était enceinte, et son enfant en a souffert les conséquences... Enfin, les Dieux seuls connaissent les raisons des châtiments qu'ils nous infligent... (Elle eut une hésitation calculée, puis fit un geste vers le ciel.) Depuis les tristes événements, il ne peut plus marcher dans la rue sans être pris à partie... La foule le prend pour un esclave en fuite, et mon époux a dû souvent s'interposer pour lui éviter d'être mis à mal. Croyez-vous que lui et moi puissions traverser la ville sans danger ?

— Par Lâ, souffla le vahas âgé, prenant la parole pour la première fois. (Mettant la main sur l'épaule de Bara, il l'obligea à se tourner vers lui, plongeant ses yeux dans les siens avec une curiosité non dénuée de bonté.) Mon pauvre petit. Quelle malédiction. Mieux aurait fallu que vous naissiez sans doigts, ou sans mains...

Bara se crispa, insulté, mais ne pouvant le montrer sans trahir son rôle. Cependant, le mensonge de Marikani avait atteint son but. Le chef de patrouille fit un petit salut courtois, qui rappela à Marikani les manières de la cour d'Harabec.

— Ehari Vashni, dit-il avec douceur, je ne vous mentirai pas : vous avez de la chance de nous avoir rencontrés. Oui, votre neveu est en grand danger ici, et si vous me pardonnez ma franchise, votre époux a bien mal jugé en vous envoyant avec lui. S'il se fait repérer, toutes vos explications n'arrêteront pas la colère de la foule, et... et il y a votre accent, ehari. Que vous veniez d'Harabec ne jouera pas en votre faveur. Même si nous sommes aujourd'hui alliés contre... les événements de l'ouest, la haine de ceux de notre peuple envers les habitants d'Harabec est toujours aussi féroce...

— En effet, soupira Marikani, jouant de son mieux l'effroi. (Elle planta ses grands yeux bruns dans ceux du chef de patrouille. Il était jeune et beau, noble sans doute, comme la plupart des officiers de l'émir ; elle savait comment réveiller chez les hommes les instincts chevaleresques.) Je comprends... Par les dieux... Que me conseillez-vous de faire ?

— Nous allons vous escorter jusqu'au Grand Marché, dit le jeune homme en faisant signe à ses deux vahas de le suivre. Ensuite, ehari, je vous conseille de rester parmi les Exilés, de louer un bateau et de rejoindre Kiranya par la voix de l'eau, en engageant des mercenaires pour vous protéger. Ne tentez pas de retraverser seule la cité.

— Je vous remercie...

— Mais j'oublie mes manières, ajouta brusquement l'officier. (De manière totalement inattendue, il sourit.) Un homme ne doit jamais prononcer le nom d'une dame qui ne connaît pas le sien. Veuillez me pardonner, en ces temps troublés, on oublie parfois ce qui est dû à la courtoisie. Je suis Yassî Eh Mered, de la famille des Anaures.

— Je suis votre obligée, Yassî Eh Mered. Le soleil brille sur notre rencontre, dit doucement Marikani, s'inclinant à son tour. Qu'elle puisse être pour nous deux une bénédiction.

Et c'est ainsi qu'ils traversèrent Faez, sous la protection des hommes de l'émir et le regard curieux des passants.

Bara garda le silence pendant la marche, ayant sans doute du mal à croire ce qui leur arrivait. Ils longèrent les rues des quartiers résidentiels, entendant parfois, derrière les murs blancs, des rires de femmes, de la musique, des babillages d'enfants. Des odeurs s'élevaient dans l'atmosphère, celles de plats aux sept épices mitonnés avec amour, de gâteaux parfumés et de thés aux trois cents essences. Puis les rues se firent plus petites et plus animées, les odeurs plus vulgaires, et devant eux s'ouvrit l'immense labyrinthe du Grand Marché de Faez.

Ce ne fut qu'entre les étals, alors que leur conversation, noyée dans le bruit joyeux de la foule, ne pouvait être épiée par les vahas qui ouvraient la marche, que Bara prit enfin le risque de parler.

Il se pencha vers Marikani.

— La ville est étrange, ay... (Il s'interrompit.) ... ehari. On dirait que... qu'il y manque quelque chose.

Marikani fronça les sourcils.

— Quoi ?

— Les esclaves.

Bara disait vrai. Comme toutes les villes des Royaumes, Faez avait pendant des siècles grouillé d'esclaves... dans les jardins, les rues, les boutiques, les temples. Des esclaves tirant les charrettes, portant l'eau, faisant mille et une courses pour leurs maîtres. Et comme dans le reste des Royaumes, aujourd'hui, ils avaient disparu.

Où étaient-ils ? Où étaient les survivants ? Comme les autres, le jour du Grand Sacrifice, les esclaves avaient dû se révolter. Ou peut-être n'y avait-il pas eu de survivants. Faez n'avait rien de commun avec les sauvages terres de l'ouest, où la révolte était encore possible. L'armée de l'émir devait être là, autour des autels, prête à intervenir.

Où avaient-ils mis les cadavres ? Ils les avaient brûlés, sans doute...

Marikani frissonna, imaginant l'odeur atroce de chair calcinée qui avait dû envahir Faez, une odeur qui devait avoir mis des jours avant de disparaître...

À Faez comme ailleurs, les maîtres n'étaient pas tous des créatures sans cœur et sans pitié. À Faez comme ailleurs, des hommes, des femmes avaient dû étouffer de dégoût et de remords en sentant cet atroce parfum s'infiltrer dans leur gorge.

— ... Voici les Exilés, ehari, dit Yassî Eh Mered, et Marikani sursauta.

Il lui fallut un moment pour revenir à la réalité. L'image avait été si forte, si brutale – ce massacre de dizaines de milliers d'êtres qui s'était passé là, quelques semaines auparavant – que cette odeur atroce, elle l'avait presque sentie.

— Vous avez froid, ehari ? demanda gentiment le deuxième vahas dont le regard, décidément, s'attardait plus sur son corps que sur son visage. Voulez-vous que je vous offre un châle ? Il y en a de très beaux ici, ajouta-t-il en désignant un étal, et en me permettant de vous l'offrir, vous garderiez un heureux souvenir de notre ville...

Bara jeta à l'homme un regard furieux et Marikani secoua la tête, sentant Yassî Eh Mered l'observer. Elle jeta un coup d'œil autour d'elle, se concentrant sur ce qui l'entourait : les échoppes de poissons, de viandes et de fruit secs, recouverts de toiles aux couleurs brique et rouges sur lesquelles étaient brodés ou peints des soleils stylisés ; les voix, les appels, les cris et les marchandages ; les bruissements du lin et de la soie. Était-ce son imagination ou tout était-il plus lent, moins animé, moins coloré que d'habitude ? Faez n'était plus Faez, Faez n'était que son reflet, un Faez appauvri en habitants par la disparition des esclaves, affaibli par la perte de leur production, apeuré par les rumeurs de guerre.

— Le marché paraît bien vide, aujourd'hui, dit-elle aux vahas simplement pour dire quelque chose, pour que son silence ne paraisse pas suspect.

— La fermeture des routes de commerce de l'ouest, dit Yassî Eh Mered avec un geste navré. Nous vous avons menée à destination, ehari, ajouta-t-il en désignant quelque chose sur sa gauche, et Marikani se tourna dans la direction indiquée, cherchant les canaux.

D'abord, elle ne les vit pas. Il n'y avait là que les ruelles et les étals du marché, des ruelles peut-être un peu plus larges que les autres... puis enfin, elle repéra l'eau : elle ruisselait à terre dans des rigoles spéciales, un labyrinthe de rigoles larges de deux pas à peine et moins profondes que le pouce. Des chemins d'eau, presque invisibles, qui parcouraient le marché, s'introduisant dans chaque passage. Et dans ce labyrinthe aquatique, qui leur permettait de garder les semelles ou la plante des pieds dans l'eau, marchaient les Exilés.

L'illusion était parfaite. Seul un œil parfaitement exercé pouvait voir qu'ils n'étaient fondus dans la foule qu'en apparence. Les habitants de Faez marchaient, tournaient, s'arrêtaient, évoluaient au milieu des étals, dans leurs habits blancs ou bruns ; les Exilés, aux habits plus sombres ou au contraire très colorés du sud, marchaient, tournaient, s'arrêtaient, évoluaient eux aussi... mais les deux groupes ne se rencontraient jamais. Les habitants de Faez ne marchaient que sur la pierre ; les Exilés ne marchaient que dans les rigoles, les pieds dans l'eau... comme dans une danse sophistiquée où hommes et femmes, évoluant élégamment sur des parquets cirés, se tournaient autour sans jamais se toucher.

— Merci, vahas Eh Mered, dit Marikani en s'inclinant légèrement, puis elle se retourna, étudiant les Exilés les plus proches.

Il y en avait trois groupes dans la rigole la plus proche. Un couple entre deux âges, à quelques pas... La femme tenait derrière elle une sorte de brouette, de la taille exacte de la rigole, contenant des épices et des ballots de satin. Ils étaient en négociations avec un boutiquier qui se tenait devant son échoppe, à un pas du bord de la rigole. Un peu plus loin encore se trouvaient deux hommes, forts et basanés, en habits de cuir, dont un avait le visage couturé de cicatrices. Debout, les bras croisés, ils surveillaient les transactions. Sur la gauche de Marikani se trouvaient deux femmes aux fichus rouge et vert, qui discutaient, de lourds sacs en toile sur le dos.

Qu'allait-elle faire maintenant ?

Marikani voulait rentrer en contact avec les Exilés, mais ne sachant pas où et comment elle les rencontrerait, elle n'avait pas vu plus loin. Elle ignorait comment leur parler, comment les convaincre... et le faire sous le regard inquisiteur d'un jeune officier de l'émir encore un peu soupçonneux n'était pas prévu dans ses plans.

Elle hésita... et rencontra le regard de Yassî Eh Mered. Comme elle le craignait, il ne partait pas. Il l'observait en silence, les bras croisés, attendant de voir quel allait être son prochain mouvement.

Peut-être n'était-ce pas du soupçon. Peut-être était-ce de la galanterie... Il ne la quitterait que quand elle serait hors de danger. Hélas, dans tous les cas, il ne lui facilitait pas la tâche.

Marikani lui fit un sourire crispé et, suivie par Bara dont elle sentait, sans avoir besoin de le toucher, la tension extrême, elle avança, suivant une rigole mais sans y rentrer encore, vers les deux Exilés en habits de cuir.

Les deux hommes la repérèrent aussitôt et eux aussi, comme le vahas, la regardèrent avancer en silence, épiant chacun de ses mouvements.

Marikani s'arrêta à l'extrême bord de la rigole. Les deux Exilés étaient debout devant elle, les pieds dans l'eau libératrice de Verella. En levant la main, elle aurait pu les toucher.

Les deux hommes la fixaient, sans dire un mot.

Consciente de la présence de Yassî Eh Mered, à deux étals de là, qui devait tendre l'oreille pour essayer d'entendre la conversation, Marikani dit à voix basse :

— J'ai besoin de parler au Maître des Exilés. C'est urgent.

L'Exilé aux cicatrices la dévisagea en silence.

— Nous n'avons pas de Maître, dit-il enfin. Repars à Kiranya, femme.

Sentant toujours le regard lourd du jeune noble dans son dos, Marikani sourit et fit un geste agréable, comme si la négociation se déroulait comme prévu, puis sans cesser de sourire, elle ajouta d'une voix dure :

— Gardez vos mensonges pour les non-initiés et dites au Prince du Joar que celle qui a passé le rituel des brumes d'Hathot avec son compagnon et sa suivante est revenue. Trois étrangers. Des arbalètes dans le fleuve. L'attaque des hommes de l'émir, dans la nuit... Le cercle de feu. Nous devons discuter. Répétez-lui tout ça. J'ai besoin que vous lui fassiez passer le message, et vite.

— Il a les yeux bleus, dit soudain le deuxième Exilé en désignant Bara. Il a les yeux bleus.

Autour, on commençait à les regarder curieusement. Des passants se retournaient. Le transfert des ballots de satin et des sacs d'épices avait cessé : le spectacle de la dame étrangère qui discutait avec tant de passion avec les deux Exilés était bien plus intéressant.

— Oui, il a les yeux bleus, soupira Marikani. Et ça fait partie du message. Dites à votre Maître que je suis accompagnée d'un homme aux yeux bleus. Et maintenant, ajouta-t-elle alors que l'Exilé allait lever la main pour l'interrompre, et maintenant, je vais entrer dans la rigole, avec mon serviteur, et vous allez sourire et me taper sur l'épaule, comme si vous attendiez ma venue et que vous étiez heureux de m'accueillir. Il y a un officier de l'émir qui nous observe sur la gauche, aussi si vous ne voulez pas d'ennuis, je vous conseille de jouer mon jeu...

L'Exilé ne jeta pas un regard vers les soldats et pas un muscle de son visage ne bougea. Marikani admira en silence sa réaction, née sans doute d'une longue habitude de dissimulation. Après tout, les Exilés étaient des criminels reconvertis.

Elle mit un pied dans l'eau, puis l'autre.

— Si je me fais arrêter à cause de vous, le Maître des Exilés plantera votre tête sur une pique, je vous en donne ma parole, dit-elle, souriant toujours.

— L'accent d'Harabec ! chuchota soudain le deuxième Exilé, les yeux écarquillés. Et un esclave... Par Fîr, je sais qui est cette femme...

Marikani se retourna, pour faire signe à Bara de la rejoindre. Là-bas, près de l'étal, Yassî Eh Mered fronçait maintenant les sourcils, trouvant les présentations longues. Il fallait que l'Exilé aux cicatrices joue le jeu tout de suite, ou...

L'Exilé hésita un imperceptible instant, puis :

— Mais bien entendu, ehari, dit-il avec un salut aimable. (La main se posa sur l'épaule de Marikani en un geste de bienvenue théâtral.) Nous devons discuter affaires, suivez-moi, nous allons inspecter votre chargement au port...

Là-bas, près de l'étal de poissons séchés, Yassî Eh Mered fit un signe de tête satisfait et se retourna pour s'éloigner. Le soulagement parcourut Marikani comme un frisson et elle laissa échapper un profond soupir.

Pourtant l'épreuve ne faisait que commencer. Elle avait menti ; le Maître des Exilés ne l'attendait pas et elle n'avait aucune idée de sa réaction quand il apprendrait sa présence. Il fallait qu'elle le convainque de l'aider, sans argument, sans argent, alors qu'il n'aurait qu'à la dénoncer pour...

— *Ayashinata Marikani*, dit une voix forte d'homme sur la gauche.

Un silence de mort s'abattit sur le marché. L'homme n'avait pas crié, et sa voix était plus surprise qu'agressive, mais son ton était clair et vibrant et tout le monde avait entendu. Les clients, qui s'étaient immobilisés, la main sur les fruits. Les commerçants, qui levaient lentement la tête, leur seau de piécettes à la main. Les Exilés.

Et les trois vahas.

Ils se retournèrent lentement. Yassî Eh Mered fixa d'abord Marikani, puis l'homme qui avait parlé.

C'était un client du marché que Marikani n'avait pas remarqué auparavant – sans doute venait-il juste d'arriver dans la ruelle. Il était jeune et portait l'habit de guerre des nâlas-di, la cavalerie de l'Émirat. Son bras était bandé et dissimulé par un tissu rouge, mais on devinait, d'après la forme, qu'il lui manquait la main droite.

Son visage était marqué d'une immense balafre encore récente.

— J'ai vu cette femme sur la terrasse du palais de Salmyre, déclara-t-il, le doigt pointé sur Marikani, la fureur et la haine montant lentement dans sa voix.

Les deux vahas avancèrent à grand pas vers la rigole pour bloquer la ruelle tandis que Yassî Eh Mered hésitait encore, regardant le nâla-di.

— Mon nom est Essine Eh Ma-haroud, dit le nâla-di comme pour le convaincre, et j'ai servi sur les murailles de Salmyre. J'étais là quand la nature de la déméana s'est révélée, avant qu'elle ne commette dans le ciel le plus grand blasphème jamais connu des Dieux ! C'est elle ! Ayashinata Marikani !

Tout se déroula alors en même temps.

— *Maudite !* hurla l'Exilé aux cicatrices, repoussant Marikani avec un geste d'une violence extrême... un geste savamment calculé qui poussa Marikani dans la direction *opposée* aux soldats, entre deux rangées serrées d'échoppes, vers le cœur du marché et son labyrinthe de marches, de sacs, de charrettes.

Les soldats se ruèrent en avant, écartant les clients stupéfaits.

Marikani reprit son équilibre, commença à courir tandis qu'à sa grande surprise, les habitants hurlaient et s'enfuyaient sur son passage en poussant des cris de terreur. Bara se jeta en avant et disparut dans une autre rangée d'échoppes, espérant peut-être attirer une partie des vahas à sa poursuite.

— Attrapez la maudite ! cria l'Exilé aux cicatrices d'une voix vibrante. Coupez son chemin ! *Mhali ehaïla salahï maajja ! Mhali ehaïla ! Mhali ehaïla !*

« Mhali ehaïla » qui, dans le langage de guerre des Exilés, que les soldats de l'émir ignoraient mais dont Marikani avait quelques notions, voulait dire non « Rattrapez-la » mais « Sauvez-la, elle est des nôtres... »

Et obéissant à l'ordre donné, partout, sur le chemin de Marikani, les Exilés bondirent... atterrissant derrière Marikani, coupant ainsi « involontairement » le passage aux soldats, renversant « maladroitement » leurs chargements dans leurs pieds, retardant leur avancée, se précipitant, les semelles toujours dans l'eau des rigoles, vers la déméana comme pour l'insulter et la frapper, mais trébuchant de manière théâtrale juste après son passage et se raccrochant comme ils le pouvaient aux piliers fragiles soutenant les étals, les faisant tomber dans le sillage de la fugitive juste devant ses poursuivants, rajoutant au chaos, faisant hurler les commerçants, trébucher les hommes des nouvelles patrouilles qui convergeaient vers elle...

— *Mhali ehaïla !!!* continuait la voix de l'Exilé, là-bas, hors de vue.

— *Mhali ehaïla !!!* reprenaient les Exilés, passant le message de rigole en rigole, plus vite que ne courait Marikani, et les fruits continuèrent à tomber, les tissus et les échoppes à s'écrouler, jusqu'à ce que la jeune femme disparaisse dans la folie qu'ils avaient créée, happée par le marché, disparue, envolée.

Le souffle court, Marikani descendit une volée de marches en pierre et se retrouva seule. Au-dessus d'elle, le marché avait pris fin. Elle était arrivée, sans même s'en apercevoir, sur une sorte de petite place en contrebas, collée comme un espace abandonné entre trois hauts murs.

Entre les bâtiments, deux rues descendaient la pente ; un autre escalier montait sur sa gauche.

À quelques pieds au-dessus d'elle, résonnaient des cris et des indications contradictoires données par les Exilés :

— Par là !

— Derrière les tonneaux !

— À l'est !

— Au nord !

— Dans les jardins !

— Derrière vous, soldat !

Une main saisit le bras de Marikani, qui faillit laisser échapper un cri : mais ce n'était que Bara, apparu de nulle part, du deuxième escalier ; sans ralentir, il l'entraîna dans la première ruelle, et ils continuèrent à courir sur la rue pavée qui descendait à pic entre les propriétés, les murs immaculés, les portes fermées...

Ils tournèrent, descendirent encore, passèrent une petite place déserte entre des bâtiments luxueux...

— Nous n'irons pas loin, dit soudain Marikani, s'arrêtant à un carrefour. Il faut... (elle se plia en deux, haletante, luttant pour reprendre sa respiration) ... les Exilés... l'eau... le port... Il faut atteindre le port...

— Si nous continuons à descendre, nous finirons bien par rejoindre le lac, souffla Bara.

Marikani hocha la tête et ils se remirent à dévaler la rue.

Entre deux murs, à l'ouest d'un escalier, ils aperçurent enfin l'eau, la surface étincelante et bleue dans laquelle Marikani avait sauvé Arekh de la noyade, il y avait de cela plus, bien plus qu'une éternité.

— Là ! souffla Bara en désignant l'eau, et comme pour lui répondre, comme s'il avait crié trop fort, toutes les cloches se mirent à sonner.

Le *Hâla*. Le chant des Abysses, l'avertissement. Une mélodie qui n'était presque jamais jouée, car elle avertissait les habitants de la présence du Mal en leurs murs. Ce chant, sans doute les villes de l'ouest l'avaient-elles entendu avant que déferlent sur elles les créatures des Abysses...

Ils sont fous ; la ville va plonger dans la panique, pensa Marikani, alors que la petite rue qu'ils avaient empruntée s'agrandissait brusquement pour donner sur les quais.

Ils s'arrêtèrent au coin d'un mur, à moitié cachés par d'immenses branches de jasmin et de saanis qui se déversaient du jardin dissimulé derrière. Devant eux s'ouvraient le port et les eaux turquoise, presque cristallines du lac ; à l'ouest, de l'autre côté, à une demi-lieue, attendaient les vaisseaux de la flotte de l'émir.

Et à cent pas sur leur gauche – tout près ! – se trouvaient une dizaine de barges et de barques, avec au centre un bateau de pêcheur sur le mât duquel le symbole du Joar était gravé au couteau.

— Les Exilés, souffla Bara. Pour une fois, les dieux sont avec nous.

— Ils feraient une lourde erreur, chuchota Marikani, mais Bara avait raison... Ils auraient pu arriver n'importe où, mais par un coup de chance inespéré, le salut était juste de l'autre côté du quai.

Les cloches sonnaient toujours, répétant le son lancinant et pervers du *Hâla*, mais Marikani l'ignora. Elle désigna un petit groupe qui se tenait sur les passerelles en bois, reliant les barges à la terre ferme.

— Et ils nous attendent, ajouta-t-elle. Regarde. Ils nous cherchent.

Ils étaient une dizaine d'Exilés là-bas... à attendre en effet, leurs regards étudiant les passants qui s'arrêtaient, effrayés, pour écouter le son des cloches. Une nuée d'enfants et d'adolescents de la cité, en haillons, tournoyaient sur le quai, attendant des ordres – sans doute étaient-ce eux les messagers qui avaient porté aux Exilés du port les nouvelles plus vite que Bara et Marikani n'avaient descendu la pente, plus vite même que les patrouilles, en passant par les raccourcis et les chemins secrets que seuls connaissaient les voleurs et les mendiants.

Les pensées de Bara devaient avoir suivi la même route que celles de Marikani, car il dit :

— Il faut y aller maintenant. Dans quelques instants, le quai va grouiller de soldats.

Marikani hocha la tête. Puis, sans parole inutile, elle avança à découvert et commença à traverser les quais en direction des barges.

Derrière, à cinq pas, Bara la suivait.

Le bateau de pêcheur l'attendait sur la droite. Marikani continua sa marche, se sentant soudain très exposée sur la grande étendue de pierre. Mais personne ne la regardait ; les passants étaient trop effrayés par les cloches, et leurs regards cherchaient le temple, au centre ville.

Un homme déboula soudain d'une ruelle, à moins de dix pas de Marikani.

Yassî Eh Mered.

Essoufflé, en sueur, seul.

Il devait avoir suivi un chemin presque identique au leur. Marikani détourna aussitôt le visage, continuant à marcher du pas le plus naturel possible, espérant qu'il ne la verrait que de dos.

Elle entendit le jeune officier, malgré les cloches, courir sur la pierre derrière elle... s'arrêter... Il regardait sans doute autour de lui, scrutant les passants... par elle ne savait quel miracle, il ne l'avait pas vue.

— *Vous !* dit-il soudain, à trois pas d'elle.

Marikani sursauta, se retourna, prête à tout... mais c'était Bara que Yassî Eh Mered avait vu, c'était Bara qu'il tenait par le bras, se retournant déjà, prêt à appeler à l'aide...

Marikani réagit sans réfléchir. En un battement de cœur, elle était sur l'officier, lui saisissant les cheveux, Yassî Eh Mered leva la main pour se protéger, mais trop tard... la dague de Marikani s'était déjà enfoncée dans sa poitrine, droit au cœur.

Le jeune officier hoqueta, crachant du sang, tandis que ses yeux se fixaient sur la jeune femme avec une expression douloureuse...

Puis il tomba.

Marikani resta immobile, la gorge serrée.

— Le soleil brille sur notre rencontre, souffla-t-elle.

Et elle resta ainsi, la lame dégoulinante de sang à la main, jusqu'à que Bara la saisisse et l'entraîne vers le bateau des Exilés.

6

Le lendemain, Liénor avait encore son enfant. Ils lui laissèrent une semaine, se riant de sa panique et de sa terreur, lui annonçant chaque soir qu'ils le lui enlèveraient le matin suivant. Liénor dormait à peine, secouée de terreur, hurlant dans son sommeil. Les premières nuits, Arekh tenta maladroitement de la réconforter, mais bientôt il n'en eut plus la force.

Liénor perdait la raison, et lui aussi sombrait, oubliant la réalité, son passé.

— Cela en vaut-il la peine ? dit la voix de Liénor, la septième nuit.

Arekh dormait, mais son sommeil était peuplé d'images de torture, des murs sombres de la cellule. Quand il ouvrit les yeux, le décor ne changea pas. Avait-il vraiment rêvé ou était-il resté là, éveillé, depuis qu'on l'avait jeté sur le sol après sa séance du jour ?

— Quoi ? Qu'est-ce qui en vaut la peine ? balbutia-t-il d'une voix rauque.

— Marikani. Elle en vaut la peine ? De toute cette souffrance ? (Le bébé toussa, une toux qui semblait trop forte, trop déchirante pour un si petit corps. Liénor le désigna du menton.) Sa vie. Marikani vaut-elle nos vies à tous ? Celle de mon enfant ?

Arekh tenta de rire, mais sa gorge était douloureuse.

— Je ne sais pas, dit-il. Je m'en fiche. (Il hésita.) Parfois, on n'a pas le choix.

Laissant retomber sa tête sur le sol, il retomba dans un sommeil hanté.

La nuit sur le fleuve.

Marikani et Bara avaient quitté le lac sur une barque étroite. Avant le départ, les Exilés avaient enveloppé Marikani dans le grand voile gris des veuves. Le tissu dissimulait son visage et ses cheveux ; une femme lui avait donné du savon pour qu'elle efface le masque de lionne sur ses traits.

Le silence était total. Les trois Exilés tiraient sur leurs rames.

Alors que la barque s'éloignait, ils avaient aperçu, au bord du lac, des hommes de l'émir courant vers le port. À l'embouchure du fleuve, ils avaient même croisé un des vaisseaux de Faez, aux voiles brodées du signe du soleil, mais personne ne leur avait fait signe de s'arrêter.

La barque avait lentement longé le bateau bourré de soldats, frôlant la coque. Les marins ne leur avaient même pas jeté un regard.

Bara et Marikani avaient retenu leur souffle. Leurs corps s'étaient tendus en même temps, s'étaient relâchés en même temps, quand la barque était enfin passée, s'éloignant, dans le sillage du grand bateau. Leurs cœurs battaient à l'unisson.

Les trois Exilés avaient continué à ramer, sans un mot, sans une réaction.

Puis, dans la nuit bleutée, à l'embouchure du fleuve, ils avaient changé d'embarcation. On les attendait, une autre barque, un autre équipage.

Et ils étaient repartis vers le nord.

Marikani regardait l'eau noire, laissant tremper ses doigts à la surface.

La porte du couloir s'ouvrit brusquement et Liénor, réveillée en sursaut, hurla sans pouvoir s'arrêter.

Arekh tenta de s'asseoir, mais sa tête tournait. Des pas. Deux hommes, d'après les bruits de bottes. Liénor rampa vers le fond de la cellule, criant toujours, étreignant son enfant. Ce n'était pas l'heure habituelle, Arekh et elle le savaient tous deux, ce n'était pas l'heure où on venait les chercher...

Il était trop tôt.

Si ce n'était pas pour la torture, alors...

— Non !!! hurla Liénor, serrant le bébé, secouée par des spasmes comme si elle allait vomir, non...

Arekh se vit, comme dans un rêve, se lever, s'interposer, lutter contre les soldats qui entraient, les massacrer un à un ; il les vit tomber, les os brisés, alors qu'il arrachait ses chaînes et celles de Liénor, il se vit courir dans le couloir, entraînant la jeune femme avec lui, il fit un mouvement brusque pour sauter les trois marches qui montaient vers la porte de métal au bout du couloir... son corps se cabra...

... et il réalisa que ce n'était qu'une illusion, engendrée par le délire. Il n'avait pas bougé du sol. Il n'avait même pas réussi à se lever.

La porte de la cellule s'ouvrit.

— Debout, vous deux, dit l'homme, ignorant les hurlements de Liénor. On vous attend en haut lieu.

E-Fîr descendait sur l'horizon quand Marikani et Bara arrivèrent au bateau du Maître des Exilés.

Comme à la Cité des Pleurs, deux ans auparavant, il ne s'agissait pas d'un bateau de pêche mais d'un vrai vaisseau, conçu pour la rage de l'océan, un vaisseau à côté duquel ceux de la flotte du lac de Faez paraissaient être de pâles copies, des jouets pour fils de nobles voulant s'amuser à la bataille navale. Que faisait ce voilier, à des centaines de lieues à l'intérieur des terres ? Échoué sur la rive d'un delta boueux et éclairé par la lumière de ménioles, ces petits insectes phosphorescents qui dansaient autour des flammes des lanternes sur le pont ? Il était là, il avait toujours été là, semblait dire sa forme échouée sur la rive. Il faisait partie du paysage, comme les ajoncs et les arbres tordus.

La barque s'immobilisa.

Autour d'eux, l'eau clapotait doucement, reflétant l'obscurité décroissante. La nuit n'était déjà plus pure, les premières, lointaines lueurs du jour l'avaient pervertie. Les reflets des brumes bleutées qui avaient remplacé l'étoile turquoise s'effilochaient dans l'eau, perdant peu à peu consistance.

On jeta une échelle de corde par-dessus le pont et les trois Exilés regardèrent Marikani. Celle-ci leur rendit leur regard, prise d'un sentiment d'irréalité. Où était-elle, et pourquoi ? Y avait-il même une lueur d'espoir, dans cet endroit de boue et d'algues décomposées ?

Les Exilés attendaient toujours. Marikani se tourna vers Bara, lut dans ses yeux la peur, mais aussi cette confiance effroyable qui lui serrait la gorge.

Elle n'avait pas le choix.

Lentement, elle posa le pied sur l'échelle de corde.

Leurs plaies étaient si profondes, leur épuisement si grand qu'Arekh n'aurait cru ni lui, ni Liénor capables de se lever ou de marcher. Cela faisait trois jours, maintenant, qu'on les traînait pour les amener au bourreau.

Pourtant ils se levèrent. Et pourtant ils marchèrent, Arekh boitant, s'accrochant aux parois pour ne pas tomber, Liénor avançant, dans un parfait silence, sauf quand elle butait parfois, épuisée, contre une marche ou une excroissance rocheuse.

Ils avaient des fers aux pieds, et les mains d'Arekh étaient enchaînées. Celles de Liénor étaient libres.

Les gardes lui avaient laissé l'enfant.

Ils montèrent.

D'abord lentement, presque sans s'en apercevoir, trois marches par-ci, quatre marches par-là, dans des couloirs rocheux qui grimpaient en pente douce, traversant d'immenses cavernes vides où pendaient au mur des chaînes oubliées. D'autres salles aussi, où s'entassaient des caisses de bois, des planches, des boucliers et des armes rouillées.

Puis ils atteignirent un premier escalier.

Les marches montaient en colimaçon comme dans un puits à travers la pierre noire.

L'air était étouffant, sale, comme s'il avait moisi.

Une éternité passa.

Ils montaient toujours.

— Ayesha, dit le Maître des Exilés en entrant sous la tente.

L'aurore pointait à peine sur les bras du fleuve. Des plaques rose pâle tremblaient sur l'eau, la boue, les hautes herbes du delta. Marikani s'était endormie, tremblante de froid, sous la tente où les Exilés l'avaient conduite. Son sommeil avait dû être court, quelques minutes à peine ; pourtant ses membres étaient engourdis et glacés, et une pellicule d'humidité recouvrait sa peau brune.

Quelques instants d'inconscience seulement, et ses rêves étaient partis loin, très loin... dans les tunnels, encore. Elle courait, poursuivie par des êtres informes, Arekh et Liénor à ses côtés, puis les tunnels se transformaient en parvis... celui du palais d'Harabec, où ils s'asseyaient sur les marches, tous les trois, attendant que le soleil les réchauffe. Mais ils avaient toujours froid.

Les images du rêve refusaient de s'évanouir. Marikani dévisagea le Maître des Exilés un moment avant de le reconnaître. Puis elle se leva avec difficulté, ses os douloureux.

Bara était accroupi à l'entrée de la tente. Ses traits étaient pâles et épuisés. Il avait dû monter la garde.

Depuis combien de temps n'avait-il pas dormi ? Il avait besoin de repos, plus qu'elle. À ce rythme, il ne tiendrait pas longtemps.

— Ayesha, répéta le Maître des Exilés. Vous étiez endormie ?

Marikani prit une grande inspiration, secoua la tête pour s'éclaircir les idées.

Puis elle se força à sourire.

— S'il vous plaît, non. Pas vous. (Le Maître des Exilés la regarda, étonné, et elle ajouta :) Pas « Ayesha ».

Le Maître des Exilés hocha la tête.

— Très bien. Alors, comment ?

— « Marikani » sera parfait.

— Comme vous voudrez. (Le Maître des Exilés s'inclina avec une galanterie moqueuse, puis désigna l'escalier qui montait au pont supérieur.) Suivez-moi, je vous prie.

» Pourtant, le nom est intéressant, ajouta-t-il quand ils furent arrivés. La fille du dieu que l'on ne nomme pas, ou celle de Fîr, selon l'humeur des légendes. Ils ne sont pas nombreux à pouvoir se vanter d'un tel parentage. N'est-il pas plus flatteur d'être fille de dieu que celle d'un esclave inconnu, égorgé comme un bœuf sur le pavé d'une cour ?

Marikani le regarda, choquée. Entendre son passé exposé en des mots si crus la laissait interdite. Enfin, elle haussa les épaules.

— Je suppose que ma vie a été passée au peigne fin par les Liseurs d'Âmes. Mon histoire n'est plus un secret.

Le Maître des Exilés hocha la tête.

— En effet. Depuis le jour du Grand Sacrifice, les rumeurs parcourent le pays comme des traînées de feu. Celles qui vous concernent sont souvent contradictoires, ou insensées. J'ai choisi la plus crédible... Est-elle fausse ?

La jeune femme soupira.

— Hélas, non. Ils ont raison. Sur le pavé d'une cour, pour avoir osé offenser ses maîtres...

— Je suis heureux de vous revoir, Marikani, dit le Maître des Exilés. Venez vous réchauffer. Nous allons parler.

Ils montaient toujours.

Les forces d'Arekh l'abandonnaient. Sa jambe était si douloureuse qu'une brume rouge flottait devant ses yeux. Il faillit se laisser tomber par terre. Tant pis, qu'ils l'achèvent, là, aux pieds de Liénor... il n'en pouvait plus, il ne tenait plus. Et il tint pourtant, se donnant des défis – encore trois marches... encore deux... encore une... il allait abandonner quand ils arrivèrent à une petite porte de bois ornementée de moulures dorées.

Cette porte, les dessins subtils et exquis de la marqueterie formaient un tel contraste avec le monde noir et humide dans lequel Arekh avait été noyé si longtemps qu'une vague d'énergie le traversa : légère, momentanée, mais qui le soutint jusqu'à ce qu'ils aient passé le seuil. Il attarda son regard sur les moulures, essayant de graver dans sa mémoire leur forme délicate, comme si la vision de la beauté, même passagère, pouvait effacer en partie les images atroces qui lui peuplaient l'esprit.

Ils firent deux pas de l'autre côté.

Et se retrouvèrent baignés par la lumière du jour.

Une vague de bonheur et d'émotion déferla sur Arekh. Sa gorge se serra, et pendant quelques battements de cœur, il ne put plus respirer. Les pâles lueurs blanches du matin. La lumière du soleil. Pour la première fois depuis bien longtemps, des larmes qui n'étaient pas de souffrance lui vinrent aux yeux.

À son côté, Liénor, le visage tourné vers les hautes fenêtres, pleurait doucement.

— Avancez, dit un des gardes.

Ils passèrent une nouvelle porte et se retrouvèrent à l'air libre.

Arekh marcha, oubliant sa souffrance, dévorant du regard ce qui se trouvait autour de lui. Pas étonnant que le trajet ait été si long. Ils avançaient maintenant dans le Couloir Circulaire, une immense promenade à colonnades qui entourait le cercle du Jardin Interdit, au centre géométrique exact de la Cité Administrative. De ce jardin, on disait que Fîr, le protecteur de Reynes, l'avait créé pour se reposer après avoir posé les premières pierres de la ville, cinq mille ans auparavant. Le jardin faisait auparavant plusieurs lieues, mais les bâtiments de l'Assemblée avaient été construits dessus, grignotant peu à peu sa sauvage beauté jusqu'à ce qu'il n'en reste plus que des parcelles, dans des cours, entre les différentes ailes... et puis, ce cercle, protégé par la promenade.

Ce rond d'arbres, de fleurs, de plantes grimpantes et de colonnes, les habitants des Principautés le respectaient plus que tout. Car si le jardin était le cœur de l'Assemblée, l'Assemblée le cœur de Reynes, Reynes le cœur des Principautés, et les Principautés la puissance la plus importante des vingt et un Royaumes... alors le Jardin Interdit n'était-il pas le centre du monde ?

Fîr en avait béni chaque plant et chaque feuille, et nul être n'avait le droit de s'y promener, sauf les prêtres, qui suivaient des rituels complexes pour le tailler et l'entretenir.

Il était tôt, même pour l'Assemblée qui ne dormait jamais, et dans la galerie ne passaient que quelques conseillers encore endormis, des assistants portant des rouleaux de papier et des plumes, et quelques filles aux cernes bleutés et au maquillage défait. Des danseuses ou des prostituées, sortant d'une nuit agitée passée quelque part dans un des immenses bâtiments diplomatiques où étaient accueillies, parfois pendant plusieurs années, les délégations étrangères.

Ils avancèrent, suivant la promenade circulaire, les deux prisonniers encadrés par les soldats, recevant parfois un regard curieux, surtout des femmes. Les employés les ignoraient, sans méchanceté, simplement parce qu'ils en avaient vu d'autres. Ils avaient du travail, des rendez-vous. Ils n'avaient pas le temps d'attarder leurs regards sur les plaies sanglantes ou les blessures hideuses des prisonniers transférés.

Arekh avait été l'un d'eux. Lui aussi s'était hâté dans la galerie, des rouleaux à la main, lui aussi avait raccompagné à la sortie les jolies femmes avec lesquelles le sénateur Im-Ahr, pour qui il travaillait, avait passé la nuit. Il avait fait plus ; il avait négocié sous les colonnes, et dans les antichambres, des pots-de-vin et des trahisons en faveur de son employeur, il avait tué et fait tuer des représentants d'ambassade, des témoins... Il avait même assassiné un conseiller de l'Assemblée, un jour, pour une histoire de pont que le sénateur ne voulait pas voir construire à l'ouest de ses terres. Une importante route commerciale aurait été détournée et Im-Ahr aurait perdu une fortune en taxes.

Arekh avait étranglé lui-même le conseiller qui soutenait la motion – comment s'appelait-il ? Marannes, ou Mayrannes, un nom du nord – avec une cordelette en métal, tout près de l'endroit où ils marchaient maintenant, sous une arcade, près de la porte en bois laqué bordeaux qui conduisait aux labyrinthes des couloirs souterrains du Sénat.

Il en avait croisé, lui aussi, des prisonniers torturés, des criminels, des hérétiques, ou des « Captifs d'Honneur de la Cité », une expression poétique qui signifiait que les pauvres bougres n'avaient rien fait, que leur seul crime était de connaître des informations utiles aux intérêts des Principautés, et que les bourreaux allaient utiliser tous les moyens possibles pour les leur faire cracher avant de laisser décomposer leurs cadavres dans une douve.

Arekh avait, lui aussi, détourné le regard devant les visages tuméfiés, les pieds enchaînés, les meurtrissures et les larmes des hommes qu'il croisait parfois dans la galerie... mais, contrairement aux assistants qu'ils rencontraient maintenant, ce n'était pas par indifférence ou par habitude. C'était par peur. Sa tête était mise à prix pour parricide, il avait commis de nombreux crimes, et même si nul encore, dans la Cité Administrative, ne connaissait sa véritable identité, une terreur sourde et dévorante le prenait parfois. Son estomac se tordait à l'idée que son passé le rattrape et qu'il finisse comme eux.

Ce qui était arrivé.

Il *allait* finir comme eux, et son destin avait fait un cercle, comme la promenade.

Les gardes bifurquèrent soudain pour les faire passer par une petite porte blanche.

Le couloir appartenait à l'aile nord des bâtiments étrangers. Ils traversèrent d'immenses antichambres aux sols recouverts de tapis, tandis que le visage stylisé de Fîr les contemplait du haut des mosaïques du plafond. Les statues des conseillers et sénateurs illustres, dotés par les siècles et les sculpteurs de corps dignes des plus grands athlètes, les foudroyaient de leur regard glacé.

Ils montèrent encore. Les escaliers, cette fois, étaient de marbre, les murs décorés de bas-reliefs, la lumière entrant à flots par les larges fenêtres.

Au quatrième étage, qu'Arekh savait être le dernier du bâtiment, ils arrivèrent devant la série de colonnes marquant l'entrée des appartements d'une délégation étrangère. Derrière, ils ne seraient plus complètement à Reynes, mais dans une sorte de terrain neutre, un

« entre-deux » où les Principautés et le Royaume auquel avait été attribuée la suite se partageaient le pouvoir.

Entre les colonnes étaient pendus de fins tissus d'organza violet et brique.

Les soldats les soulevèrent.

Et les prisonniers se retrouvèrent à Harabec.

La statue d'Arrethas fondateur, une épée à la main, une branche de *saani* dans l'autre, se dressait entre deux portes, tandis que le blason de la cité d'Harabec et celui du dieu étaient gravés sur le mur de gauche. Liénor eut un hoquet de surprise, suivi d'un gémissement. Un garde la poussa en avant et elle faillit tomber.

Arekh la rattrapa ; elle se dégagea avec violence alors qu'ils entraient dans l'Antichambre des Négociations.

Des murs d'un orange presque cru. Le soleil se déversant à flots sur le parquet et les somptueux tapis. Une table, sur laquelle se trouvaient une théière fumante, des pâtisseries, trois carafes de vin pétillant. Des fauteuils et des sofas.

Et Laosimba, installé sur une sorte de bergère, ses bottes nonchalamment étalées sur le tissu de soie.

Une femme et un homme attendaient près de lui. Vashni, une des nobles les plus influentes de la cour d'Harabec, et Banh, le Premier Conseiller du Royaume, qui avait longtemps servi Marikani avant de passer sous les ordres d'Harrakin.

Vashni était assise sur le bord d'une chaise, tendue, prête à bondir. Banh, debout, faisait face à la porte, frottant ses mains l'une contre l'autre avec nervosité.

Elles retombèrent quand il aperçut les prisonniers.

— Que les dieux nous protègent, laissa-t-il échapper. (Il les fixa, bouche ouverte, regardant leurs visages décharnés, le sang sur leurs vêtements, les plaies mal fermées, la trace du fouet, des lames, les brûlures.

Le bébé maigre dans les bras de sa mère. Puis il se tourna vers Laosimba.) Que leur avez-vous fait ?

Laosimba resta allongé. Sourire aux lèvres, une expression amusée dans ses yeux noirs, il fit tourner la pointe de son pied botté, admira le cuir de sa chaussure, puis élargit son sourire et tourna paresseusement son regard vers Banh.

— Nous leur avons appliqué la Justice des Dieux. Comme il est de notre devoir sur les hérétiques... Nous les purifions par l'eau, le feu et la pierre, car de la souffrance par les trois éléments majeurs seule peut venir la rédemption. Les âmes perverties descendent droit aux Abysses après leur exécution... Dans notre infinie bonté, nous leur évitons ce sort. Si vous les aimez, vous devriez nous remercier.

Laosimba conclut par un petit rire, puis se leva de son fauteuil, avec la sensualité d'un fauve et une joie contenue qu'Arekh ne se souvenait pas avoir vue auparavant, même quand il assistait aux séances de « purification ».

Malgré l'épuisement et la douleur, Arekh sentit sa curiosité s'éveiller. Pourquoi Laosimba était-il si heureux ?

La réponse vint aussitôt. Laosimba s'approcha de Banh qui était resté sans voix.

— Que se passe-t-il, ambassadeur de la cour d'Harabec ? reprit Laosimba, le mot « Harabec » sonnant comme une insulte dans sa bouche. Vous aviez oublié, peut-être ? Vous aviez oublié ce que les hommes doivent aux vrais dieux, et la punition qu'ils encourent s'ils les ignorent ? Mais oui, c'est bien ça, reprit-il, arpentant l'antichambre, les yeux luisant d'un plaisir haineux. Là-bas, dans le palais d'Harabec, dont on m'a tant vanté les charmes, la douceur de l'existence, la légèreté de la religion... Oui, la « légèreté », c'est bien le mot qu'on m'a rapporté, ici, à Reynes... « À Harabec, les dieux pèsent moins lourd », savez-vous que c'est le mot que certains ambassadeurs se répètent en riant ? *En riant*, hurla-t-il avec une telle violence, une telle soudaineté, que Vashni et Banh eurent un mouvement de recul, *en riant* ! Oui, vous aviez oublié ce que nous pouvions faire, ce que je peux faire... (Il désigna Arekh et Liénor.) Eh bien *voilà* !

Banh resta un instant bouche ouverte, la terreur dans les yeux.

— *Savignia*, murmura Vashni à voix basse.

De l'argot de Sleys, une insulte qu'Arekh avait parfois entendue en traînant dans les tavernes. Un mot élégant et coloré, mélange de « qui s'introduit des légumes d'eau douce dans des parties intimes de son anatomie » et « malfaisant stupide ». Le terme était régional, très paysan, et il y avait peu de chances pour que Laosimba le connaisse.

Il se retourna et foudroya Vashni du regard.

— Qu'avez-vous dit ?

— Je commente la situation à ma manière, dit Vashni, une flamme dans les yeux. Fîr ne vous donne pas le pouvoir de comprendre les insultes ?

— Prenez garde, ehari, dit Laosimba en se rapprochant. (Vashni recula d'un pas, mais son regard était toujours furieux.) Prenez garde, vous savez combien, vous aussi, vous êtes proche de l'abîme... Ne jouez pas avec moi, ou vous aussi...

Il s'interrompit et soudain, prenant tous les occupants de la pièce par surprise, Vashni lui cracha au visage. Laosimba poussa une sorte de couinement et leva la main pour la gifler. Tout se passa alors très vite. Avec une énergie surprenante pour un homme à l'apparence si éteinte, Banh attrapa le Liseur d'Âmes par le bras et le tira en arrière pour protéger Vashni. Les deux gardes se précipitèrent pour porter secours à Laosimba, s'éloignant, un court instant, d'Arekh et de Liénor.

Aussitôt, serrant son bébé contre elle, la jeune femme tourna les talons, passa la porte et se mit à courir.

Droit devant elle, vers les colonnades.

Elle n'avait aucune chance, Arekh le savait. Ses blessures étaient trop graves, elle allait s'écrouler avant de faire dix pas, et surtout, où pouvait-elle aller ? La Cité Administrative était un labyrinthe, une petite ville, composée de dizaines de bâtiments, de centaines de couloirs et d'étages tous peuplés d'ennemis en puissance. Pourtant, quand les gardes se précipitèrent à sa poursuite, Arekh bondit sur eux, malgré ses mains entravées, faisant tomber le premier et envoyant ses chaînes dans le visage du deuxième. Derrière, il entendit le cri de Vashni, le juron étouffé de Laosimba, puis il trébucha, on le frappa à la tête, il bascula et roula à terre, à côté du premier garde.

Celui-ci se relevait maladroitement. L'espace d'un battement de cœur, la garde du poignard qu'il portait à la ceinture passa près de la main enchaînée d'Arekh.

À quinze pas de là, juste devant les colonnes, Liénor venait d'être maîtrisée par deux employés qui remontaient le couloir. Elle lutta un court instant, puis s'écroula.

— *Chien !* criait Laosimba, la voix frisant l'hystérie. (Étourdi par sa chute, Arekh ne l'avait pas vu traverser l'antichambre mais soudain il était là, au-dessus de lui, à lui donner des coups de botte dans le torse, la poitrine, les poumons.) Tu seras châtié ! Vous le serez tous deux. Vous...

Levant le bras, Arekh enfonça de toutes ses forces le poignard dans le bas-ventre du Liseur d'Âmes.

La lame ricocha, sans doute sur le bord d'une cotte de mailles, puis entama la chair... légèrement, trop légèrement. Laosimba bondit en arrière, faisant dévier le coup, puis il poussa un cri bref, moins fort, curieusement, que quand Vashni lui avait craché au visage.

Pris d'une rage sanglante, il frappa Arekh de plus belle, tenta de lui écraser le visage de ses bottes. Arekh voulut le poignarder de nouveau mais on lui arracha sa dague.

Il perdit connaissance un bref instant et quand il rouvrit les yeux, il vit que Liénor avait été ramenée dans la salle, et que Laosimba criait des jurons incompréhensibles, essayant de lui arracher le bébé.

Banh criait.

— Gardes ! Gardes !

Sa tête heurtant le sol, Arekh replongea dans l'inconscience, quelques battements de cœur à peine...

Quand il ouvrit de nouveau les paupières, un calme étrange était tombé dans la pièce. Six soldats portant les couleurs d'Harabec maîtrisaient Laosimba. Les deux gardes de Reynes hésitaient, ne sachant que faire. Liénor sanglotait en silence, son enfant dans les bras, assise près du mur. Banh criait, mais aucun son ne sortait de ses lèvres...

Les oreilles d'Arekh arrêtèrent de bourdonner et la scène reprit un niveau sonore normal. Les sanglots de Liénor devinrent clairement audibles, ainsi que les mots de Banh.

— ... antichambre ne fait pas partie du territoire de Reynes !! Je vous interdis de les toucher ! Tant qu'ils seront ici, je vous *interdis* de porter la main sur eux, compris ?!?

Laosimba avait retrouvé son calme. Les gardes le lâchèrent et il ne bougea pas, son regard de reptile posé sur Banh qui finit par se taire.

Du sang maculait la chemise de Liseur d'Âmes, là où Arekh l'avait frappé, mais la blessure paraissait superficielle.

Arekh se mordit les lèvres et se redressa avec peine, prenant appui sur la porte, la tête et le visage douloureux. Dire qu'il avait assassiné des dizaines d'inconnus auxquels il ne voulait pas vraiment de mal, et cet homme, pour qui sa haine n'avait pas de limites, cet homme qu'il voulait *vraiment* tuer, il l'avait à peine blessé...

Enfin, il se remit debout, les jambes tremblantes.

— Laosimba, dit-il soudain, sans savoir comment il allait continuer.

Le ton d'Arekh était tel que tous, dans l'antichambre, se tournèrent vers lui.

Arekh fixa le Liseur d'Âmes en silence... l'homme qui avait eu l'idée du Grand Sacrifice, condamnant à une mort atroce des centaines de milliers d'êtres humains, l'homme qui avait torturé Marikani, puis Liénor, qui l'avait torturé lui, un homme capable d'arracher son enfant à une mère enchaînée... Était-ce le juron grossier de Vashni ? Des vieilles malédictions des marais de Miras, où Arekh avait grandi, lui revinrent à l'esprit. Les mots des paysans, qu'ils lançaient en crachant par terre au voisin qui leur avait volé leurs terres, au seigneur qui avait violé leur fille, des mots vieux comme le temps et les siècles qui s'étaient écoulés sans que rien ne bouge dans ces terres dures et mornes...

— Laosimba ès Verityu de Meslore, Béni de Fîr, dit lentement Arekh, je te maudis... et le ciel avec moi, et les dieux avec moi, et je te le dis et je le vois, ta gloire d'aujourd'hui ne te sauvera pas. Par les runes qui écrivent notre destin là-haut, je te le dis : ta mort sera rapide et vive, et de ma main, et tout ce que tu as construit sera détruit. Entends-moi, car les dieux parlent par ma bouche !

Le silence tomba dans l'antichambre.

Même Liénor avait arrêté de pleurer. Ces phrases sonnaient de manière si étonnante dans la bouche d'Arekh ; elles étaient si différentes de son style habituel qu'il suffisait d'un peu d'imagination ou de foi pour croire qu'en effet, pendant quelques courts instants, les dieux s'étaient exprimés par sa bouche.

Vashni regardait Arekh, stupéfaite. Banh ne savait que dire et les deux gardes de Reynes semblaient figés par la foudre.

Laosimba était très pâle. Il fixa Arekh, pendant une éternité, le regard vide.

Enfin, il se tourna vers Banh, comme pour reprendre la conversation, ne trouva pas les mots, dévisagea de nouveau Arekh...

Puis il se dirigea à grands pas vers la porte. Arrivé près des gardes, il se retourna vers Banh.

— Je ne négocierai qu'avec le roi d'Harabec. Et puisqu'il n'est toujours pas là...

— Nous sommes sans nouvelles, expliqua Banh. Il devait arriver ce matin mais...

Banh s'interrompit. Laosimba avait un réseau d'espions et de messagers bien plus efficace que celui d'Harabec. Il en savait sans doute plus que lui.

— Qu'il se hâte. Je ne l'attendrai pas longtemps, dit Laosimba. (Il désigna les prisonniers.) Ils sont sous votre responsabilité. Qu'ils ne quittent pas l'antichambre. Ils ne doivent pas être libérés de leurs chaînes, et ne doivent rien recevoir à manger ou à boire. Mes hommes y veilleront.

Et laissant les deux gardes derrière lui, il disparut derrière les colonnes.

Le thé était âcre et peu sucré, mais il saisit Marikani à la gorge, la brûlant et la faisant trembler avec violence. Bara, impassible, assis à ses côtés sous le dais, buvait. Mais Marikani savait qu'il était aux aguets, prêt à bondir.

La seconde gorgée du liquide brûlant lui apporta presque le même plaisir, animal et sensuel. Il y avait si longtemps qu'elle n'avait bu quelque chose d'aussi chaud. Les héros de légendes dont on narrait les exploits ne regrettaient jamais, semblait-il, le luxe des palais dont on les avait chassés. S'ils avaient le cœur brisé, c'était pour une femme, ou par une trahison, jamais parce qu'ils avaient la nostalgie des plats épicés et fumants, des vins chauds au sirop et des boissons élaborées qu'on faisait bouillir longtemps, pour que les bâtons de cannelle y rendent tout leur parfum.

Marikani, elle, avait le cœur serré en y repensant. « Élevée dans la soie et dans le miel », avait un jour dit Liénor.

— Vous avez changé, dit le Maître des Exilés.

Il ne buvait pas, se contentant de tourner son verre dans sa main, comme pour se réchauffer les paumes.

— Vous trouvez ? dit Marikani avec amertume. Parfois, je me le demande...

Le Maître des Exilés prit une gorgée.

— Alors ?

— Alors quoi ?

— Vous avez demandé à me parler. Je suis là.

— Oui, soupira Marikani après un court silence. Je retarde le moment... ce que j'ai à dire semble si fou...

— Dites toujours, la démence est souvent amusante, dit le Maître des Exilés. (Puis il tourna la tête et dévisagea Bara.) Votre amant est-il aussi farouche que l'autre ? Vos protecteurs sont toujours de bonne taille.

Marikani et Bara rougirent tous les deux, en même temps. Bara se leva, comme si on l'avait frappé, puis se rassit, gêné. Le Maître des Exilés laissa échapper un petit rire.

— Allons, il n'y a pas de honte à ça. Vous êtes belle femme, il est normal que vous ayez des besoins. Et puis, ainsi va le monde. Les hommes intelligents choisissent des femmes sages, et les femmes sages des hommes forts...

— Bara n'est pas mon amant, dit Marikani. (Son ton était sec et elle tenta de se rattraper avec un sourire.) Mais il est fort, en effet. Un excellent protecteur.

— Comme votre ancien consort. (Marikani voulut protester, mais le Maître continuait déjà.) Arekh ès

Morales, c'était son nom, n'est-ce pas ? Les rumeurs ont couru aussi sur lui, et sur vous, à Salmyre. C'était un homme plein de ressources.

— Cela ne l'a pas empêché de mourir, dit simplement Marikani.

Elle aurait aimé garder un ton neutre, mais sa voix sonnait rauque. Quand elle avait appris la mort d'Arekh, elle avait aussitôt tout fermé. Tout clos. Son cœur, son esprit. Elle ne pouvait pas se permettre d'avoir de la peine alors qu'elle conduisait des centaines d'êtres affamés à travers le désert, vers les montagnes.

Aussi avait-elle rejeté la nouvelle. Elle s'était interdit d'y penser, d'y réfléchir, d'imaginer son cadavre pourrissant sur le sable des plateaux.

Le Maître des Exilés haussa les épaules.

— Nous mourrons tous. Et les Liseurs d'Âmes ont oublié la pitié. Nul ne leur échappe, même les plus valeureux...

— Les Liseurs d'Âmes ? répéta Marikani, sourcils froncés. Non... C'est à Nômes... le lendemain du Grand Sacrifice qu'Arekh a été tué.

— À Nômes ? Ce n'est pas ce que j'ai entendu dire.

— Sur les plateaux, près de la forêt, expliqua Marikani. (Sa tête bourdonnait et des éclairs de douleur lui traversaient le crâne. Prononcer le nom d'Arekh lui faisait l'effet d'une transgression.) Une dizaine d'esclaves l'ont vu tomber. La gamine... Non'iama... a disparu dans les bois. Les survivants se sont enfuis, abandonnant Arekh ; ils m'ont raconté comment les soldats l'avaient achevé...

— Sauf qu'ils ne l'ont pas achevé, dit le Maître des Exilés. Du moins pas selon mes informateurs. Il était blessé, mais il a été fait prisonnier. Lui et Liénor Mar-Arajec ont été emmenés à Reynes, où ils ont péri sous la torture, quelques jours après leur arrivée.

Marikani resta bouche ouverte, ébahie, incapable de prononcer un mot.

— La torture ? répéta-t-elle. Reynes ? *Liénor ?*

Un silence suivit et le Maître des Exilés se leva.

— Je suis désolé. Une telle nouvelle demandait plus de ménagements... Mais je pensais que vous étiez au courant. Je suis navré, répéta-t-il.

Marikani se tourna vers Bara, qui l'observait avec une impuissance mêlée de souffrance.

— Les Liseurs d'Âmes ? Vous êtes certain ? demanda-t-elle enfin, sentant ses lèvres trembler.

Au moins Arekh n'a-t-il pas souffert, se disait-elle parfois, une des pensées interdites qui n'auraient pas dû pénétrer son esprit. Et quand le froid se faisait trop cuisant, là-bas, dans la forêt, elle se réconfortait à l'idée que Liénor, au moins, berçait son enfant en sécurité dans le domaine d'Arajec...

Et maintenant...

À cause d'elle...

— Je ne mérite pas de vivre, dit-elle brusquement.

Elle entendit le hoquet de Bara à côté d'elle et vit le regard incrédule du Maître des Exilés.

— Tout ce en quoi je croyais, ce que j'étais, ce que je défendais...

Elle se leva à son tour et sentit sa tête tourner, les images s'embrouiller, sa vision plonger dans le brouillard. Le visage d'Arekh se mêlait à celui du jeune officier de l'émir, à Faez, aux images des victimes des raids qu'elle conduisait, à celles des cadavres jonchant les Royaumes après la révolte du Grand Sacrifice...

— Je ne mérite pas de vivre.

— C'est vrai, dit la voix du Maître des Exilés. (Son ton était dur, tranchant.) Vous avez beaucoup de sang sur les mains. Plongez donc dans le lac, et laissez-vous couler. Ou, si vous voulez, je peux ordonner à un de mes hommes de vous trancher la gorge. Ce sera facile, rapide, et net. Vous n'avez qu'à demander. Nous enverrons un messager, là-bas, expliquer à ceux qui vous attendent dans la forêt que vous vous êtes suicidée. Mais décidez-vous, parce que vous m'avez déjà fait perdre pas mal de temps, et je n'ai pas que ça à faire...

La vision de Marikani s'éclaircit.

Elle regarda le Maître des Exilés, Bara, le pont, la journée qui commençait.

Puis, lentement, elle se rassit et reprit son thé.

— Où est Harrakin ? demanda Arekh.

Trois heures étaient passées depuis le départ de Laosimba. Liénor et Arekh s'étaient laissés tomber par terre, assis contre le mur, le plus loin possible des plateaux de pâtisseries et du thé.

Vashni et Banh attendaient, en silence, avec eux.

— Ayashi Harrakin a été attaqué alors qu'il se dirigeait vers Reynes, expliqua Banh, les yeux fixés sur le parquet, comme s'il ne pouvait se résoudre à les regarder en face. Le convoi a survécu, mais la plupart des hommes qui l'accompagnaient ont été massacrés. Depuis, nous avons perdu sa trace.

— Je ne comprends pas, dit lentement Arekh.

— Nous non plus. Ses oiseaux messagers ont peut-être été...

— Non. (Arekh leva la main pour désigner Liénor.) Non. Elle... moi... Vous voulez négocier avec Laosimba pour nous... récupérer ? Harrakin veut nous sortir de ces geôles ? Par pure bonté d'âme ? Excusez-moi si je n'y crois pas, dit-il, sa voix réduite à un croassement sec. Alors, pourquoi ?

Banh et Vashni se regardèrent un moment. Liénor avait levé la tête, fixant Banh de ses yeux affamés.

— Notre condamnation pour hérésie tiendrait toujours, reprit Arekh. Vous seriez obligés de nous exécuter. À Harabec ou ici... Quel est l'intérêt ?

Il y eut un nouveau silence, puis Vashni trouva enfin le courage de parler.

— Oui, vous seriez exécutés. Mais vous le seriez pour trahison... une sentence civile, passée par le roi d'Harabec.

— Vous sauveriez mon bébé ? balbutia Liénor. Un enfant de trois mois ne peut pas être exécuté pour trahison ? Vashni ? Tu le sauverais ?

— Si... Si nous convainquons Laosimba, je te le promets, Liénor, balbutia Vashni, les larmes aux yeux. Je le sauverai. Je m'en occuperai. Mais... mais je crains... (Elle prit une profonde inspiration, tentant de se calmer.) J'ai l'impression... que Laosimba ne veut pas négocier. Qu'il veut simplement vous montrer... montrer ce qu'il a fait de vous, pour menacer Harrakin...

— Pour menacer Harrakin ?

Dans la tête douloureuse d'Arekh, les morceaux se mettaient en place. Une migraine terrible lui vrillait les tempes, mais c'était là son talent... lire derrière les mots, reconstituer les luttes de pouvoir, pressentir les motivations. Même mourant (Était-il mourant ? Pas vraiment, pas encore, mais il n'y en avait sans doute plus pour longtemps...), son esprit travaillait.

— Si nous sommes condamnés pour hérésie par Reynes, cela crée un précédent, dit-il lentement. C'est ça ? Laosimba a commencé par nous... mais il ne s'arrêtera pas là. Nous ne sommes pas les seuls à avoir été « pervertis par le contact de la déméana ». Vous, dit-il en regardant Vashni. Vous, Banh. La plupart des nobles de la cour. Et...

Banh et Vashni attendaient.

— Et Harrakin.

Vashni acquiesça lentement.

— Laosimba veut la tête d'Harrakin ? demanda Arekh. Il en veut à Harabec ?

— Il peut faire tomber le roi, et la moitié de la cour, dit lentement Banh. Après, il lui sera facile de déclarer la lignée royale d'Harabec souillée. Il enverra un conseiller gérer le pays. Et Harabec deviendra la dix-septième principauté de Reynes. Voilà pourquoi, comme vous dites, il faut à tout prix éviter le précédent. Voilà pourquoi nous essayons de vous « récupérer ».

Laosimba ne nous laissera jamais partir, réalisa Arekh.

Ils étaient des trophées. Des épouvantails, pour terrifier les prochaines victimes de Laosimba.

Les larmes coulaient de nouveau sur les joues de Liénor.

— Nous avons besoin d'aide, dit brusquement Marikani. Samara, sur la côte est de Kinshara, possède les plus grands chantiers navals des Royaumes. Je veux traverser les Royaumes, envahir les chantiers et en prendre contrôle. Quand nous aurons assez de vaisseaux, nous partirons, tous. De l'autre côté de l'océan.

L'explication était trop courte, trop sèche. Elle aurait dû expliquer, argumenter, mais elle n'en avait pas la force. Son esprit était vide et froid. Un de ses plus grands atouts – la capacité de convaincre, de séduire ses interlocuteurs – avait disparu.

Elle attendit le rire qui ne pouvait qu'accueillir ses paroles.

Il ne vint pas.

Le Maître des Exilés l'observait, les yeux plissés, réfléchissant.

— Combien êtes-vous ?

Marikani haussa les épaules.

— Deux mille. Pour l'instant. Notre nombre croît chaque jour.

— À quarante, cinquante personnes par vaisseau, il vous en faudra au moins quarante. Je ne pense pas que Kinshara en possède plus de quinze aujourd'hui.

Et construire un bateau est un travail de longue haleine.

— Je sais.

— Il faudrait donc que vous réussissiez à tenir les chantiers pendant des mois, un an, peut-être. Pendant ce temps, il vous faudra garder en otage les ouvriers, les architectes... Alors que dehors, les armées de Kinshara ne vous laisseront pas un instant de répit...

— En effet. Il y a aussi le problème de la nourriture, pour assurer notre survie et celle des ouvriers. Et avant même de se pencher là-dessus... Il faudrait déjà que nous puissions atteindre Samara. Ce qui implique de traverser Kiranya, Kinshara, et peut-être une partie de Sleys. Alors que la nourriture manque déjà, que nous n'avons que peu d'armes, peu de chevaux, et que la plupart des hommes en âge de se battre n'ont pas d'entraînement militaire.

— Je vois. Par curiosité... où comptez-vous aller, en traversant l'océan ?

— Là d'où nous venons. Là d'où vient le Peuple turquoise. Le pays d'origine de mes ancêtres, par-delà les mers...

Elle se tut, écoutant le bruit des vaguelettes contre la coque du grand vaisseau. Tous ses membres lui faisaient mal, comme si elle était tombée.

Bara continuait à l'observer en silence. Le Maître des Exilés réfléchissait. Il fit un signe et quelques instants plus tard, une femme aux cheveux roux sortit et monta l'escalier avec une pipe et une coupe de pâte fumante.

Le Maître des Exilés tira sur sa pipe et Marikani le regarda, se demandant s'il allait lui proposer une cérémonie, comme la dernière fois.

Ce ne fut pas le cas.

— Si nous voulons survivre, reprit-elle enfin, nous aurons besoin de nourriture, d'armes, d'armures. Et peut-être aussi d'hommes capables d'entraîner mes équipes. Vous avez de l'argent... beaucoup d'argent, et par les eaux, le meilleur réseau commercial des Royaumes. Fleuve après fleuve, rivière après rivière, vous pourriez suivre notre avancée, et nous livrer au fur et à mesure ce dont nous avons besoin.

— Je vois. Et que nous proposez-vous en échange ?

— Rien.

Le Maître des Exilés haussa les sourcils, puis tira une bouffée de sa pipe.

— J'aime les propositions commerciales audacieuses, et celle-ci l'est particulièrement. Pourriez-vous... entrer dans les détails ?

— Nous n'avons rien, dit Marikani avec un sourire las. Pas d'argent, aucune relation, rien. Notre seul atout, c'est la force brute. Je pensais... Nous pourrions piller les villes et les villages au fur et à mesure de notre passage, ainsi que les temples... et vous offrir l'argent et les joyaux récupérés contre la nourriture et du matériel. Vos bateaux nous suivraient sur les fleuves.

Le Maître des Exilés tira une longue bouffée de sa pipe.

— Cela vous obligerait à traverser le centre de Kiranya pour y trouver les villes les plus riches. Il serait plus sûr de faire le tour par le nord, par les terres vides. Et puis, dès le premier pillage, vous auriez toutes les armées, toute la population contre vous...

Marikani secoua la tête.

— C'est la seule solution.

Un long silence suivit.

— J'en vois une autre, dit le Maître des Exilés.

— Ça suffit, cette plaisanterie, dit Vashni en se levant soudain, avec une violence qui fit sursauter Banh.

Se dirigeant à grands pas vers les gardes, elle arracha ses boucles d'oreilles, puis défit son collier.

— Vous savez combien ça vaut ? dit-elle en les agitant devant le nez du plus jeune des gardes. La chaîne est d'or et les incrustations sont de pierre fine de Vahalor. Dix-huit mille res, c'est le prix que je l'ai payé, et depuis, les mines de Vahalor ont fermé. La valeur des pierres a doublé.

— Ehari Vashni, commença Banh, mais la jeune femme ne l'écouta pas.

— Prenez-le, prenez les boucles d'oreilles aussi, et quittez cette pièce, cracha Vashni. Pendant quelques instants. Disparaissez, allez ! Si les prisonniers brisent leurs chaînes pendant votre absence, vous ne serez pas responsables...

Le garde secoua la tête. Il était livide.

— Ehari, c'est impossible. Même si nous voulions... Les Liseurs d'Âmes... Vous n'imaginez pas ce que...

— Ehari Vashni, répéta Banh. (Il traversa l'antichambre et lui mit la main sur l'épaule.) Ne faites pas ça. Vous signeriez notre condamnation et...

— Le bébé, alors, rien que le bébé ! dit Vashni, l'hystérie perçant dans sa voix. Profitons-en pour le faire disparaître ! Nous pouvons le confier à une des femmes de...

Le garde continuait ses signes de dénégation, épouvanté, et Banh tira Vashni en arrière.

— Non ! cria-t-il, et Vashni le regarda, choquée. (Il la prit par les épaules et la secoua durement.) Non ! Réfléchissez ! Vous voulez mourir ?

Vashni le fixa un moment, avec fureur, puis se laissa retomber sur le fauteuil.

Banh la regarda un long moment, hésitant, puis prit les bijoux de la main de Vashni.

Avançant vers le garde, il lui ouvrit les doigts, puis posa le collier et les boucles d'oreilles sur sa paume.

— Laissez-nous leur donner à manger et à boire, dit-il. Votre maître n'en saura jamais rien.

Le garde hésita, puis eut un hochement de tête bref.

L'intérieur de la cale du vaisseau des Exilés avait été aménagé en salon. Du velours rouge était tendu sur les murs, des tapis recouvraient le sol, et des chaises sculptées entouraient une table en bois, dont les pieds étaient plus courts à gauche qu'à droite, pour suivre l'inclinaison du sol. Les chandeliers, les vases, les sculptures avaient été attachés à de lourds socles en bois biseauté.

Sur la table était déroulée une carte du nord des Royaumes, des Cités Libres au sud de Kiranya. La carte était grande et des centaines de petites aiguilles, à l'extrémité peinte en pourpre, étaient plantées dessus. Les aiguilles étaient regroupées en deux masses principales : une à la Cité de Gaïselle, au sud de la Cité des Pleurs, et une autre au sud de l'Émirat.

— Savez-vous ce que c'est ? dit le Maître des Exilés en désignant le premier groupe d'aiguilles.

Marikani secoua la tête.

— Vous avez entendu parler de la Nuit des Eaux, à Gaïselle ? Six jours après le Grand Sacrifice ?

— Non. Nous étions déjà en route vers les Pics, dit Marikani. Depuis ce soir-là, je suis coupée du monde. Reynes pourrait brûler que je n'en saurais rien.

— Oh, vous le sauriez, murmura le Maître des Exilés. Le monde entier le saurait. (Il passa son doigt sur les têtes d'aiguille.) Ils ont appelé ça le « massacre mérité ». Ce soir-là, une altercation est survenue entre un commerçant et le chef des Exilés de Gaïselle... sur une barge amarrée à la jetée. Comme beaucoup d'autres, le commerçant avait perdu énormément d'argent. La rébellion, la guerre, la disparition de sa main-d'œuvre... Il devait deux cents res aux Exilés et voulait que Sanh – le chef – efface sa dette. Sanh a refusé. Le commerçant l'a poignardé, puis a jeté son corps dans l'eau. Les autres Exilés se sont vengés en tuant le commerçant...

Marikani hocha la tête, sachant, d'après le nombre des aiguilles, ce qui allait suivre.

— Le commerçant avait un frère, qui a ameuté la population. Beaucoup de gens devaient de l'argent aux Exilés. La nuit, ils sont entrés dans l'eau, sont montés sur les barges, et ont éliminé tout le monde. Hommes, femmes, enfants, les quatre cent cinquante-trois Exilés de Gaïselle. C'était la façon la plus radicale d'effacer leurs dettes.

— Et la même chose est arrivée au sud de l'Émirat, dit Marikani en désignant le deuxième groupe d'aiguilles. (Les détails d'une conversation vieille de plus d'un an lui revenaient à l'esprit.) Quand je vous ai vu pour la première fois... à la Cité des Pleurs... vous m'avez expliqué que vous aviez besoin d'alliés. Que le bourgmestre voulait remettre en cause votre statut. Que vous craigniez que le temps ne vous soit compté...

Elle avait accepté l'alliance... puis elle avait oublié. Il s'était passé tant de choses...

— Je suis désolée, dit-elle. De retour à Harabec, les événements se sont précipités... L'émir a tenté de nous envahir, et puis...

Elle eut un geste vague.

— Vous avez été très occupée, dit le Maître des Exilés. Ce n'est pas grave. Nous avons passé un pacte, et c'est le moment de l'honorer.

— Je ne suis plus reine d'Harabec. Je n'ai aucun pouvoir.

— Ce n'est pas ce que disent les cieux. La nuit, grâce à vous, n'a plus le même visage...

Marikani soupira.

— Ce qui me fait une belle jambe. Maître des Exilés, croyez-moi... c'est à mon tour de chercher des alliés.

L'homme hocha la tête.

— Princesse... Marikani, Ayesha, qui que vous soyez... Le temps des Exilés est terminé. Vous souvenez-vous ce qu'ils ont fait aux Claesens, il y a trois siècles, lors de la grande crise des récoltes ?

Les Claesens de Reynes avaient leur quartier réservé, dont le Haut Prêtre de l'époque leur avait interdit de sortir. Pour survivre, ils négociaient et servaient d'usuriers. Quand la Grande Famine était arrivée, les habitants, rendus fous par la faim et cherchant des boucs émissaires, les avaient massacrés jusqu'au dernier.

— Je me souviens.

— Nous ne survivrons pas à cette crise. Pas si je n'agis pas vite.

— Quel est votre... Que voulez-vous faire ?

— Passez par le nord, dit le Maître des Exilés. Vous aurez plus de chances d'atteindre la côte, et vous n'aurez pas besoin de piller les villes de Kiranya. Je vais faire remonter mon peuple, par les cours d'eau. Nous vous fournirons de la nourriture et des armes. En échange, nous ne vous demandons qu'une chose.

Marikani le regarda en silence. Le Maître des Exilés fit un geste vers l'est, vers la mer.

— Partir avec vous.

La journée se passa en négociations. Quand la nuit retomba, Marikani et Bara repartirent sous la tente. Les Exilés avaient promis de les déposer le lendemain loin de Faez, et ils n'auraient plus, alors, qu'une journée de voyage avant de retrouver le camp.

Sur le pont, trois femmes chantaient, une mélodie simple et mélancolique. Sous la tente, Marikani resta un long moment assise, par terre, les genoux serrés contre elle. Elle aurait dû se réjouir. Elle avait obtenu une aide inespérée. Peut-être y avait-il, maintenant, une lueur de raison dans sa folie.

Mais elle ne ressentait rien, qu'un immense vide. Ne passaient devant ses yeux que des images de corps torturés.

L'humidité s'infiltrait partout : sous la tente, dans ses vêtements. Bara s'agenouilla à côté d'elle et l'enveloppa d'un châle de laine.

— Il faut dormir, dit-il avec douceur.

Marikani secoua la tête.

— Je ne peux pas.

— Nous avons une longue route à faire, demain.

Il commença à lui masser doucement le cou, puis les épaules, mais Marikani l'arrêta. Elle ne pouvait se laisser aller. Sinon elle allait s'écrouler, pleurer, comme une gamine.

— J'ai l'impression de ne jamais avoir été si seule, souffla-t-elle.

— Je suis là.

Marikani se retourna. Le visage de Bara était si près du sien. Ses yeux, si bleus. Dans son regard il y avait toute la chaleur, la passion qui lui manquaient.

Elle se pencha vers lui, l'embrassa doucement. Il la regarda, sans y croire, puis l'embrassa en retour. Elle posa la main sur sa poitrine et le sentit trembler.

La chemise de Bara était en lin. Marikani descendit sa main, puis défit les boutons un à un.

Dix heures plus tard, Laosimba les convoquait dans le bureau privé du Haut Prêtre de Reynes.

Le bureau était au sommet de la plus haute tour du temple. Cela faisait des mois que le Haut Prêtre était souffrant, et Laosimba avait tout pouvoir. S'approprier le bureau en était un symbole.

L'escalier montait en colimaçon, interminable, et une lassitude pire que celle du matin pesait sur Liénor et Arekh. La première fois, la curiosité les soutenait, ainsi qu'un maigre espoir.

Maintenant, ils n'en avaient plus.

Le soir était tombé quand ils entrèrent dans la petite pièce ronde. Une grande fenêtre de verre, entourée de mosaïques et d'or, s'ouvrait en face de la porte, à huit pas à peine. Arekh y aperçut un morceau de ciel nocturne et regarda les étoiles y écrire leurs runes sinistres.

Banh et Vashni avancèrent vers Laosimba qui les attendait, debout devant la cheminée, très droit, dans une attitude théâtrale. Arekh et Liénor restèrent en arrière, entourés par les gardes.

Avant que Laosimba n'ouvre la bouche, ils savaient déjà ce qu'il allait dire.

— J'ai réfléchi, déclara le Liseur d'Âmes. Il semble clair que le roi d'Harabec a, par son absence, délibérément décidé de m'insulter...

Banh ouvrit la bouche pour protester mais Laosimba le fit taire d'un geste.

— La négociation qu'il m'avait proposée est ainsi entachée par son attitude et je...

— Voulez-vous mourir ? souffla Arekh à l'oreille de Liénor tandis que Laosimba continuait à parler. Vous, moi, l'enfant.

Le garde qui avait reçu les bijoux leur jeta un regard curieux, mais ne bougea pas.

Liénor fixa Arekh, très pâle.

— Vous aviez dit...

— J'ai changé d'avis, dit Arekh à voix basse. Il va nous renvoyer en bas. (Cette fois, le garde fronça les sourcils et fit un pas vers eux.) Voulez-vous ?

— ... j'ai donc décidé de refuser le transfert des prisonniers à Harabec, continuait Laosimba, alors que Vashni avait un hoquet de révolte. La purification finira d'être exécutée ici même, dans les sous-sols de l'Assemblée.

Liénor fixait toujours Arekh. Lentement, elle hocha la tête.

Arekh leva les mains, vérifiant que ses poignets étaient encore souples. La chaîne avait deux pieds de long, ce qui ne lui laissait que peu de marge.

Il jeta un coup d'œil en direction de la fenêtre. Huit pas à faire, sans que les gardes ne les rattrapent...

— J'ai aussi décidé de lancer la Procédure du Soupçon sur le trône d'Harabec. La présence, pendant tant d'années, de la déméana dans les lieux les plus sacrés de la cour jette une ombre de...

— Vous n'avez pas le droit, cracha Banh, furieux. Seul le Haut Prêtre de Reynes peut...

— J'ai une triste nouvelle à vous annoncer, dit Laosimba. (Un à un, il dévisagea les occupants de la pièce, son regard s'attardant sur Vashni avec un sourire presque gourmand.) Le Haut Prêtre a renvoyé son âme à Fîr il y a de cela deux heures.

Un long silence suivit. Personne ne demanda qui était son successeur.

Ils le savaient tous.

— Vous, dit soudain Laosimba à Arekh et Liénor. Avancez.

Les deux prisonniers marchèrent lentement jusqu'au centre de la pièce.

Ils n'étaient plus qu'à quatre pas de la fenêtre. Derrière les vitres taillées en losange, le vide.

Cinq étages de murs de pierre.

— Même un cœur innocent comme celui de cet enfant peut être touché par l'ombre du mal, dit Laosimba en regardant le bébé dans les bras de Liénor. Aujourd'hui, mon premier acte en tant que Haut Prêtre sera de commencer à purifier cette âme...

— Non ! cria Vashni.

— Gardes ! dit Laosimba. (Il désigna le bébé.) Saisissez-vous de...

Arekh passa ses mains autour de la taille de Liénor, et fit un pas en arrière, entraînant la jeune femme avec lui. Serrant le bébé contre elle, celle-ci ferma les yeux.

— *Gardes !!!* hurla Laosimba.

Trop tard. Rassemblant ses dernières forces, étreignant Liénor, Arekh bondit vers la nuit qui les attendait, là-bas, dehors.

Son épaule entra en contact avec la vitre, faisant exploser le verre en mille morceaux, et les trois corps basculèrent dans le vide.

Le soleil se levait sur la forêt. Les Exilés les avaient laissés au bord de la rivière Qê, juste avant l'aube. Bara et Marikani avaient marché sans s'arrêter, profitant de l'obscurité pour traverser les routes et les villages endormis.

Ils atteignirent la lisière au bout de deux heures de marche. Le campement était à dix lieues au nord. Ils étaient loin d'être arrivés, mais malgré sa fatigue et les images de cauchemar qui avaient hanté sa nuit, Marikani se sentit soulagée. La forêt était un refuge. Les hautes branches les protégeaient des regards.

Elle avança entre les racines et les souches, ses pieds s'enfonçant dans la terre humide... puis elle se retourna, étonnée.

Bara s'était arrêté.

Il demeurait immobile, debout, entre les premiers chênes. Regardant, écoutant.

Très droit.

Très pâle.

Marikani le rejoignit, puis lui jeta un coup d'œil interrogateur.

Le regard levé vers l'ouest, vers les pics, Bara leva la main, lui faisant signe d'écouter.

Rien.

Il n'y avait pas un bruit. Pas un craquement de branche, pas un cri d'oiseau, pas un crissement d'insecte.

Pas un souffle de vent.

Le silence était total.

— Une patrouille ? souffla Marikani.

Alors vint le bruit.

Comme un grondement, une marée, un bruit de tonnerre lointain, assourdi, à la limite de leur audition.

Le tonnerre s'amplifia, et lui attrapant la main, Bara l'entraîna vers le nord. Ils coururent, droit devant eux, sans reprendre leur souffle, sautant en silence par-dessus les branches et les troncs. Ils parcoururent une demi-lieue ainsi, sentant le tonnerre monter, de plus en plus profond, de plus en plus lourd.

Enfin ils s'arrêtèrent pour écouter de nouveau.

La terre tremblait.

— Nous ne les dépasserons pas, murmura Bara d'une voix hachée. Vite !

Il grimpa les premières branches d'un immense vétuvier et tendit la main, aidant Marikani à se hisser. Ensemble, ils grimpèrent, de plus en plus haut, jusqu'à être dissimulés par l'entrelacs de branches et les larges feuilles vertes veinées de gris.

Se collant près du tronc, main dans la main, ils attendirent.

Ils arrivèrent par groupes de dix, puis de cent, puis de mille, une marée d'hommes habillés de noir, d'ocre et de beige, leurs longs cheveux noirs flottant sur leurs épaules. Ils n'avaient pas d'uniformes mais portaient de larges épées, des haches, des cottes de mailles, des lances. Les cavaliers, tenant leurs montures à la main, encadraient les hommes à pied, et telle une eau lente descendant la pente, ils déferlaient des crêtes vers les plaines, vers les Royaumes qui les attendaient, des dizaines de milliers de guerriers, en silence.

Les Sakâs avaient passé les montagnes.

Deuxième partie

REYNES

7

— Retraite ! Retraite ! cria Harrakin, tandis que les Sakâs déferlaient sous l'ancienne arche qui marquait, trois cents ans auparavant, la frontière de la Principauté de Sashi.

Un de ses officiers, le visage ensanglanté, passa au galop devant lui, suivi d'une trentaine de cavaliers, tous d'Harabec. Harrakin lança son cheval au trot, remontant le flot des hommes de Reynes qui reculaient, se repliant vers le muret de pierre qui marquait la limite nord du camp. Trente cavaliers seulement ? Au moins cent s'étaient lancés en première ligne contre les Sakâs dévalant du nord-ouest, pour tenter de les empêcher de passer les collines. Puis le deuxième groupe d'ennemis avait attaqué par le sud, et si les cavaliers ne se repliaient pas, ils allaient se trouver coincés entre deux fronts.

Les silhouettes blanc et brun des nâlas – les cavaliers des armées de l'Émirat – passèrent devant Harrakin au galop, partant protéger le camp. Le soir tombait et il commençait à pleuvoir ; la visibilité était mauvaise et les Sakâs, en altitude et disposant d'une meilleure vue d'ensemble, risquaient d'en profiter.

Harrakin continua à remonter le flot de soldats et les trouva enfin – le reste des cavaliers d'Harabec, au pied de la colline, contenant à peine les adversaires qu'ils étaient censés repousser. La bataille faisait rage et aucun signe de repli n'était visible. Les ordres de retraite n'avaient pas dû arriver jusqu'à eux.

— Faites tirer les arbalétriers ! dit une voix à côté de lui. Le Feu d'Arrethas !

Harrakin se retourna. À son côté, Laosimba, sur son large *aessi* à robe grise, observait la bataille. Ses cheveux longs et noirs étaient trempés et sa chemise collait sur sa cotte de mailles.

— Quoi ?! cria Harrakin, se demandant s'il avait mal entendu.

— Le Feu d'Arrethas ! cria Laosimba en désignant les arbalétriers d'Harabec, disposés derrière le muret, prêts à abattre ceux qui passeraient les lignes de défense.

Puis il désigna le champ de bataille où les cavaliers d'Harrakin, mal soutenus par une trentaine de recrues de Reynes, semblaient noyés par leurs ennemis.

— La protection du dieu ! Faites tirer vos hommes dans le tas, leurs carreaux n'atteindront que leurs ennemis !!

Malgré la pluie, le danger et l'urgence, Harrakin resta stupéfait. Il fixa Laosimba, ébahi, et seules les années passées à la cour d'Harabec, où le contrôle de ses émotions lui avait permis de survivre, l'empêchèrent de saisir sa cravache et de fouetter le Haut Prêtre au visage.

Si ses arbalétriers tiraient maintenant, dans une telle pagaille, les cavaliers d'Harabec tomberaient par dizaines. Ce que savait Laosimba – ce sur quoi il comptait sûrement... Harrakin et son armée encore presque intacte avaient trop de poids, trop d'influence dans cette guerre où l'Émirat était tombé en quelques jours et où les hommes de Reynes avaient essuyé de lourdes pertes. Laosimba voulait que les cavaliers d'Harabec meurent, il n'attendait qu'une chose, c'était l'occasion de l'affaiblir...

La rage au cœur, Harrakin cravacha son cheval qui bondit en avant – il ne pouvait pas répondre, son ton aurait trahi sa fureur. Malgré le danger que couraient les Royaumes, malgré la violence de l'invasion, Laosimba continuait ses petits jeux...

Ils les continuaient tous, bien sûr. Les luttes de pouvoir et les rivalités n'avaient pas disparu, au contraire, avec l'invasion ennemie. Mais de là à essayer de faire tuer, en pleine bataille, des hommes qui se battaient de son côté...

Fonçant dans la mêlée, Harrakin passa son épée au travers de la tête d'un cavalier sakâs, par pure rage, pour fournir un exutoire à sa colère, puis, après avoir donné un coup de botte dans le crâne d'un fantassin qui s'attaquait aux jarrets de son cheval, il hurla les ordres de retraite, allant même jusqu'à faire faire demi-tour de force à la monture d'un de ses officiers qui se préparait à monter à l'assaut de la pente.

— Retraite ! Au camp ! Au camp ! cria-t-il en montrant l'arche de pierre.

Son jeune lieutenant, celui qui faisait partie de l'escorte d'Harrakin lors de la première attaque, pâlit en voyant la foule indistincte des Sakâs, sur leur gauche, qui tentaient de passer entre eux et le camp.

— Retraite ! cria-t-il à son tour, et les cavaliers commencèrent lentement à s'extraire de la mêlée alors qu'autour d'eux, les jeunes recrues de Reynes envahies par la panique prenaient leurs jambes à leurs cous.

Quand Harrakin se retourna, Laosimba avait disparu.

Le camp était plongé dans le chaos. Le ciel était gris, l'air était gris, le sol était gris ; l'univers semblait noyé dans une brume indistincte zébrée par les traits métalliques de la pluie. Harrakin confia son cheval au premier soldat venu, un homme de l'Émirat qui le regarda sans comprendre, sans même le reconnaître, puis courut vers le centre du camp : en montant sur le rocher de la Vue, il réussirait peut-être à avoir une vision d'ensemble.

Autour de lui, des hommes se précipitaient, répondant à des ordres contradictoires. Les *zias* de la troisième armée régulière de Reynes, à peine visibles sous l'averse, couraient vers l'arche pour protéger l'entrée du camp. Les hommes d'Harabec et les recrues reculaient et se regroupaient. Les nâlas de l'Émirat – les nâlas galopaient vers le nord, réalisa Harrakin, sourcils froncés... Pourquoi, alors que la route était protégée, vingt lieues plus haut, par les troupes de Kiranya ?

Oubliant le rocher de la Vue – la pluie qui redoublait aurait de toute façon réduit à néant ses efforts – Harrakin courut vers le nord du camp. Le sol se relevait, avec douceur d'abord, puis de manière brusque pour former un escarpement d'une vingtaine de pas environ, qu'il était possible, mais difficile, d'escalader. Harrakin se fraya un chemin à travers une foule croissante de soldats et d'officiers de l'Émirat qui luttaient tous pour avancer. Enfin, malgré l'obscurité croissante, il atteignit le haut de la pente.

On se battait là aussi. En haut de l'escarpement, agitant son épée avec de grands gestes théâtraux et maladroits se trouvait Manaîn, le neveu de l'émir, reconnaissable à sa silhouette dégingandée. Héritier de la lignée royale de Faez depuis la chute de la ville et la disparition de son souverain, Manaîn s'était enfui de la cour des années auparavant, quand ses parents et ses frères avaient été assassinés dans une des innombrables luttes de pouvoir qui ensanglantaient régulièrement le palais. L'émir lui avait fait retirer par contumace ses biens et ses titres, et avait engagé, disait-on, cinq de ses meilleurs assassins pour le retrouver et le tuer.

Manaîn était donc un paria. *Avant*. Quand l'Émirat était le deuxième royaume des terres de l'Ouest. Maintenant, le nord du pays n'était plus que ruines, la cour n'était plus que cendres, les fils de l'émir avaient péri et les survivants de l'armée en fuite s'étaient ralliés à Manaîn.

Le jeune homme, un lettré distrait qui n'avait rien d'un guerrier, avait à la surprise de tous réussi à se faire obéir des soldats survivants et des nobles effarés et furieux. Ils se battaient maintenant pour être à ses côtés, là, sous la pluie battante... pour se venger à coups de hache et de lame des sauvages qui avaient ravagé leurs terres.

Harrakin poussa sans ménagements un officier et avança vers Manaîn, se frayant un chemin à travers les nobles qui tentaient de déloger la dizaine d'hommes qui avaient l'honneur de tenir ce petit morceau de falaise contre les hordes sakâs. Enfin, il arriva à se glisser à côté de Manaîn, qui faisait tournoyer son épée avec plus de fureur que d'adresse, le sang maculant son visage maigre.

— Halas Manaîn, cria Harrakin, mais le jeune homme continua à frapper, d'abord un Sakâs, qui avait presque réussi à monter, puis un autre, puis un autre encore, hurlant des insultes et des imprécations. *Manaîn !!!*

Lui attrapant le bras, Harrakin tira avec violence le jeune homme en arrière, prenant garde de bloquer son épée pour éviter de se prendre un coup malencontreux. La précaution était bonne ; les yeux fous, Manaîn tenta d'abord de se dégager pour frapper, et Harrakin dut le secouer encore une fois avant qu'il réalise à qui il avait affaire.

— Ayashi Harrakin, dit enfin le jeune noble, puis il se retourna vers les Sakâs. Je dois...

— Nous devons évacuer le camp, cria Harrakin, le secouant de nouveau. (Il désigna la route et les centaines d'ennemis qui la bloquaient.) Si les Sakâs sont là, c'est que les Kiranyens ne bloquent plus le passage au nord...

Manaîn le regarda un instant sans comprendre, et Harrakin maudit silencieusement les guerres qui tuaient les émirs et les officiers supérieurs, l'obligeant, lui, un militaire chevronné, à partager le commandement avec des débutants.

— Si nous ne réagissons pas vite, ils vont nous contourner et atteindre les Marches !...

— Mais..., dit Manaîn en désignant ses hommes qui se battaient contre les Sakâs avec une fureur vengeresse. (Il secoua la tête.) Et eux ? Vous pensez qu'ils sont là pour nous retenir ? cria-t-il alors que la pluie redoublait et que le sang délavé coulait sur son visage.

Harrakin haussa les épaules, puis se retourna et fit signe aux soldats de les laisser passer.

— Je ne sais pas, mais qu'importe ! Tout chef de guerre intelligent foncerait vers les Marches, et c'est ce que les Sakâs vont faire. Que vos hommes reculent, je vais faire sonner le cor...

— Le Haut Prêtre ne sera pas content, protesta Manaîn après un instant d'hésitation. Il nous a dit de défendre...

— C'est moi qui commande ici, déclara Harrakin.

Il fit un signe d'adieu à Manaîn avant de s'éloigner à grands pas vers le centre du camp, cherchant un officier à qui ordonner de sonner le cor attaché, selon la tradition, au piquet consacré à Murufer.

Si Harrakin n'avait pas laissé à Manaîn le temps de répliquer, c'était que chaque seconde comptait, et qu'il préférait ne pas s'attarder sur la question du commandement. Par tradition, en cas d'alliance des Royaumes, le souverain de l'Émirat dirigeait les forces communes. La légende voulait que Fîr ait donné aux descendants de la lignée royale de Faez « le regard de l'aigle et le pouvoir de décision des Dieux ». Mais l'émir était mort et Harrakin avait décidé unilatéralement que puisque Manaîn n'avait pas été couronné, le descendant d'Arrethas prenait le pas sur lui. D'ailleurs, Harrakin commandait quatre mille hommes, arrivés à marche forcée d'Harabec pour appuyer son analyse religieuse, alors que Manaîn en avait moins de deux mille.

Quand le cor sonna, Harrakin avait déjà trouvé un nouveau cheval et s'engageait sur la route qui menait aux Marches avec ses officiers, sous la pluie battante. Laosimba allait contester sa décision et il voulait éviter une discussion qui avait toutes les chances de tourner mal.

Les légendes étaient une chose, la puissance de Reynes en était une autre.

Manaîn et Harrakin pouvaient rivaliser pour le commandement, Laosimba avait le pouvoir.

Les Marches d'Avelles étaient à plus d'une journée et demie de cheval. À chaque pas, la nuit se faisait plus glaciale et quelque part au nord, les Sakâs devaient tenter de les prendre de vitesse.

Harrakin avait reçu une éducation classique. Comme tous les héritiers de la lignée royale d'Harabec, il avait passé des heures à apprendre l'histoire politique et militaire des Royaumes, à reconstituer sur des cartes anciennes les stratégies des anciennes batailles.

Si Reynes avait, siècle après siècle, résisté à tant d'invasions et de rébellions, à l'époque où les Principautés étaient encore des Royaumes indépendants protestant contre le joug croissant de la cité, c'était grâce au génie politique de générations de conseillers ambitieux, mais aussi parce que la ville était protégée par le « Grand Cercle » : une barrière de montagnes et de passes faciles à tenir contre l'invasion ennemie.

Une protection unique. Si les Sakâs restaient derrière, pensa Harrakin en éperonnant son cheval. S'il y avait des soldats pour protéger les passes. Les armées des Royaumes avaient été envoyées sur les frontières de l'ouest pour ralentir les Sakâs, loin, bien loin de la cité. Bien loin du Grand Cercle, et il leur faudrait des jours pour se replier.

Un moment, Harrakin se demanda s'il était le seul à être inquiet. À comprendre où était le danger.

Là-bas, au cœur de l'Assemblée de Reynes, les conseillers réalisaient-ils que pour la première fois depuis des siècles, leur cité était peut-être en péril ? Parfois Harrakin avait l'impression que Laosimba tenait la victoire pour acquise, se demandant seulement quel en serait le prix.

Mais les Sakâs étaient toujours plus nombreux, et ils se déplaçaient vite.

La pluie redoubla tandis que les cavaliers avançaient dans la boue.

— Qu'on me donne quelque chose à tuer ! cria Manaîn en frappant la pierre du poing. J'ai une épée, je ne demande qu'à me battre ! C'est ainsi qu'on enseigne l'art de la guerre, à Reynes ? C'est là votre définition du courage ? Attendre les renforts, parqués comme des lâches derrière des murailles ?

— Si seulement il y avait des murailles, maugréa Harrakin en se penchant par-dessus le rebord de l'ancien aqueduc.

Dehors, le paysage était sauvage, un endroit minéral aux dimensions inhumaines. Des millénaires auparavant, un pan de rocher s'était écroulé, creusant une faille dans la montagne. À l'époque des anciens empires, deux immenses aqueducs avaient été construits là, l'un au-dessus de l'autre, mais le secret de leurs canaux et de l'eau qui y courait avait été depuis longtemps perdu. Encore au-dessus, plus récemment, un pont de pierre avait été construit par le Sénat. L'endroit était stratégique, mais il n'avait rien d'une forteresse. La route qui joignait le nord des Principautés à Kiranya passait par ce pont, et c'était aussi par là que devaient arriver les cinq cents soldats envoyés par Sleys... pour honorer les anciens traités, et aussi et surtout, parce qu'ils avaient peur, parce que leur puissance militaire était réduite et qu'ils n'étaient rien sans la protection de leur puissant voisin.

— Nous nous battrons bien assez tôt, dit Gilas ès Maras, haut général des troupes envoyées par Reynes.

Gilas était arrivé au matin avec mille hommes. Pas des recrues apeurées, trois *zias* de soldats aguerris, venus de la capitale. Uniforme noir et argent, armes sorties des meilleurs ateliers de la ville.

Un silence accueillit sa déclaration.

Puis Manaîn se remit à arpenter la pierre, les yeux brillants.

— Non. Pas assez tôt. Jamais assez tôt. Savez-vous ce qu'ils ont fait ? Ce qu'ils ont détruit ? (Gilas leva la main pour prendre la parole mais le neveu de l'émir l'interrompit.) Le pays de mes ancêtres est... il n'existe plus. Vous... J'ai grandi là-bas, reprit-il d'une voix rauque en désignant l'ouest. Dans le palais. Avec ses... (Il eut un geste d'impuissance, comme s'il n'arrivait pas à décrire ce qu'il ressentait.) Mon oncle, que je ne pleure guère évidemment, avait les plus belles collections d'art des Royaumes, constituées siècle après siècle, depuis des générations. Savez-vous combien il y avait de livres dans la bibliothèque de Faez ? Savez-vous... J'ai étudié entre ces murs... Et maintenant... Mes amis, mes précepteurs, mes cousines... Tous les souvenirs de mes parents, de ma famille... Et vous me demandez d'attendre ?

Gilas s'approcha du jeune homme et lui posa la main sur le bras.

— Écoutez-moi bien, halas Manaîn. (Sa voix était douce et Manaîn l'étudia, les larmes brillant dans ses yeux.) Vous êtes le survivant d'une haute lignée, vous avez tout perdu... une rage noire vous porte, et elle est mauvaise. Elle a conduit à leur perte des guerriers plus endurcis que vous. Aujourd'hui vous avez de lourdes responsabilités. Vous ne pouvez vous permettre de vous laisser emporter par la déraison alors que...

Harrakin soupira et s'éloigna, détournant son attention de la conversation. Gilas avait raison, mais ses paroles étaient inutiles. Manaîn n'avait pas d'avenir. Harrakin connaissait ce type d'hommes. Manaîn allait mourir, de manière héroïque et stupide, et les survivants de l'armée de l'Émirat devraient trouver quelqu'un d'autre à qui se rallier, ce qui ajouterait encore à la confusion.

Il n'y avait rien à faire. Gilas le sentait sans doute lui aussi ; pour arriver à ce niveau de responsabilités, le haut général avait dû lui aussi apprendre à reconnaître, parmi ses jeunes officiers, ceux qui avaient un futur et ceux qui ne passeraient pas la journée... ceux qui, hautement recommandés pour leur intelligence et leur bravoure, trouvaient le moyen de se sacrifier de manière plus théâtrale qu'utile pendant que des éléments moins brillants montaient en grade à leur place. La rage noire, le désir de mort, l'appel des Abysses. Ce phénomène avait beaucoup de noms, mais à tous les connaisseurs de l'âme humaine, il n'était que trop familier.

Harrakin, lui, n'avait aucun désir de mort.

Des pas sur la pierre annoncèrent l'arrivée de Laosimba, et bientôt le Haut Prêtre passa la tête sous la toile qui, avec quelques chaises et une table, avait transformé le haut de l'aqueduc en centre de commandement.

Gilas se leva et s'inclina profondément devant le Haut Prêtre. Harrakin se leva à son tour, plus lentement, et fit le signe de Fîr en inclinant la tête. Manaîn l'imita avant de recommencer à arpenter la pièce, frappant les murs de son fourreau.

— Heureux de vous revoir, Haut Prêtre, dit Harrakin.

L'amabilité était essentielle pour savoir où en étaient leurs relations. En se montrant poli et respectueux, Harrakin obligeait Laosimba à faire de même, ou à trouver une excellente raison de l'attaquer.

Sans un mot, sans répondre à Gilas, Laosimba prit un fauteuil et s'assit. Les soldats étaient allés dans les villages évacués récupérer des meubles et le résultat était étrange : le fauteuil de Laosimba était pourpre et or, incongru près de la table de cuisine et des chaises en bois qui constituaient le reste du mobilier. Pourtant, le siège paraissait adapté au Haut Prêtre, à sa personnalité. Laosimba s'y assit comme dans un trône, comme s'il était, par nature et par le choix des dieux, appelé à régner sur eux et sur leur sort. Comme s'il voulait les juger – il en avait d'ailleurs le pouvoir.

Quand les Sakâs avaient passé les montagnes, Harrakin avait écrit à Harabec pour faire envoyer des troupes avant de rallier directement la ligne de front. Rejoindre Reynes, comme il était prévu, était inutile et peut-être même dangereux. Banh avait envoyé une lettre pour prévenir Harrakin de l'échec des négociations et du suicide de Liénor et d'Arekh.

Les deux prisonniers s'en étaient bien tirés – mieux valait se briser les os en bas d'une tour que subir quelques semaines de torture supplémentaires pour amuser les Liseurs d'Âmes. Leur sort n'avait cependant pas donné à Harrakin envie de s'approcher trop près des geôles de l'Assemblée. Laosimba n'aurait peut-être pas eu le front de le faire arrêter... pas si vite, pas sans plus d'alliés, d'éléments d'accusation... mais à tout prendre, le roi d'Harabec préférait être loin des prêtres et de leurs instruments de torture, et avoir quatre mille soldats fidèles à ses ordres.

Quatre mille hommes, pensa-t-il en adressant à Laosimba son sourire le plus radieux.

Laosimba lui rendit son sourire. Un sourire un peu trop ironique pour qu'Harrakin se sente entièrement satisfait.

Gilas déroula une carte et ils se penchèrent pour étudier le plan de défense.

L'après-midi, Harrakin et Laosimba partirent en patrouille.

Laosimba avait pris l'initiative de cette sortie, officiellement pour vérifier que le village de Brielle, à deux lieues à l'ouest, avait été évacué. Il ne l'était que depuis peu : la petite troupe, composée d'Harrakin, du Haut Prêtre, de quinze cavaliers d'Harabec et de huit prêtres avait croisé des files de paysans poussant leurs charrettes, des familles entières avec leurs ballots, leurs meubles et leurs têtes de bétail, migrant vers l'intérieur des Principautés. Il n'y avait pas de blessés – les Sakâs n'étaient pas encore passés – mais leur réputation les précédait.

Les visages des réfugiés étaient maigres et tendus. Le commerce avait souffert, la famine menaçait.

Ils avaient peur.

Ces hommes, ces femmes et ces enfants hâves et pressés n'étaient pas de son peuple, et pourtant Harrakin avait eu le cœur serré en les voyant. Les familles d'Harabec, elles aussi, allaient peut-être bientôt s'entasser sur des routes, fuyant vers le sud. Harrakin imagina son palais en train de brûler – les salles de bois sculpté où il avait passé son enfance, les galeries décorées de tapisseries, les jardins, les tableaux, les tentures, le lit des appartements royaux où il avait fait tant de fois l'amour avec Marikani... et avec beaucoup d'autres femmes aussi, depuis. Son palais en flammes, ses paysans hurlant, fuyant leurs fermes et leurs récoltes embrasées, des millénaires d'efforts, de culture, de beauté réduits en cendre. Comment réagirait-il ? Il serait mort avant de voir ça, pensa Harrakin, farouche, il serait mort sur le champ de bataille avant que le premier Sakâs ne passe la frontière d'Harabec, lui et ses hommes, jusqu'au dernier, périraient avant de voir un tel blasphème... et si, pourtant, comme Manaîn, il n'avait pas péri, s'il apprenait de loin la destruction de son pays... réagirait-il comme lui, avec la même folie, le même désir de violence suicidaire ?

Sûrement.

Harrakin sentit, un court instant, un sentiment de fraternité pour Laosimba. Quels que soient les défauts du Haut Prêtre, il ne pouvait pas ne pas trembler pour son pays, ne pas frémir en voyant ces réfugiés.

Les charrettes se firent de plus en plus rares, et bientôt il n'y eut plus qu'eux sur les chemins déserts. Le petit groupe continua à chevaucher en silence, remontant le sentier creux qui menait à Brielle.

Le village était vide. Les maisons étaient intactes, les arbres verts et drus sous le ciel bleu, des traces de roues fraîches creusaient la route. Les pots de fleur et les rideaux ornaient encore les fenêtres, un vieux mulet abandonné broutait des herbes folles dans une cour.

Laosimba les fit pousser un peu plus loin, sur une route poussiéreuse, près d'une grande propriété.

Puis il se tourna vers Harrakin.

— Arrêtez-vous.

Ce n'était pas une demande, c'était un ordre. Harrakin tira sur les rênes de son cheval et regarda le Haut Prêtre, étonné.

Puis, lentement, sur ses gardes, il descendit de sa monture.

Derrière, les prêtres et les soldats s'étaient arrêtés sous un grand chêne. À portée de voix, mais pas aussi près qu'Harrakin l'aurait voulu.

Laosimba allait-il tenter de l'assassiner ? Pas devant quinze de ses hommes... pas alors que tous, là-bas, au camp, les avaient vus partir ensemble...

Harrakin passa la main sur sa cuisse. Son poignard de guerre était là, dans son fourreau ouvert, dissimulé par le pan de sa longue chemise. Le fourreau de son épée, accroché au harnais du cheval, était ouvert également. Harrakin n'aurait qu'à faire un geste pour la saisir.

Laosimba descendit à son tour.

Harrakin croisa les bras en silence.

Un signe de tête de Laosimba, et trois des huit prêtres quittèrent le groupe installé sous le chêne et avancèrent dans leur direction. Harrakin les regarda s'installer derrière le Haut Prêtre, en triangle.

Là-bas, sous l'arbre, les soldats d'Harabec observaient la scène, étonnés. Harrakin pensa au spectacle étrange qu'ils devaient constituer : quatre prêtres habillés de noir et argent, debout dans un village abandonné, entourant un homme seul...

Le silence s'éternisa. Un des prêtres ouvrit sa sacoche et en sortit un pupitre en bois léger, qu'il déplia et posa par terre.

Puis il sortit un rouleau de papier de Reynes, un encrier et une plume.

Harrakin garda les bras croisés. Il n'avait pas l'intention de parler le premier.

— Harrakin a Manilos a Arrethas, roi d'Harabec, commença Laosimba d'une voix douce, j'ai le déplaisant devoir de vous annoncer que vous êtes accusé d'hérésie. Comme vous le savez, le Royaume d'Harabec est sous suspicion religieuse depuis l'apparition, au sein même du palais, à l'ombre du temple d'Arrethas, de la créature appelée la déméana. Les éléments qui m'ont été rapportés me poussent à me pencher sur votre cas. Notre conversation d'aujourd'hui ne sera qu'un premier interrogatoire, son but est de lever ou d'établir mes doutes. Parlez librement et sans contrainte...

Harrakin resta immobile. « Parlez librement et sans contrainte »... Certainement pas. Le prêtre au pupitre était un Amanash. Um-Akr voyait par ses yeux, entendait par ses oreilles, et sa présence à cette « conversation » signifiait que toute parole, toute hésitation, toute expression d'Harrakin serait portée sur le papier sacré. Ce qui était écrit sur un rouleau du temple par un Amanash ne pouvait jamais être contesté, car s'y reflétait la vérité des dieux.

— Si j'ai choisi de vous amener ici, continua Laosimba, c'est pour que la nouvelle de cette enquête ne s'ébruite pas. La situation est assez difficile, nous n'avons pas besoin de semer le doute parmi nos troupes. Pas encore, du moins...

La menace n'était même pas voilée.

— Je comprends, dit Harrakin. Votre décision me semble sage.

Laosimba attendit, mais Harrakin n'ajouta rien... aucun commentaire, aucune protestation. Pour survivre à un procès religieux, il fallait en dire le moins possible pour n'avoir pas l'occasion de se contredire ou de prononcer un mot malheureux. Toute émotion pouvait être mal interprétée.

Sous le chêne, les soldats étaient en grande conversation et tous les regards étaient tournés vers la scène.

— À quel point vos relations charnelles avec la déméana ont-elles affecté votre esprit ?

Fils de fouine, pensa Harrakin, sans décroiser les bras, sans qu'un trait de son visage ne bouge. Droit au but, sans transition ou introduction, une accusation directe et crue destiné à le déstabiliser...

— Mon esprit n'est pas affecté, répondit-il simplement.

L'erreur, bien sûr, aurait été de défendre Marikani... de déclarer que ce n'était qu'une humaine, une menteuse et une esclave, et non l'incarnation du mal. Mais la cause d'Harrakin aurait aussitôt été perdue. Les oracles et les dieux avaient décidé que Marikani était la déméana, le contester aurait été la preuve que l'esprit d'Harrakin avait été perverti. Laosimba n'attendait que ça.

— Liénor Mar-Arajec et Arekh ès Morales, les deux prisonniers que nous avons... interrogés, reprit le Haut Prêtre avec un petit sourire, avaient eu l'esprit teinté par l'influence de la déméana. Nous en avons eu la preuve. Vous ne pouvez pas y avoir échappé.

— Les deux prisonniers n'étaient que des nobles de moyenne lignée. Dans mes veines coule le sang d'Arrethas. Pensez-vous que l'influence des Abysses soit plus forte que celle des vrais dieux ?

Un éclair de colère passa dans les yeux de Laosimba et Harrakin se demanda s'il n'avait pas fait erreur. Retourner une accusation était souvent une bonne stratégie, mais il ne gagnerait rien à mettre le Haut Prêtre en rage.

— L'humain est faible, même de haut rang, cracha le Haut Prêtre. Liénor Mar-Arajec a déclaré, pendant nos interrogatoires, que vous faisiez souvent dans vos paroles et dans vos actes preuve de légèreté, voire de blasphème, envers les vrais dieux... De nombreux autres témoins confirment librement ses dires.

— Liénor Mar-Arajec se trompe.

— Il n'est hélas plus possible de mener un contre-interrogatoire. Depuis le début de votre règne, avez-vous toujours fait appliquer à Harabec les lois divines sur l'hérésie et les rituels ?

— Bien entendu.

— Nous avons la preuve du contraire. Des propos licencieux ont été tenus sans que leurs auteurs ne soient poursuivis. Il a été prouvé que dans votre capitale, des centaines d'habitants ne suivent pas les règles de sacrifice et de prière...

Soudain, malgré tous ses efforts, toutes ses résolutions, la colère engloutit Harrakin. Comment pouvait-il... Comment Laosimba pouvait-il le retenir là, à parler de rituels non tenus, alors que les armées s'affrontaient sur leurs terres, que le sang coulait par rivières, que le sort des Royaumes était en jeu ? Était-il aveugle ou stupide, pour ne pas voir le danger qu'ils couraient tous ? L'absurdité de la situation, alors qu'ils s'étaient battus la veille et se battraient peut-être demain, lui parut soudain insupportable.

— Parce que tous les habitants de Reynes suivent à la lettre les règles de sacrifice et de prière ? cracha-t-il, sachant qu'il avait tort, qu'il devait garder son calme, mais s'en sentant incapable. Vous croyez que dans les villages des Principautés, les paysans abattent une bête une fois par semaine pour l'apporter au temple ? Cette conversation est ridicule et vous le savez...

— Le désir de tester votre foi est ridicule ? Le processus sacré de la lecture des âmes est ridicule ?

— Non, vos *accusations* le sont ! Si vous répétez ce que je dis, ne déformez pas mes paroles !

— Pourquoi n'avez-vous pas employé le Feu d'Arrethas quand je vous l'ai demandé ? Aviez-vous peur pour vos hommes ? « Que les soldats protégés par Arrethas décochent leurs carreaux pendant la bataille, amis et ennemis mêlés... Ils ne toucheront que leurs adversaires, car Arrethas guidera leurs carreaux. » Telle est la parole du dieu. Pourquoi n'avez-vous pas désiré l'employer ? Aviez-vous peur pour vos hommes ? La maladresse humaine est-elle plus puissante que le pouvoir des dieux ?

— Je n'ai pas entendu votre suggestion. Il y avait du bruit.

— Mais pourtant vous vous souvenez du moment où je l'ai faite...

— Je le devine. Nous n'avons pas souvent été ensemble sur le champ de bataille...

— Harrakin a Manilos a Arrethas, doutez-vous du pouvoir des vrais dieux ?

— Non !

— Voulez-vous avouer devant cette cour, maintenant, votre incapacité à représenter Arrethas sur le trône d'Harabec et vous mettre à la merci de...

— Vous rêvez, dit Harrakin, furieux, décroisant les bras et faisant un pas vers le Haut Prêtre.

Laosimba recula... et soudain, à côté de lui, un prêtre s'écroula, une flèche plantée dans la gorge alors que l'Amanash criait : « Attention ! »

Une silhouette brune sauta du muret à côté d'eux, atterrissant près d'Harrakin, un grand poignard à la main, tandis que des flèches sifflaient de nouveau, se plantant dans le sol, à deux pas de Laosimba. À terre, le prêtre, la gorge transpercée, était agité de soubresauts.

— Des bandits ! cria un soldat, sous le chêne, alors que les autres couraient déjà vers eux.

Harrakin attrapa son épée.

D'un geste, il décapita l'homme qui se jetait sur lui, envoyant sa tête rouler sur les pierres. D'autres silhouettes étaient apparues, sortant du jardin de la propriété et Harrakin se retourna, frappant – des bandits, ce n'étaient en effet que des bandits, une douzaine de paysans affamés qui avaient dû s'attaquer au petit groupe sans avoir vu les soldats qui les protégeaient...

Ils ne savaient pas à qui ils avaient affaire, pensa Harrakin en parant l'attaque maladroite d'un paysan armé d'une hache rouillée. Les soldats n'étaient plus qu'à dix pas et trois des pillards avaient déjà tourné les talons, sans même tenter de combattre. L'archer qui avait abattu le prêtre s'écroula du mur où il était perché, un carreau d'arbalète aux couleurs d'Harabec planté dans la poitrine.

Deux autres cadavres de bandits roulèrent sur le sol et Harrakin se retourna vers les prêtres. L'Amanash avait sorti une courte dague pour protéger Laosimba, mais les soldats arrivaient et les paysans prenaient déjà la fuite. Il n'en restait qu'un, un géant aux courts cheveux noirs armé d'une faux. L'Amanash tenta de le frapper, mais d'un coup de poing le géant le fit rouler à terre...

... et, avant que nul n'ait pu réagir, il leva sa faux au-dessus de la tête de Laosimba.

Harrakin vit le geste et ses instincts de guerrier réagirent avant sa raison. Il frappa – sa lame traversa le torse du bandit qui s'immobilisa, l'expression hagarde, la faux à quelques pouces du crâne du Haut Prêtre...

Laosimba recula alors que le géant tombait à genoux et qu'Harrakin, son épée ensanglantée à la main, contemplait l'immense stupidité de son acte...

Le bandit s'écroula, tête en avant, dans la poussière.

Harrakin venait, sans réfléchir, de sauver la vie de Laosimba.

Il venait de sauver la vie de son pire ennemi, de l'ennemi d'Harabec et de sa lignée, alors que le Haut Prêtre aurait pu périr, là, devant témoins, sans qu'Harrakin n'y soit pour rien, sans qu'on puisse l'accuser ; oui, s'il n'avait pas réagi si vite, Laosimba serait mort et une grosse partie des problèmes d'Harrakin aurait disparu avec lui... Les prêtres auraient même pu vanter l'héroïsme du roi d'Harabec, qui s'était vaillamment battu pour défendre le Haut Prêtre, mais n'avait pu, hélas, réussir à lui éviter le coup fatal...

Les soldats achevèrent deux autres bandits avant que le dernier ne disparaisse dans les ruelles. Alors que les prêtres s'agenouillaient autour du blessé, Laosimba leva les yeux vers Harrakin...

... et lut ses pensées sur son visage. Les émotions d'Harrakin... claires comme un livre ouvert, sur son visage furieux...

Harrakin se détourna, mais il était trop tard. Le Haut Prêtre était loin d'être un imbécile. Son regret avait été trop évident, sa déception, sa rage de ne pas l'avoir laissé mourir... oui, tout cela avait été vu, analysé.

À terre, le prêtre expira, rendant un flot de sang.

Sur le visage de Laosimba, le choc, la surprise et la gratitude qui s'étaient un court instant peints disparurent, transformés en une fureur glacée.

— Une seule erreur, roi d'Harabec, souffla-t-il alors que les soldats se rapprochaient. Une seule erreur, et j'aurai votre tête.

8

Non'iama grimpait sur la colline quand les Sakâs la prirent en embuscade. Le terrain montait lentement vers le nord de l'Émirat. Comme la mer réveillée par le vent, les plaines se transformaient en collines, en plateaux, des escarpements brusques qui se succédaient le long des Principautés pour se perdre dans le nord des Royaumes. Sur cette même ligne, cinquante lieues plus bas, l'armée de Reynes reculait vers les Marches d'Avelles, mais Non'iama l'ignorait, comme elle ignorait tout des forces qui déchiraient la région. Depuis des semaines, elle marchait, seule, sans parler à personne sauf aux rares paysans ou réfugiés auprès de qui elle se procurait un peu de nourriture.

Elle dormait par terre, se réveillait par terre, et marchait. À la poursuite d'Ayesha, suivant les rumeurs, les « on dit », les pillages. Les dernières nouvelles lui avaient été données par un groupe d'anciens esclaves qui se dissimulaient dans les ruines d'une maison de commerce, près d'une ville rasée par les Sakâs. D'après eux, Ayesha se dirigeait vers Kiranya et les terres vides. Ils la rejoindraient dès qu'ils auraient dévalisé et tué assez de réfugiés pour se constituer un petit pécule.

Ils avaient proposé à Non'iama de se joindre à eux, mais elle avait refusé.

Sur leurs visages, les esclaves de la maison de commerce s'étaient dessiné un masque de lion avec du charbon de bois. Ayesha voyait des lions, lui avaient-il expliqué, ils tenaient ça d'une femme qui avait parlé à une autre femme qui avait marché dans la forêt avec Ayesha avant d'abandonner, enceinte et trop épuisée pour continuer. Des rumeurs avaient aussi couru dans l'Émirat. On disait qu'Ayesha avait traversé Faez sous forme de lionne, accompagnée d'un fidèle compagnon, laissant derrière elle une traînée de feu et de désespoir seulement neuf jours avant que la ville ne tombe aux mains des Sakâs.

Neuf était un nombre sacré. C'était un signe.

En quittant la maison de commerce, Non'iama s'était peint une lionne sur le visage.

Une semaine plus tard, elle avait assisté, dissimulée derrière le mur d'une vieille ferme, au massacre d'un commerçant et de sa famille par un groupe de brigands à cheval. Les bandits avaient passé leurs victimes par les armes avant de se partager le contenu de la charrette. C'était étrange. Le groupe était composé à la fois d'esclaves et d'hommes libres. D'abord, Non'iama n'en avait pas cru ses yeux ; plusieurs fois, elle s'était demandé si elle ne rêvait pas. Des hommes blonds et des hommes bruns dans la même bande... pas des esclaves métissés, non, des hommes à la peau presque noire et aux yeux dorés, comme dans les grandes familles de l'Émirat ou de Reynes. Mêlés aux hommes du Peuple turquoise.

Ébahie, Non'iama les avait regardés égorger les marchands, puis lever les bras et les armes au ciel en criant : *« Ayesha ! La destruction ! Chante le chant de mort des descendants du dieu que l'on ne nomme pas ! »*

La moitié gauche des visages des bandits était peinte en bleu vif. Non'iama les avait regardés brûler les corps de leurs victimes avant de s'éloigner discrètement.

Le lendemain, elle avait ramassé des pierres de châ dans la rivière. Elles étaient friables et bleues. Après un instant de réflexion, Non'iama les avait écrasées, puis elle avait mélangé la poudre obtenue à de l'huile trouvée dans les ruines d'une ferme.

En résultat, elle avait obtenu une sorte de pâte. Lentement, avec son index, elle s'était peint la moitié gauche du visage.

Et c'est ainsi que les Sakâs l'avaient aperçue, progressant sur la colline vers les ruines d'un petit temple de Fîr, une petite fille aux cheveux blonds si décolorés par les intempéries qu'ils en étaient presque blancs... sale, maigre, farouche, le visage et les mains brûlés par le soleil, tannés par le vent. Ils s'étaient approchés, trois soldats, épées et haches à la main et la petite fille, les entendant enfin, s'était tournée vers eux. Le soleil derrière elle se couchait sur les ruines et les derniers rayons teintaient d'une lueur sauvage son visage mi-fauve, mi-bleu.

Elle ne s'enfuit pas en les voyant.

Un peu déçus – c'était toujours plus drôle quand les femmes et les enfants hurlaient, pleuraient ou vomissaient de terreur en les voyant – les Sakâs ralentirent, puis s'arrêtèrent.

Le plus âgé d'entre eux, qui avait participé au pillage de Faez, se tourna vers son compagnon et lui fit signe d'attendre. Rhô, le troisième de leur groupe, montait la colline de l'autre côté pour prendre la petite fille sur le flanc. Rhô était une jeune recrue et manquait d'expérience. Si la gamine était sauvage, qu'il se débrouille avec, cela lui ferait de l'exercice.

Rhô jeta un coup d'œil au vieux Sakâs, qui lui fit signe d'attaquer.

Rhô reprit sa marche vers la fillette.

Avec un hurlement, celle-ci dévala la pente pour se jeter sur lui.

Elle avait une arme à la main, une sorte de gros couteau, avec un manche en bois et une lame à découper le mouton. La lame rudimentaire étincela dans le soleil couchant et les rayons firent étinceler les cheveux blonds de l'enfant. Pris par surprise, Rhô fit un pas en arrière, trébucha... et soudain l'enfant fut sur lui, lui sautant dessus, le faisant basculer. Elle frappa de toutes ses forces, les épaules, le cou, puis se releva, la lame luisant de sang, pour crier :

— *Ayesha ! Chante le chant de morts des enfants du dieu que l'on ne nomme pas !!*

Le vieux Sakâs et son compagnon restèrent un instant ébahis... puis, tirant leurs haches, ils se mirent à courir.

La petite fille recula, son couteau toujours levé, mais elle ne s'enfuit pas. Lentement, pas à pas, elle recula, jusqu'à atteindre une ancienne terrasse construite au bord de la colline.

— Brus ! Par la droite ! cria le vieux Sakâs à son compagnon.

Il ajouta quelques instructions en langage de guerre, un langage bref et rauque, de cent mots à peine, que les Sakâs avaient hérité de Faa-Mî, le fils d'Arrethas et de Hâl, la guerrière dont les flancs avaient porté les premiers chefs sakâs. Brus fila aussitôt vers la terrasse, courant tête baissée, comme s'il se préparait à dompter une bête furieuse lors de la cérémonie des Hâlas. Sur l'herbe, secoué de soubresauts, Rhô gémissait comme un cheval blessé. Peut-être pourrait-on encore le sauver, pensa le vieux Sakâs, la petite sauvage avait frappé fort, mais au hasard. Elle n'avait peut-être pas touché les zones de l'ombre de la mort.

Il continua à avancer, tandis que la petite fille reculait, tentant de surveiller les deux hommes à la fois.

Brus leva la main pour un appel rituel à Hâl... puis se précipita, la hache levée, prêt à frapper...

La petite bondit par-dessus le rebord de la terrasse et disparut.

Brus eut un instant d'hésitation, puis sauta, au même endroit, et disparut lui aussi.

Furieux, le vieux Sakâs laissa échapper une bordée de jurons. C'était bien la peine. Le peuple de Hâl, perdu en terre étrangère pour porter le feu sacré à travers les territoires barbares, avait besoin de tous les hommes valides. Le roi l'avait dit ; il l'avait répété : « Loin de notre patrie, chaque homme vaillant est un luxe qu'il ne faut pas gâcher. Terrifiez votre ennemi avant de frapper, et trois fois moins de braves tomberont sous leurs coups ! »

La gamine n'était pas terrifiée, pas terrifiée du tout, et voilà pourquoi ils avaient peut-être perdu Rhô. Un autre blessé, pour se débarrasser d'une enfant qui ne constituait aucun danger, et qu'ils auraient aussi bien pu laisser partir... ce serait une injure à la raison.

Le vieux Sakâs s'approcha avec prudence du rebord, puis se pencha, et hocha la tête. Un escalier abandonné, sans doute construit bien avant la terrasse, descendait au milieu des rochers. Il enjamba le rebord et descendit.

En bas de la colline se trouvait un ancien labyrinthe de pierre et de buis retourné à l'état sauvage qui devait, quelques siècles auparavant, faire la gloire du temple.

— *Oyah* !

Brus passa devant lui avec un cri de rage, et le vieux Sakâs se retourna : la fillette était là, au fond d'un passage sans issue, à attendre, le couteau pointé devant elle. En moins de deux battements de cœur, Brus fut sur elle.

Le vieux Sakâs ne fit pas un geste pour l'aider. « Oyah » était l'appel au duel et il impliquait un combat seul à seul. Et puis, aider un guerrier contre une petite fille, si sauvage soit-elle, aurait été déshonorant.

Brus n'allait en faire qu'une bouchée. Si elle avait blessé Rhô, c'était grâce à la surprise et à l'inexpérience du jeune homme : les gestes de l'enfant ne révélaient aucun entraînement.

Et là, devant le vieux Sakâs, intervinrent les dieux.

La petite fille vainquit Brus.

Le vieux Sakâs – son nom était Nordos, un nom qu'il n'avait plus entendu depuis que les prêtres-chevaux qui avaient fait son éducation dans les terres froides l'avaient vendu à l'armée – Nordos, donc, regarda sans y croire le spectacle se déroulant devant ses yeux.

Une fillette de neuf ans, armée d'un vieux couteau de cuisine, tuant un guerrier sakâs.

— Ayesha !! hurla-t-elle encore, et quand Brus arriva à son niveau, prêt à abattre sa hache, elle se jeta non sur le côté, comme toute fillette terrifiée l'aurait fait, mais droit devant.

Passant entre les jambes de Brus, elle mordit la partie qui faisait le mâle à l'intérieur de ses cuisses et arracha la chair d'un grand coup de dents. Brus poussa un hurlement de bête – et même si les Sakâs se devaient d'ignorer la douleur, récompense du guerrier, Nordos dut s'avouer qu'il en aurait fait de même à sa place – et la petite fille en profita pour lui planter le couteau plus haut, dans les intestins.

Brus hésita, puis s'abattit, comme un arbre qu'on coupe. Pourtant, malgré la souffrance et l'approche de la mort, il eut une réaction de guerrier et empoigna son ennemie, réussissant à la faire tomber. Il roula sur la petite fille qui poussa un petit cri... puis tout son corps se relâcha alors qu'il renvoyait son esprit dans les plaines de Faa-Mî.

Nordos s'approcha et posa son pied sur le couteau de cuisine, tombé de la main de l'enfant. Elle était maintenant sans armes, coincée sous un cadavre.

Nordos, debout devant l'entrée de l'ancien couloir de buis, bloquait la seule sortie.

Poussant le corps de Brus, la petite fille réussit à se dégager.

Lentement, elle se releva.

Nordos ramassa le couteau. Il tenait sa hache dans l'autre main.

Les derniers rayons du soleil mourant disparurent derrière l'ancien temple et d'un coup, les étoiles s'éveillèrent – la nuit était cristalline, superbe. La lumière bleutée de la poussière turquoise baignait l'enfant dans une lueur irréelle.

Nordos leva sa hache et avança. Il allait porter un premier coup à l'épaule droite, pour la déséquilibrer et trancher les tendons du bras. Elle tomberait à terre ; il l'achèverait d'un coup sec sur la nuque.

Il fit un nouveau pas, et dit le *Ahona* du guerrier, annonçant la mise à mort.

— Ayesha, répéta l'enfant, et d'un geste, elle désigna les étoiles. J'étais là-bas. Avec elle. Ayesha me protège.

Nordos baissa sa hache.

Marikani se réveilla en sursaut. Elle venait de rêver qu'Arekh était vivant.

Bara dormait paisiblement à ses côtés, sa cuisse nue contre celle de Marikani. La lueur des lunes filtrait entre les colonnes de marbre, se reflétant sur les eaux paisibles du lac. Dehors, devant l'ancienne salle des sacrifices du monastère, devenue la chambre d'Ayesha, dix hommes montaient la garde.

Elle avait rêvé qu'Arekh était vivant. Il marchait dans une grotte de pierre sculptée, et les fauves dansaient autour de lui. Il la voyait ; il souriait... ce qui prouvait bien que c'était un rêve, pensa Marikani en s'asseyant sur le matelas de laine posé à même le sol. Arekh ne souriait jamais. Ou presque jamais. Ou en tout cas, pas à elle.

Un instant, elle se vit courir à sa rencontre, l'embrasser comme les paysannes embrassaient les princes qui venaient les sortir de leurs villages pour les épouser dans les contes futiles dont se délectaient les courtisanes d'Harabec. Puis une sueur froide la prit. Comment osait-elle ? Comment osait-elle se laisser aller à des rêveries romanesques sur un homme qui, à cause d'elle, avait péri dans des souffrances inhumaines sous les lames des bourreaux des Liseurs d'Âmes ?

Sa meilleure amie, et l'homme qu'elle aimait. Elle les avait condamnés à mort.

Elle se tourna vers Bara.

Ses yeux étaient grands ouverts et il la regardait.

Pourtant, l'instant d'avant, il dormait, elle en était persuadée. Mais à force d'être son compagnon, son ombre, son amant, Bara avait développé un talent étrange. Il sentait chaque humeur, chaque émotion de Marikani, même si celle-ci était à l'autre bout du camp, même si elle ne disait rien, même si son visage était glacé. Comment faisait-il ? Marikani l'ignorait, mais Bara ne se trompait jamais, et savait parfois si bien anticiper ses mots que si la jeune femme avait cru en la magie, elle l'aurait tenu pour un sorcier.

Bara s'assit, son corps nu moulé par le fin drap de lin. Levant la main droite, il caressa le visage de Marikani. Puis, avec délicatesse et une certaine crainte, comme s'il avait peur que sa chance ne dure pas, comme s'il savait qu'un jour, bientôt, trop tôt, il se ferait répudier, il l'embrassa sur les lèvres, sur les yeux, sur le cou.

— Il a fait son choix.

Marikani le regarda, ébahie.

— Vous n'êtes pas responsable de sa mort. Nous sommes tous libres de nos décisions. Il les a prises en connaissance de cause. C'est ce qu'il vous dirait, lui aussi, j'en suis certain. Vous l'insultez en vous sentant coupable...

— Comment sais-tu ? souffla Marikani. Surveilles-tu mes rêves, Bara ?

— J'aimerais, dit simplement celui-ci. (Puis il secoua la tête.) Mais ce n'est pas la peine. Vous n'avez pas cessé de penser à lui depuis que nous avons quitté Faez.

Une culpabilité d'une autre nature envahit Marikani. Chassant l'image d'Arekh de son esprit, elle se força à regarder l'homme qui était là, maintenant, devant elle. Dans sa couche. Un sentiment paradoxal l'envahissait à chaque fois qu'elle voyait Bara nu : il était si fort, si noueux. Son corps était si... brut, pensa-t-elle, sans trouver le terme approprié.

Avant lui, Marikani n'avait eu comme amants que des nobles de la cour d'Harabec : des jeunes gens à la peau brune et aux yeux dorés, au corps longiligne et souple, à la musculature élégante. Les bains, les massages, la bonne nourriture leur donnaient la peau douce et soyeuse. Comme Harrakin. Un si bel homme, que les courtisanes le buvaient des yeux quand il entrait sous les colonnes pour célébrer Verella.

Bara était si... différent. Sa peau était pâle, rougie à certains endroits par le frottement de sa cotte de mailles. Les cicatrices – celles du fouet de son maître, celles des coups d'épée ou de bâton – marquaient son corps comme autant de rappels de son ancienne condition. Son visage avait des traits si carrés, si durs... et pourtant... pourtant, malgré la brutalité de son physique, il lui appartenait, comme jamais un autre homme ne lui avait appartenu.

Il était entièrement en son pouvoir. Elle pouvait le briser d'un mot, d'un geste, par le plus léger froncement de sourcils, la plus imperceptible attitude de reproche.

Était-ce agréable ? Elle l'ignorait. Bien sûr, un tel pouvoir était grisant, mais elle aurait préféré... Qu'aurait-elle préféré ? Que leurs relations soient plus naturelles, peut-être.

Elle aurait préféré...

— ... que tu ne sois pas amoureux d'un mensonge, dit-elle tout haut.

Bara secoua la tête, sans paraître surpris, comme si, une fois encore, il avait suivi son monologue intérieur.

— Ce n'est pas le cas, dit-il doucement. (Puis il l'observa, encore, longuement et ajouta :) Il vous manque.

Et à ces mots, l'image d'Arekh resurgit... alors qu'elle avait réussi, pendant quelques instants, à l'enterrer sous une épaisse couverture de pensées accessoires.

Bara l'observait toujours, la souffrance dansant dans ses yeux.

— Quand vous me regardez, c'est pour regretter que je n'aie pas son visage.

— Non, protesta-t-elle. C'est-à-dire...

Il y eut un long silence.

— Je suis navrée, dit-elle enfin.

Bara haussa les épaules et se leva. Il fit quelques pas sur le sol de marbre, arpentant la salle, puis s'arrêta et fixa Marikani.

— Ça n'a pas d'importance, dit-il finalement, pliant un genou pour se laisser tomber devant elle. Ça n'a pas d'importance. Ça ne change rien.

Marikani lui prit la main droite et l'attira vers elle. Bara l'embrassa, de manière d'abord tremblante, puis avec une passion presque féroce, et ensemble ils retombèrent sur la couche où l'ancien esclave mordit avec fureur et douleur la chair de la déesse.

— Ayesha, dit une voix au-dessus d'elle.

Marikani ouvrit les yeux. Il faisait encore nuit, et la lumière des lunes n'avait avancé que de trois pas sur le sol presque translucide du monastère. Haîk, vêtu de pied en cap, cotte de mailles et épée comprises, était accroupi près d'elle. À quelques pas de là, Bara s'habillait.

Elle s'était rendormie, et...

— Un problème ? demanda-t-elle, l'esprit aussitôt lucide.

Haîk hocha la tête.

— Approche ennemie, annonça-t-il.

Marikani était nue, et le drap de lin ne couvrait que ses pieds. Elle se leva, sans s'en soucier : à Harabec, la nudité faisait partie de nombreuses cérémonies... et puis, Haîk ne paraissait pas choqué. Rien de ce qu'elle pourrait faire ou dire ne choquerait ses hommes, d'ailleurs, pensa-t-elle tandis que Bara lui tendait sa chemise. Elle aurait pu décider de voler un bébé et de le dévorer vivant en mordant sa chair sanguinolente qu'ils n'auraient pas émis la moindre protestation.

Cette nuit, après avoir vu en rêve le visage d'Arekh, elle sentait de manière plus lourde encore que d'habitude le poids de leur confiance.

— Quatre-vingts hommes, expliqua Haîk. Des soldats de Kiranya et de Reynes. Ils remontent par l'ancienne route des pèlerins.

Marikani hocha la tête, puis passa son pantalon et sa cotte de mailles, qu'elle avait pris l'habitude de porter depuis l'arrivée des premiers chargements d'armes des Exilés.

L'ancienne route des pèlerins montait vers le nord et n'avait qu'une seule destination : le monastère de Thémiges. Leur camp.

De nombreux groupes sillonnaient la région à leur recherche. Ces soldats étaient là pour eux... Ils ignoraient qu'ils touchaient au but, bien sûr, sinon ce ne serait pas quatre-vingts hommes qu'ils auraient envoyés, mais une armée.

— Très bien. (Marikani se pencha pour lacer ses lourdes bottes, puis prit l'épée tendue par Bara.). Allons-y. Le groupe de Day-yan et celui de Farer. Par le sentier des roches.

Le terrain était dur et rocailleux. Les soldats de Kiranya et de Reynes avançaient, par cinq, sur la route pavée des siècles auparavant par des moines qui avaient consacré leurs vies à Thémiges, une des trois filles de Verella. Ils paraissaient épuisés. La fatigue, pensa Marikani, qui les observait du faîte de l'arbre tordu et noueux où elle était montée, et peut-être aussi le manque de motivation. Ils étaient là, envoyés dans les terres vides du nord alors que plus bas, à la frontière des Principautés, le sort des Royaumes se jouait sans eux. Quels que soient leur héroïsme ou leur lâcheté dans ces terres perdues, quelle importance ? Tout ce qu'ils aimaient aurait peut-être disparu à leur retour.

Marikani descendit de l'arbre et jeta un bref regard à Day-yan. Couché dans les buissons, habillé de brun et gris, le guerrier était à peine visible dans la lumière naissante. Un masque de tigre, dessiné en bleu luisant, changeait les traits de son visage, le rendant presque inhumain. Derrière lui frémissaient les pierres : cent cinquante hommes, habillés de gris et de brun, le visage peint, rampant sur le sol vers les soldats.

Des soldats qui ignoraient encore que vers eux avançaient des fauves.

La lumière changea, passant du gris au rose, et là-bas, sur le chemin, les soldats éteignirent leurs torches. Marikani avança, monta un rocher, puis un autre, jusqu'à se retrouver à découvert, sur un surplomb rocheux, au-dessus de la longue file des ennemis qui progressaient vers le monastère.

Pendant quelques instants interminables, personne ne remarqua la haute silhouette se découpant sur le ciel froid de l'aurore.

Puis un des officiers, au premier rang, leva les yeux et se figea.

Un à un, derrière lui, tous les soldats s'immobilisèrent.

Le vent se leva, faisant voler les cheveux de Marikani – un effet qu'elle n'avait pas prévu, mais qui ajoutait à la théâtralité de la scène. Puis, avec une lenteur calculée, elle leva le bras.

Hurlant leur fureur, les fauves se jetèrent sur les soldats.

Ce ne fut pas long. L'effet de surprise était en faveur des attaquants, ainsi que la terreur : ni les recrues de Reynes, ni les soldats plus expérimentés de Kiranya n'étaient préparés à voir une horde de barbares aux cheveux blonds, aux traits de bêtes grimaçantes et turquoise apparaître du néant pour déferler sur eux. Ils étaient habitués à des guerres plus polies, pensa Marikani, regardant le massacre, debout sur son rocher, des guerres où les armées se jaugeaient d'abord sur les champs de bataille et où les officiers se saluaient avant de s'entretuer.

Des hurlements, des chocs, des ordres.

Bientôt il n'y eut plus sur le chemin que des corps morts ou mourants sur lesquels grouillaient les hommes au visage bleu. Hurlant une prière à Lâ, un soldat de Kiranya fuyait vers le sud. Un seul survivant.

Farer, qui avait rejoint Marikani, leva son arc et visa. Celle-ci lui posa la main sur le bras et Farer la regarda, étonné.

Marikani suivit des yeux la silhouette qui s'éloignait dans le jour grisâtre. « Pas de quartier » était la politique qu'elle avait fait appliquer depuis qu'ils avaient traversé les montagnes. Il ne fallait pas qu'on les retrouve ; il ne fallait pas que les survivants puissent dire où ils étaient, combien ils étaient, quelles étaient leurs méthodes.

Mais la situation avait changé. La discrétion n'était plus leur seule chance de survie. Avec l'attention de leurs ennemis détournée par les Sakâs, leur nombre croissant, les armes et le matériel ramené par les Exilés et la « légende » d'Ayesha qui s'amplifiait chaque jour, la peur était maintenant une de leurs meilleures alliées.

Le pauvre soldat venait de trébucher sur le sol rocailleux, exposant son dos à la flèche de Farer qui n'attendait qu'un ordre pour tirer. S'il survivait, cet homme allait raconter à tous ceux qui voudraient l'entendre l'histoire de la silhouette d'Ayesha surgissant telle une apparition dans les rayons glorieux de l'aube. Il allait exagérer le nombre des ennemis, la férocité des tatouages, la sauvagerie de l'attaque.

« Ce qui compte, dans une guerre, avait dit un jour Harrakin, ce n'est pas qui vous êtes. C'est qui l'ennemi croit affronter. »

— Laisse-le partir, dit-elle à Farer.

Le ciel était bleu vif quand ils retournèrent au monastère. Trois immenses bâtiments à colonnades, construits en pierre blanche étincelante, surplombaient le lac. Certaines dalles, judicieusement placées, étaient en pierre de l'Ancien Empire, et la nuit, leur lueur irréelle ajoutait à la majesté spirituelle des lieux.

Quatre à cinq cents moines vivaient ici en temps de paix. Ils avaient évacué quelques jours avant l'arrivée du peuple d'Ayesha, fuyant l'approche de la troisième armée sakâs repérée par les éclaireurs kiranyens. Les Sakâs étaient finalement passés plus au sud, brûlant une série de villages à la frontière des Principautés, pour rejoindre la ligne de front. Mais les moines n'étaient pas revenus. Les quatre mille hommes, femmes et enfants qui suivaient maintenant Marikani avaient pillé les greniers, les caves et tout ce que les moines n'avaient pas eu le temps d'emporter avant de s'installer dans les lieux.

Les femmes et les enfants entourèrent en criant et riant les hommes de Dayyan qui ramenaient le « butin » : des casques, des armes, des panaches et parfois même de petits bijoux masculins arrachés aux cadavres, qui faisaient la joie des fillettes. Marikani demanda à Farer de réunir le Conseil, puis rejoignit Bara qui regardait avec amusement deux garçons se disputer une veste d'uniforme kiranyen.

Autour d'eux résonnaient les bruits des carreaux d'arbalète s'enfonçant dans les cibles, ceux du métal entrechoquant le métal. Les hommes s'entraînaient. Marikani regarda autour d'elle, la lumière froide et vive du jour faisant paraître lointaines ses angoisses nocturnes. Le peuple d'Ayesha n'était plus composé de milliers d'hommes, de femmes et d'enfants hâves et affamés, pensa-t-elle avec une certaine satisfaction. Il était composé de milliers d'hommes armés, et de femmes et d'enfants moins affamés et mieux organisés. Deux mille cinq cents « poids morts », comme les appelait méchamment Haïk, et mille cinq cents guerriers organisés en groupes de soixante hommes, dirigés par des entraîneurs de fortune, anciens esclaves ou Exilés, qui leur enseignaient les rudiments de l'art militaire.

Car les Exilés aussi avaient monté le camp, et leurs tentes multicolores et luxueuses avaient été plantées dans les îles minuscules au sud du lac. À l'ouest, la ligne grise et chatoyante des montagnes dominait l'horizon. Les bateaux des Exilés se succédaient, apportant jour après jour du matériel et des familles. Lentement, groupe après groupe, le peuple du Joar rejoignait celui d'Ayesha. Très peu d'Exilés avaient péri pendant la chute de l'Émirat. Leur Maître avait anticipé la défaite et leur avait ordonné de remonter vers le nord.

Pourtant, si leurs camps étaient proches, les peuples n'étaient pas encore mêlés, regretta Marikani alors que, suivie par Bara, elle avançait vers le bassin où aurait lieu le Conseil. Les Exilés gardaient leurs distances. Ou étaient-ce les anciens esclaves qui supportaient mal leur présence ? Trois mille ans de condamnation divine les séparaient encore. Les brèches se refermeraient.

Il fallait seulement du temps.

Deux femmes s'approchaient, leurs cheveux blonds flottant sur de longues robes blanches, le visage peint en bleu. Quand Marikani se tourna vers elles, la plus jeune s'immobilisa, restant à distance respectueuse tandis que l'autre s'inclinait en un profond salut.

— Fille de Fîr, dit-elle sans oser la regarder dans les yeux, nous avons préparé une cérémonie pour votre retour. Le feu sacré brûle sur l'autel et les vierges chantent le chant du renouveau. Si vous pouviez... Votre présence serait si... Nous n'osons espérer...

— Non, dit Marikani avec violence. (La femme blêmit et Marikani se mordit la lèvre.) Je veux dire... Pardonnez mon ton, Hannaï. Vous savez que...

Bara intervint, prenant Hannaï par le bras et l'éloignant gentiment.

— Ayesha n'aime pas les cérémonies et les chants sacrés, expliqua-t-il. Et puis, le Conseil nous attend. Priez sans elle, elle vous rejoindra par l'esprit.

Après un coup d'œil déçu, les deux femmes s'éloignèrent et Bara rattrapa Marikani, qui continuait son chemin à grands pas.

— Je suis la fille de Fîr ou celle du dieu que l'on ne nomme pas ? grommela-t-elle. Il faudrait savoir.

Bara soupira.

— Les oracles se contredisent. Mais Fîr et le dieu que l'on ne nomme pas sont frères, comme l'obscurité et la lumière, l'amour et la violence. Peut-être même ne font-ils qu'un, et alors...

Il s'interrompit devant le regard noir de Marikani.

— Très bien, très bien, ajouta-t-il sans pouvoir s'empêcher de rire. J'arrête.

— Bara, j'ai dû avaler des absurdités de ce style pendant des années, lança la jeune femme en accélérant encore le pas. Des heures à me geler dans des temples pleins de courants d'air, à écouter les prêtres réécrire leurs « histoires sacrées » en changeant la signification des présages dès que ça les arrangeait. Des années à entendre des explications fumeuses sur les contradictions des textes, alors que la plus simple est la bonne : les textes se contredisent parce qu'ils sont stupides ! continua-t-elle, de plus en plus furieuse, tandis que Bara la suivait, amusé malgré lui. Tout ça parce que j'étais reine d'Harabec et que ça faisait partie de mon rôle. Je ne le suis plus, alors qu'on me foute la paix !

— Maintenant que vous êtes déesse, vous allez pouvoir interdire qu'on ait foi en vous ?

— Exactement !

Bara sourit, puis s'arrêta, quelques pas avant le bassin. Marikani se retourna.

— Un jour, vous aussi vous croirez, dit-il avec tendresse.

Levant les yeux au ciel, Marikani continua son chemin.

— Nous allons enlever le roi de Kiranya, annonça-t-elle quand ils furent tous réunis.

Day-yan les avait rejoints, s'arrachant à ses admiratrices. Ils étaient sept, sept guerriers qui, comme Bara, avaient un entraînement militaire. Tous des hommes.

Dans les Royaumes, seules les femmes de haut rang dotées d'une grande indépendance financière pouvaient, en s'offrant des entraîneurs privés, apprendre à manier l'arc ou l'épée. Et la plupart de leurs proches désapprouvaient leurs caprices.

Les femmes du peuple restaient où les dieux les avaient mises, à la cuisine ou aux champs. La tradition était bien sûr aussi appliquée aux esclaves, et parmi les femmes qui avaient rejoint le peuple d'Ayesha, se trouvaient quelques danseuses, quelques préceptrices, des historiennes, des couturières, des cuisinières, des femmes de chambre, des musiciennes, des paysannes surtout... mais aucune combattante. « Ayesha » avait dû faire preuve d'autorité pour que les hommes laissent celles qui le désiraient s'entraîner à leurs côtés, et malgré leur bravoure, la plupart étaient bousculées ou méprisées par leurs camarades mâles.

La seule femme du Conseil – à l'exception de Marikani – avait les cheveux roux. Elle s'appelait Moïri, portait des habits multicolores et représentait le peuple des Exilés en attendant le retour de leur chef.

— Enlever le petit roi de Kiranya ? répéta Day-yan.

Haïk fronça les sourcils.

— Pour exiger une rançon ?

— Non. Pour le garder comme otage le temps d'atteindre Samara, expliqua Marikani. Il y a cinq cents lieues à parcourir. En quinze jours, nous avons été attaqués deux fois. À ce rythme-là, nous n'atteindrons jamais la mer.

— Nous avons été attaqués deux fois, oui, mais nous avons vaincu deux fois ! dit Farer en levant la main au ciel dans un geste rappelant celui du Grand Sacrifice et qui, au grand désespoir de Marikani, commençait à être appelé « le geste d'Ayesha ». Nous les avons massacrés jusqu'au dernier, et le sang a coulé en peignant sur le sol les runes de la victoire !

Farer avait l'habitude de déclamer des poésies guerrières et il se serait sans doute lancé dans une « Ode au sang » si Day-yan ne l'avait pas interrompu.

— Pas jusqu'au dernier, dit-il d'une voix douce. L'un d'eux ira porter jusqu'au bout du monde la nouvelle de notre victoire, et instiller dans tous les cœurs la terreur d'Ayesha. Si bien que ceux qui se frotteront à nous le feront avec des jambes tremblantes et des cœurs battants.

— En effet, c'est là l'idée, approuva Marikani. Mais j'ai peur que ça ne suffise pas. Si nous nous faisons harceler, que nous perdons homme après homme, ils nous épuiseront avant que nous arrivions au port.

Bara tourna son regard vers l'est.

— Comment pourrions-nous enlever le roi ?

Autour d'eux, des fumées blanches s'élevaient dans le ciel du matin. Le repas de la mi-journée devait déjà cuire dans la plupart des pots.

— Bonne question, dit Marikani. Haïk, refais-moi le compte des troupes.

Deux heures plus tard, le soleil avait tourné dans le ciel, les estomacs commençaient à être creux, et ils n'avaient toujours pas trouvé de solution. Depuis le Concile de Salmyre, où il avait fait une apparition, le petit roi de Kiranya n'avait pas quitté son palais. Celui-ci se trouvait au cœur de sa capitale fortifiée. S'introduire à l'intérieur des appartements royaux avec assez d'hommes pour éliminer les gardes et se sauver avec leur prise semblait impossible. Et puis, il leur faudrait ensuite rejoindre le camp, alors que toutes les armées de la région seraient à leurs trousses, avant de négocier l'accord.

Il y avait d'autres difficultés. Marikani ne connaissait pas les dessous politiques de la cour. Il y avait une sœur, quelque part, pensait-elle se souvenir, qui hériterait des trônes jumeaux de Kiranya et de Kinshara si le petit roi venait à mourir. Sans doute dirigerait-elle les troupes en cas d'enlèvement de son frère. Et si cette sœur profitait de l'opportunité pour saisir la couronne ? Il lui suffirait de refuser de passer accord avec les hordes sauvages de la déméana et d'envoyer ses soldats les massacrer. Son frère mourrait sans doute pendant l'assaut et elle serait tranquille.

Et le peuple d'Ayesha périrait.

Le plan de Marikani reposait sur la raison. Il lui semblait que tout souverain digne de ce nom devait sauter sur l'occasion d'éviter un conflit alors qu'au sud les Sakâs représentaient une menace bien plus importante. Si elle avait été reine de Kiranya, elle aurait conclu un accord, laissé passer les esclaves, et envoyé ses armées soutenir les Principautés.

C'était la décision intelligente à prendre. Mais si les rois s'étaient toujours montrés intelligents, le contenu des livres d'histoire aurait été très différent.

Ils mangèrent enfin, un ragoût épicé et du pain bis. Marikani savoura chaque bouchée. Avoir un plat chaud et consistant à chaque repas était un vrai luxe après ces semaines d'épuisement, de faim et de froid.

Un à un, les membres du Conseil se turent. Les plans proposés avaient tous été écartés. D'après Moïri, les relations, l'argent des Exilés, les secrets appris après des siècles d'existence pourraient permettre d'introduire une ou deux personnes à l'intérieur du palais. Un tout petit groupe, qui atteindrait ainsi les appartements du roi. Mais en ressortir avec l'enfant serait impossible. La population du palais, de la cité même se retournerait contre eux.

Son repas terminé, Marikani ferma les yeux, humant l'odeur fraîche du lac, écoutant les mélodies qui montaient dans le ciel.

Des mélodies en l'honneur d'Ayesha... et en entendant les paroles, son estomac se serra. Les mêmes rythmes, les mêmes paroles de soumission, d'adoration qui lui donnaient déjà la nausée à Harabec, quand elle les entendait monter en l'honneur des dieux qui avaient condamné ses parents à vivre dans les chaînes. Oui, elle haïssait les chants religieux, qui réduisaient les êtres les plus intelligents à l'état de bêtes terrifiées par l'orage.

La bile monta dans la gorge de Marikani.

La solution était si simple. Elle était dans les paroles d'adoration de Bara, dans la panique des recrues de Reynes qui s'étaient laissé massacrer sans presque se défendre, dans les yeux effrayés de Hannaï.

La solution lui déplaisait plus que tout.

Mais comme Arekh, elle avait fait son choix.

Le petit roi de Kiranya dormait à poings fermés.

Un enfant de neuf ans, seul dans son lit aux tentures pourpres. Le lit était au centre d'une chambre aux murs cramoisi et or, dans le carré sacré qui formait le cœur du palais. Dans ce carré sacré, sous les plafonds épuisants de majesté, entre les immenses statues de pierre se promenaient, vivaient, dormaient, montaient la garde plus de mille courtisans, conseillers, soldats. Venait alors le deuxième carré, qui englobait le premier, où on trouvait les femmes et les servantes, et encore des soldats. Et ce deuxième carré était au cœur d'un troisième, où s'affairaient les serviteurs et les cuisiniers. Ensuite venaient les cours, où s'exerçaient les soldats. Puis les murailles. Et autour se trouvait la ville, et autour se trouvaient d'autres murailles, et voilà pourquoi le petit roi pouvait dormir seul, en paix, dans sa chambre rouge et or, car tout un peuple veillait sur lui.

Quelque chose frémit sur sa couche, tout près. Dérangé dans ses rêves, le petit roi bougea à peine : son sommeil était lourd, un sommeil d'enfant malgré les responsabilités, les guerres, les intrigues et les traités avec lesquels les conseillers tentaient de gâcher sa jeunesse.

Une main se posa sur son épaule.

Son toucher était léger, et agréable, mais la main n'avait rien à faire là. Le réveil du petit roi, une heure après l'aube, se faisait après un cérémonial complexe. Il y avait d'abord un air de flûte, une mélodie très douce, jouée par les musiciens du temple qui attendaient derrière la porte. Puis le silence, alors que la cloche de la pendule égrenait lentement les minutes, puis la flûte reprenait, suivie par la mélodie d'un jeune prêtre à la voix d'or. Enfin un noble choisi parmi les cinq Illustres du Royaume ouvrait la porte, et les courtisans entraient, se plaçaient au pied de la couche royale pour assister au lever.

Nulle part il n'était prévu qu'une main se pose sur son épaule. Ils étaient peu à avoir le droit de toucher le roi, et seulement dans des circonstances très précises.

Il n'y avait pas eu de flûte, pas de chanson, et le soleil ne filtrait pas derrière les tentures. La main lui pressa de nouveau l'épaule, avec plus d'insistance cette fois, et le petit roi ouvrit les yeux, une sueur froide lui baignant le dos.

Tétanisé par cette impression affreuse que « les choses n'étaient pas comme elles devaient être », il ne bougea pas la tête mais étudia ce qui se trouvait dans son champ de vision : un morceau d'oreiller en lin et soie, le bout rond des coussins violets qui étaient posés, chaque soir, sur le bord de son lit. La bougie verte ornée de l'emblème de la vie brillait sur la petite table en bois à côté de son lit. La bougie était sacrée, elle était renouvelée tous les jours, et la flamme ne serait éteinte que le jour où le roi mourrait, et ne serait rallumée que par son successeur.

Oui, un morceau d'oreiller, un coussin, et... une main. Attachée à un bras habillé de lin brun.

Le petit roi prit une profonde inspiration.

Un cauchemar : c'était la seule solution. Qu'un individu habillé de lin brun, comme les gens du peuple, ait pu s'introduire dans sa chambre était impossible, impensable, une brèche dans une réalité si réglée, si parfaite, si ancienne. S'il hurlait, le cauchemar disparaîtrait sans doute... mais le cri alerterait les gardes et la rumeur que le roi avait peur enflammerait le palais. On lierait les cauchemars à la guerre, et il ne pouvait pas se le permettre, pas quand le moindre de ses gestes et de ses regards était surveillé comme un oracle...

L'enfant referma les yeux et compta jusqu'à dix. Puis, paupières fermées, il s'assit. Il se sentait maintenant parfaitement réveillé. Quand il ouvrirait les yeux, le cauchemar se serait envolé, fondu dans les plis du rideau.

Il ouvrit les yeux.

Elle était là.

Brune, un tatouage bleu turquoise de lion sur le visage, qui lui donnait un regard de fauve. Assise sur le lit, le regardant.

La déméana.

L'enfant se figea de terreur. Une terreur si noire, si totale, que tous ses membres se glacèrent. Son estomac s'était retourné, ses poumons étaient oppressés et une nausée épouvantable le saisit.

— Bonjour, majesté, dit la déméana. Quel dommage d'être enfermé par une si belle nuit. Il n'y a pas une brume dans le ciel et les étoiles sont si brillantes...

Comment êtes-vous entrée ? eut envie de hurler l'enfant, mais il ne voulait pas savoir... il ne *devait* pas savoir. La réponse devait frémir du vent des Abysses et hurler du cri des créatures du dieu que l'on ne nomme pas.

— Vous avez grandi depuis que nous nous sommes vus la dernière fois, à Salmyre, ajouta en souriant la femme qui n'était pas une femme.

À ce souvenir – la déméana avait été assise non loin de lui, à la même table, au Conseil qui avait été tenu avant la chute de la cité – le petit garçon frémit d'horreur. Comment avait-il pu lui parler, la saluer, sans que le sang du dieu qu'il portait en lui se révolte ?

— Par Fîr et par Lâ, chuchota-t-il, son corps tremblant, sa voix à peine audible ... Par Fîr et par Lâ, être d'obscurité et de haine, je te repousse, je te réduis, je te renvoie à l'ombre dont tu n'aurais jamais dû sortir... Par Fîr et par Lâ (et dans l'abjuration il mit tout son cœur, tout son être, toute son âme), Fille des Abysses, *disparais* !!

La jeune femme brune assise sur les couvertures ne bougea pas, ne disparut pas. Elle se contenta de l'observer, avec dans les yeux une certaine mélancolie, une certaine peine que l'enfant ne réussit pas à analyser.

Puis elle détourna le regard, et quand elle le reposa sur le petit garçon, celui-ci y lut une froideur et une détermination qui le firent se recroqueviller sous les couvertures.

Elle leva la main. Le petit roi étouffa un cri... puis, lentement, continuant à le fixer, elle saisit la bougie sacrée.

Et la souffla.

La flamme s'éteignit.

Le petit roi hoqueta, la gorge serrée par une main de fer, l'étreinte de la mort se refermant sur lui. Pris de panique, d'une terreur abjecte et totale, tout son corps fut saisi de soubresauts atroces, incontrôlables. La déméana souleva la bougie et regarda le léger filet de fumée s'élever vers le plafond doré.

Puis, se levant, elle pencha la bougie vers une des cinq chandelles de cire qui brûlaient devant la statue de Murufer et la ralluma.

Elle resta un instant immobile, à regarder la flamme. Les soubresauts du petit roi se calmèrent et il se mit à pleurer à gros sanglots, les larmes coulant sur ses joues d'enfant.

— Nous allons traverser Kiranya pour atteindre Samara, dit la déméana, continuant à fixer la flamme de la bougie. Moi et mon peuple, le peuple d'Ayesha. Nous allons prendre la route des plateaux, au nord, celle qui passe au-dessus de la ligne des forteresses. Parfois, nous pillerons des greniers, ou des entrepôts. Vous n'interviendrez pas. Vos troupes seront envoyées combattre les Sakâs, au sud. Vos alliés ont besoin de vous.

Elle se retourna vers lui, puis reposa la bougie sur son socle. Les larmes continuaient à couler sur les joues de l'enfant, mais il écoutait, ses grands yeux dorés posés sur le visage de Marikani.

— Je le répète : vos troupes se concentreront sur les Sakâs, au sud. Et mon peuple traversera jusqu'à l'océan.

Le gamin tremblait toujours. Marikani hésita, ne sachant si elle devait insister : entrer dans les détails gâcherait l'atmosphère irréelle sur laquelle reposait le succès de l'entretien. L'enfant était d'une pâleur cadavérique ; il ne faudrait pas que son cœur lâche, ou qu'il s'évanouisse. Mais il fallait aussi que le message passe, de manière assez puissante pour qu'il ne cède pas, plus tard, devant les pressions de son entourage qui tenterait de le convaincre qu'il s'agissait d'un cauchemar.

— Rappelez-vous de Salmyre, dit-elle soudain, d'une voix brusque qui fit sursauter le gamin dans ses draps dorés. La Rune de l'Abîme brille au-dessus de Kiranya.

La déméana regarda de nouveau la bougie, puis recula d'un pas, fixant l'enfant.

Longtemps.

Puis elle s'évanouit dans l'obscurité.

Le petit roi resta immobile, incapable de contrôler ses frissons, son corps, son estomac. Il n'osait pas bouger, pas même respirer, de peur que la fille du dieu que l'on ne nomme pas réapparaisse soudain et souffle la flamme, cette fois pour de bon. Le temps passa, une heure, deux peut-être, avant qu'il puisse même bouger la tête.

Enfin, quand il fut certain d'être seul dans la chambre, il se pencha sur le bord du lit et vomit.

9

L'assistant du conseiller Myrnes se hâtait dans le couloir aux archives de l'Assemblée de Reynes, serrant contre sa poitrine les lettres du front de l'ouest. Parmi elles, des rouleaux venant de Kiranya, dans lesquels le petit roi faisait l'inventaire de ses troupes et expliquait aux Principautés que les hommes envoyés seraient plus nombreux que prévu.

Les nouvelles étaient mauvaises. En moins de deux mois, la plus grande partie de l'Émirat était tombée sous l'invasion sakâs, envoyant des hordes de réfugiés vers le sud, Harabec et les Cités Libres. Faez était tombé en moins de trois jours, et après sa chute, une à une, toutes les bourgades environnantes avaient suivi.

Chaque jour, les morts et les blessés de l'armée de Reynes revenaient de la frontière ouest des Principautés par charrettes entières ; les cadavres non réclamés par leurs familles étaient jetés dans des fosses communes pendant que les blessés partaient dans les temples et les bâtiments publics, transformés en hôpitaux de fortune. L'émir était en fuite quelque part, ou mort, même les conseillers les mieux informés et leurs réseaux d'espions fidèles ignoraient son sort.

Des morts, des blessés, une dynastie abattue

S'il ne s'agissait que de ça.

Comme avait dit le sénateur Yva Peraeiros la veille, à la séance de l'Assemblée, le problème n'était pas là.

Si seulement il ne s'agissait que d'une invasion. D'une guerre comme tant d'autres. Kiranya contre l'Émirat, l'Émirat contre Harabec, Harabec contre Sleys, Sleys contre les Principautés de Reynes, les Principautés contre Kiranya... Une lutte de pouvoir comme il y en avait eu tant au cours des trois derniers millénaires, un affrontement entre gens civilisés. On se battait, on gagnait, on pillait et on violait un peu, pour que les soldats pardonnent les retards de soldes, on tranchait le cou de quelques centaines de prisonniers ennemis pour faire passer à l'adversaire l'envie de recommencer de sitôt, et une fois les officiers rendus à leurs familles contre rançon, la vie reprenait comme avant sur les territoires annexés. Il fallait bien laisser les paysans labourer, les commerçants commercer et les négociants rassurer leurs lointains clients, sinon, comment allait-on manger l'hiver ?

Les Sakâs ne suivaient pas les règles.

Les Sakâs n'étaient pas des guerriers civilisés.

Les rumeurs étaient contradictoires, mais toutes atroces. Les Sakâs brûlaient tout sur leur passage, villes, fermes, récoltes. Ils réunissaient les habitants et les mettaient sur des bûchers avant de les sacrifier en l'honneur des créatures du chaos qui les accompagnaient ; ou ils saignaient femmes et enfants sur d'immondes autels et récupéraient leur sang en offrande pour le dieu que l'on ne nomme pas. On racontait que quand Faez était tombé, ils avaient noyé tous ceux qui ne s'étaient pas enfuis dans le lac, et que le fleuve avait charrié des cadavres pendant trois semaines. On disait tant de choses, mais une seule était sûre : sous les pas des chevaux des Sakâs ne poussaient plus qu'épines, cendres et fleurs de sang.

Ne savaient-ils pas qu'à brûler ainsi les terres sur leur passage, ils se condamnaient eux-mêmes ? Qu'un jour, à tout détruire, ils ne trouveraient plus rien à brûler et que...

L'assistant s'immobilisa, serrant ses parchemins sur son cœur. À sa droite s'ouvrait un nouveau couloir, sombre et peu usité, qui partait vers les salles des Bureaux Temporaires. Ce n'était pas son chemin. Les Bureaux étaient vides cette saison : vu l'urgence de la situation, les délégations étrangères avaient été rassemblées dans les ailes nord, les ailes de la guerre, consacrées à Fîr.

Les Bureaux Temporaires étaient donc inoccupés... pourtant, venait de remarquer l'assistant, qui se pencha pour mieux voir – pourtant, quelqu'un avait laissé tomber, à quelques pas de l'intersection, près de la statue du vieux sénateur Hui... oui, quelqu'un avait laissé tomber un rouleau de lettres qui portait, de manière bien visible, le sceau vert vif des messages royaux privés de Kiranya.

Le sort du monde oublié, les pensées de l'assistant du conseiller Myrnes se concentrèrent sur sa carrière. Si ce rouleau contenait les ordres secrets du petit roi de Kiranya à ses ambassadeurs... s'il s'en emparait... alors le conseiller Myrnes pourrait monnayer ses informations auprès de ses collègues, obtenir de nouveaux privilèges, et ces privilèges monnayés, il serait sûrement reconnaissant au fidèle assistant qui lui avait permis de les obtenir.

Le jeune assistant regarda autour de lui... personne. Après un bref moment d'hésitation, il tourna le coin, fit quelques pas rapides dans l'ombre et, arrivé près de la statue du sénateur Hui, il se pencha pour ramasser le parchemin.

Il ne vit pas la mort venir. Une main se posa sur son visage, lui tirant la tête en arrière, l'étouffant. Une courte lame, pas très aiguisée, força puis s'enfonça avec brutalité dans sa chair, fouillant dans sa gorge, cherchant la carotide. Une vague noire monta en lui, noyant sa vision, et le jeune assistant s'affaissa, inconscient.

Il ne sentit pas son corps se faire traîner le long du couloir, dans l'obscurité, puis à travers le Bureau Temporaire numéro trois, vers un tas d'étagères et de placards poussiéreux.

Quand son assassin le jeta sans ménagements derrière une immense armoire, au fond de la salle, à côté d'une caisse de parchemins vierges oubliée de tous, il était déjà mort.

Arekh essuya avec soin le minuscule poignard d'apparat sur la veste du mort, le rangea dans la poche arrière de son large pantalon de toile puis s'agenouilla pour faire les poches du cadavre. Il en sortit d'abord un coupe-papier en acier, frappé du sceau de Reynes, bien plus aiguisé que la stupide dague avec laquelle il avait été obligé de travailler. Parfait. Puis de l'argent, trente res environ, une excellente prise. Deux mouchoirs en lin... à garder également ; un portefeuille en cuir avec un laissez-passer nominatif signé par le conseiller Myrnes... à jeter aussitôt. Quand la disparition de l'assistant serait signalée, se faire arrêter avec ce laissez-passer équivaudrait à une condamnation immédiate.

Revenant dans le couloir, Arekh ramassa les rouleaux et les papiers éparpillés sur le tapis. Son bulletin de nouvelles du jour. Il les lirait plus tard.

Puis il se releva, traversa de nouveau le Bureau Temporaire numéro trois, ouvrit la porte de service qui se trouvait au fond, remonta la série de couloirs et d'escaliers secondaires abandonnés qui reliaient le Bâtiment des Archives à l'ancienne Zone vide des Requêtes et Patentes, arriva au troisième étage du bâtiment blanc, qui avait servi pendant deux générations de bureaux privés aux Sénateurs des Principautés du sud, et qui n'avait plus aujourd'hui de fonction.

Tout ce chemin, sans rencontrer une seule âme. Tout était désert.

Deuxième couloir à gauche, quatrième porte à droite. Le bureau du sénateur Im-Ahr, qu'il avait servi deux ans durant en tant qu'espion, messager et assassin.

Im-Ahr était maintenant retiré dans ses terres.

Le bureau était clair et silencieux. Arekh avança jusqu'à la statue des trois filles de Verella dansant qui prenait la poussière près du mur gauche et ouvrit le placard dissimulé derrière. À l'intérieur, la paroi du fond pivota avec un bruit qui lui semblait toujours trop fort, révélant le petit escalier de bois qui conduisait vers l'antichambre secrète où le sénateur, pendant sa longue carrière, recevait ses maîtresses ou empoisonnait les ennemis qu'il avait réussi à attirer dans les lieux pour une « négociation discrète ».

Liénor et le bébé attendaient là, à moitié assoupis.

Liénor était assise par terre, le dos appuyé contre le bois du lit doré où le sénateur avait honoré tant de femmes de province espérant pour leurs époux un avancement qui n'était jamais venu. Il y avait des fauteuils, confortables malgré leur âge, mais depuis leur arrivée Liénor ne s'y était pas assise une seule fois. Elle restait par terre, comme si elle était encore dans sa cellule, nourrissant le bébé, le berçant, dormant.

La poussière dorée dansait dans les rayons du soleil filtrant à travers les planches de bois clouées sur la fenêtre. Arekh s'agenouilla à côté de la jeune femme, posa les deux mouchoirs de lin à côté d'elle, pour l'enfant. Puis il examina Liénor, sans la toucher, évaluant son état.

Les dégâts des séances de torture disparaissaient lentement. Les hématomes se résorbaient, les coupures se refermaient sans s'infecter, grâce au *mahhm* qu'Arekh avait obtenu dans les rues obscures du bazar tenu depuis des siècles dans la cour sud-ouest de la Cité Administrative. Liénor gardait des cicatrices profondes, bien sûr. Elle restait une belle femme, mais son visage et son corps étaient à jamais marqués. Ce qui pour l'instant était, Arekh en était certain, le dernier de ses soucis.

Ils étaient si reconnaissants quand ils étaient arrivés là, dans cette petite pièce dissimulée au cœur de la cité. Si reconnaissants de pouvoir s'écrouler, seuls et saufs, sur le plancher. « Cachés au cœur même de la citadelle de l'ennemi », comme disait un ancien conte que la mère d'Arekh lui narrait quand il était enfant.

La fenêtre entourée de vitraux de la tour des Âmes hurlantes donnait sur une minuscule cour du Jardin Interdit. Un exigu morceau de parc luxuriant, là depuis des siècles, sans doute plus vieux que la plupart des bâtiments qui l'entouraient. Arekh le savait-il quand il avait sauté ? Lui-même n'avait pas la réponse à cette question. Oui, sans doute, il se souvenait vaguement que les tours du bâtiment donnaient sur de petites cours aveugles ; quand il travaillait là, il avait souvent étudié les vieux plans de la Cité Administrative, pour trouver des raccourcis, des passages cachés qui lui permettraient de mieux effectuer son métier. Le Jardin Interdit recouvrait auparavant tout ce secteur, il était donc possible que la cour en soit un résidu.

Oui, c'était possible, mais le *savait*-il en sautant ?

Pas vraiment.

Quand il avait bondi, serrant le corps si maigre de Liénor dans ses bras, il croyait mourir. Les chances qu'ils survivent à une chute de plus de quatre étages étaient inexistantes. Pourtant... pourtant la pensée du Jardin Interdit avait traversé son esprit, pourtant, il avait calculé. Réfléchi. Alors même qu'il étreignait la jeune femme, qu'il prenait son élan, il n'avait pu s'empêcher de penser à ce qu'ils pourraient faire *si*... si les plantes du jardin clos avaient crû jusqu'à devenir sauvages, si elles amortissaient leur chute, *si*... Arekh était toujours Arekh, dont l'instinct de survie n'avait jamais failli, qui, même dans les flammes de Sarsannes, calculait ses chances.

Une seule fois, cette force en lui s'était tarie. Une seule fois, il avait accepté la mort, et cette fois-là, Marikani était venue le sauver.

La minuscule parcelle du Jardin Interdit où ils étaient tombés était abandonnée depuis trois cents ans. Les arbres, les plantes avaient pris possession de la cour aveugle, la modelant à leur image, grimpant aux murs, les dévorant, s'épousant et se tordant dans une jungle végétale qui montait sur plus de deux étages. Pourtant, le choc avait été si rude que c'était miracle, là encore, s'ils avaient survécu. Arekh, qui étreignait Liénor, avait senti son dos se déchirer dans les épineux, son épaule se démettre sur une branche, une douleur fulgurante lui déchirer la cuisse alors que sa blessure se rouvrait.

Puis le noir.

C'est en reprenant connaissance quelques heures plus tard qu'il avait réalisé qu'ils étaient tous les deux – tous les trois – vivants. Et que nul n'était venu les chercher.

Pourquoi les gardes n'étaient-ils pas venus les achever, il ne le saurait sans doute jamais. Peut-être parce qu'on les avait crus morts. Peut-être parce que nul ne se souvenait plus, dans ce labyrinthe de temples, de couloirs et de bâtiments, comment accéder à la petite porte sacrée des jardiniers, seule entrée de cette cour, une porte sacrée qui ouvrait sur un soupirail de la cave, et que personne n'avait sans doute utilisée depuis des générations.

Ou peut-être parce que le jour même, était arrivée la nouvelle. Les Sakâs avaient passé les montagnes – Arekh l'avait appris quatre jours plus tard, en tuant son premier clerc, un jeune homme portant un plateau de nourriture et qui avait fait l'erreur de prendre un « raccourci » par un couloir du bâtiment blanc, non loin du refuge où Arekh avait traîné Liénor inconsciente.

En plus de la nourriture qu'il avait aussitôt ramenée dans leur repaire, le clerc portait une série de documents. C'était là qu'Arekh avait appris que la guerre avait commencé.

Ce qui était une catastrophe pour le reste du continent était pour eux une bénédiction. Avec la panique qui avait envahi l'Assemblée, les messagers terrifiés qui arrivaient de tous les royaumes, les délégations qui protestaient, négociaient ou suppliaient, les Liseurs d'Âmes avaient d'autres soucis que chercher deux fugitifs, quand bien même ils auraient cru qu'ils étaient encore vivants.

Et ainsi, doucement, jour après jour, alors que dans la chambre secrète les heures semblaient s'éterniser, que la lumière dorée des rayons du soleil passant à travers les planches dessinait de lents cercles sur le sol, Liénor, Arekh et l'enfant avaient pu, souffle après souffle, nuit après nuit, lentement, si lentement, guérir.

Arekh les observa un instant... la jeune femme si frêle, le bébé endormi contre son sein. Les savoir vivants, grâce à lui et contre toute attente, lui donnait une impression de miracle fragile, comme quand il avait arraché Non'iama et Marikani à l'étreinte du désert. Sauver deux vies alors que des milliers périssaient chaque jour dans le chaos ; l'absurdité en était presque réconfortante.

Le bébé toussa.

Il n'avait jamais arrêté de tousser. Dans l'atmosphère viciée et humide de la cellule, dans le froid et l'air glacé, quelque chose s'était dérangé en lui et tout le lait et l'amour de Liénor, qui ne le lâchait plus, n'avaient pas réussi à le guérir. Parfois, pendant deux nuits, le sommeil de l'enfant redevenait paisible, et Liénor se reprenait à espérer. Puis il se remettait à tousser, son petit corps si blanc comme déchiré par ce bruit rauque trop profond pour lui.

Mais le bébé n'avait pas de fièvre, et Arekh, qui avait vu beaucoup d'hommes mourir après que les fièvres avaient pris autour de leurs blessures mal soignées, considérait cela comme un bon signe.

La première quinte de toux ne réveilla pas Liénor, dont les paupières tressaillaient légèrement, sous l'influence d'un rêve. La seconde, pourtant plus faible, la fit sursauter, et un instant plus tard elle était redressée, les yeux grands ouverts, regardant autour d'elle, paniquée.

— Tout va bien, souffla Arekh, lui posant la main sur l'épaule comme pour l'apaiser. Tout va bien. Ce n'est que moi.

Liénor le regarda un instant, hagarde, puis baissa la tête, reprenant ses esprits. Dans ses bras, l'enfant aussi avait ouvert les yeux, une lueur dans ses grands yeux marron.

— Arekh, soupira enfin Liénor, comme pour s'excuser de sa réaction. D'accord. (Elle s'étira, puis eut un sourire triste.) Quel est le butin du jour ?

— De l'argent, et des nouvelles, que je n'ai pas encore lues. (Il laissa tomber les rouleaux et les documents à terre.) Pas mal d'argent, commenta-t-il en lui montrant le contenu de la bourse. De mon temps, les assistants n'étaient pas payés si cher.

— Peut-être que celui-ci était un fils de bonne famille, dit Liénor, avec un éclair de mélancolie dans les yeux.

Sans doute pensait-elle aux hommes de la famille de son époux – ces beaux-frères, neveux ou cousins qui, frères cadets en attente d'héritage, partaient faire fortune dans les grandes cités comme Harabec, Faez ou Reynes. L'assistant qu'Arekh venait d'égorger aurait pu être l'un d'eux. Mais si Liénor avait des scrupules, elle ne les avait guère exprimés durant leur séjour en ces lieux. Peut-être avait-elle eu des remords en voyant, parfois, des taches de sang frais sur les habits qu'Arekh avait volés à sa première victime, mais ces remords ne l'empêchaient pas de dévorer la nourriture que les meurtres permettaient de rapporter – parfois directement, quand Arekh s'attaquait aux serviteurs portant des victuailles, parfois indirectement, quand, se mêlant à la foule des pauvres qui s'entassaient dans la Cour Treize de la sortie sud des cuisines de l'Assemblée, il achetait contre quelques piécettes une partie des restes des banquets du jour.

Les plats, préparés par les plus grands cuisiniers des Royaumes, étaient très sophistiqués et Liénor avait retrouvé ses forces et son lait en mangeant des restes de volailles fourrées aux épices et aux figues, et des parts non présentables de gâteau à la cardamome et au miel.

Qu'ils aient été achetés avec du sang innocent ne l'avait pas empêchée de les apprécier.

— Il est temps de partir, dit doucement Arekh, et Liénor frémit.

Se relevant, Arekh fouilla dans la vieille commode en acajou d'où il sortit, entre autres vêtements au faible parfum de moisi, un châle brun en soie et laine avec lequel Liénor pourrait s'envelopper la tête, à la mode paysanne.

Puis il se réagenouilla à ses côtés.

— Il est temps de partir, répéta-t-il. Cela fait une semaine que j'ai assez d'argent pour payer le passeur. Nous ne pouvons pas nous attarder trop longtemps ici. Un jour...

Liénor hocha la tête en silence. Un jour, quelqu'un allait remarquer que les clercs disparus ces dernières semaines s'évanouissaient tous dans l'aile ouest. Ou Arekh croiserait, au détour d'un couloir poussiéreux, un ancien collègue qui le reconnaîtrait. Ou bien, encore, une de ses victimes risquait de s'échapper.

Oui, il fallait partir.

Liénor soupira. Arekh comprenait sa réaction. Après ce qu'ils avaient vécu, cette petite pièce était devenue un havre, un palais. S'endormir et se réveiller là sans souffrance, dans une chambre sèche et chaude au léger parfum de résine et de pin, où ils avaient senti la vie renaître peu à peu ... cela avait été miraculeux, inespéré. Il était si difficile de s'en aller maintenant. D'affronter l'extérieur, où chaque pas était un danger.

Enfin, Liénor se leva, s'aidant au montant du lit, puis rajusta ses habits et enveloppa le châle autour de sa tête.

— Allons-y, dit-elle simplement.

Ils ne croisèrent sur leur chemin vers la Cour Treize que deux secrétaires hautains, qui les ignorèrent avec un mépris parfait. L'heure qui suivait le déjeuner était celle des réunions des comités et vu la situation, tous les employés qui en avaient le droit devaient assister aux débats, ou discuter avec passion dans les couloirs circulaires. Vingt minutes plus tard, Liénor et Arekh arrivaient par un minuscule escalier dans un des entrepôts de l'office, au sud, où étaient entreposés assez de tonneaux de vin et de cidre pour satisfaire la soif des mille à deux mille personnes vivant en permanence dans la Cité Administrative.

Arekh prit un des chariots à bras dont les cuisiniers se servaient pour déplacer les lourdes charges, puis, posant dessus deux tonneaux de cidre, il sortit et traversa la cour d'un air pressé, comme si sa livraison était urgente. Liénor suivait, le bébé dans les bras.

Les trois gardes, discutant au soleil près d'une arche de pierre, ne leur adressèrent même pas un regard.

Arekh poussant toujours son chariot, ils traversèrent un petit jardin où des guirlandes de piments et de fruits séchaient au soleil puis, d'un coup, sans prévenir, se trouvèrent plongés dans la foule hurlante pressée sur les pavés de la Cour Treize, attendant que les cuisiniers commencent la vente du jour. Les prix étaient si bas pour la qualité des mets qu'il n'y en avait jamais pour tout le monde et la compétition était féroce.

Arekh sentit Liénor se tendre quand ils plongèrent dans la foule. Ils avaient été seuls si longtemps que cet océan d'hommes et de femmes lui donnait le vertige. Abandonnant le chariot, il prit le bras de la jeune femme, pour la rassurer, pour ne pas la perdre aussi, et ils attendirent. Ce ne fut pas long. Les cuisiniers sortirent avec trois marmites bien trop petites au goût de la foule. Les derniers arrivés réalisèrent bientôt qu'ils n'auraient rien et sortirent, par petits groupes, en grommelant.

Liénor et Arekh se mêlèrent à eux.

Une arche de pierre.

Une nouvelle cour.

Une seconde arche de pierre, plus grande, avec gravé sur la colonne le blason des Principautés de Reynes. La sortie de la Cité Administrative.

La rue.

Ils étaient dehors.

Autour d'eux s'étendait Reynes.

Ils ne marchèrent que quelques pas avant de s'arrêter au milieu d'une grande place pavée. Un peu plus loin, sur la gauche, des femmes inquiètes étaient assemblées près d'un crieur donnant les dernières nouvelles de la guerre. Des citoyens riches, emmitouflés dans leurs manteaux de laine, se hâtaient vers les rues bourgeoises de l'ouest... et, montant vers eux du bas de la colline, résonnait le grondement de la cité, un mélange de voix, de cloches, de roulement de charrettes, de hennissements de chevaux et de bétail, de milliers de conversations, de cris et de pleurs. Une vingtaine de soldats, des recrues d'après leurs habits gris, débouchèrent d'une rue pour tourner aussitôt dans une autre, disparaissant à leur vue.

Autour d'eux, les hommes et les femmes déçus par la distribution des restes s'éparpillaient.

Arekh regarda Liénor qui s'était immobilisée, comme frappée par la foudre.

Elle resta immobile quelques secondes, les yeux levés, la respiration brusque.

— Première visite à Reynes ? dit doucement Arekh.

Liénor hocha la tête.

— Oui.

Elle garda le silence quelques instants, regardant, buvant le spectacle qui s'offrait à elle.

— J'avais toujours rêvé... de voir la plus grande cité des Royaumes... pas dans de telles conditions, bien sûr, ajouta-t-elle en réussissant à sourire. Quand mon fils aurait été plus grand ; peut-être même avec mon époux... (Elle eut un geste vague.) Enfin. Je savais, bien sûr, que la ville était impressionnante... mais...

Arekh regarda lui aussi, tentant de contempler ce qui l'entourait à travers les yeux de Liénor, avec un regard teinté de son émerveillement neuf... mais c'était difficile. Il avait passé des années à Reynes, et la beauté, l'aspect grandiose de la cité avaient vite perdu leur attrait. Il était jeune à l'époque, torturé par une culpabilité d'autant plus dévorante qu'il l'avait enfouie, très loin, au creux de son estomac... Les années les plus sombres de sa vie, il les avait passées là, le poids de sa condamnation pour parricide pesant au-dessus de sa nuque comme une hache, commettant des crimes de plus en plus hideux, de plus en plus sanglants, pour oublier le premier...

Difficile, après ça, d'apprécier la force brute, la vie grouillante et les couleurs étincelantes de la plus superbe ville des terres civilisées.

Ce qui frappait d'abord, c'était la hauteur. Rares étaient les bâtiments, dans les Royaumes, qui dépassaient deux à trois étages, les seules exceptions étant les tours des forteresses ou de certains palais. L'architecture était différente à Reynes. Ici, autour de la Cité Administrative, l'écrasant de leur majesté, se dressaient des bâtiments de six, sept, parfois huit étages, montant comme des pains de sucre vers le ciel avec leurs toits pointus de pierre rougeâtre. Chaque paroi de chaque bâtiment était sculptée de bas-reliefs peints, mettant en scène des personnages enchevêtrés rejouant des scènes de légendes, d'histoires célèbres, voire de petites saynètes commerciales en l'honneur des propriétaires des lieux. Ici, à Reynes, les statues montaient le long des fenêtres, sur les murs, au-dessus des portes, à l'assaut des parois comme des singes pétrifiés.

Et ces statues étaient peintes. C'était, avec la grandeur des bâtiments, ce qui figeait les voyageurs, bouche ouverte, yeux écarquillés, quand ils passaient pour la première fois les trois murailles : les couleurs dures, franches, criantes, dont étaient recouverts chaque mur, chaque maison, chaque étage, chaque colonne, chaque temple. Rouge, vert, bleu, jaune, des teintes primaires juxtaposées les unes aux autres avec aveuglement et vigueur. Dans certains bâtiments, les étages les plus hauts étaient reliés par des passerelles de cordes et de planches, pour permettre aux clients et aux visiteurs de passer plus facilement, en évitant le chaos de la rue... et c'était ainsi, une sorte de jungle éblouissante, écrasante, de toits pointus ou arrondis, de passages et de couleurs où grouillait une foule vibrante et pressée.

Le contraste était tel avec le classicisme, la pierre nue et ocre des bâtiments de l'Assemblée que pour une nouvelle venue comme Liénor, il y avait de quoi avoir le souffle coupé. Çà et là, sur les collines avoisinantes, d'autres bâtiments aux lignes pures et à la pierre nue – des temples, des palais administratifs – contrastaient dans cet enchevêtrement coloré. Derrière eux, au cœur de la Cité Administrative, le Haut Temple de Reynes se dressait, carré et glacé, ses formes sèches et hautes tranchant sur le ciel bleu.

— Arrethas nous protège, murmura Liénor, et soudain elle éclata de rire : un rire franc et heureux, soulagé et libre, pour la première fois depuis bien longtemps – pour la première fois tout court, d'ailleurs, pour Arekh qui ne l'avait jamais entendue rire.

Elle inspira profondément l'air froid, tournant autour d'elle comme pour prendre la mesure de ce qui l'entourait.

— C'est étrange, dit-elle. C'est trop – trop de tout – on se sent écrasé... et pourtant ce tout a un goût de liberté. (Elle soupira, se tourna vers les bâtiments de l'Assemblée, qu'ils venaient de quitter, puis frissonna.) Combien de temps avons-nous passé... passé là-dedans... Nous devrions peut-être nous éloigner. Ils... Dans une ville comme ça, il semble impossible qu'ils puissent nous retrouver, mais...

— Oh, ils peuvent, soupira Arekh en se mettant à marcher. Ils peuvent beaucoup. De toute manière, nous n'avons pas de temps à perdre. Il faut trouver le passeur.

Reynes, la ville aux treize collines, était entourée de trois murailles qui même en temps de paix étaient lourdement gardées. Les identités de ceux qui entraient et sortaient étaient surveillées, leurs raisons étudiées, les patentes commerciales vérifiées. Si les commerçants et les voyageurs avaient souvent déposé, sans succès, des plaintes à l'Assemblée pour protester contre les interminables attentes, la majorité de la population de la cité se moquait bien du problème. La plupart des habitants de Reynes n'étaient jamais, de leur entière existence, sortis de la ville, et n'en sortiraient sans doute jamais. Des générations entières croissaient, réunissant des fortunes qu'ils léguaient à leurs enfants, dont leurs petits-enfants profitaient, que leurs arrière-petits-enfants dépensaient sans que ni les uns, ni les autres soient jamais sortis de leur quartier. Pourtant, la légende voulait qu'il n'y ait pas plus fins connaisseurs des cultures étrangères que les habitants de Reynes. Les commerçants, les diplomates, les artistes, les voyageurs, les curieux, les immigrants venant de toutes les régions du continent avaient fait de ces lieux un des endroits les plus divers et animés des Royaumes.

Mais, artiste ou commerçant, noble ou paysan, on ne traversait pas les murailles sans laissez-passer. Qu'une condamnation vous empêche d'en obtenir, et la cité se transformait en prison. Pour pouvoir sortir, les criminels, les condamnés politiques, tous ceux qui avaient besoin de s'échapper, n'avaient qu'une solution : payer un passeur pour les conduire illégalement de l'autre côté.

Ils descendirent un peu au hasard la colline, entre les échoppes, dans le labyrinthe de ruelles étincelantes de couleurs, bourdonnantes de passants, sentant leur énergie renaître.

Liénor, à chaque pas, semblait se redresser, prendre de la force. Elle humait les effluves du thé brûlant, parfumé et sucré à la cannelle et au poivre servi par les marchands ambulants, elle regardait les petites filles aux vêtements multicolores et tachés courir en faisant tinter les bijoux d'argent et de pierres qu'elles portaient entre leurs doigts – « Dix sians de Reynes les trois colliers, dix sians de Reynes, rentrez chez vous et faites briller les yeux de votre bien-aimée pour seulement dix sians... » Les galettes aux trois oignons, piments et tomates grésillaient sur les plaques de métal tenues par des pieds de fer forgé au-dessus des feux de fortune – « Un sian de Reynes la galette, belle dame, réchauffez votre corps pour seulement un sian, ma fille les prépare elle-même et elle est encore vierge, à vingt-cinq ans ça porte-bonheur ! » Il suffisait de lever la tête pour voir les statues des dieux, demi-dieux et héros peints de couleurs écaillées, de tons plus pâles que ceux qui se dressaient près de l'Assemblée... Dans ces quartiers populaires, les habitants avaient moins d'argent, et les peintures de basse qualité, qui se délavaient sous le vent, la pluie, les grêles rapides et violentes qui frappaient aux premiers abords du printemps, prenaient des teintes plus subtiles, créant des harmonies discrètes qui ne devaient leur existence qu'au hasard.

Plus haut encore s'élevaient d'autres tours, de quatre ou cinq étages seulement, assez hautes cependant pour émerveiller encore Liénor, qui trébuchait tant elle gardait les yeux fixés sur les flèches de métal plantées sur les toits, des flèches qui se lançaient vers les cieux en créant de leurs volutes métalliques des arabesques et des runes de protection, aussi bien en hommage aux dieux que pour parer aux orages.

Une trentaine de cavaliers passèrent en galopant au milieu du marché, leurs armures noir et argent rappelant à la foule qui se pressait que là-bas, à la frontière, la guerre faisait rage. Près d'un petit temple de quartier, ils assistèrent à une cérémonie mortuaire commune pour une trentaine de morts, tous des recrues. Des pleureuses ululaient des chants rituels et Liénor s'attarda un moment pour observer une jeune femme enceinte, en larmes, serrant contre elle un petit garçon de deux ans à peine. La poitrine de la jeune femme se soulevait et retombait brusquement, tout son corps semblant onduler de douleur. Arekh tira gentiment le bras de Liénor pour l'éloigner ; des recruteurs arrivaient, en noir et rouge, haranguant la foule de discours furieux pour pousser les jeunes à s'engager. Plus loin encore, ils virent que sur un mur était peint maladroitement un des pentacles ensanglantés qui représentaient les créatures du chaos, une plaisanterie d'enfant, sans doute, qui attirait des curieux excités et vaguement apeurés.

À l'adresse obtenue par Arekh se trouvait une boutique de pains et d'épices, en bas d'une tour. L'échoppe s'enfonçait si profondément dans le bâtiment qu'on l'aurait dite creusée dans la pierre. À l'intérieur, c'était plus un couloir qu'un véritable magasin, un couloir de deux pas de large à peine, au fond duquel les galettes et les sacs de condiments, en coton de mauvaise qualité, semblaient disposés au hasard sur des étagères en bois.

Pourquoi quelqu'un se serait-il aventuré dans cet endroit sombre et malodorant pour acheter des pains qu'on pouvait trouver, frais et dorés, sur les étals du marché ? La réponse était dans l'odeur un peu rance et les moisissures visibles sur la croûte. Les clients ne venaient pas ici.

En tout cas, pas pour du pain.

L'homme assis sur la chaise en métal au fond du « couloir » était presque invisible dans l'ombre. Il avait les jambes croisées, des vêtements de coton noir et des yeux de rapace qui suivirent chaque pas fait par Liénor et Arekh pour arriver jusqu'à lui.

Enfin, ils s'arrêtèrent. Le bébé qui somnolait bougea, gémit un peu, se recroquevilla dans les bras de sa mère. Liénor enleva le châle de sa tête pour y envelopper le petit corps frissonnant. Entre les rues animées sous le soleil d'automne et ce terrier humide, la différence de température était saisissante.

L'homme la regarda faire sans rien dire.

— Mas Dravec, dit Arekh. C'est l'homme que je veux voir.

— À quel sujet ?

La voix était neutre, froide. Le regard les jaugeait, les jugeait. Arekh savait à quoi ils ressemblaient. À un couple de petits commerçants terrifiés et ruinés par la guerre, cherchant à échapper à la prison pour dettes. Un couple aux abois, assez désespéré pour faire et croire n'importe quoi.

— Nous voulons sortir de Reynes, dit Arekh qui n'avait pas envie de jouer aux sous-entendus. Nous avons besoin d'un passeur sûr, ajouta-t-il d'un ton sec, on m'a dit qu'on pouvait en trouver un ici. Est-ce vrai, ou devons-nous chercher ailleurs ? Je n'ai pas de temps à perdre.

Le ton d'Arekh surprit l'homme, qui faillit reconsidérer son opinion... mais un coup d'œil à Liénor, son visage amaigri, son air perdu et son bébé le fit revenir à son mépris premier.

— J'imagine, dit l'homme. Bien... Hélas, les services de Mas Dravec sont chers, et il ne les offre pas à n'importe qui. Je doute qu'il s'intéresse à vous.

— Mais nous sommes... Nous avons vraiment besoin de lui, dit Liénor avant qu'Arekh ne puisse lui faire signe de se taire.

La peur et le léger accent de supplication dans la voix de Liénor firent étinceler de plaisir les yeux de l'homme.

— Je comprends, ma jolie, je comprends. Heureusement, vous êtes tombés sur la bonne personne ; je peux plaider votre cause. J'ai un petit bout comme vous, ajouta-t-il en désignant le bébé, je peux compatir... Cinquante res, en pièces neuves, et je plaide votre cause auprès de Mas Dravec. Passez-moi l'argent maintenant, revenez demain même heure, avec le petit, je vous donnerai des nouvelles de la négociation...

La gifle d'Arekh fut si forte qu'elle envoya l'homme et sa chaise se fracasser contre le mur de la boutique. L'homme perdit l'équilibre, la pommette éclatée, le sang giclant sur sa joue et ses lèvres. Il poussa un cri rauque et bref, comme un animal, puis le visage congestionné de colère, tenta de se relever, ouvrit la bouche pour appeler et se retrouva avec la lame aiguisée d'un coupe-papier orné du blason de Reynes posé sur la veine palpitante de sa gorge. Le dossier de la chaise avait basculé contre le mur ; le genou d'Arekh appuyait sur sa poitrine, compressant les poumons, l'empêchant de respirer.

— Un cri, un gémissement et je t'ouvre le cou de part en part comme un bœuf, dit Arekh à voix basse. Il y a d'autres passeurs dans la ville. Crois-moi, nous n'avons pas vraiment besoin de toi. (C'était un mensonge, et Liénor et lui le savaient tous deux.) Où est Mas Dravec ?

— C'est moi, réussit à prononcer l'homme malgré le poids sur sa poitrine.

— Quelle surprise. Maintenant, puis-je vous lâcher et commencer la négociation ou allez-vous recommencer à nous prendre pour des imbéciles ?

— Négociation, cracha l'homme.

Arekh le lâcha et recula, le coupe-papier toujours à la main. Mas Dravec mit quelques dizaines de battements de cœur à s'extirper de sa chaise, s'agrippant aux étagères qui pliaient sous son poids. Le regard furieux, le sang coulant de sa lèvre, il ressemblait à un fauve en colère, dégageant une sorte de puissance brute.

— Je suis envoyé par le secrétaire Salazar, dit Arekh froidement. Il vous a recommandé personnellement comme un homme de confiance... et il serait très blessé, j'en suis certain, si vous n'étiez pas digne de cette confiance.

C'était un mensonge... ou plutôt, une vérité qui datait de quatre ans. À l'époque, le secrétaire Salazar avait en effet recommandé Mas Dravec à Arekh, disant que si le sénateur Im-Ahr avait besoin des services d'un passeur pour ses espions, Mas Dravec était le plus efficace.

Bien sûr, avait appris Arekh à l'époque, Salazar touchait des commissions sur chaque client envoyé.

Mas Dravec ne parut pas impressionné. Sa rage était toujours égale, le meurtre dansait dans ses yeux.

— J'en ai maté d'autres. Salazar me couvre.

Ainsi, Salazar et Dravec collaboraient encore. Rien sur le visage d'Arekh n'exprima le soulagement qu'il ressentait.

— Sauf quand ceux que vous « matez » sont ses amis, dit-il d'une voix sèche. Salazar vous couvre parce que vous lui êtes utile ; vous lui êtes utile parce qu'il peut vous envoyer ses alliés. Si vous les arnaquez ou les tuez, votre utilité aura cessé d'être.

— Négocions, dit l'homme, mais sa voix avait toujours le même poids de fureur et la haine filtrait à travers ses paupières plissées. J'ignore ce que Salazar vous a raconté, mais les prix ont changé... Beaucoup changé. Les temps sont différents. En guerre, les mesures de sécurité sont multipliées. Vous voulez sortir ? Mille res par personne, c'est le tarif.

Malgré le choc, Liénor ne cilla pas, et Arekh la bénit en silence. Ils savaient tous deux la somme qu'ils avaient en poche : deux cent cinquante res, arrachés aux bourses des victimes d'Arekh.

— Très bien, dit ce dernier avec un geste large, comme s'il se souciait peu de la somme. (Il sortit la bourse de sa poche et compta les pièces avec une nonchalance étudiée.) Dix pour cent tout de suite, pour sceller l'accord. Nous voulons sortir demain... Donnez-nous un point de rendez-vous ; nous y serons. Vous aurez le reste de la somme de l'autre côté des murailles. Je dois arriver à Kiranya dans moins de cinq jours et poster à Salazar une lettre de là-bas. Plus tard, il saura qu'il nous est arrivé quelque chose.

Mas Dravec sourit, puis leva la main comme s'il désignait, à travers le mur de la boutique, la colline, la Cité Administrative et l'Assemblée.

— Si un des hommes les plus importants *là-haut* vous a en si grande estime, pourquoi devez-vous fuir Reynes si vite, et en de si mauvaises conditions ?

Un sourire mauvais sur les lèvres, Arekh se rapprocha de Mas Dravec, son visage tout près du sien.

— Les Liseurs d'Âmes, prononça-t-il en appuyant sur chaque syllabe, et il eut la satisfaction de voir l'homme blêmir et dissimuler un léger mouvement de recul. Les Liseurs d'Âmes sont à nos trousses, Mas Dravec, savez-vous ce que cela veut dire pour nous... et pour vous ? Si nous étions, disons, dénoncés... que nous retombions entre leurs mains... croyez-vous qu'ils vous remercieraient du service rendu ?

Mas Dravec le regarda sans répondre et Arekh reprit, imitant le ton sifflant de Laosimba :

— « Ceux que le Mal a touchés sont souillés à jamais »... Ceux qui ont côtoyé le Mal sont pervertis par le souffle du dieu que l'on ne nomme pas, ils doivent être punis, sacrifiés, purifiés avant que son influence ne s'étende plus loin. Vous m'avez vu, vous l'avez vue, ajouta-t-il en désignant Liénor tandis que l'homme devant lui luttait entre le désir de ne pas perdre la face et une terreur religieuse, je vous ai touché... C'est fini pour vous. Pour les Liseurs d'Âmes, ce sera déjà trop. Si vous nous dénoncez, vous finirez comme nous sous la lame et le feu, dans les sous-sols de l'Assemblée, tandis que s'effectuera la purification du crime atroce de nous avoir côtoyés. Il est de votre intérêt comme du nôtre que nous ne retombions jamais entre leurs mains...

Arekh recula enfin, et eut la satisfaction de voir Liénor baisser les yeux pour y dissimuler une lueur amusée. Puis le bébé fut pris d'une nouvelle quinte de toux, son petit corps fragile secoué par les spasmes, et elle recula de quelques pas pour le bercer, ignorant tout le reste.

Mas Dravec tendit la main. Arekh lui donna les deux cents res.

— Demain, devant les colonnes du temple ouest de Murufer. Mille res à ce moment-là. Les huit cents autres quand vous serez sortis.

— Très bien. À demain, dit Arekh après un signe de tête sec, et prenant Liénor par le coude, il l'entraîna vers la lumière.

Ce soir-là, Arekh partit en chasse.

Dans la chambre de l'auberge où il l'avait installée, Liénor l'attendit. Elle avait mangé, un bon repas chaud avec une cruche de vin, sur le plateau duquel la femme de l'aubergiste avait ajouté des fruits secs et des poires. « C'est bon pour le lait, ma petite dame, et vous êtes si maigre. Il faut dire à votre mari de vous nourrir plus, ça doit manger, une femme qui allaite ! »

Le bébé s'était endormi après sa dernière tétée mais Liénor n'arrivait pas à plonger dans l'inconscience. L'énergie, la joie qui l'avaient envahie quand elle avait traversé la cité avaient disparu.

La boutique de Mas Dravec l'avait avalée, comme un rappel glacé de la réalité.

Elle se pencha à la fenêtre, regardant la ville sous les étoiles, les passants pressés se hâter dans l'obscurité, sur les pavés de la petite place. Mille huit cents res à trouver avant demain matin. Arekh ne lui avait pas dit comment il allait procéder. Aller dans un quartier riche, dévaliser les passants jusqu'à ce qu'il obtienne la somme voulue ? S'introduire dans une demeure noble pour dérober... dérober quoi ?

S'il ne revenait pas ? Liénor était débrouillarde, mais elle n'avait pas d'argent, pas d'armes, et elle ne connaissait pas la ville. Si les Liseurs d'Âmes la retrouvaient... elle et l'enfant...

Elle regarda son fils endormi, ses petites mains maigres, son visage livide.

Tu en vaux la peine, Marikani ? Est-ce que tu valais mes souffrances ? Est-ce que tu vaux les siennes ?

La pensée l'avait traversée comme un éclair et Liénor fut elle-même surprise de la force de la haine qu'elle avait ressentie. Une haine rapide, foudroyante.

Et soudain elle eut froid, et se mit à grelotter, et à sangloter, toujours debout près du rebord de la fenêtre.

Dans le ciel nocturne, E-Lâ avait atteint le haut de la constellation de Miâ, les sept étoiles qui, quelques mois auparavant, formaient la rune de la fertilité. Mais Aês, l'étoile la plus au sud de la rune, avait été effacée comme tant d'autres par la lueur bleue de l'explosion de l'étoile turquoise, le jour du Grand Sacrifice, quand Ayesha avait levé les mains vers le firmament.

Perdant une étoile, la rune avait changé de forme. La veille de son arrestation par les hommes de Reynes, un des compagnons de voyage de Liénor, un jeune étudiant qui espérait entrer comme prêtre au service de Verella, lui avait expliqué que le tracé formait maintenant la rune de Siâ.

Siâ voulait dire « l'abîme ».

Arekh rentra trois heures avant l'aube et Liénor se retourna vers lui, glacée, n'ayant eu ni la force ni la volonté de bouger, ou même de fermer la fenêtre. Le visage neutre, il jeta une grosse bourse sur la table.

Celle-ci fit un bruit lourd de métal.

Sans un mot, Liénor le regarda enlever sa lourde veste en cuir incrustée d'une broderie métallique – une veste qu'il ne portait pas en partant – et s'asseoir sur le lit, comme écrasé de lassitude.

— Passons la nuit ensemble.

Elle avait parlé. C'était elle qui avait parlé, elle le réalisa quelques instants plus tard, alors que ses paroles flottaient encore dans l'air, et qu'Arekh tournait lentement la tête vers elle.

— Quoi ? (Il hésita.) Bien sûr que nous... nous partageons la chambre. Il vaut mieux ne pas nous séparer.

Liénor se rapprocha, tremblante, glacée, prête à s'écrouler. Elle ne se contrôlait plus, réalisa-t-elle, elle ne contrôlait plus ses émotions, ses paroles, ses pleurs.

— J'ai si froid. Je ne veux pas dormir toute seule. Je ne veux pas... J'ai besoin... J'ai besoin de réconfort, dit-elle en s'approchant, consciente que sa phrase sonnait creux, stupide, comme répétée trop de fois par trop de bouches.

Mais elle ne pouvait pas penser, argumenter. Elle avait seulement ce besoin, urgent, dévorant, de se sentir serrée, aimée, par un corps vivant et chaud, pour faire barrage à cet abîme, là, dehors. Elle s'assit sur le lit, mit la tête sur l'épaule d'Arekh mais celui-ci la repoussa doucement.

— Le froid est dû à la fatigue. Vous devriez dormir.

Elle insista, lui passant la main sur la poitrine, voulant parler, supplier presque, mais trop épuisée pour trouver les mots. Arekh se leva, lui prit les poignets et la regarda avec une certaine tendresse.

— Je ne peux pas. Je suis navré.

Liénor l'étudia sans comprendre, puis dit, d'une voix rauque :

— À cause d'elle ? C'est ça ? À cause d'elle ?

Arekh lui lâcha les poignets et ramassa une couverture.

— Je suppose. Vous devriez dormir, répéta-t-il en la faisant allonger et en la couvrant, mais Liénor ne s'endormit pas avant l'aube, restant allongée les yeux ouverts, fixant la fenêtre et la lueur bleutée qui illuminait le firmament.

10

Il y avait environ deux cents personnes dans les cavernes. Mas Dravec et ses hommes avaient été au rendez-vous ce jour-là. L'argent avait changé de mains et contrairement à ce que Liénor craignait, ni Dravec ni ses hommes n'avaient tenté de les assassiner pour prendre le reste de la somme. En vérité Mas Dravec paraissait soucieux ; son visage était tendu. Il y avait du changement, avait-il expliqué aux deux fugitifs. Des changements dans le système de garde des murailles. Trois de leurs passeurs avaient été tués. Leur sortie allait en être un peu retardée.

Liénor et Arekh avaient été amenés dans « l'antichambre ».

Les cavernes.

Où attendaient plus de deux cents hommes, femmes et enfants, tous des clients de Mas Dravec espérant aussi quitter la cité.

D'abord Liénor et Arekh avaient cru à une escroquerie, mais les autres réfugiés les avaient détrompés. Certaines familles avaient bien réussi à quitter Reynes grâce au réseau. Leur sortie était confirmée ; parents et amis avaient reçu des lettres indiquant qu'ils étaient bien arrivés. Puis les choses s'étaient peu à peu détériorées avec la sécurité renforcée. Le danger était plus grand. Mas Dravec avait ralenti la fréquence des passages, puis augmenté ses prix, ne s'occupant que de ceux qui pouvaient donner une rallonge en plus de la somme déjà payée. Les autres n'avaient qu'à attendre.

Certains attendaient depuis plus de deux mois dans ces grottes humides. L'endroit était un véritable labyrinthe. Les cavernes étaient reliées aux égouts et à d'autres tunnels plus anciens qui disparaissaient dans l'obscurité.

Au moins la nourriture était-elle abondante. Des sacs de farine étaient entreposés dans une caverne secondaire, appartenant aux trafiquants dont Mas Dravec et ses hommes s'étaient débarrassés quand ils avaient pris possession des lieux. Une petite source cascadait sur les pierres.

Mais le moral se détériorait, et les conditions d'hygiène étaient atroces.

— Il faut sortir de là, souffla Arekh à Liénor après le troisième jour de ce qui n'était pas encore officiellement une captivité. Nous ne pouvons pas attendre. Sinon nous allons... Ils vont nous oublier ici...

Ce n'était pas ce qu'il voulait dire, mais Arekh ne savait comment exprimer sa pensée. Il avait moins peur de Mas Dravec et de ses hommes que de lui-même, que d'eux-mêmes. Cette grotte, ces pierres humides étaient trop similaires à leur cellule. S'endormir et se réveiller dans cet endroit, n'avoir comme perspective, toute la journée, que le roc noir, sentir cette odeur si particulière d'humidité et de désespoir allait les replonger dans l'état où ils étaient dans les geôles de l'Assemblée.

Ils allaient devenir fous, pensa Arekh, s'ils restaient là trop longtemps.

Il se leva et fit, pour la centième fois, le tour des lieux. D'après ses calculs, ils devaient être sous la cinquième colline de Reynes, non loin des murailles nord de la ville. Le repaire des anciens trafiquants était composé de trois grandes grottes et d'une série de plus petites, où étaient entreposés la nourriture et les tonneaux. Seule une grille de bois vermoulu bloquait la sortie, une grille qui ne résisterait pas longtemps aux coups.

Mais les réfugiés n'essayaient pas de partir. Ils avaient payé, et espéraient encore que Mas Dravec tiendrait sa promesse. D'ailleurs, où aller ? Les égouts, qui n'étaient creusés que dans les quartiers les plus aisés, les auraient ramenés au centre de la ville. Les tunnels... les tunnels étaient sombres, et dangereux, et nul ne savait où ils menaient, ou de quelle époque ils dataient.

Arekh passa entre les groupes pour rejoindre Liénor, évitant les ballots, les caisses, les enfants endormis. Il y avait, dans cette foule assise par terre à attendre, de nombreuses têtes blondes – pendant la rébellion du jour du Grand Sacrifice, des milliers d'esclaves avaient réussi à s'échapper et se cacher. La plupart s'étaient fait traquer et tuer au cours des premières semaines, mais certains avaient réussi à s'enfuir. D'autres étaient restés dissimulés dans la ville pendant des mois, avant de chercher un passeur pour sortir discrètement. Comment avaient-ils payé ? Sans doute avec de l'argent volé, du moins pour la plupart... D'autres avaient forcément reçu de l'aide. Arekh regarda une femme à la peau presque transparente, aux cheveux d'un blond pâle, qui serrait sur son cœur un petit garçon brun. Arekh n'avait pas besoin de l'entendre pour connaître son histoire. La même que celle de tant d'autres esclaves engrossées par leurs maîtres. Mais ce que l'histoire ne disait pas, c'était comment ce maître-là s'était comporté avec elle : amoureux, cruel, compatissant, violent ? Il l'avait au moins sauvée, elle et leur fils, du Grand Sacrifice ; il lui avait payé un passeur.

C'était mieux que tant d'autres.

Les voir là, ces esclaves, parmi les commerçants ruinés, les familles terrifiées par la guerre ou les opposants politiques qui constituaient le reste des réfugiés, était... étrange. Des hommes et des femmes du Peuple turquoise assis avec les hommes libres, se pressant devant les mêmes feux, partageant la même farine... malgré ce qu'il savait, ce qu'il avait vécu, la scène mettait Arekh mal à l'aise. Sa réaction n'avait pas de sens, et il le savait. Que n'aurait-il pas donné pour voir Marikani et Non'iama assises avec eux, autour du feu, que n'aurait-il pas fait pour les voir vivantes et heureuses, partager avec elles un repas, une conversation ?

Pourtant...

Pourtant, des millénaires de lois divines, de culture, d'éducation ne s'effaçaient pas comme ça...

Quatre jours passèrent encore et Mas Dravec ne réapparut plus. Les semaines précédentes, le rythme auquel il emmenait des réfugiés vers la liberté s'était ralenti, mais au moins, il venait encore, parfois, donner des nouvelles, rassurer les plus riches, réclamer de l'argent.

Puis, plus rien.

Son absence n'améliora guère le moral des réfugiés.

Ils n'étaient pas totalement livrés à eux-mêmes. Cinq hommes se relayaient pour garder la grille. Après la disparition de leur patron, ils furent assaillis de questions par les fugitifs effrayés. Des questions auxquelles ils répondirent d'abord de manière rassurante... puis avec une certaine exaspération... puis plus du tout. Le troisième jour, ils se retranchèrent derrière la grille et y restèrent, refusant toute conversation.

Le lendemain, deux familles voulurent quitter les lieux.

Les hommes de Mas Dravec refusèrent de les laisser passer.

Les familles reculèrent sans insister et aucun acte irréparable ne fut commis, mais le message était clair.

Ils étaient bel et bien prisonniers.

— Il faut partir, souffla Liénor au matin du jour suivant. Il faut partir. Si je reste là plus longtemps, je vais...

Elle se tut mais Arekh savait ce qu'elle voulait exprimer. Ils avaient besoin de soleil, de lumière, ou ils allaient se dessécher... leur esprit allait se dessécher. Et le bébé mourrait, lui aussi, se dit Arekh en regardant l'enfant, de plus en plus pâle, de plus en plus faible. Au moins ne toussait-il plus.

Une demi-journée plus tard, le plan était au point. Arekh s'était assuré l'aide de sept autres réfugiés, des hommes solides : deux anciens esclaves, un père de famille inquiet pour la santé de sa petite fille, et deux hommes prétendant être négociants et qu'Arekh soupçonnait d'être des mercenaires, des voleurs ou des contrebandiers. Ce qui les rendait parfaits pour cette tâche.

La tactique était simple. Vénina, la fiancée d'un des « négociants », allait attirer les gardes de Mas Dravec le plus près possible de la grille, leur proposant d'échanger l'usage de ses charmes contre une permission de sortie. Que les hommes acceptent ou non n'avait aucune importance. La fille devait simplement faire ouvrir la grille, ce qui permettrait à Arekh et aux autres de les prendre par surprise.

Si les hommes n'ouvraient pas la grille, ils passaient au plan de rechange. Casser la grille eux-mêmes et massacrer leurs geôliers.

— Pourquoi nous gardent-ils là ? demanda Liénor alors que les sept conjurés se regroupaient près de la paroi. S'ils ne peuvent pas nous faire passer les murailles, pourquoi ne nous laissent-ils pas tout simplement partir ? Ils ont déjà notre argent...

— Certains en ont encore, dit Arekh en désignant les réfugiés autour d'eux. De l'argent que Mas Dravec veut sans doute leur extorquer. Et si nous sortions, nous pourrions les dénoncer. Ou nous faire arrêter, et les livrer. Peut-être pensent-ils encore que la situation peut changer... Qu'ils vont trouver d'autres passeurs, d'autres méthodes...

— Et s'ils n'en trouvent pas ?

— Alors ils se décideront sans doute à se débarrasser de nous, dit Arekh. C'est la solution la plus rationnelle. Ils récupéreront l'argent sur nos cadavres.

Liénor hocha la tête, puis s'écarta de quelques pas pour observer le spectacle.

À quelques pas d'Arekh, Vénina se préparait, peignant sa longue chevelure noire, entrouvrant son chemisier. Ni ses vêtements, ni ses cheveux n'étaient très propres après un si long séjour dans les cavernes, mais les hommes de Mas Dravec ne se dégoûteraient pas pour si peu.

Vénina s'approcha de la barrière, balançant ses hanches dans un mouvement un peu théâtral. La fille connaissait son public, car deux silhouettes s'approchèrent aussitôt de la grille. Vénina posa sa main sur la barrière, se pencha...

... et la barrière s'ouvrit, laissant passer Pier.

Arekh resta ébahi et les hommes près du mur s'immobilisèrent, incertains. Aucun nouveau « client » n'était arrivé depuis des jours et avec ses habits luxueux, son collier de prêtre et son petit air distrait, Pier n'avait rien à voir avec le reste des réfugiés. Vénina regarda Arekh et, levant la main, celui-ci lui fit signe de reculer. Les hommes s'éloignèrent lentement du boyau, observant le nouveau venu.

Pier se dirigea droit vers Arekh, sourire aux lèvres, traversant la caverne sans un instant d'hésitation.

— Arekh, dit-il en s'inclinant. Je suis heureux de vous revoir. Savez-vous que vous n'avez pas été facile à retrouver ?

Arekh était trop surpris pour réagir. Pier l'étudia un moment, notant les cicatrices sur son visage et ses bras, son corps amaigri, puis secoua la tête.

— J'ai vu pire.

— Comment... (Arekh posa sa main sur l'épaule de Pier, n'arrivant pas à en croire ses yeux.) Pier... Comment... Que faites-vous ici ?

Liénor s'approcha, curieuse, et s'arrêtant à quelques pas du prêtre, elle l'étudia d'un regard soupçonneux. Arekh croisa le regard d'un des « négociants » et lui fit le signe prévu pour l'interruption du plan.

Les sept complices se dispersèrent, couvant Pier d'un regard méfiant.

— Qui est-ce ? demanda Liénor, se plaçant à gauche d'Arekh.

— Ehari Mar-Arajec, je suppose, dit Pier en faisant une révérence de cour. Je suis enchanté de vous rencontrer enfin.

Liénor regarda Arekh sans répondre et celui-ci désigna Pier du menton.

— Pier est... un ami, dit-il, étonné lui-même de l'emploi de ce terme. Il travaille dans les bibliothèques de l'Assemblée, et il a été détaché un certain temps auprès des shi-âr de Salmyre. C'est lui qui m'a recruté quand je suis parti me battre là-bas.

— C'est un piège, dit Liénor d'une voix glaciale.

— Non, dit simplement Arekh. Pier, ajouta-t-il à voix basse, expliquez-vous, et vite. Nous sommes... disons que la situation pourrait se détériorer rapidement.

Pier regarda autour de lui pour la première fois, son regard myope se posant sur les gardes, sur les hommes qui l'observaient, sur Vénina qui les fixait, hésitante.

— Cet endroit n'est pas sûr, déclara-t-il enfin, remettant son lorgnon dans sa poche de chemise. Vous n'auriez jamais dû négocier avec Mas Dravec. Il n'est pas fiable.

Arekh tenta de calmer l'exaspération de sa voix.

— Je suis heureux que vous soyez venu nous prévenir. Qu'aurions-nous fait sans cette information ?

Pier eut un petit sourire.

— Vous pouvez sortir, maintenant, dit-il. J'ai payé pour votre départ et celui d'ehari Mar-Arajec.

Arekh fronça les sourcils, puis regarda autour de lui, hésitant.

— Pourquoi...

— Vous allez retrouver Ayesha, dit Pier. N'est-ce pas ? (Arekh garda le silence.) Je veux vous accompagner. J'ai des hommes... Quatre-vingts nâlas de l'Émirat, dirigés par Amîn Eh Ma-haroud... vous vous souvenez ?

Le nom était familier à Arekh, mais il avait vécu trop de choses et les mots et les visages se mêlaient dans son esprit. Il fronça les sourcils, chercha.

— Essine.

— Oui, Essine. Votre aide de camp à Salmyre. Amîn est son frère. La famille Eh Ma-haroud rejette l'autorité de Manaîn, le neveu de l'émir. La plupart des nobles se sont ralliés à lui, mais la lignée Maharoud est liée à la branche maternelle de l'Émirat, rivale depuis toujours de celle de Manaîn. Au vingt-quatrième siècle, la fille aînée de...

— Pier, interrompit Arekh.

— Bien, bien. Amîn et ses hommes refusent les ordres de Manaîn et ceux de Reynes. Ils veulent affronter les Sakâs, mais sous une autre autorité. Celle d'Ayesha, par exemple. Le problème est l'accueil qu'ils vont recevoir. Vu les relations tendues entre ayashinata Marikani et l'Émirat... Par définition, Ayesha a de bonnes raisons de se montrer méfiante. Elle le sera encore plus envers des cavaliers de l'émir. (*Ayashinata* Marikani. L'ancien titre sonnait étrangement aux oreilles d'Arekh. Il y avait si longtemps qu'il ne l'avait pas entendu.) Mais si *vous* les conduisez, elle vous écoutera. Ils ont besoin d'un chef. Vous avez une sacrée réputation auprès des hommes de l'Émirat et...

Liénor l'interrompit d'un geste.

— Qu'importent les raisons, dit-elle. Vous pouvez nous faire sortir d'ici ? Alors partons.

Arekh regarda les réfugiés autour de lui, hésitant.

— Parfait, dit Pier. Je sais comment vous faire passer les murailles. Les hommes d'Amîn nous attendent à quarante lieues au nord-est, près de la ville de Males. Il y a aussi des fantassins... quelques centaines, je ne connais pas exactement leur nombre. Ils font officiellement partie de l'armée régulière, mais un ancien serment les lie à la famille Maharoud depuis la chute de...

— Pier.

— Bref. Des fantassins. Ils sont plus loin, à cent lieues d'ici. Ils ne nous rejoindront que plus tard.

— Comment nous avez-vous retrouvés ? commença Arekh, mais Liénor l'interrompit de nouveau.

— Plus tard. Partons. Partons maintenant, dit-elle en retirant l'écharpe qu'elle avait autour du cou et en enveloppant l'enfant.

Pier se retourna et fit un pas vers la grille. Arekh regarda de nouveau les réfugiés.

— Non.

Pier sortit une flasque de sa poche, prit une gorgée, puis la passa à Arekh. Celui-ci but, sentant la chaleur de l'alcool le réchauffer, laissant dans sa bouche un goût d'herbes et de miel.

Ils étaient assis au fond de la grotte, seuls, adossés contre la pierre.

— Je ne peux pas acheter leur départ, dit Pier, regardant les familles installées sur le sol. Je n'ai pas l'argent nécessaire, et même si je l'avais... ils se feraient aussitôt repérer. Deux cents personnes hagardes, toutes recherchées, des femmes, des enfants, sortant soudain des égouts ? Et les esclaves ? ajouta-t-il en désignant la jeune femme blonde et son bébé. Ils ne feront pas trois pas avant de se faire tuer.

Arekh soupira, puis renversa sa tête contre le mur. Enfin, il se mit à rire.

— Pier, dit-il enfin. Reprenez tout du début. Recommencez. Qu'est-ce que vous faites là ? Comment nous avez-vous retrouvés ? Cette histoire de cavaliers...

— Oh, elle est vraie, dit Pier, refermant la flasque. Vous n'avez pas confiance en moi ? demanda-t-il, blessé.

— J'ai confiance, dit Arekh. Mais il y a plus. N'est-ce pas ?

Pier acquiesça.

— Il y a plus.

Arekh rit de nouveau.

— Une partie de moi n'arrive toujours pas à croire que vous êtes là, à côté de moi. Vous comprenez... Nous étions en train de préparer notre fuite, et soudain, vous apparaissez du néant pour parler de fantassins avec un naturel déconcertant... Je ne suis pas certain de... (Arekh eut un geste blasé.) J'ai eu des hallucinations en cellule. J'ai encore du mal à démêler le vrai du faux. Parfois, je me demande si Liénor et moi n'y sommes pas encore. Si je n'ai pas tout rêvé...

— C'est un phénomène classique, dit Pier, et, changeant d'avis, il déboucha de nouveau la flasque. Le lien avec la réalité se détend chez les captifs enfermés trop longtemps. En 938, le Haut Prêtre de Reynes a effectué des expériences sur deux cents prisonniers kiranyens. Après trois ans d'emprisonnement dans l'obscurité complète, seul un tiers d'entre eux réussissait encore à faire la différence entre le réel et le rêve.

— Amusante expérience. Les prêtres de Reynes ont un sens de l'humour qui m'échappe. C'est peut-être pour cela que je ne m'entends pas avec Laosimba.

— Mais ce n'est pas un rêve, insista Pier, passant la flasque à Arekh après avoir bu. Vous vous êtes échappés, je vous le confirme. Les gardes de l'Assemblée ont cherché pendant des jours le moyen d'accéder à la septième cour du Jardin Interdit. Ils ont même fait fouiller les archives pour essayer de retrouver les anciens plans. Puis la guerre a éclaté... Ils ont décidé que vous étiez morts... que même si l'un d'entre vous avait survécu à la chute, il avait dû mourir depuis, de faim et de soif, coincé dans la petite cour. Votre décès a été officiellement marqué sur les registres...

— Je suis honoré. Mais il y avait un accès. Une petite porte, dit Arekh. Avec la marque sacrée des jardiniers de Fîr. Elle n'était pas verrouillée, et donnait sur un escalier qui descendait dans les sous-sols du temple...

— Oh, je sais.

Arekh se tourna vers Pier. Il souriait.

— Vous savez ?

— Bien sûr. Vous vous souvenez des Légendes de Parnati ? Le conte de l'oiseau d'or enfermé dans le Jardin Interdit ?

La tête d'Arekh tournait. Il reposa la flasque.

— Pier, je ne sais même pas de quoi vous parlez.

— Le manque de culture détruira cette ville, grommela Pier. Ce sont des histoires pour enfants, écrites il y a mille ans. Elles mentionnent très clairement les passages sacrés des jardiniers dans les sous-sols des temples de l'Assemblée, autour du Jardin Interdit. Quand j'ai retrouvé les textes, j'ai compris qu'il y avait une chance, une petite chance, pour que vous ayez survécu. Je me suis demandé où vous seriez allés... après, tout s'est enchaîné.

— Vraiment ?

— Bien sûr. (Pier eut un geste amusé.) Le bureau d'Im-Ahr était une évidence. J'y ai trouvé des traces de votre séjour. Après, il m'a suffi de proposer de l'argent aux réseaux majeurs de passeurs pour savoir à qui vous vous étiez adressés. Le cinquième était le bon.

— Pourquoi ? La vérité, Pier.

— C'était mon idée, dit le prêtre. Mon initiative. J'ai... des amis.

— Le genre d'amis qui sont capables d'envoyer un bibliothécaire comme vous au Haut Conseil de Salmyre ?

— Oui. Ce genre d'amis. Le nouveau Haut Prêtre de Reynes... il est influent, mais tous les membres de l'Assemblée n'approuvent pas ses décisions. Et... Arekh, dit Pier, le visage soudain sérieux. Réalisez-vous que vous êtes le seul lien possible entre Reynes et Ayesha ?

Arekh considéra la question, essayant d'anticiper ce que Pier allait dire, ce que la conversation impliquait.

— La guerre va si mal ? demanda-t-il enfin.

Pier le regarda par-dessus ses lorgnons, puis les essuya de nouveau.

— J'en ai peur.

Un petit garçon aux cheveux blonds passa devant eux, puis se retourna et fit à Pier une affreuse grimace avant de repartir.

Celui-ci regarda de nouveau les réfugiés.

— Les esclaves, répéta-t-il, étudiant encore la jeune femme blonde et l'enfant. Si vous arriviez avec... Si vous les meniez jusqu'à Ayesha... Cela l'aiderait peut-être à vous écouter. Mais il faut d'abord sortir d'ici.

Il regarda les tunnels et Arekh secoua la tête.

— J'y ai pensé, mais ils sont forcément barricadés, du moins au niveau des murailles. Les passeurs ne seraient pas payés si cher si n'importe qui pouvait passer sous terre et s'enfuir.

— Oh, ils le sont, dit doucement Pier. Barricadés, je veux dire. Mais... il y a d'autres tunnels. Plus profonds. Plus vieux. Vous ne me croirez peut-être pas, mais je pense qu'il existe un réseau entier de passages couvrant l'est du continent, jusqu'aux montagnes. Des passages plus anciens que l'Ancien Empire.

Arekh pensa aux têtes de lion sculptées dans les tunnels des montagnes.

— Je vous crois.

— Je connais des accès, dit doucement Pier. Des accès dont seuls les vieux bibliothécaires comme moi, avec des années pour fouiller les archives, ont entendu parler. Si vous voulez...

— Nous sortons tous, dit Arekh en désignant les réfugiés. Pas seulement les esclaves.

Pier hocha la tête.

— Tous. Après, vous rejoindrez les cavaliers d'Amîn à Males. Je vous rejoindrai plus tard, à Kiranya.

— Très bien.

— Vous êtes le seul lien, répéta Pier.

— J'ai compris.

L'armée de Sleys, qui devait arriver par la route des montagnes, avait été prise en tenailles entre deux groupes sakâs et la nouvelle n'arriva à Gilas ès Maras que trop tard. Aussi furent-ils complètement pris par surprise quand, au lieu des renforts attendus, ce furent les Sakâs qui arrivèrent par la route, au-dessus d'eux. Des pluies de pierres et de l'huile bouillante tombèrent du pont sur les hommes de Reynes pris de panique, tandis qu'un autre groupe de Sakâs attaquait par l'est, les forçant à la retraite. Harrakin et Gilas donnèrent aussitôt les ordres nécessaires, faisant se replier les hommes paniqués, mais les Sakâs commençaient déjà à descendre.

— J'y vais, dit Manaîn.

Et avec cent de ses hommes, il commença à grimper les marches, l'épée à la main, pour protéger leur retraite.

Tandis que les hommes d'Harabec se hâtaient vers l'est, reculant vers le Grand Cercle, vers Reynes, Harrakin leva les yeux pour contempler une dernière fois le carnage qui avait lieu sur l'escalier. Manaîn, ses hommes et les Sakâs s'étaient rencontrés au milieu des marches. Les cadavres des hommes de l'émir et les cadavres des Sakâs se mêlaient en tombant, les blessés hurlant alors qu'ils perdaient l'équilibre avant de basculer dans le vide.

Manaîn fut un des premiers à mourir.

11

Le guerrier sakâs s'approcha de Non'iama et lui jeta un morceau de viande rôtie.

— Demain, dit-il.

Le morceau de viande tomba dans les braises et commença à grésiller. La petite fille assise près du feu ne fit pas un geste pour l'attraper. Au contraire, elle lui jeta un coup d'œil indifférent, comme si elle n'avait pas faim, comme si son estomac ne se tordait pas à la seule vision de la nourriture. Puis elle leva les yeux vers le guerrier – son nom était Nôs – qui attendait, les mains sur les hanches.

Elle le fixa de son regard bleu jusqu'à ce que Nôs baisse les paupières, mal à l'aise.

— Demain quoi ?

— Demain, tu vois le roi.

Non'iama ne frémit pas.

— Si je veux.

Nôs l'observa un moment, comme s'il voulait répliquer, puis s'éloigna sans rien ajouter.

Non'iama resta sans bouger, très droite, farouche, résistant à la tentation de se jeter sur la viande. Elle devait se montrer forte. C'était sa seule chance. Les Sakâs la respectaient parce qu'elle ne trahissait ni peur, ni faiblesse. Elle était « hâman », avait dit Nordos en la ramenant au camp. Une hâman d'Ayesha.

Le mot était un mélange entre « prêtresse » et « sorcière »... Les Sakâs pensaient que Non'iama servait

Ayesha et qu'elle en tirait des pouvoirs étranges. Ils ne l'avaient ni ligotée, ni enchaînée, et elle pouvait se mouvoir librement dans le camp, mais ils la regardaient, tous... ils ne la quittaient pas du regard, les guerriers du camp, les adolescents à peine pubères qui couraient entre les tentes pour servir la soupe, et les femmes au regard dur qui avaient suivi les troupes. Elles servaient à préparer les repas, et pour certaines, à apaiser le désir des soldats. Ces femmes-là étaient des hâmans aussi, des hâmans de Ka-Rel-Vela. Pour célébrer la déesse, elles s'allongeaient, nues, près du feu, après avoir préparé une large coupe d'eau fraîche. Les soldats qui le désiraient pouvaient alors les prendre librement, et depuis son arrivée Non'iama avait souvent regardé, fascinée, les scènes de sexe crues, violentes, primaires qui se déroulaient non loin d'elle. Les soldats frappaient parfois les hâmans, et celles-ci criaient et suppliaient, mais il semblait qu'il y ait une limite tacite à ne pas dépasser, car les femmes s'en tiraient toujours avec quelques bleus. Quand elles étaient fatiguées, ou qu'elles n'avaient plus envie de célébrer, elles levaient la main et le soldat partait. Alors elles se lavaient lentement le corps avec l'eau du bassin.

Plus aucun Sakâs ne s'approchait d'elles, et elles n'adressaient pas la parole à un homme jusqu'à la célébration suivante.

Quand Non'iama avait demandé à une des hâmans de lui parler de Ka-Rel-Vela, la femme avait levé la main vers les étoiles pour désigner E-Lâ, la deuxième lune, puis elle avait parlé de « fille » et de « naissance ».

— La fille de Lâ ? Lâ n'a qu'une fille, et c'est Verella, avait protesté Non'iama, étonnée.

La hâman avait hoché la tête.

— Oui. Verella. Moi, hâman Ka-Rel-Vela. Toi, hâman Ayesha, avait-elle ajouté en posant le doigt sur la poitrine de Non'iama. Le sang. Le dieu que l'on ne nomme pas. L'abîme.

Le mot « abîme » sonnait étrange dans la bouche de la hâman, dont le vocabulaire était très sommaire... mais la femme répéta le même mot quand Non'iama le lui demanda. Non'iama n'était elle-même pas certaine de comprendre le terme. Sa rudimentaire éducation, elle l'avait obtenue en écoutant parler ses maîtres, quand elle servait au salon et à table, ou quand elle s'occupait du bébé dans la salle d'étude, alors que le prêtre donnait des leçons de poésie et d'histoire au fils aîné de la famille.

La hâman avait ri en voyant le visage interrogateur de Non'iama, puis elle avait levé ses deux mains, les doigts écartés. Ensuite elle les avait rapprochées de manière à ce que les doigts se joignent, s'entremêlent, comme une tapisserie.

— Tout est lié, avait-elle dit en souriant, et une nouvelle fois, Non'iama fut frappée de la clarté de ses paroles... sans doute les hâmans devaient-elles apprendre quelques notions religieuses avant de pouvoir exercer leur art.

La hâman avait posé une main affectueuse sur l'épaule de la fillette, avant d'ajouter doucement :

— Tout est dans tout.

Un petit garçon s'était alors jeté sur Non'iama pour la frapper : la hâman était sa mère, et il était jaloux de son attention. Non'iama lui avait envoyé son coude dans la figure, puis avait levé ses deux mains en psalmodiant un chant de son invention. Le stratagème avait fonctionné. Le petit garçon s'était enfui, terrifié, tandis que la hâman partait d'un grand rire joyeux.

Le feu continuait à flamber et les braises étaient brûlantes ; si elle attendait trop longtemps, le morceau de viande allait se consumer. Non'iama jeta un coup d'œil autour d'elle. De l'autre côté du feu, trois hommes riaient et plaisantaient en se partageant le contenu d'une gourde qui sentait les herbes poivrées et le mauvais vin. Non'iama ramassa un bâton, puis d'un geste méprisant, comme si elle vérifiait la qualité d'une offrande, elle piqua le morceau de viande et le porta à ses yeux. Après l'avoir contemplé quelques secondes d'un air dégoûté, elle mordit dedans. Une bouchée, puis une autre, l'air indifférent et supérieur.

Demain, tu vois le roi.

Elle dormit mal cette nuit-là.

Le matin suivant, l'aube était superbe et le ciel teinté de sang et d'or. Non'iama se réveilla avec les guerriers, et tandis que les premières soupes bouillonnaient dans les marmites, elle emprunta à la hâman son bassin et alla le remplir d'eau fraîche à la source au sud du camp. Revenue près de son feu, elle se lava lentement de la tête aux pieds, sauf les cheveux, qu'elle voulait garder sauvages, dressés comme une crinière au dessus de sa tête. Après s'être séchée, elle sortit de son sac les pierres de chân et la fiole d'huile. Pilant les pierres, elle prépara la pâte. Puis, avec un soin infini, elle peignit en bleu turquoise étincelant la moitié droite de son visage, sa main droite, sa jambe droite, tandis qu'autour d'elle un groupe de Sakâs et deux hâmans s'étaient rassemblés pour la regarder. Puis elle jeta l'eau sale, partit de nouveau remplir la coupe à l'eau de source, et, se servant de la surface comme miroir, elle peignit sur ses traits le masque du fauve.

— Je suis la hâman d'Ayesha, dit-elle, tout bas, quand elle eut terminé ; puis elle se tourna vers ceux qui l'observaient et leva les deux mains au ciel. Hâman Ayesha ! Hâman Ayesha !!

Les hommes se dispersèrent en murmurant et Non'iama attendit, très droite, qu'on la mène au roi.

À midi, Nôs vint la chercher. Le soleil nimbait les guerriers sales et sauvages, les tentes rudimentaires et les enfants déguenillés d'une poussière lumineuse.

Nôs marcha longtemps, Non'iama trottant sur ses talons, toujours très droite, foudroyant du regard ceux qui osaient poser les yeux sur elle. Ils traversèrent un camp, puis une étendue vide et rocheuse où les Sakâs patrouillaient par groupes de trois. Ensuite ils escaladèrent une colline du haut de laquelle Non'iama aperçut une vallée verte et fertile et, au loin, des maisons et des fermes du toit desquelles s'élevait une épaisse fumée noire. Ils croisèrent des groupes de cavaliers qui devisaient et riaient en portant des sacs de butin. L'un d'eux avait jeté une femme aux cheveux bruns, nue et hurlante, sur la selle de son cheval.

Enfin ils arrivèrent à un autre camp, plus grand. Les hommes étaient plus nombreux et plus serrés. Non'iama et Nôs passèrent près d'un brasier où les flammes, craquant et grésillant, montaient à la hauteur de deux hommes. Les soldats et les hâmans dansaient autour, chantant des mélodies en l'honneur de Hâl. À côté se trouvaient des cadavres – un monceau de cadavres, hommes, femmes et enfants entassés. Non'iama passa devant, ne pouvant détourner son regard. Un des Sakâs qui dansaient devant le feu prit le corps d'un petit garçon et le jeta dans le brasier, comme une bûche.

Nôs se retourna vers la fillette et sourit.

— La vague de feu déferle sur les terres et les ennemis des Sakâs brûlent et se tordent ! (Non'iama le fixa sans répondre, le regard glacé. Au bout de quelques instants, Nôs se détourna, embarrassé, puis il désigna un tonneau.) Attends là.

Non'iama s'assit en silence. Un peu plus loin se trouvait un cercle de tentes beiges et grises, où des guerriers riaient et discutaient très fort, comme s'ils se félicitaient d'une victoire récente. Une cinquantaine de cavaliers arrivèrent, accueillis comme des héros par les hâmans et les hommes, et des discussions et des louanges interminables se succédèrent.

Les heures passèrent.

Nôs avait disparu et personne ne proposa à Non'iama à manger ou à boire.

Les cavaliers repartirent.

La lumière de l'après-midi se fit encore plus dorée, plus belle, alors qu'à côté de Non'iama les hâmans jetaient les corps un à un dans le brasier. L'odeur de chair calcinée prenait à la gorge, mais il ne fallait pas perdre contenance, sa vie en dépendait, et Non'iama resta très droite, le vent et la fumée jouant dans ses cheveux blonds.

Le dîner commença à bouillir dans les marmites. L'après-midi touchait à sa fin.

Un guerrier passa, mordant dans une carcasse de lièvre rôti, les sucs de viande et la graisse dégoulinant en rigoles sur sa bouche.

— Suis-moi, dit Nôs, apparaissant dans la fumée derrière elle.

Sans un mot, Non'iama lui emboîta de nouveau le pas, et ensemble ils entrèrent dans le cercle de tentes grises.

Le traversèrent.

Arrivèrent de l'autre côté.

Une faille s'ouvrait dans la colline dont Nôs et Non'iama descendirent la pente. Au fond d'une minuscule cuvette se trouvait une tente pourpre, dont la couleur intense et riche tranchait avec le brun des rochers et les vêtements fatigués des guerriers.

Devant la tente se trouvaient un dais et des tapis. Non'iama les foula sans rien dire, se demandant si parmi les joyeuses mosaïques de couleur elle pourrait distinguer les taches de sang de leurs anciens propriétaires.

Nôs souleva la tapisserie qui pendait devant l'entrée et fit signe à Non'iama d'entrer.

Puis, laissant la tapisserie retomber derrière elle, il s'éclipsa.

La petite fille se tourna pour faire face au roi des Sakâs.

Debout au fond de la tente, il la regardait, un parchemin à la main. Un homme jeune, la trentaine à peine, mince et musclé... glabre, les cheveux courts, les yeux noirs étincelants. Il portait un pantalon de lin brun, une chemise blanche et une ceinture rouge écarlate.

Dans la tente au sol recouvert de tapis se trouvaient une table en bois, des chaises, un petit secrétaire en marqueterie ouvragée et des livres. Beaucoup de livres, empilés par terre.

Non'iama ne s'inclina pas, ne salua pas. Elle se contenta d'observer le roi, qui lui rendit son regard. Un moment interminable passa alors qu'ils s'étudiaient mutuellement.

Puis le roi posa son parchemin sur le secrétaire.

— Es-tu une petite sauvage ? Si c'est le cas, tu ne me seras d'aucune utilité.

La voix était dure, mais éduquée. La plus éduquée que Non'iama ait entendue depuis bien longtemps. L'accent, la grammaire auraient pu être ceux d'Arekh, ou du fils de ses maîtres à Sarsannes. Deux phrases seulement, mais c'étaient celles d'un homme qui avait appris à parler avec un précepteur, et reçu des leçons de diction.

— Je ne suis pas une sauvage, répondit Non'iama avec calme. (Elle désigna les livres.) Mais je ne sais ni lire, ni écrire.

— Ce n'est pas grave, si tu sais comprendre.

— J'en ai compris assez pour survivre jusqu'ici.

Elle sourit et, à sa surprise, le roi lui rendit son sourire... un sourire franc et amusé, presque complice.

— Bien. Je te préviens, pas de comédie avec moi. Pas de chants, d'imprécations, ou d'« Ayesha me protège ». À la première imbécillité, je te tranche la tête.

Non'iama regarda autour d'elle et la vit : l'épée, en acier tout simple, posée sur une chaise.

— D'accord.

— Connais-tu Ayesha ? Personnellement ? Ou as-tu menti pour faire peur à mes hommes ? Parle sans crainte. Si tu as menti, je ne te le reprocherai pas. Mais il faut que je sache.

— Je n'ai pas menti. J'ai marché, à travers le désert, avec Ayesha et son consort Arekh ès Morales, de Salmyre à Nômes. J'étais présente le jour du Grand Sacrifice. Je l'ai vue lever les bras ; j'ai vu l'étoile exploser.

Le roi étudia Non'iama un moment, puis s'assit, sans quitter l'enfant du regard. Ce n'était pas le doute qui se lisait sur son visage, mais plutôt... de la curiosité, réalisa Non'iama. Une curiosité dévorante, une soif avide de comprendre.

— Tu l'as vue lever les bras, et l'étoile turquoise a explosé ? À ce moment-là ? À ce moment exact ?

— Oui.

— Comment t'appelles-tu ?

— Non'iama.

— Es-tu certaine de ce que tu dis, Non'iama ? (Le roi se leva et arpenta la tente.) Ayesha a marché vers l'autel de Nômes, seule, face aux prêtres... j'ai entendu assez de témoignages pour le confirmer... mais peut-être l'étoile a-t-elle explosé avant, ou quelques heures après, ou dans la même nuit...

— Non, protesta Non'iama. J'étais là. J'ai vu ce qui s'est passé. (Elle fronça les sourcils.) Je ne comprends pas. Tout le monde connaît cette histoire...

— En effet. Mais ce n'est pas parce qu'une histoire fait le tour des Royaumes qu'elle est vraie, fillette. Je crée des légendes. Je sais comment faire. (Il soupira.) Les étoiles ont une vie, le sais-tu ? Les astrologues de Reynes le savent depuis toujours. Les étoiles vivent, et meurent, comme nous. Cette étoile avait peut-être atteint la fin de son existence... peut-être était-il temps pour elle de périr. Il suffit que dans la même semaine, une jeune femme organise une rébellion d'esclaves pour que les esprits humains effectuent le rapprochement. C'est pour cela que je voudrais savoir si les deux événements ont vraiment coïncidé, à l'instant près. Les témoins oculaires sont précieux. Et ils sont rares. Ou bien... (Le regard du roi sembla trancher les peaux de Non'iama, pour voir derrière le tatouage, derrière le masque.)... ou bien, ils mentent.

La petite fille ne baissa pas les yeux.

— Très bien, dit le roi en la fixant toujours. Nous allons voir si tu es sincère. Raconte-moi ta vie. De ta naissance à ta rencontre avec Ayesha, jusqu'à la nuit du Grand Sacrifice... Jusqu'à ton arrivée ici. Je veux tout savoir.

Non'iama raconta. Le roi ne la quitta pas des yeux, buvant chacune de ses expressions, étudiant chaque mot, l'interrompant à chaque contradiction pour lui demander d'un ton sec de s'expliquer, s'attardant sur des détails absurdes ou triviaux, posant des questions auxquelles Non'iama répondait spontanément ou, au contraire, se trouvait incapable de répondre.

Quand elle se tut, le roi hocha la tête.

— Je te crois, dit-il, et désignant le tapis il lui proposa de s'asseoir. Je te crois... ce qui, hélas, soulève plus de questions que cela n'en résout. Si Ayesha a fait mourir l'étoile, alors elle est quelqu'un avec qui il faut compter. À moins que les dieux ne l'aient utilisée que cette fois, et qu'elle n'ait plus d'importance maintenant dans le grand dessein. Ou que les dieux n'existent pas, et que quelque chose d'autre soit à l'œuvre...

— Tout est lié, dit Non'iama, répétant la phrase de la hâman.

Le roi haussa les épaules.

— Ce genre de phrases est à la fois d'une vérité flagrante et d'une inutilité totale. Tu as peut-être oublié ma menace de tout à l'heure. La prochaine fois, je te tranche une main. Tu n'as pas besoin des deux pour être utile...

— Et en quoi vais-je vous être utile ? demanda Non'iama, changeant légèrement la phrase que répétait sa grand-mère quand un des maîtres entrait dans la cuisine.

— Ayesha te reconnaîtra. Elle te fait confiance ?

— Oui. Et je ne la trahirai pas, dit Non'iama, se redressant avec fierté.

Le roi se leva et s'approcha d'elle. Il était beau, réalisa Non'iama, un beau jeune homme au corps souple et dansant, au regard brûlant. Dans les bals où elle avait parfois servi, ou qu'elle avait observés, accroupie, regardant par l'entrebâillement d'une porte de service, les jeunes filles aux robes ajustées auraient frémi sur son passage.

Passant sa main derrière son dos, le roi sortit de sa ceinture une longue dague et piqua de la pointe le milieu du front de la petite fille, puis le haut de ses deux joues, jusqu'à ce que trois perles de sang apparaissent sur le turquoise de sa peau.

— Tu ferais n'importe quoi sous la torture, comme tout le monde. Mais ce n'est pas le problème. Si je t'obligeais à trahir, tu ferais une très mauvaise traîtresse, alors que c'est ta sincérité qui m'intéresse. Tu vas porter un message à Ayesha. Le message sera en deux parties : la lettre, écrite et signée de ma main, et toi. Ton témoignage. Tu diras que tu m'as vu, ce que je t'ai dit, ce que je t'ai fait. Je n'ai pas de sceau... pourquoi croirait-elle des inconnus affirmant qu'ils viennent de ma part ? Ce pourrait être un piège. Toi, elle te croira.

— Qu'allez-vous lui dire ?

Non'iama se mordit la lèvre, regrettant sa question. Mais le roi ne parut pas offusqué. Repassant sa dague dans sa ceinture, il s'assit à son secrétaire.

— J'utilise du papier de Reynes, dit-il en sortant une feuille d'un rouleau. Qu'Ayesha n'y voie pas la preuve d'un complot... J'en ai simplement ramené quand je suis revenu prendre la place de mon père. (Trempant sa plume dans l'encrier, il commença à écrire.) Que vais-je lui dire ? Mais je vais lui proposer une alliance, bien sûr. Je vais lui proposer de m'aider à détruire Reynes.

La phrase flotta dans l'air et, un moment, ne résonna, sous la tente, que le bruit de la plume crissant sur le papier.

Détruire Reynes.

Non'iama eut un vertige. Elle était restée si longtemps debout, elle n'avait rien mangé depuis la veille.

Reynes.

Elle ne savait peut-être ni lire ni écrire, mais comme les histoires des dieux, les légendes, les contes, la religion et les lois, il y avait certaines choses qu'on n'avait pas besoin d'apprendre. On les savait, c'était tout, arrivé à un certain âge on les connaissait parce qu'elles flottaient dans l'air que l'on respirait, dans les phrases que l'on entendait, elles pesaient dans les conversations, la société. *Reynes*. Même si Non'iama ne s'était jamais approchée de la cité, si elle n'y entrerait sans doute jamais, elle savait quel poids, quelle importance avait la ville.

Et soudain elle eut une vision – sa première vision de hâman, sa première vision de prêtresse sorcière d'Ayesha. Les images, la tension des derniers jours, la faim, la fatigue, tout se mélangea et elle les vit... le feu, les cadavres brûlants se déverser comme une traînée de lave sur les vallées, les cités, les routes et les villages... les visages de Nordos, de Brus, de Nôs se mêlèrent, se mélangèrent à ceux des cavaliers autour des tentes brunes, aux lèvres maculées de graisse et de sang de l'homme qui était passé près du feu en mordant sa carcasse de lapin et sa respiration se hacha, ses yeux la brûlèrent, sa tête tourna et quand elle parla, elle n'était plus tout à fait elle...

— *Non.*

Le roi des Sakâs posa sa plume, puis se retourna. Il avait senti le changement de ton, l'intonation de la voix.

Il dévisagea Non'iama, et la petite fille fit un pas vers lui, sentant la force qui la portait... la force du bleu qu'elle portait sur le visage, la force des fauves, la force d'Ayesha.

— Non. Vous ne devez pas. Reynes ne doit pas tomber, dit-elle avec des mots qui n'étaient pas tout à fait les siens... mais peut-être les avait-elle entendus avant, dans des poésies, dans des contes ? La ville ne tombera pas.

Il y eut un court silence sous la tente tandis que le roi l'observait.

— Ainsi, finalement, tu joues quand même à la hâman, petite. Alors ce n'est pas seulement un déguisement habile... Très bien. Est-ce un ordre ou une prédiction ? Je n'apprécie guère les ordres.

— Vous allez mourir, dit Non'iama, mais elle sentait la force, la vision l'abandonner déjà.

Le roi la regardait avec ses yeux perçants et ironiques et une bouffée de haine la prit soudain. Elle ne pouvait pas, elle ne voulait pas se taire maintenant pour le voir rire, elle voulait lui jeter quelque chose à la face, quelles qu'en soient les conséquences.

— Vous allez mourir, cracha-t-elle très vite, poussée maintenant seulement par la colère, par le désir de faire mal, vous allez périr la tête écrasée par la pierre, sous les coups, et votre sang maculera la terre, et vous hurlerez de souffrance et vos ennemis riront. Par le pouvoir d'Ayesha, ils *riront* !

Elle avait crié le dernier mot et un soldat passa la tête à l'entrée de la tente pour voir si tout allait bien. Le roi lui fit un signe et il repartit.

— « Et à chaque cycle, dit-il doucement, les Sakâs balaieront les pays et leurs rois, et leurs cités et leurs fils, puis ils repartiront dans une vague de flammes, car ainsi le veut le cercle de l'existence. Ce qui monte tombera, et la destruction précède le nouveau commencement. »

Il avait parlé d'une voix calme et sereine. Les jambes de Non'iama tremblaient sous elle, de colère, de haine, de peur.

— J'ai appris beaucoup à Reynes, petite, dit le roi avec douceur. En 437 après Ayona, lors du Concile de Barynes, les sages ont élaboré une intéressante théorie avant d'être torturés et tués pour hérésie... Ils affirmaient que les mots tissent notre réalité, et non le contraire. Ils disent que c'est ainsi que fonctionnent les prédictions : une fois les mots prononcés, les hommes et l'univers entier se liguent pour les réaliser. J'ai appris ça à l'université, ajouta-t-il avec un petit sourire. Mon père n'avait pas d'éducation, mais finalement, sa philosophie n'était pas si différente de celle du Concile. Il pensait que si on veut qu'une prédiction se réalise, il faut le décider. Il faut agir. (Il sourit.) Le Cycle naît et meurt avec un roi, il en a toujours été ainsi. Quand les oracles ont dit que ce roi, c'était moi, mon père m'a envoyé à Reynes. Pour mieux connaître l'ennemi. Pour agir.

Non'iama n'avait rien à répondre et le roi des Sakâs se remit à sa lettre. Un long moment passa, tandis qu'il écrivait, ligne après ligne, sur près de deux pages.

Puis il roula les feuilles et les introduisit dans un petit rouleau, qu'il tendit à Non'iama.

— Le peuple d'Ayesha marche vers Kinshara, dit-il. Mes soldats vont t'accompagner le plus longtemps possible, puis ce sera à toi de te débrouiller. Trouve Ayesha, et donne-lui la lettre.

12

— Quelque chose bouge dans l'herbe, dit Arekh.

Les trois cavaliers s'étaient immobilisés sur la pente, à mi-chemin du sommet de la colline. Arekh et Amîn montaient des alezans de l'Émirat, entourant Liénor, confiée à une jument plus paisible. Le bébé, enveloppé dans une cape, était harnaché au ventre de la jeune femme.

Derrière eux suivait la longue file des réfugiés, à pied, entourés par les nâlas.

— Dans l'herbe ? souffla Liénor. Où ?

Autour d'eux, le monde était vert et gris. Le soleil était levé depuis deux heures mais ses rayons se noyaient dans un univers de brouillard humide et froid. Pas un arbre en vue, seulement un océan de collines au relief émoussé, recouvertes de longues herbes épaisses et souples, d'un vert bleuté... de l'herbe à perte de vue, sur laquelle la brume argentée laissait des traces de givre et de nacre. Le chemin qu'ils suivaient était la seule trace humaine.

Amîn ferma les yeux, écoutant. Puis, rouvrant les paupières, il scruta le paysage spectral.

— Je ne vois rien, dit-il enfin.

Le silence retomba. Derrière eux, les réfugiés s'étaient immobilisés à leur tour, et les nâlas étaient aux aguets.

Le vent se leva, faisant frémir le haut des herbes comme la surface d'un lac. Puis il retomba.

Liénor frissonna... de froid ou de peur, impossible à savoir.

Arekh écoutait toujours.

— Avec tout mon respect, aïda, dit Amîn à voix basse, comme s'il craignait de perturber le silence, je pense que vous vous trompez.

Arekh tendit les rênes à Amîn et descendit de cheval.

— Je ne me trompe pas. (Il se retourna vers Liénor.) Reculez. Rentrez à l'intérieur du groupe, dit-il en désignant les réfugiés.

— Je...

— Immédiatement.

Liénor lui jeta un regard furieux mais fit demi-tour. Après un instant de réflexion, Amîn fit signe à trois de ses cavaliers de prendre la tête du groupe.

Arekh fit un pas dans les hautes herbes, l'épée à la main. Puis un deuxième. Le silence était si profond, les herbes si hautes. Il avait l'impression d'avancer dans une mer profonde et obscure où nageaient des créatures blafardes, pouvant à tout moment sauter pour le dévorer... Il marchait dans une savane où, venant à sa rencontre, silencieux, se mouvaient les fauves...

Il fit un nouveau pas...

... et avec un rugissement déchirant, le premier fauve se jeta sur lui.

Arekh entendit le cri de Liénor, quelque part derrière lui, puis l'exclamation d'alarme d'Amîn suivie des hurlements terrifiés des réfugiés et des ordres des nâlas. Dans le brouillard, tout paraissait confus, tout se mélangeait en une succession d'images étranges : le visage bleu étincelant du fauve, les deux poignard courts qui s'abattaient vers sa poitrine, les corps souples et rapides des autres fauves qui surgissaient du néant autour de lui. Arekh esquiva les poignards, projetant son épée en avant et fendant en deux le visage du premier fauve, qui s'écroula avec un cri très humain ; puis il tournoya, bousculant un autre fauve sur son passage, évitant un nouveau coup alors que la gerbe de sang de celui qu'il venait de tuer n'en finissait pas de retomber, éclaboussant d'écarlate les visages bleus et les herbes argentées. Et soudain tout ne fut plus que parades et ripostes, lames d'acier et faces ricanantes et bleues, et Arekh frappa, à droite, à gauche, taillant et massacrant, tandis qu'autour de lui, à moitié noyés dans le brouillard, résonnaient les hurlements, les bruits des sabots et les hennissements des chevaux, le fracas des épées qui s'entrechoquaient et le son sec des os qui éclataient.

Arekh frappa un dernier coup, reculant. Son pied se posa sur la route et la scène s'éclaircit, comme si la brume n'attendait que son signal pour se lever. Les fauves... les fauves n'étaient que des hommes, bien sûr, des hommes aux cheveux blonds et aux visages peints en bleu : ils étaient à peine vingt et les nâlas finissaient de les massacrer. Les réfugiés, entassés sur la route, paraissaient indemnes. Trois hommes bleus fuyaient vers le nord, le dernier d'entre eux, blessé, n'était qu'à quelques pas d'Arekh. Celui-ci bondit à sa poursuite, escaladant la pente, tandis que l'homme, se sentant poursuivi, accélérait sa course maladroite, le sang coulant de sa cuisse, de son bras et de sa poitrine. Il ne survivrait pas longtemps, de toute manière, pensa Arekh en arrivant à son niveau, et sautant, il plaqua l'homme à terre. Le fauve roula, la dague à la main, lançant vers la gorge d'Arekh un coup vif et désespéré que celui-ci évita de justesse. Réussissant à lui plaquer les mains au sol, Arekh cria :

— Qui t'a envoyé ? D'où viens-tu ?

L'homme au visage bleu et au masque de fauve ne fit que rire, puis il se débattit avec une violence surprenante et Arekh faillit le lâcher.

— Qui t'a...

— *Ayesha !* cria l'homme comme un cri de guerre, et dans un dernier soubresaut, il se tordit, libéra sa main droite et frappa de nouveau, entaillant l'épaule d'Arekh qui réagit d'instinct et le frappa de toutes ses forces à la tête.

La nuque se brisa avec un claquement sec et l'homme retomba, mort.

Arekh se releva lentement, étudiant le visage turquoise.

Puis, se retournant, il regarda les cadavres éparpillés dans les hautes herbes.

— Merde, murmura-t-il, tandis qu'Amîn s'approchait, un sourire triomphant sur le visage. Merde. (Il donna un coup de pied furieux dans un rondin puis commença à dévaler la pente en direction de son cheval.) Il faut partir d'ici, ajouta-t-il en croisant Amîn. Vite.

Les cavaliers envoyés en éclaireurs revinrent annoncer qu'un village se trouvait à cinq lieues. L'endroit était abandonné – comme partout dans l'ouest, la peur avait fait fuir plus d'habitants que les exactions des Sakâs. Les réfugiés, encadrés par les cavaliers, parcoururent la distance au pas de course. L'attaque suivante pouvait avoir lieu n'importe quand. Si les vingt hommes étaient des éclaireurs, la véritable troupe n'allait pas tarder. Les hommes qui avaient réussi à s'enfuir raconteraient combien ils étaient, comment ils étaient organisés.

La prochaine attaque n'aurait qu'un but : tuer.

Et les fauves, rendus furieux par la mort de leurs amis, ne seraient pas d'humeur à discuter.

Arekh avait dépêché deux nâlas, des volontaires, vers le nord, pour essayer de parlementer, de s'expliquer avant l'attaque. Les deux cavaliers n'étaient pas revenus et Arekh avait décidé de ne pas risquer la vie d'un troisième. Chaque homme était précieux. Les guerriers d'Ayesha ne les avaient sans doute même pas laissés s'approcher. Ils avaient dû les abattre à coups de flèches, de loin, sans écouter leurs gestes désespérés.

Des cavaliers de l'émir. Ils étaient l'ennemi, par définition...

Trois heures plus tard, les réfugiés étaient au village – Arekh laissa échapper un soupir de soulagement en voyant les familles entrer en courant dans le labyrinthe de petites rues de pierre. La situation était loin d'être idéale, mais l'endroit serait plus facile à protéger. Ils commencèrent aussitôt à monter les barricades, s'installant sur une minuscule place en haut du village, rejointe par trois petites rues étroites faciles à protéger. Les femmes, les adolescents et les hommes trop âgés pour combattre portèrent poutres, pavés, tonneaux abandonnés et tous les meubles qu'ils pouvaient trouver pour aider les guerriers à monter les barrières.

La nuit tomba, et Arekh et Amîn firent placer des torches aux coins des maisons.

Les réfugiés attendaient, massés près de la fontaine, sous trois acacias centenaires.

Les heures passèrent, et le froid commença à descendre.

L'attaque se fit d'un coup.

Les hommes placés sur les toits des maisons eurent à peine le temps de pousser un cri d'alarme : soudain, se déversant en hordes des collines avoisinantes, ils étaient là, deux cents, peut-être trois cents hommes hurlants, à la peau bleue et au visage grimaçant, dégringolant les pentes et remontant les trois rues. Il fallait les arrêter ; il fallait parlementer, c'était leur seule chance, réalisa Arekh, mais les hommes qu'il avait placés dans les rues pour les accueillir, les mains levées en signe de trêve, n'eurent pas le temps de placer un mot : balayés, ils furent avalés par la horde et disparurent sous le flot.

Les fauves étaient trop nombreux. Ils allaient mourir, tués par les guerriers de celle qu'ils venaient rejoindre.

Arekh n'eut même pas le temps d'apprécier l'ironie de la situation que les barricades étaient déjà presque tombées.

Il bondit par-dessus la première, une torche à la main, l'épée dans l'autre, tentant de repousser les assaillants. Un homme qui grimpait l'amoncellement de meubles et de poutres se jeta sur lui en hurlant, Arekh le repoussa, lui brûlant le visage, puis il tenta de se retourner mais un coup violent de masse l'atteignit sur l'épaule, le faisant hurler de douleur. La souffrance monta en lui, déclenchant une rage froide et furieuse, et jetant la torche, il attrapa l'homme et le secoua de toutes ses forces.

— Nous ne voulons pas nous battre, crétin !! Nous voulons voir Ayesha !! Où est votre chef ?

Avec un cri de haine, l'homme se dégagea et frappa, et Arekh para de justesse, le choc envoyant une onde de douleur dans son épaule blessée.

— Tu m'entends ? Nous ne voulons pas nous battre !!

L'homme frappa de nouveau, et sa fureur croissant, Arekh s'en débarrassa d'un coup d'épée avant de se tourner vers le suivant, qui se jetait sur lui, hache levée.

— Nous ne voulons pas nous battre ! Nous voulons...

La hache s'abattit et encore une fois, Arekh dut parer le coup au dernier moment. Cette fois le choc lui brisa presque le poignet. Derrière lui, quatre nâlas tenaient la barricade, frappant et hachant dans les assaillants tandis qu'en bas, sur les tonneaux, les flammes de la torche lâchée par Arekh léchaient le bois des poutres et des charrettes, grimpaient le mur en torchis d'une des maisons sur la gauche. Plus loin dans la rue, un nouveau groupe d'assaillants apparut en courant, dirigé par un grand homme aux cheveux blonds et courts qui hurlait des ordres, désignant la barricade. Sous ses pieds, Arekh vit le cadavre d'un des hommes qui s'étaient postés dans la rue pour essayer de discuter.

La douleur et la colère lui serrèrent le ventre.

— Maintenant, ça suffit.

Soutenu par sa rage, il sauta de la barricade, atterrissant au milieu des assaillants surpris. Son épée tournoyant pour s'ouvrir un chemin, il fonça droit devant lui, courant, dégageant à coups d'épaule et d'épée les hommes sur son passage, tandis que des cris surpris et des ordres résonnaient autour de lui. Dans la confusion, au milieu du sang et de la lumière fluctuante des torches, il vit l'homme aux cheveux courts se tourner vers lui, étonné, tandis que deux guerriers bondissaient pour protéger leur chef. Arekh frappa le premier du pommeau de l'épée, le faisant voltiger tandis que le coup de l'autre l'atteignait, encore une fois au bras droit. Ignorant la douleur, ignorant les hommes qui se préparaient à frapper, il bondit vers le chef et le saisit à la gorge, le plaquant contre un mur. Des hurlements de rage s'élevèrent derrière lui tandis qu'Arekh faisait volte-face, se mettant dos à la maison et se servant de son prisonnier comme bouclier.

Il posa la lame sur la gorge de son otage tandis qu'autour, les fauves reculaient d'un pas, puis il siffla dans son oreille :

— Rappelez vos hommes !

Le guerrier se débattit, lançant une bordée d'injures, mais Arekh le secoua et cria.

— Cinq phrases !! J'ai cinq phrases à vous dire, et après je vous lâche. (Appuyant sa lame sous l'oreille de l'homme, il décrivit un long arc de cercle, laissant le sang couler sur sa gorge et son cou.) Cinq phrases !!

L'homme se tendit, puis leva la main. Devant lui, les hommes prêts à bondir baissèrent leurs armes, leurs regards furieux, ramassés sur eux-mêmes. S'il n'arrivait pas à les convaincre, c'était la fin. Mais Arekh n'arrivait pas à avoir peur : sa colère était si forte qu'elle assourdissait le reste.

Il lâcha son prisonnier, qui se tourna vers lui, serrant son long poignard, ses yeux bleus si brillants de rage qu'ils en étaient presque blancs.

— Parle, cracha-t-il.

— Nous sommes venus vous rejoindre ! cria Arekh, désignant les nâlas qui se battaient sur la barricade. Je suis un ami d'Ayesha. Je la connais depuis... (Il eut un geste impuissant de la main avant de reprendre.) Mon nom est Arekh ès Morales. Elle me connaît. Elle m'attend, et là-bas, parmi les réfugiés que vous êtes peut-être déjà en train de massacrer, se trouve Liénor Mar-Arajec, la meilleure amie d'Ayesha... sa compagne de toujours...

— Sa meilleure amie, dit un des hommes qui l'entouraient. (Ricanant, il frappa l'épaule de son chef.) Tu entends ça, Day-yan ?

Celui-ci fixa Arekh.

— Mais bien entendu, railla-t-il. Vous êtes l'ami d'Ayesha. Et c'est pour cela que vous êtes là, avec quatre-vingts cavaliers de l'émir, l'émir qui comme chacun sait est un grand admirateur de...

— Réfléchissez, imbécile !! cria Arekh, les mains tremblantes de fureur. Pourquoi ne suis-je pas resté derrière la barricade, à l'abri ? Pourquoi ai-je sauté la barrière pour venir vous parler ? Vous croyez que je serais là, au milieu de vous, si je ne disais pas la vérité ?

Arekh les sentit hésiter, et il s'engouffra dans la brèche.

— L'émir est mort. Ces cavaliers ont combattu sous mes ordres à Salmyre et ils ne reconnaissent pas l'autorité de son neveu. Êtes-vous assez puissants pour refuser quatre-vingts cavaliers venus vous rejoindre ? Vous ne voulez pas les avoir de votre côté ? cria-t-il en désignant de nouveau les barricades où Amîn, venu renforcer la défense, faisait des tailles sombres dans la masse des attaquants.

Trois maisons flambaient maintenant et plus loin, sur la gauche, Arekh crut entendre les réfugiés hurler. La barricade de la fontaine devait être tombée. Il essaya de faire abstraction des cris, de se concentrer sur la conversation.

— Vos hommes sont en train de mourir, dit-il d'une voix blanche, et les miens aussi. Vous allez tuer une femme qui est très chère à Ayesha, ainsi que son enfant. Alors que nous pourrions combattre côte à côte. Faites une trêve... une trêve de quelques heures, où chacun restera sur ses positions... le temps de voir si je dis la vérité ! Vérifiez mon histoire, cria-t-il, sentant la fureur le reprendre, et si elle n'est pas vraie, vous vous ferez un plaisir de me tuer !

— Quel ramassis de..., commença un des hommes, mais Day-yan leva de nouveau la main et la phrase mourut.

Il fixa Arekh un moment, réfléchissant.

Au loin, les réfugiés hurlaient, Arekh en était maintenant certain. La barricade était tombée. Il imagina les fauves avançant sur la place, frappant les enfants terrifiés... Un cri perçant de femme s'éleva et, poussant Day-yan, Arekh voulut se précipiter vers la barricade.

— Arrêtez vos hommes ! Il faut les arrêter... Ils...

Les guerriers l'entourèrent aussitôt, l'empêchant d'avancer, et Day-yan lui posa la main sur l'épaule.

Puis il hocha la tête.

— Trêve, déclara-t-il.

Un nouveau signe et à côté de lui, un homme sonna du cor, trois longs coups stridents, tandis qu'Arekh se jetait en avant, se frayant un passage à travers les combattants qui baissaient un à un leurs armes. Grimpant la barricade en évitant les flammes qui l'embrasaient maintenant, il croisa Amîn en criant « Trêve ! Trêve ! Ordonnez la trêve ! » puis courut, à bout de souffle, vers les réfugiés. Les fauves refluaient vers la barricade, leurs épées ensanglantées. Une dizaine de cadavres – hommes, femmes, enfants – étaient tombés à terre. Des blessés hurlaient, les familles éplorées s'étaient éparpillées sur la place.

Liénor n'était nulle part en vue.

Arekh l'appela, retourna les cadavres, sentit son cœur manquer un battement en voyant le corps d'une jeune femme aux longs cheveux noirs, saignant sur les pavés, le visage tourné vers le sol.

Il la retourna. Ce n'était pas elle.

— Liénor ! *Liénor !*

Des mains saisirent Arekh et on le retourna de force, lui arrachant son épée. Day-yan et ses hommes. Sur la place, les deux forces s'étaient lentement repliées : les nâlas, furieux mais gardant leur calme sous les injonctions d'Amîn, rassemblaient les réfugiés survivants et soignaient les blessés, préparant un camp à l'ouest de la place. Les hommes d'Ayesha s'étaient retirés derrière la barricade de la fontaine.

— Nous avons la fille, dit Day-yan, faisant signe à ses hommes d'emmener Arekh. Vous, vous venez avec nous.

— Où ? demanda Arekh tandis qu'on le poussait vers l'avant, vers les rues sombres du village.

— Voir Ayesha.

— Liénor, répéta Arekh en leur emboîtant le pas. Elle doit venir...

— Oh, elle vient, souffla Day-yan d'un ton glacial. Je m'en voudrais de priver Ayesha de sa « meilleure amie »... On la tiendra vivante jusque-là. Avec quelques bandages...

— Quoi ? cria Arekh, et les soldats le poussèrent de nouveau, lui faisant passer la barricade, descendre la rue et soudain Liénor fut devant lui, entourée de soldats : les cheveux défaits, le visage illuminé par les torches, le sang coulant de son épaule et de son bras. Une vingtaine d'hommes aux traits bleus étaient rassemblés là, sellant des chevaux, se préparant au départ.

— Arekh ! cria Liénor en le voyant, et celui-ci sentit un soulagement intense en entendant sa voix terrifiée, mais pleine de vie. Mon enfant... Ils l'ont... Il est blessé... Le bébé...

Se dégageant d'un geste furieux, Arekh fit trébucher un des soldats. Celui-ci leva l'épée pour le frapper mais Day-yan l'arrêta. En deux pas, Arekh fut près de Liénor, et essuyant de la main le sang sur le cou de la jeune femme, il examina la blessure. Elle ne paraissait pas très grave. La lame avait dérapé sur le cou, puis sur l'épaule, comme si Liénor s'était tournée pour protéger l'enfant, prenant une partie du coup à sa place...

— Ils me l'ont pris, cria Liénor, se tournant avec violence, se débattant, désignant un des guerriers. Ils ne veulent pas me le rendre... Ils disent... Ils disent que... Ils disent qu'il va mourir...

Arekh se retourna et le vit... le bébé, tenu sans ménagements par un des guerriers. Son petit corps était couvert de sang. Le sang de Liénor, espéra un instant Arekh, mais la manière dont le bras faisait un angle étrange avec le torse...

— Rendez-le-moi, cria Liénor, tandis que l'homme commençait à s'éloigner. (Sa voix monta dans les aigus, à la limite de l'hystérie.) Rendez-le-moi !

Repoussant les hommes qui tentaient de s'interposer, Arekh bondit en avant, frappa le guerrier surpris et lui arracha l'enfant.

— Abattez-le ! cria un des cavaliers, mais de nouveau, Day-yan s'interposa.

— Laissez. (Il s'approcha d'Arekh, qui regardait le bébé, le bras tordu et la longue plaie ouverte sur sa poitrine.) Écoutez, dit-il, d'un ton calme, presque compatissant, tandis que Liénor se précipitait. L'enfant va mourir ; il a perdu beaucoup trop de sang. Autant le laisser là. Ce n'est pas de la cruauté, seulement du bon sens. Il...

— Laissez-le-moi ! hurla Liénor, et Arekh lui mit le bébé dans les bras.

L'enfant respirait, une respiration hachée, mauvaise. Arekh se tourna vers Day-yan.

— Il a besoin de soins immédiats, commença-t-il, mais le guerrier montait déjà sur son cheval. Il faut bander sa blessure, lui donner du...

— Nous partons maintenant, dit Day-yan. Gardez l'enfant si vous voulez, mais c'est une erreur. Vous aurez juste la satisfaction de le voir mourir. (Il fit un signe et un cavalier attrapa Liénor par la taille, la mettant en selle de force tandis qu'elle étreignait toujours le bébé, son sang et le sien se mêlant sur les vêtements.) Je veux régler cette histoire au plus vite.

— Le petit ne survivra pas si...

— En selle ! ordonna Day-yan, et deux lames se posèrent sur la nuque d'Arekh. Un mot de plus et je tue la femme et l'enfant, dit-il en désignant Liénor. Montez.

Arekh obéit.

Le voyage sembla durer une éternité et ce ne fut qu'à l'aube qu'ils s'arrêtèrent, dans un vallon éclairé par une vingtaine de feux. L'espoir d'y trouver Marikani fut aussitôt déçu. Un coup d'œil suffit à Arekh pour comprendre qu'il ne s'agissait que d'un camp secondaire. Ayesha, les réfugiés et le gros de la troupe, avait expliqué Day-yan, étaient maintenant installés dans la citadelle d'Haroise, à l'extrémité est de Kiranya.

Dans le camp, les hommes étaient épuisés et de mauvaise humeur. Ils avaient traversé Kiranya sur presque toute sa longueur, en deux semaines, à marches forcées. Mais il semblait décidé qu'ils s'attarderaient plusieurs jours à la citadelle, et Arekh entendit les mots « ravitaillement » et « Exilés » prononcés plusieurs fois.

On poussa Liénor et Arekh près d'un feu et on les abandonna là. Aussitôt, Liénor commença à déchirer des lambeaux de sa cape pour tenter de panser la plaie du petit. Ses mains tremblaient et sa peau et son torse étaient maculés de taches sombres.

— Il va mourir, Arekh, il n'arrête pas de saigner... Je n'arrive pas à arrêter le sang... je n'arrive pas à...

Sa voix s'éteignit alors qu'elle éclatait en sanglots, tentant maladroitement de resserrer les bandages. L'enfant frémit et gémit tandis qu'Arekh se levait, tentant de se contrôler. Se précipitant vers le premier homme qu'il aperçut, il le saisit par l'épaule et l'arrêta. Les guerriers de la suite de Day-yan, qui buvaient de la soupe chaude à quelques pas de là, lui jetèrent un coup d'œil indifférent.

— Un enfant est en train de mourir... Il nous faut de l'eau, et du mahhm, pour arrêter le saignement...

L'homme, qui portait des fagots, regarda la mère et l'enfant, puis s'approcha. Se penchant, il étudia le bébé et la mère éplorée, puis se releva.

Son regard était ému quand il se tourna vers Arekh.

— Je suis désolé, dit-il d'une voix compatissante. Le mahhm est réservé aux guerriers. Nous n'en avons que peu, et les ordres sont drastiques.

— Mais il va mourir ! cria Liénor, se levant.

— Justement, dit l'homme, détournant la tête pour dissimuler l'émotion dans ses yeux. Écoutez, je comprends... ma petite sœur a péri lors de la grande marche, dans la forêt, et ma compagne a perdu son bébé. Je suis... je suis navré, mais ce gamin est mourant, ce serait du gâchis. Et puis, comme je vous le disais, les ordres sont clairs. Jamais on ne me permettrait de fournir du mahhm aux prisonniers...

Arekh lui prit les épaules et le secoua, la rage lui faisant trembler les mains.

— Ce n'est pas une prisonnière, imbécile. C'est la compagne d'Ayesha. Si elle était là, elle vous étranglerait de ses propres mains pour ne pas être venu en aide à...

Un des guerriers de la suite de Day-yan s'approchait, un bol de soupe à la main. L'homme aux fagots se tourna vers lui.

— Il dit que la femme, là, est la compagne d'Ayesha...

— Ouais, et moi je suis son fils caché, grommela le guerrier. Elle m'a eu en baisant derrière les buissons, avec Arrethas.

Arekh leva le poing pour le frapper, puis le baissa. Il dut réunir toute son énergie pour réussir à parler. S'il perdait son calme maintenant, ils étaient perdus, tous les trois.

— Demandez à Ayesha, gronda-t-il d'une voix vibrant de haine. Allez le lui demander. Allez le lui demander avant que cet enfant ne meure...

— On y va, dit le guerrier en désignant les chevaux d'un coup de tête indifférent. On y va. Calmez-vous, rien ne presse...

Deux heures plus tard, ils approchaient enfin de la citadelle, dont les hauts murs gris étaient éclairés par la lumière des lunes. Les cavaliers semblaient avoir pris un malin plaisir à ne pas se presser, et ils avaient marché au pas le dernier tiers du chemin, devisant et plaisantant dans l'air parfumé de la nuit. Liénor avait crié, protesté, imploré, supplié, avant de tomber dans une sorte de désespoir silencieux, une torpeur épouvantée dont seuls les cahots de la route la faisaient parfois sortir.

Arekh était prêt à tuer.

Seule la présence de Liénor le retenait encore. Sa fureur était si grande, si froide, qu'elle lui mordait l'estomac comme un animal affamé. Il se sentait prêt à faire un massacre, un massacre irraisonné, brutal, sans se retenir. La haine et l'amertume lui laissaient un goût âcre dans la bouche, et ses mains tremblaient, prêtes à frapper, étrangler, déchirer. Liénor et l'enfant avaient survécu aux Liseurs d'Âmes, à la torture, aux poursuites. C'était un miracle qu'ils soient encore en vie, un miracle qu'il avait aidé à accomplir, et l'existence de cet enfant si frêle, ce fil si fragile allait se rompre maintenant, à côté de lui, parce qu'une bande d'imbéciles ne voulaient pas entendre, pas écouter...

Les chevaux s'arrêtèrent dans le parc, derrière le château. Le lieu prenait une ambiance irréelle dans la lumière pâle. Les hommes s'affairaient entre des colonnes et de petits pavillons d'agrément, leurs chevaux attachés à des grilles ornementées broutant des roses et des parterres de fleurs. Un peu plus loin, derrière un muret, le camp descendait le long de la colline ; des centaines, des milliers de tentes, celles du peuple d'Ayesha... leurs formes triangulaires à peine visibles dans l'obscurité, sauf quand un coup de vent faisait jaillir le feu des braises mourantes des foyers.

La pente descendait jusqu'à une longue rivière où flottaient barges et bateaux ornés du blason des Exilés.

Day-yan fit signe à ses hommes de s'arrêter et, sautant de son cheval, Arekh se précipita vers Liénor, mais deux hommes l'arrêtèrent.

— Laissez-moi passer, souffla-t-il. Il faut l'amener à Ayesha, qu'elle donne l'ordre de...

— Du calme, dit Day-yan d'un ton glacé. Nous allons d'abord voir si elle peut vous recevoir. (Il fit un signe et trois hommes les entourèrent.) Conduisez-les au petit pavillon.

Ils avancèrent, Liénor hagarde poussée par les hommes, trébuchant. Arekh lui prit le bras pour la soutenir, effleura le cou du bébé, sentant un faible pouls.

Le petit pavillon était à la limite entre le parc et une terrasse de pierre ouvragée. Liénor se laissa tomber sur un banc, le visage blafard. Arekh insista, demandant à voir Ayesha, mais le soldat les ignora. Les deux autres guerriers s'éloignèrent.

L'homme restant les surveilla d'un œil vide, adossé contre un pan de mur.

Ils attendirent.

Au bout d'un moment, un des soldats revint, dit quelque chose à l'oreille du premier, qui lui répondit d'un petit rire.

Puis il s'éloigna de nouveau.

Le premier soldat ne bougea pas.

Arekh s'agenouilla près de Liénor et posa de nouveau son doigt sur le cou de l'enfant. Se relevant, il s'approcha de l'homme, le regard dangereux.

— Ayesha...

— Elle dort, dit le guerrier en haussant les épaules.

Arekh se figea, le regardant.

— Eh bien allez la réveiller, dit-il enfin, la gorge si serrée qu'il avait du mal à parler.

L'homme eut un nouveau petit rire.

— Elle *dort*, répéta-t-il comme si la demande d'Arekh n'avait pas de sens.

Puis il se détourna, s'appuyant de nouveau à son muret.

— Arekh.

La voix de Liénor. Arekh se retourna.

La jeune femme était assise, très droite.

— Il est mort, dit-elle simplement.

Pas de pleurs. Pas de cris. Le regard de Liénor était vide. Elle dévisagea Arekh un moment, puis baissa les yeux sur son fils.

Arekh se leva et traversa la cour.

— Marikani ? cria-t-il, ne sachant pourquoi il appelait.

Il était trop tard, mais la haine et la peine lui serraient le ventre et il ne pouvait qu'avancer... tout droit, les yeux fixes, porté par la fureur.

Le soldat tenta de s'interposer et Arekh frappa – de toutes ses forces, du poing droit, envoyant l'homme se fracasser contre le mur de la cour. Il appela aussitôt à l'aide, mais Arekh continua son chemin, parant de son coude l'épée d'un nouveau guerrier au visage bleu apparu entre les colonnades, puis lui arrachant la lame et le frappant de toutes ses forces, au visage, de coups répétés du pommeau jusqu'à ce que l'homme s'écroule. Un autre guerrier ; Arekh frappa encore, sans réfléchir, sans respirer. Un bruit sec résonna derrière lui, une flèche venait de se planter dans une colonne. Arekh ne se retourna même pas. Il se remit à marcher, tout droit, vite, encore plus vite, pénétrant sous une arche, dans la grande salle de la forteresse, bousculant un groupe d'Exilés surpris qui discutaient près d'un feu allumé à même le sol.

— Marikani ? cria-t-il de nouveau, la voix rauque, alors que derrière lui s'élevaient des exclamations de surprise et des cris d'alarme.

Des voix, des ordres, il les ignora, continua son chemin jusqu'à une nouvelle arche, tourna brusquement à gauche, repoussa avec violence un Exilé qui passait en serrant contre lui une série de parchemins, vit une jeune fille aux longs cheveux blonds portant une cruche d'eau.

— Où est Ayesha ? dit-il en s'approchant.

La fille voulut protester mais Arekh répéta sa question, criant, levant son épée et la fille éclata en sanglots brusques, désignant une arche un peu plus loin.

Arekh accéléra le pas, un brouillard de sang lui descendant sur les yeux. Une immense tapisserie barrait l'entrée, il la souleva et entra, ses talons claquant contre le sol en marbre.

— *Marikani !*

Sa voix était sèche, glaciale, dangereuse à ses propres oreilles. C'était... si loin de ce qu'il aurait voulu, si loin de ce dont il avait rêvé, mais il était impuissant. Il ne contrôlait pas sa gorge, sa voix, son ton. Il avança.

Et il les vit.

Allongés sur un fin matelas de jute, sur le sol dallé, leurs deux corps enlacés recouverts d'un drap blanc. L'éclat argenté des lunes entrait par les hautes fenêtres, éclairant de sa lueur blafarde une ancienne table de banquet et des chaises en bois.

Réveillée par son nom et le bruit des pas sur les dalles, Marikani s'assit brusquement. Elle regarda autour d'elle, l'esprit encore confus, tenant son drap contre sa poitrine.

Arekh fit un pas vers elle.

Marikani le fixa, ses yeux luttant pour donner un sens à ce qu'elle voyait, son esprit sortant lentement des songes.

— Arekh ?

Elle se leva, tenant le drap contre elle dans un geste de modestie inutile, les pans du tissu ne couvrant guère que le milieu de son corps. Elle dévisagea Arekh, bouche ouverte, figée de surprise, puis jeta un coup d'œil à l'homme nu qui se réveillait sur la couche à côté d'elle.

La rage enflamma Arekh comme un brasier.

— Arekh ? répéta Marikani, et un pâle sourire naquit sur sa bouche, comme si elle n'osait y croire, comme si elle commençait seulement à y croire...

puis elle jeta un nouveau coup d'œil à l'homme sur le matelas...

Arekh fit trois pas en avant et la gifla à toute volée. Marikani recula sous le choc et du sang jaillit de sa lèvre, tandis que l'homme sur la couche bondissait, saisissant l'épée courte qui se trouvait à ses pieds. L'ignorant, Arekh saisit Marikani à la gorge et la plaqua contre le mur puis leva la main, prêt à la gifler de nouveau.

— N'hésite pas, siffla Marikani, et il vit qu'une rage équivalente à la sienne bouillait maintenant dans ses yeux. Cela fait deux ans que tu ne rêves que de ça, non ? Défoule-toi !

Arekh hésita, puis lui serrant toujours la gorge, il la jeta contre la paroi avant de la lâcher et de reculer d'un pas, l'estomac noué, le cœur battant à tout rompre. L'homme à l'épée fonçait sur lui, lame levée, mais Marikani l'arrêta d'un geste.

— Bara. *Non.*

— Mais... protesta l'homme avant de se taire devant le regard impérieux de Marikani.

Puis elle se tourna vers Arekh et ils se dévisagèrent un long moment, tremblant tous deux de rage.

— Eh bien, on dirait que les Liseurs d'Âmes savent lâcher leurs proies, finalement. (Elle inclina la tête avant de lui jeter un regard de mépris profond.) Vous n'êtes pas mort ? Il faut croire que j'ai été mal informée.

Arekh hésita un instant, entre l'étrangler, étrangler l'homme, ou prendre une chaise et la briser sur la table, puis par terre, puis sur les murs, briser les chaises une par une jusqu'à ce qu'il se sente mieux.

Marikani avança, le meurtre dans le regard, puis gifla Arekh à son tour – avant de s'approcher de lui, très près, trop près, ses lèvres effleurant son oreille.

— Recommence ça et je te fais lapider, soufflat-elle, la voix glaciale. (Elle jeta un coup d'œil à Bara qui recula de deux pas.) Je ne sais pas ce que tu imaginais, Arekh, continua-t-elle à voix basse. Je ne sais pas ce que j'imaginais. Que tu étais... que les autres s'étaient trompés sur toi. Je vois que non.

Elle désigna sa lèvre et ajouta simplement :

— Maintenant, les choses sont plus claires. Et je sais. Jamais. Jamais tu ne me toucheras. Jamais.

Arekh se contenta de la fixer, puis, sans détourner le regard, il désigna la porte.

— Liénor vous attend dehors. Son enfant est mort.

Marikani sursauta, ouvrit la bouche, pâlit.

— Par les Dieux, souffla-t-elle, les larmes lui montant aux yeux. Liénor...

Elle se mit à courir, sortant de la salle, tandis que Bara continuait à fixer Arekh. Si le regard pouvait tuer, Arekh serait tombé raide mort, là, sur place, mais il s'en fichait.

Il sortit de la salle, lentement, sans savoir où il allait... croisant dans les couloirs des soldats et des Exilés qui le dévisageaient, étonnés. Les images de la soirée tourbillonnaient dans son esprit : le visage du petit cadavre, le sang sur la lèvre de Marikani, les traits exsangues de Liénor.

Il sortit, respira l'air frais. Les arbres et les colonnes se brouillaient devant lui ; sa tête lui faisait atrocement mal. Pourquoi ne voyait-il plus clair ? La gifle de Marikani n'avait pas été si forte...

Il continua à marcher, droit devant, sans savoir où il allait. Il vit les fortifications s'élever devant lui comme dans un brouillard, il allait continuer à avancer, tout droit, il passerait une des portes et continuerait à marcher sur les chemins qui le mèneraient dans les collines, parmi les hautes herbes, où il allait se perdre, disparaître, partir, très loin...

L'arche de la porte nord s'ouvrait devant lui, dans la muraille ; au-delà, la route serpentait avant de s'évanouir dans le paysage argenté. Arekh avança vers la porte, puis cligna des yeux.

Il y avait quelqu'un sur la route... une fine silhouette qui avançait, marchant lentement vers la citadelle, vers lui. Arekh hésita, croyant à un fantôme dans cette brume grise, mais la petite silhouette se précisa, prit de la consistance, passa sous l'arche puis s'appuya contre la pierre, épuisée, comme si elle avait trop marché.

— Non'iama, souffla Arekh, tandis que l'enfant levait les yeux vers lui.

La petite fille le dévisagea. Elle était horriblement sale, ses cheveux emmêlés formant une couronne de foin autour de sa tête, des traînées bleues et noires maculant ses joues, ses genoux et ses coudes recouverts d'hématomes.

Elle sourit en reconnaissant Arekh, un immense sourire qui lui dévora le visage, puis elle commença à rire et à pleurer en même temps, bondit de joie avant de lui sauter au cou, l'étreignant de toutes ses forces, ses larmes de joie coulant sur son visage.

— Maître ! cria-t-elle, sa voix comme un éclair de lumière dans la brume. Je suis si heureuse... je vous ai cherché, mais vous n'étiez pas là... Alors j'ai marché... et j'ai vu le roi des Sakâs... et j'ai marché encore, et je vous ai retrouvé... Je vous ai retrouvé...

— Ne m'appelle pas « maître », souffla Arekh, se retenant de rire à son tour. Tu vas m'attirer des ennuis.

Il la serra contre lui, tandis qu'elle babillait encore des phrases incohérentes. Il trébucha, de fatigue comme sous son poids, et elle rit tandis qu'il se laissait glisser à terre, la serrant très fort.

Puis, enfin, il se mit à pleurer.

13

Trois jours plus tard, Marikani tint conseil dans la grande cour de la citadelle, sur le cercle des anciens. À la mode kiranyenne, de grandes pierres grises taillées en cubes maladroits constituaient un petit amphithéâtre où les aînés des familles de la région se réunissaient pour prendre les décisions. Marikani était assise au milieu, sur le plus grand rocher, normalement réservé au plus âgé et au plus noble.

Femmes et enfants allaient et venaient, sous le ciel d'un bleu intense, préparant les repas, portant de l'eau. Dans la cour secondaire, les Exilés avaient monté de petites échoppes où ils distribuaient, selon des règles strictes, armes et nourriture. Des chants s'élevaient du camp où Hannaï et les prêtresses d'Ayesha avaient établi un autel et peint d'immenses draps en bleu et or, avant d'allumer des feux rituels, de brûler des parfums et de danser.

Pier était arrivé le matin même, porteur de mauvaises nouvelles. La deuxième armée de Sleys et de Kinshara avait disparu, tout simplement disparu, quelque part entre le sud de la Chaîne Blanche et les marais de Maoires. Les Sakâs avaient passé la Barrière de Pierre. Les forces d'Harabec et les armées de Reynes qui avaient été dépêchées à l'ouest se repliaient au nord de la ville à marche forcée, mais rien ne disait qu'ils seraient assez nombreux pour protéger la cité.

Une dernière bataille se préparait, et elle avait toutes les chances de tourner en faveur des barbares.

— Le feu des Sakâs a embrasé les Royaumes, dit Pier devant le conseil, avec le ton mi-cérémonieux, mi-amusé qu'il employait parfois. Des Royaumes que la flamme d'Harabec avait déjà brûlés, ravageant les terres le jour du Grand Sacrifice, ajouta-t-il avec un petit salut en direction de Marikani. L'incendie des Sakâs risque de terminer le travail.

Marikani hocha la tête, comme pour le remercier d'avoir parlé, puis regarda un à un les membres du Conseil.

— Nde Pier, Béni de Saïlle, est originaire des Principautés, expliqua-t-elle. Il était membre du Haut Conseil de la Cité de Salmyre, avant qu'elle ne tombe, et est un des Hauts Érudits des bibliothèques de la Troisième Assemblée de Reynes. Je vous ai réunis pour écouter son témoignage, puis pour entendre le contenu de cette lettre.

Elle désignait un petit rouleau de bois duquel dépassaient deux feuillets à l'écriture serrée. Non'iama était assise en tailleur par terre, à côté des pierres, écoutant avec attention.

— La petite a couru beaucoup de dangers pour me rapporter ce message, expliqua Marikani. Elle a rencontré le roi des Sakâs en personne et son récit est précieux.

Elle s'attarda quelques instants sur le visage de Non'iama, comme si les traits de l'enfant réveillaient en elle une émotion, des souvenirs oubliés. Puis elle secoua la tête.

Quand elle se tourna vers le Conseil, son visage était dur.

— La composition de ce Conseil ayant encore évolué, je vais faire les présentations. Bara, Day-yan, Farer et Haïk sont mes lieutenants, et les chefs de guerre de notre armée. Pier, est, comme je vous l'ai dit, prêtre et érudit... je le remercie encore d'être venu de si loin. Moïri représente les femmes du peuple des Exilés, et son conseil nous est toujours précieux.

Marikani fit une pause, regardant le grand homme brun aux yeux noirs, vêtu d'un costume pourpre, nonchalamment assis sur la sixième pierre. Elle lui fit un signe, comme si elle attendait qu'il se présente lui-même.

L'homme sourit, puis se pencha.

— Quant à moi, vous me connaissez tous, je pense. Je suis le Maître des Exilés, et même Moïri répond à mes ordres, n'est-ce pas, belle Moïri ? Ma présence à vos côtés sera courte, hélas. Je repars demain vers le sud-est. J'ai des fonds à récupérer et d'autres gens de mon peuple à escorter jusqu'ici. Chaque jour qui passe, la récupération de nos investissements se fait plus hasardeuse, et les nouvelles de nde Pier ne me réconfortent guère. Je vous retrouverai au port de Samara.

— J'ai proposé au Maître des Exilés de partager le roc de l'ancien avec moi, reprit Marikani. Nos deux peuples sont alliés et égaux. Mais...

— Mais j'ai refusé, dit celui-ci en souriant. Je n'ai pas tous les jours l'occasion de participer au Conseil d'une déesse. Je veux montrer que je sais rester à ma place.

Marikani lui jeta un regard mi-exaspéré, mi-amusé, et le maître des Exilés lui sourit en retour : un sourire séducteur qui ne cachait ni ne voulait cacher ses intentions. Sur son rocher, Bara baissa la tête, sombre. Arekh fixait la ligne d'horizon. Il ne tourna la tête que quand Marikani le présenta à son tour.

— À ses côtés se trouve Arekh ès Morales, né dans les Principautés. Il a été conseiller de la couronne d'Harabec et aïda de la force de défense de Salmyre.

Il ne représente que lui-même, mais commande quatre-vingts nâlas qui ont rejeté l'autorité du nouveau souverain de l'Émirat... enfin, ce qu'il reste de l'Émirat. Les nâlas ont décidé de se joindre à nous pour l'instant.

— J'ai aussi la responsabilité de deux cents réfugiés, dit froidement Arekh. Je dois les emmener à Samara.

— Arekh ès Morales est un fin stratège, et un excellent meneur d'hommes, ajouta Marikani sans le regarder. De nous tous, c'est sans conteste celui qui a la meilleure formation militaire. Day-yan... je sais que son arrivée ici a été mouvementée, et que vos hommes et les siens se sont battus... mais vu notre manque crucial d'officiers de métier, son aide nous sera précieuse.

Elle n'avait toujours pas croisé les yeux d'Arekh. Sur sa lèvre, un léger hématome était la seule trace de la scène des jours précédents. Marikani était revenue de combats dans de pires états, et personne n'avait posé de question. Nul ne savait la vérité, sauf Bara, dont Arekh sentait, à l'instant même, le regard brûlant de haine.

Day-yan leva la main et Arekh s'attendit à des protestations, mais à sa surprise, le guerrier souriait :

— Nous avons perdu vingt hommes contre les nâlas, mais nous en gagnons quatre-vingts, et de bien plus grande qualité, sans compter les chevaux. Et puis, ajouta-t-il en désignant Arekh du pouce, j'ai vu combattre ce type, quand il est descendu de la barricade. Je préfère l'avoir avec nous que contre. Il est dangereux, quand il est en colère.

— En effet, dit Marikani avec un pâle sourire. Enfin, voici Liénor Mar-Arajec, dit-elle en désignant le dernier membre du cercle. Liénor est mon amie d'enfance et ma conseillère personnelle.

Liénor était très droite, pâle et silencieuse. Arekh lui avait parlé plusieurs fois depuis la mort de l'enfant. Considérant les circonstances, son état était encourageant. Elle ne pleurait pas et répondait aux questions de manière claire et sensée. Bien sûr, elle paraissait distraite, mais elle avait mangé et bu, Arekh s'en était assuré. Il l'aurait pensée tirée d'affaire s'il n'y avait pas eu ce détachement étrange, cette façon de regarder à travers les gens quand ils lui parlaient.

Liénor avait enterré son enfant devant l'autel d'Ayesha et laissés les « prêtresses » faire d'étranges rituels au-dessus de sa tombe. Elle avait passé la soirée suivante allongée par terre, à regarder les étoiles, suivant du doigt les contours imaginaires des runes dans le firmament et fixant la traînée turquoise dans le ciel. Elle serait restée là jusqu'au matin, à trembler de froid, si Arekh ne l'avait pas forcée à aller se coucher, la prenant dans ses bras et la portant jusqu'au campement où il l'avait enveloppée dans ses propres couvertures.

Liénor s'était laissé faire, sans un mot, comme s'il était entendu qu'Arekh était devenu son protecteur... un protecteur avec qui elle ne parlait guère, mais avec lequel elle partageait un lien invisible. Le lien du cachot, pensa Arekh, en la regardant, si fine, si pâle, les cicatrices marquant le profil fragile de son visage. Le lien de la torture. Oui, Liénor et lui étaient liés, par quelque chose d'indescriptible et de fort, qui n'était pourtant pas de l'amitié... Ni de l'amour, et à cette pensée une souffrance rapide, mais intense, lui traversa la poitrine. Dommage. Cela aurait été si simple. Mais l'amour était quelque chose de plus douloureux, de plus injuste, de plus destructeur et violent.

Il leva les yeux sur Marikani et s'aperçut qu'il avait perdu le fil de la discussion. Pier avait fait un plaidoyer rapide pour que les guerriers d'Ayesha attaquent les

Sakâs au nord, pour prendre les barbares entre deux feux. Une attaque éclair et inattendue était la seule manière de laisser aux armées de Sleys, d'Harabec et de Reynes le temps de se regrouper, de faire face à l'ennemi. Marikani l'avait écouté sans rien dire, puis elle avait sorti la lettre du roi des Sakâs, qu'elle était en train de lire au Conseil.

Non'iama, se levant pour mieux entendre, se colla contre le rocher d'Arekh, et celui-ci lui posa la main sur l'épaule. L'enfant lui sourit, de ce même sourire lumineux qu'elle avait eu quand ils s'étaient enfin retrouvés.

Le roi des Sakâs avait un style élégant. Après des compliments à la déesse, il expliquait que leurs buts étaient les mêmes ; il parlait de l'appel du dieu que l'on ne nomme pas et du chant de l'abîme. Puis ses mots devenaient moins philosophiques et plus concrets. Il proposait à Ayesha de se joindre à lui pour l'attaque et le pillage de Reynes, ou de conclure un pacte de non-agression qui lui permettrait, à lui, d'accomplir le Grand Cycle, et à elle d'atteindre l'océan en paix.

Il y eut une courte pause, alors que les derniers mots pesaient dans l'air. Les Sakâs et leur roi étaient restés si longtemps des concepts abstraits. Et soudain, ce roi prenait corps, il prenait, à travers la voix de Marikani, une existence, une chair. Le désastre imminent n'était plus l'œuvre d'une foule de guerriers anonymes envoyés par les Abysses. Il se personnalisait.

Marikani reposa la lettre et Pier se frotta les mains, avec cette expression joyeuse qu'il avait quand il avait l'impression de découvrir une nouvelle pièce du grand jeu auquel se livraient les dieux, les hommes et le destin.

— Le roi a été éduqué à l'Université de Reynes, commenta-t-il aussitôt. Cela se sent dans le style, et dans les expressions. J'ai même repéré une citation du sage Martier, légèrement déformée pour servir son propos. Si j'avais accès aux archives de l'Assemblée, je pourrais retrouver le nom de ses professeurs...

— Quelle importance ? dit Farer. L'essentiel, c'est le contenu de sa lettre.

— Le fait qu'il ait été éduqué à Reynes est crucial, protesta Pier. Cela veut dire qu'il connaît les Royaumes à la perfection. Qu'il connaît nos faiblesses, nos forces...

— Pas « nos » faiblesses, dit Marikani d'une voix glaciale. Les vôtres.

Arekh sentit un grand froid l'envahir.

Moïri désigna Non'iama.

— La petite raconte que le roi a été envoyé à Reynes par son père. Pour mieux connaître l'ennemi avant de...

— Tu ne comptes pas accepter, dit Arekh, l'interrompant. (Il avait les yeux fixés sur Marikani.) Tu ne comptes pas accepter sa proposition.

Le silence tomba sur le Conseil. Tous les yeux étaient fixés sur Arekh. Celui-ci ne regardait que Marikani. Ils se jaugèrent un instant, comme des adversaires.

— Bien sûr que si, dit-elle enfin. Un pacte de non-agression. C'est la meilleure solution.

Surpris, Pier prit une courte inspiration, et l'euphorie disparut de son visage. Arekh resta figé, la poitrine oppressée, cherchant ses mots.

— Pour vous, dit-il enfin. Mais Reynes tombera.

— Et alors ?

— Ayesha, dit Pier d'une voix douce. Je vous conjure de réfléchir. Vous n'avez pas d'ennemis ici, au nord, puisque malgré les efforts de ses conseillers, le roi de Kiranya refuse sans explication d'envoyer des troupes contre vous... (Il étudia Marikani, attendant un commentaire, une explication. Il n'en eut aucune.) L'invasion sakâs n'est pas une simple guerre. Si Reynes est détruite, c'est la clé de voûte de notre civilisation qui s'écroule. Les royaumes du nord tomberont d'abord, puis ceux du sud. Harabec suivra.

Elle le regarda, puis répéta :

— Et alors ?

— Marikani, souffla Arekh.

Personne ne disait mot. Marikani leva la tête et fixa Arekh. Il n'y avait ni défi, ni doute dans son expression. Juste une glaciale détermination.

— Des commentaires ? dit-elle en se tournant vers le Maître des Exilés.

Celui-ci haussa les épaules.

— Les décisions stratégiques sont de votre ressort. Mais tenez-moi au courant. J'ai des capitaux à transférer. Nous devrons...

Arekh se leva et quitta le cercle de pierres, sans regarder derrière lui. Marchant, droit devant, sans réfléchir, il atteignit le camp où s'entraînaient ses nâlas et, sans répondre aux questions d'Amîn, il prit une hache et commença à se défouler sur un rondin d'entraînement. Le terrain était en hauteur et en se retournant il voyait les membres du conseil, et la silhouette blanche de Marikani. Elle était trop loin pour qu'il en distingue les traits mais son visage flottait devant lui, comme un fantôme, un spectre qu'il n'arrivait pas à chasser.

Il se retourna, frappa une nouvelle fois. Sa hache se planta profondément dans le tronc et y resta bloquée. Amîn, qui l'observait, laissa échapper un petit rire.

Arekh regarda sa hache, le bois.

Sa poitrine lui faisait mal, comme si on l'avait blessé.

Laissant l'arme, il tourna le dos à Amîn et redescendit.

Quand il arriva dans la cour de la forteresse, le Conseil venait juste de se terminer. Day-yan et les autres guerriers rejoignaient leurs troupes, bavardant et riant. Marikani disparut à l'intérieur de la forteresse.

Avançant à grands pas, Arekh repoussa un garde qui voulait l'empêcher d'entrer – cela devenait une habitude – et suivit le couloir qui menait à la grande salle à colonnes. Avec violence, il souleva la tapisserie, faisant sursauter Marikani qui se tenait quelques pas derrière.

Elle se retourna et l'observa. Arekh hésita. Il avait du mal à respirer.

— Marikani, répéta-t-il enfin, ne sachant pas quoi dire d'autre.

— Je n'ai pas le choix, répondit-elle aussitôt, comme s'il avait fait un long discours et qu'elle avait eu le temps de préparer sa réponse. (Lui tournant le dos, elle avança vers la table où se trouvaient des cartes roulées, des plumes, un encrier.) Ma responsabilité est envers mon peuple. Pour eux, je dois choisir la meilleure solution. Celle qui minimisera le nombre de morts. Si l'armée des Sakâs et celle de Reynes s'entretuent au sud, nous atteindrons Samara en paix.

Arekh marcha jusqu'à la table, se plaça de l'autre côté, en face d'elle. La jeune femme l'ignora, se contentant de tracer, du doigt, des lignes imaginaires sur une carte.

— Et après ? cracha-t-il. Faire construire des dizaines, des centaines de vaisseaux dans les chantiers navals ? Par qui ? Par les ouvriers morts d'un royaume détruit ? Avec quel matériel ? Avec quels architectes, si Kiranya, Kinshara et les Principautés ne sont plus que cendres ? Comment crois-tu faire fonctionner un chantier si les Royaumes brûlent autour de toi ?

Cette fois, elle leva les yeux et Arekh le regretta presque. Elle le dévisageait comme un ennemi, un adversaire auquel on sait d'avance qu'on ne va rien céder.

— Comment le faire fonctionner ? En prenant en otages les ouvriers et les responsables, et la population de la ville. À chaque refus de coopérer, nous exécuterons les familles des rebelles. Au bout d'un moment, ils obéiront.

Arekh resta bouche bée.

Puis, lentement, il fit le tour de la table, pour se rapprocher d'elle, la toucher. Levant la main droite avec douceur, il lui saisit le poignet. Elle eut un léger mouvement de recul, mais ne retira pas sa main.

— Marikani, répéta-t-il de nouveau, comme si prononcer son nom pouvait aider à briser le sortilège, la gangue de glace qui l'enserrait, Marikani, ne crois-tu pas que ce serait à moi de proposer cette solution ? Et à toi de protester ?

Il y eut un silence, tandis qu'Arekh cherchait, au fond de ses yeux bruns, à retrouver... à retrouver quoi ?

Marikani pencha la tête.

— Que veux-tu dire ?

— Que c'est à moi de proposer des solutions cyniques, et que c'est à toi de te révolter. De me dire que chaque vie est précieuse... chaque souffrance une infamie... ?

Avec une violence soudaine, Marikani arracha sa main et quand elle se retourna, ses yeux étincelaient d'une fureur sanglante.

— Comment oses-tu ? dit-elle, sa voix sifflante, et Arekh recula sous la force de sa haine. Comment oses-tu me donner des leçons ? Sais-tu combien de femmes et d'enfants sont morts, de faim, de froid, de maladie dans ces montagnes, alors que nous les traversions ? Le bébé de Liénor est mort, et elle a le cœur brisé, et j'en suis navrée pour elle, ajouta-t-elle, son ton montant d'un cran, mais sais-tu combien d'autres bébés j'ai vu périr dans les bras de leurs mères pendant ce voyage ? Des mères qui me regardaient, moi, parce que je les conduisais, des mères qui ne comptaient que sur moi, et que même la mort de leur enfant ne détournait pas de leur foi, parce qu'elles avaient confiance, qu'elles pensaient que chacun de mes actes, de mes pensées les amènerait vers le salut ? Toutes ces morts demeurent en moi, *ici*, dit-elle en montrant son front, ses mains brunes tremblantes – de rage ou de souffrance, Arekh l'ignorait –, et c'est pour elles, pour les vivants qui demeurent, que j'agis aujourd'hui. Et s'il faut tuer de mes mains, continua-t-elle, sa voix montant encore, s'il faut tuer pour les sauver, je tuerai, et s'il faut commettre des massacres, je massacrerai, tu comprends ? Parce que je suis tout pour eux, et que si la seule manière de les amener à l'océan est que le reste brûle, eh bien il brûlera !!

Elle s'arrêta enfin, vibrante, et Arekh se détourna et fit le tour de la table, réfléchissant. Sa colère avait disparu, comme aspirée, dévorée par celle de Marikani. Son esprit était froid et lucide. « Diplomatie de crise », lui avait un jour dit le sénateur Im-Ahr, qui lui avait appris ses techniques avant de l'envoyer négocier un traité réputé impossible avec un de ses ennemis.

Parfois, dans une discussion, avait expliqué le sénateur, la haine, la violence est telle que l'on n'a que quelques minutes, quelques phrases pour convaincre. Il faut alors se plonger dans l'esprit de l'adversaire, faire abstraction de sa colère, trouver la clé et tourner. Les conséquences importent peu.

Arekh posa les mains à plat sur la table, sentant le bois sous ses doigts.

— Donc, tu as pris ta décision de manière rationnelle. Pas par vengeance. Tu fais le mieux pour eux, dit-il en désignant la porte, l'extérieur, les camps dehors.

— Oui.

Marikani s'était arrêtée de marcher. Elle aussi avait l'habitude des négociations et elle avait senti le changement de ton d'Arekh.

— Pas par vengeance, répéta-t-il. Tu n'as pas pris cette décision parce que tu portes encore les cicatrices de la torture des Liseurs d'Âmes, parce que l'homme que tu avais choisi comme époux t'a dénoncée et livrée, parce que chaque enfant mort dans les montagnes, sous tes yeux, t'a broyé le cœur et que maintenant, tu veux les faire payer. Ce n'est pas pour cela.

Marikani l'observa, un long moment. Puis elle dit, simplement, froidement :

— Non.

— Tu es donc prête à peser les avantages et les inconvénients de chaque décision.

— Tout est pesé, dit-elle en se détournant.

— C'est faux, dit Arekh avec une douceur dangereuse. Mon argument précédent est valable. Si les Royaumes s'écroulent, il y a toutes les chances pour que tu ne trouves pas tes chantiers opérationnels en arrivant. Il est possible que la panique ait fait fuir les habitants, et tu te trouveras devant des quais vides, et des tas de bois abandonnés et inutiles.

— Pas si nous arrivons avant que...

— Tu n'as aucune idée de la manière dont va tourner la guerre, et moi non plus. Il est impossible de prévoir comment va réagir la population de Kinshara à la chute des Principautés. Tu l'ignores, je l'ignore, et toute affirmation à ce sujet ne serait que mensonge éhonté. Si Reynes s'écroule, tu ne peux pas savoir ce que tu trouveras à Samara. Par contre, si tu décides d'intervenir pour protéger Reynes... tu pourrais négocier ton soutien.

Marikani eut un petit rire sec.

— Avec Laosimba ?

— Avec Laosimba, avec Harrakin, avec le roi de Kiranya, qu'importe. Tu pourrais négocier contre ton aide un passage sûr à Samara, ainsi que plus d'ouvriers, plus de matériel. Une aide financière, l'assurance de ne pas te faire attaquer pendant la construction des vaisseaux... pourquoi refuseraient-ils ? Ils n'ont qu'une envie, c'est que vous débarrassiez le plancher, toi, ton culte et tes foutus rebelles. Ne crois-tu pas qu'ils seraient plus qu'heureux de vous voir partir ?

— J'y ai déjà réfléchi. J'ai déjà pensé à négocier. Mais il y a un risque énorme : celui qu'ils ne tiennent pas leurs promesses. Si j'interviens, que je fais tuer une partie de mes guerriers, je serai affaiblie. S'ils décident alors de ne pas tenir leur part du traité...

Arekh hocha la tête.

— Il faudra leur faire prêter serment devant les dieux. Mais oui, une trahison reste possible. Comme il est possible que tu trouves les chantiers abandonnés. Tu comprends ? dit-il, sentant l'émotion monter, mais sachant que s'il quittait la sphère du rationnel, il perdrait pied, il perdrait toute chance de convaincre. Tu as besoin d'en savoir plus, de peser tes options. Si tu décides si vite... alors que tu n'as pas tous les éléments en main... c'est que tu n'agis pas par logique, mais par vengeance. Que tes émotions te trahissent, que tu ne prends peut-être pas la meilleure décision. (Il la sentit faiblir, hésiter, et voulut pousser son avantage.) Harabec...

Erreur.

Le visage de Marikani se ferma et Arekh sentit, avec une panique croissante, que le contrôle de la discussion lui échappait.

— Je me fiche d'Harabec, dit-elle. Je me fiche de ce qu'ils peuvent devenir. Je n'ai attendu que trop longtemps avant de... (Avec un geste de fureur, elle se retourna et marcha vers la porte.) Ma décision est prise. Pour mon peuple. Sors de cette salle.

— Marikani, répéta Arekh, et en quelques pas, il fut à ses côtés, la prenant par l'épaule, l'obligeant à se retourner.

Toute raison l'avait abandonné à présent, sa vision se brouillait de nouveau, il ignorait ce qu'il allait dire ou faire. Il passa sa main sur la peau dorée du bras de la jeune femme, remontant jusqu'au cou, au visage, effleurant la joue. Marikani frémit, voulut reculer et Arekh lui serra le coude, l'empêchant de bouger.

— « Ton peuple » ? souffla-t-il, la voix rauque à force de la contrôler. T'es-tu regardée dans une glace récemment ? Raconte-leur ce que tu veux, dit-il avec un geste vague vers l'extérieur, mais pas à moi... pas à moi ! T'es-tu simplement vue ? Ta peau est plus brune que la mienne, dit-il, sa main montant de nouveau sur son bras, caressant son épaule, puis il lui passa la main dans les cheveux, les doigts tremblants, faisant glisser les longues mèches noires entre ses doigts – tes cheveux sont plus noirs que ceux des vrais descendants de la lignée d'Harabec, et tes yeux... tes yeux ne sont pas exactement bleus, ajouta-t-il, s'obligeant à respirer. Et tu dis que c'est ton peuple, là, dehors ?

— Mes parents...

— Tes parents étaient peut-être esclaves, mais je parie qu'ils n'étaient pas aussi pâles que Bara. Combien de sang du Peuple turquoise coule vraiment dans tes veines, pour que tu ressembles à *ça* ? Ton peuple, celui de tes ancêtres... te rends-tu compte que c'est sans doute le mien ? Tu es plus proche de moi que d'eux ! cria-t-il, la serrant plus fort encore. Si on comptait tes ancêtres, les esclaves et les hommes libres...

— Il y aurait plus en moi du sang des Royaumes que du sang d'esclave ? Et alors ? cria-t-elle. Parce que ma mère, ma grand-mère, et toutes mes ancêtres ont été violées à répétition par leurs maîtres, qui ont abandonné leurs bâtards dans les chaînes, il faudrait que je me range du côté du fouet ?

— Non, soupira Arekh. Je dis seulement que nous sommes aussi ton peuple. Le choix n'est pas...

— Si Azarîn ne m'avait pas sauvée, j'aurais grandi les chaînes aux pieds, siffla Marikani. (Elle baissa la tête, puis la releva.) Le choix a été fait pour moi.

Le silence retomba dans la salle. Arekh savait qu'il avait perdu. La phrase avait un accent définitif que même lui savait reconnaître.

Il la lâcha et Marikani laissa échapper un bref soupir.

Arekh recula d'un pas.

— Très bien. Très bien. Je pars, dit-il enfin, et il leva les yeux juste à temps pour voir le visage de Marikani se durcir. Je vais rejoindre le front. Les nâlas... les cavaliers... ils m'ont rejoint parce qu'ils refusent de passer sous les ordres de Manaîn, mais ils veulent se battre. Contre les Sakâs. S'il y a une chance que leur pays soit un jour reconstruit, c'est... (Il eut un geste vague, comme s'il était trop las pour expliquer.) C'est leur peuple, dit-il simplement. Et le mien. Les... Les réfugiés. Ils veulent partir avec vous.

Marikani hésita, puis hocha la tête.

— Ils nous ont rejoints.

— Non'iama, ajouta Arekh. Elle voudra m'accompagner, mais... c'est... il ne faut pas.

— Je la prends sous ma protection.

Arekh hocha la tête.

— Garde-la hors de danger.

— Je te le promets.

Il fit deux pas vers la porte, puis se retourna, fixant Marikani. Attendant. Un geste, un appel. La jeune femme regardait le sol, en silence. Puis elle se détourna.

Arekh leva la tapisserie et partit.

Les fumées des offrandes du temple d'Ayesha montaient dans la nuit. Le feu crépitait, éclairant le visage et les mains de Non'iama d'une lueur pourpre et dorée. L'enfant était debout, sur l'autel, le visage peint de bleu et portant le masque du tigre. Deux à trois cents personnes s'étaient rassemblées pour l'écouter parler.

— Hâman Ayesha ! Hâman Ayesha ! cria Non'iama en se frappant la poitrine, et la foule autour d'elle répéta « Ayesha !!! »

La petite éclata d'un rire clair et la foule rit avec elle. Puis elle leva les mains et cria :

— J'ai vu le roi des Sakâs ! J'ai eu la vision !

— La vision ! La vision ! répétèrent ceux qui l'entouraient, et Non'iama commença à tourner sur elle-même en riant et en dansant, scandant comme ses adorateurs : « La vision ! La vision ! »

Puis elle s'arrêta, trébucha, réussit à rester debout et trébucha de nouveau. Souriant de sa maladresse, elle ferma les yeux et leva la main.

Le silence se fit autour d'elle.

— Les étoiles dansent dans le ciel la valse de la destruction, dit Non'iama, les yeux fermés, et un murmure étouffé parcourut l'assistance. Les forces se rejoignent, et je sens... (Sous l'autel, les spectateurs retinrent leur souffle.)... et je sens en moi, et dans la terre, et dans le ciel, l'appel de l'océan...

La foule éclata en acclamations et en applaudissements et Marikani, qui s'était approchée discrètement derrière les colonnes d'un pavillon, ne put s'empêcher de sourire en voyant le visage tordu de jalousie de Hannaï et des autres « prêtresses », debout à côté de l'autel. Liénor était à l'écart, assise sur un banc en marbre. Avec, sur son visage, cette expression distraite qu'elle avait depuis la mort du bébé.

Marikani s'approcha, l'étudia un moment, puis s'assit à ses côtés.

— Non'iama a le don du spectacle, dit-elle, mais Liénor ne tourna pas la tête. Elle embobine les foules comme un vrai *erashi*. Regarde les autres, dit-elle en posant une main sur l'épaule de Liénor et en désignant les prêtresses, elles en crèvent...

— « Les forces se rejoignent », répéta Liénor. Les forces divines ou les forces matérielles ? Celles du destin ou celles des armées ?

Marikani haussa les épaules.

— Va savoir ! Rappelle-toi, le propre des discours religieux est d'être assez obscur pour paraître profond. Et la gamine semble avoir retenu la leçon à la perfection. Oh, elle est maligne, et elle ira loin...

Liénor se tourna et la lueur qui dansait dans ses yeux fit frémir Marikani.

— Non'iama porte en elle le feu d'Ayesha, dit-elle. Elle a la vision.

Marikani regarda son amie, atterrée. Là-bas, près de l'autel, la foule hurla encore tandis que Non'iama se lançait dans une nouvelle danse.

— Liénor.

Celle-ci se retourna et observa Marikani.

— Elle a le feu d'Ayesha, répéta-t-elle.

— Liénor. Qu'est-ce que tu racontes ? Ayesha ne...

— Tais-toi ! dit Liénor bondit sur ses pieds et se planta devant Marikani, ses cheveux dénoués tombant sur ses épaules lui donnant un air sauvage, mystique. Tu n'as pas le droit de nier. Des choses se passent en toi que tu ne réalises même pas.

— Oui, j'ai faim, sommeil et mal aux pieds dans ces stupides sandales de cuir. Et la fumée de ces autels me donne la nausée. Liénor, s'il te plaît, ne...

— J'ai beaucoup réfléchi après la mort de... J'ai beaucoup réfléchi depuis, souffla Liénor. Je me suis posé des questions. Tu sais, savoir... pourquoi...

— Pourquoi quoi ?

— Pourquoi mon fils ? Pourquoi tous ces morts ? Pourquoi toutes ces souffrances inutiles ? dit Liénor, sa voix montant dans les aigus, attirant l'attention de quelques spectateurs.

Marikani détourna la tête pour qu'on ne la reconnaisse pas.

— Parce que c'est la guerre, souffla-t-elle quand ils eurent reporté leur attention vers l'autel. Parce que les hommes sont fous.

— Non, dit Liénor, secouant la tête. Il y a un plus grand dessein... et il faudrait être aveugle pour ne pas le voir. Tu ne le crois pas, tu ne veux pas le croire, tu ignores ce que tu es et ce que tu représentes, mais nous, nous le savons. J'ignore si les dieux sont à l'œuvre, ou autre chose, mais tu... tu tiens le destin entre tes mains. Tu es Ayesha. (Marikani ouvrit la bouche pour protester et Liénor lui prit l'épaule, avec autant de violence qu'Arekh l'avait fait, quelques heures auparavant. Puis elle leva la main vers le ciel.) Regarde !

Elle désignait la traînée bleue dans le ciel.

— Tu peux nier tant que tu veux. Rationaliser tant que tu le désires. Te moquer de la religion comme tu le fais si bien. Comment tu expliques ça ? Comment expliques-tu que l'étoile turquoise ait explosé au moment précis où tu levais les mains ?

— Liénor, j'ai déjà eu cette discussion des centaines de fois, soupira Marikani. Les étoiles vivent, et meurent. Il s'agit d'un phénomène astronomique rare, mais...

— Vas-y, continue, siffla Liénor, avec un venin dans la voix qui laissa Marikani pantoise. Si tu te convaincs toi-même, parfait. Tu ne nous convaincras pas. Tu sais ce qu'est une déesse ? ajouta-t-elle avant que Marikani puisse reprendre la parole. Tu le sais ?

Marikani haussa les épaules.

— Je sais que ce n'est pas moi, commença-t-elle, et Liénor l'interrompit de nouveau.

— C'est un être qui change la face du monde.

Soudain exaspérée, Marikani se leva.

— Ça suffit, dit-elle, furieuse. Ça suffit. (Et soudain sa fureur se transforma en souffrance, et elle se retint de s'écrouler, là, en larmes, sur le banc.) Liénor, je t'en supplie. Je t'en supplie, ne me fais pas ça. Pas toi. Tu étais la seule... la seule sur qui je pouvais compter... La seule à ne pas sombrer dans cette folie, maintenant qu'Arekh...

Elle s'interrompit. Liénor la fixa.

— Arekh est parti ?

— Eh oui, de nouveau, cracha Marikani. J'adore les hommes. Ils partent, ou vous livrent au bourreau. Mais je ne suis pas amère, pas du tout, ajouta-t-elle avec un petit rire froid. Ni amère, ni injuste, ce n'est pas mon genre...

Elle rit encore, avant de se calmer et d'ajouter :

— Je suis injuste. Il est parti pour tenter de sauver Reynes. C'est héroïque, romantique, stupide, brave, désespéré, et toute une série d'adjectifs laudateurs que je pourrais trouver si j'étais d'humeur. J'entends presque la musique résonner.

— Il n'y arrivera pas, dit Liénor en haussant les épaules. La vengeance d'Ayesha s'abat sur les Royaumes. (Elle sourit, un sourire étincelant et heureux, les yeux brillants de joie.) Ils vont brûler, siffla-t-elle, ils vont tous brûler. Dans leurs cavernes à torture, dans leurs couloirs, dans leurs palais, leurs tours multicolores et leurs marchés. Ils vont payer pour ce qu'ils ont fait, pour ce qu'ils ont laissé faire, les hommes, les femmes, qui croyaient que leurs époux étaient saufs, que leurs bébés étaient saufs, qu'ils étaient protégés, dans leurs bras, derrière leurs murs, derrière leurs murailles... mais la vengeance va enfin s'abattre, car il y a des siècles qu'elle attend, des millénaires, et elle va enfin frapper, et j'espère, je prie, je suis heureuse enfin, je ris et je danse, en attendant que la ville s'écroule, en une gerbe de flammes, que la cité brûle, brûle, *brûle* !!

Il y eut un long silence.

— Et je suis heureuse, répéta Liénor. Heureuse...
Marikani resta immobile, hagarde, les yeux fixés sur elle.

Puis elle se prit la tête dans les mains et serra ses tempes jusqu'à ce qu'elles lui fassent mal.

14

Un soleil pâle frappait les rochers à la lisière des bois. La mousse, les fougères, les grandes feuilles rousses des laeynes coloraient les champs d'orange et de brun. Les dix éclaireurs de Reynes avançaient avec prudence, passant de souche en rocher, se dissimulant derrière les arbres et les murets en ruine.

Le plus jeune, Réal, avait dix-neuf ans quand il s'était engagé, huit saisons auparavant, après un chagrin d'amour. La première année, passée à apprendre son métier dans les forts de Reynes, avait été une révélation. La solde était bonne, et pendant trois jours, toutes les lunes, Réal sortait en ville avec les quatre camarades de son *fali* – son groupe. Ses amis étaient, comme lui, fils de bourgeois ou de commerçants, et comme lui, n'avaient d'autre bonheur que de dépenser leur solde dans les établissements de bains, les tavernes et les maisons de chair. Deux sorties avaient suffi à Réal pour oublier jusqu'au visage de la fille qui lui avait brisé le cœur. Il n'avait jamais regretté sa décision. L'armée était devenue sa vie. Même si son manque de noblesse lui interdisait à jamais de devenir officier, il menait une existence tellement plus remplie que s'il avait repris la boutique de son père, selon le souhait de ce dernier...

Réal en cauchemardait, parfois : il se voyait derrière le comptoir, de l'aube au crépuscule, à déballer et remballer les ballots de tissu poussiéreux dans les immenses étagères qui s'enfonçaient dans les profondeurs obscures de la boutique familiale. Il se voyait dévoré, avalé par la poussière et l'ennui, noyé dans l'humidité, se transformant en ombre parmi les ombres, avant de disparaître. Oublié à jamais.

Il se réveillait alors en sursaut, et avait un hoquet de soulagement en voyant les murs familiers de la salle du fort, le soleil sur les murailles, en entendant les protestations, les rires, les ordres et le son joyeux du cor.

Puis la guerre était arrivée. Trois jours après que les Sakâs eurent passé les montagnes, Réal et le reste de son zia piétinaient dans les terres boueuses du nord.

Réal n'avait jamais vu un ennemi. Malgré son entraînement, il ne s'était jamais battu pour tuer. Quand l'officier avait annoncé qu'ils affronteraient les Sakâs le lendemain, pour protéger un col que Réal n'aurait même pas su placer sur une carte, il s'était recroquevillé près du feu, sans y croire. Les rumeurs couraient dans le camp. Les Sakâs, disait-on, avaient massacré les armées de recrues envoyées pour défendre le nord des Principautés. Des centaines, des milliers de cadavres pourrissaient sous la pluie. Les Sakâs étaient invincibles, disait-on également, et les créatures des Abysses chevauchaient avec eux, les protégeant de leurs sortilèges.

Les officiers avaient essayé de les rassurer. Vrai, il y avait eu beaucoup de morts parmi les recrues, mais ce n'étaient que des recrues... des paysans et des villageois auxquels on avait donné une lance avant de les envoyer à la mort. Cela n'arriverait pas cette fois. Réal et ses camarades n'étaient pas des débutants. Ils étaient des soldats, des professionnels, et la bénédiction du Haut Prêtre Laosimba les protégeait des maléfices des Abysses.

Le lendemain, dans la boue, Réal avait vu deux de ses quatre amis périr sous ses yeux. Panas était mort d'un coup, tombant la tête en avant en vomissant une gerbe de sang après que la lame d'un Sakâs lui eut transpercé les poumons. Mevier, frappé à la tête et la poitrine ouverte, avait agonisé pendant de longues minutes, suppliant qu'on lui vienne en aide, mais personne n'était venu. Réal et les survivants reculaient, suivant les ordres contradictoires de leurs chefs paniqués.

Pourtant la bataille s'était soldée par une victoire, leur avait dit le capitaine, le soir, quand ils avaient monté le camp. Ou du moins, pas par une défaite. Ils avaient tenu leur position, à quelques centaines de pas près. Ce n'était pas le cas des autres zias dans la région. Partout autour d'eux, les Sakâs avaient gagné du terrain.

Au cours du combat, Réal n'avait tué personne. Pas un Sakâs. Ses deux amis étaient tombés, et lui n'avait rien fait... il y avait mis tout son cœur, mais son premier coup avait rebondi sur le bouclier de son adversaire. Puis celui-ci l'avait frappé en retour et en voulant parer, Réal avait glissé, s'écroulant par terre, dans la boue. Quand il avait enfin réussi à se relever, ses vêtements détrempés, sa cotte de mailles dégoulinante, il avait voulu charger l'ennemi, pour se venger, pour oublier les larmes de colère et de peur qui coulaient sur son visage... mais un officier l'avait arrêté, lui donnant l'ordre d'aller renforcer les défenses sur la droite. Là, Réal avait blessé un Sakâs au bras – mais avant qu'il ait pu voir le résultat de son attaque un coup sur la tête l'avait de nouveau fait tomber.

Réal avait repris conscience un peu plus tard, alors que la retraite sonnait.

Le lendemain, de nouvelles rumeurs couraient. Les créatures des Abysses n'étaient pas réelles. Marasi del Braven, un lieutenant du zia qui tenait la ville de Pereires à trois lieues de là, s'était attaqué à deux de ces « créatures » et les avait tuées. Leurs vêtements et casques enlevés, il s'était avéré que les monstres n'étaient que des hommes déguisés. Braven leur avait fait couper la tête, les avait plantées sur des piques et les avait fait promener devant ses hommes, qui leur avaient craché dessus à cœur joie.

Pourtant, la nouvelle n'avait guère remonté le moral des troupes. Après avoir ri et bu en se moquant des stratagèmes barbares, les hommes de Reynes avaient réalisé quelque chose. Que les Sakâs n'aient aucune aide surnaturelle n'était pas d'un grand réconfort.

Car les Sakâs gagnaient. Ils balayaient tout devant eux, et les soldats de Reynes ne pouvaient même pas accuser le pouvoir des Abysses.

Ils n'avaient qu'eux-mêmes à blâmer.

À la bataille du soir, Réal se fit renverser par une charge de cavaliers et ne dut qu'à un miracle de ne pas être déchiqueté par les sabots. Quand il se releva, la cheville et la poitrine douloureuses, il avança au hasard, un brouillard sanglant devant les yeux, avant de tomber à genoux pour vomir.

Le lendemain, Dravos, seul survivant avec Réal de leur fali, était envoyé sur le front de l'ouest pour servir comme éclaireur dans l'armée de Gilas ès Maras, qui combattait aux côtés de Manaîn, le neveu de l'émir, et de l'armée d'Harabec.

Réal se porta volontaire pour l'accompagner.

Six jours de cheval à travers des terres dévastées, croisant des files interminables de réfugiés qui convergeaient vers Reynes, avaient laissé à Réal le temps de réfléchir. Il s'était reproché sa maladresse, sa lâcheté, sa malchance, repassant dans son esprit les événements des deux batailles pour tenter de comprendre ses erreurs.

Nouvelle assignation, nouveau départ, s'était-il juré. Au moins, à l'ouest, il y avait moins de boue.

Le soir de leur arrivée, un des lieutenants de Gilas ès Maras les avait envoyés en mission. Dravos, Réal et huit autres hommes avaient été dépêchés à travers les bois et les prairies, vers la crête de l'arc nord-ouest du Grand Cercle.

Ils avançaient avec une prudence extrême, mais l'odeur vivifiante de la forêt et la lumière claire du ciel avaient réconforté Réal. C'était le nouveau départ, celui dont il rêvait.

Enfin, ils arrivèrent à la lisière des bois. Ils avaient monté pendant des heures, grimpant lentement la pente ouest du Grand Cercle, mais maintenant le terrain commençait à descendre, en pente douce, presque imperceptible. Impossible de voir à plus d'un tiers de lieue. La terre était fertile ; les bosquets, les haies, les barrières barraient la ligne d'horizon.

Ils étaient maintenant en terrain dangereux et décidèrent de redoubler de précautions, envoyant un éclaireur en percée. L'homme avançait de cent cinquante pas, puis, s'étant assuré du terrain, il imitait trois fois le cri du parinas, pour annoncer aux autres qu'ils pouvaient le rejoindre.

Cinq percées se passèrent sans encombre. Ce fut Réal, à la sixième, qui atteignit la crête.

Il avait traversé un bosquet – des chênes, des érables, des ronces, une petite mare – et écartait des épineux quand le terrain se déroba sous ses pieds. Réal faillit basculer ; il se rattrapa à une branche et réussit, en faisant un pas en arrière, à retrouver un équilibre précaire.

Devant lui, le vide.

Les champs, les arbres, les chemins s'interrompaient brusquement sur un précipice de pierre crayeuse et friable qui tombait deux cents pas plus bas, sur la plaine vallonnée où avait été posée, des milliers d'années auparavant, la première pierre de Reynes. Si Réal avait eu une meilleure vue, il aurait pu apercevoir, au sud-est, la silhouette de la haute tour de la ville, et les formes assourdies de ses treize collines.

Mais la vue de Réal n'était pas si bonne, et quelque chose d'autre avait attiré son attention.

Les quatre longs serpents des armées des Sakâs qui avançaient lentement en contrebas.

Vu de si haut – de la crête du Grand Cercle qui, pendant tant de siècles, avait protégé la ville – l'ennemi ne semblait pas humain. Réal prit une profonde inspiration, tentant de calmer les battements de son cœur. Non, ce n'étaient pas des hommes qui marchaient en contrebas, ce n'étaient pas des armées, mais quatre gigantesques vers obscurs, quatre taches d'obscurité mouvante qui se tordaient comme des serpents.

Les deux premières armées, l'une un peu en retrait par rapport à l'autre, semblaient vouloir contourner la cité par le sud-ouest ; elles se dirigeaient vers la passe basse, à la rencontre de l'armée de Gilas ès Maras – *à notre rencontre*, réalisa Réal avec un sursaut, et comme si elle répondait à ses craintes, la racine sur laquelle s'appuyait son pied droit craqua ; il perdit l'équilibre et faillit basculer dans le vide. Seul un réflexe désespéré lui permit, en s'arquant en arrière, d'éviter le pire. Il se rattrapa à un tronc de lierre qui céda presque aussitôt sous son poids, puis à une branche, tandis que la racine pourrie de l'intérieur se décrochait et tombait, rebondissant plusieurs fois avant de disparaître dans les profondeurs.

Réal se tendit, s'attendant à il ne savait quoi – à ce que là-bas, dans la plaine, les quatre armées sakâs s'immobilisent et que plus de six mille visages se lèvent vers lui – mais bien sûr il n'en fut rien. Les quatre serpents continuèrent leur progression et Réal reprit son souffle, reprenant son observation.

Les deux autres armées descendaient droit au sud. Droit vers Reynes.

Vers sa ville.

Un instant, l'image de la boutique et des ballots de tissu dansa de nouveau devant les yeux de Réal... ainsi que le visage de son père, et celui de sa mère, qui avait tant pleuré quand il s'était engagé... et ceux de ses deux sœurs, spécialement Litya, l'aînée, qui riait si souvent et qui avait épousé un marchand de viande séchée et d'épices dans le quartier de l'Assemblée.

Et pour la première fois depuis bien longtemps, il revit le visage de Safrime, la jeune femme aux yeux noirs qu'il avait tant aimée. Celle qui l'avait trahi, celle dont il croyait qu'il ne se remettrait jamais.

Les Sakâs avançaient droit vers elle. Droit vers eux tous.

Réal resta un instant figé avant de se reprendre.

Tout n'était pas perdu. Ils allaient se battre. Première chose à faire, revenir au camp pour raconter ce qu'il avait vu.

Et pour cela, il fallait rejoindre les autres.

Avec mille précautions, Réal réussit à se hisser en arrière et à remonter dans le bosquet. Il rebroussa chemin, sans vraiment prendre de précautions, se hâtant de rejoindre ses camarades de l'autre côté du champ.

La première chose qu'il vit fut le cadavre de Dravos, un carreau d'arbalète dans la gorge. Il se retourna lentement, regardant dans les hautes herbes.

Il y avait huit autres corps par terre.

Réal se retournait pour prendre la fuite quand le carreau sakâs lui transperça la poitrine.

— Je veux atteindre la muraille ouest avant le coucher du soleil, annonça Harrakin.

Derrière lui défilaient hommes et cavaliers, descendant la route pavée qui longeait l'ancienne ligne de forteresses vers la tour de Lafi. Ils avaient pris la décision de changer d'itinéraire moins d'une heure auparavant. Trois groupes d'éclaireurs avaient été envoyés vers les crêtes, et aucun n'était revenu. Trente hommes, évanouis dans le néant. Les Sakâs tenaient donc le haut du Grand Cercle... ce qui signifiait qu'au moins une armée sakâs, au lieu d'avancer vers la Grande Porte, avait dévié vers le sud-ouest.

Quand l'ennemi attaquait Reynes, c'était par le nord... ainsi l'enseignait l'Histoire. Celle qu'Harrakin et Gilas ès Maras, tous deux de noble famille, connaissaient sur le bout des doigts. Au nord se trouvait la large plaine, au nord se trouvait la Grande Porte de Reynes, que les armées ennemies tentaient de forcer. C'était la règle, la tradition. Et ils avaient tous considéré que les Sakâs suivraient l'usage.

Surtout que les informations reçues semblaient le confirmer. Les armées barbares étaient passées par le nord de l'Émirat, longeant Kiranya avant de redescendre. Les armées du petit roi et celles du gouverneur de Kinshara, ainsi que les deuxième et troisième armées de Reynes, sous la direction de Pilanos ès Maras, le cousin de Gilas, devaient en ce moment même être en train de se regrouper au nord de la Grande Porte pour leur bloquer le passage.

Harrakin avait convaincu Gilas de ne pas les rejoindre.

— C'est un risque immense, répéta Gilas.

Ils étaient tous deux à cheval, sur une hauteur, observant les troupes qui défilaient devant eux. Au loin se trouvaient les murailles, et la tour de Lafi, marquant l'ancien Coin des Échanges.

— Nous désobéissons aux ordres directs du Haut Prêtre, reprit Gilas, et surtout... et surtout, nous condamnons peut-être la Grande Porte. Si Pilanos et les hommes de Kinshara ne peuvent pas tenir... Nos armées auraient peut-être fait la différence.

Harrakin soupira, regardant passer les cavaliers d'Harabec, suivis des arbalétriers.

— Les Sakâs ont toujours joué sur la vitesse, expliqua-t-il. Toute leur stratégie... (Il haussa les épaules.) Depuis qu'ils ont passé les montagnes, ils ne se sont jamais arrêtés. Ils n'ont jamais cherché à renforcer leurs positions... parfois ils n'ont même pas pris le temps de piller les villes avant de les brûler. C'est pour cela qu'ils nous ont pris par surprise. N'importe quel ennemi aurait séjourné au moins quelques semaines à Faez... pour profiter de sa victoire, pour affermir sa position...

— Pour violer les filles des harems, dit Gilas avec un pâle sourire. C'est ce que j'aurais fait à leur place. Je veux dire, si on se donne tout ce mal pour conquérir le palais de l'émir, autant profiter de ce qui fait son charme...

Harrakin hocha la tête.

— Exactement. C'est ce qui différencie les barbares des hommes civilisés, mon cher. Les hommes civilisés violent avant de brûler. Les Sakâs brûlent d'abord. Ces gens n'ont aucune éducation.

Gilas eut un petit rire avant de lever les yeux vers le ciel. Il faisait beau et froid, et là-haut, sur les crêtes du Grand Cercle, la visibilité devait être excellente. Gilas aurait donné beaucoup pour s'y trouver. Pour voir, de ses yeux, où était l'ennemi.

Il avait tant regardé de cartes ces derniers jours que sa tête lui faisait mal, il avait dessiné tant de flèches et de croix, censées représenter les Sakâs, que les traits et les plans se mêlaient dans ses rêves. Mais il savait – il ne savait que trop bien, depuis vingt-cinq ans qu'il était officier – que les croix et les flèches n'étaient que des traits sur du papier. Le danger était de se prendre au jeu, de penser que ce qu'on avait marqué sur les cartes correspondait à la réalité, et de construire sa stratégie sur le sable glissant des spéculations.

Harrakin reprit la parole, d'une voix réfléchie et posée. Depuis qu'ils combattaient côte à côte, Gilas ne l'avait jamais entendu perdre son calme.

— Les Sakâs ne sont pas là pour conquérir, ils sont là pour détruire. Et le temps joue contre eux. Si toutes les armées des Royaumes se réunissaient, si nous avions eu le loisir de protéger nos frontières, nos villes, nous les aurions arrêtés. Nous n'avons été vaincus que parce qu'ils ne nous ont jamais laissé un instant pour respirer...

Une bande d'oies sauvages passa en cacardant, loin au-dessus d'eux, et Gilas ès Maras se surprit à tenter d'interpréter leur présage. Il n'était pas prêtre, mais il connaissait les signes les plus simples.

Le V des oiseaux était large, leur vitesse rapide, les oies étaient noires. Traduction : « danger et précipitation ».

Très utile. Gilas secoua la tête, amer. Toutes ces veilles de batailles, tous ces présages, ces oracles, et jamais les dieux ne lui avaient envoyé autre chose que des évidences ou des paradoxes.

Harrakin avait lui aussi jeté un coup d'œil aux oiseaux. Il eut un petit rire, comme s'il en était arrivé à la même conclusion que Gilas.

— Les Sakâs ne sont pas venus pour assiéger Reynes, reprit-il. Ce n'est pas leur genre. Ils n'ont pas les moyens de tenir longtemps. Non... ce qu'ils veulent, c'est gagner vite, comme ils ont toujours fait. Or ils savent que nos armées se regroupent devant la Grande Porte...

— Mais ils sont supérieurs en nombre, soupira Gilas. Ils ont des chances de vaincre.

— Ils n'en sont pas certains, insista Harrakin. Et le combat risque de s'éterniser. Ce n'est pas ce qu'ils désirent.

Gilas hocha la tête. Il connaissait la suite ; Harrakin et lui en avaient déjà discuté. D'après le roi d'Harabec, si deux des armées sakâs filaient vers le sud-ouest, c'était pour prendre la ville par le flanc, par les portes de la muraille ouest, plus petites et moins protégées parce que moins facilement accessibles. Toujours d'après Harrakin, si les Sakâs avaient tué les éclaireurs et abattu les oiseaux messagers – plus aucun kââs ne les avait atteints depuis quarante-huit heures – c'était pour que nul ne puisse réagir avant qu'il soit trop tard.

Gilas n'était pas entièrement convaincu, mais il avait accepté de dévier vers l'ouest. Non parce que les conclusions d'Harrakin étaient forcément bonnes, mais parce que – eh bien, parce que les éclaireurs n'étaient pas revenus. Cela, c'était un fait, précis et indiscutable. Pourquoi et quelles étaient les intentions du roi des Sakâs, c'était encore à voir, mais la mort des éclaireurs prouvait qu'au moins une armée barbare était plus au sud que prévu.

Les deux lieutenants de Gilas chevauchaient en tête du premier zia. Gilas les rejoignit et s'enquit du moral des hommes, puis de l'état des provisions. Lavine, le plus âgé des deux officiers, commençait son rapport quand le cor d'alarme résonna à l'avant, suivi du sifflement des flèches, des cris et des ordres.

Gilas mit son cheval au galop mais à son arrivée, la bataille était déjà terminée. Ce n'était qu'une escarmouche. Cinquante Sakâs avaient soudain déboulé de la gauche pour tenter de leur bloquer le passage. Les hommes de l'avant-garde de Reynes les avaient massacrés... mais les attaquants n'étaient pas un groupe isolé. Il y en avait d'autres, plus à l'est, approchant sur leur gauche – les feux les trahissaient, de grands feux orange laissant échapper une fumée épaisse, à une demi-lieue de là.

Ils arrivaient.

La première armée sakâs avançait droit sur eux. La première, ou la deuxième – qu'importait. Celle qui avait massacré leurs éclaireurs, et dont ils venaient d'affronter l'avant-garde.

Lavine le rejoignit et Gilas désigna les porteurs de cor.

— Donnez l'ordre d'arrêter. Nous allons déployer les troupes et leur barrer le passage avant que...

— Gilas.

La voix d'Harrakin. Gilas se retourna.

— Puis-je vous parler un instant ?

Gilas hocha la tête et les deux hommes descendirent de cheval. Après une courte hésitation, Gilas rappela Lavine.

— Monsieur ? demanda le lieutenant.

— Attendez, dit Gilas. (Il jeta un coup d'œil Harrakin.) L'ordre n'est pas confirmé.

L'officier s'éloigna. Gilas se tourna vers le roi d'Harabec.

— Vous voulez continuer. Vous voulez que nous continuions à marcher vers les murailles.

Harrakin acquiesça.

— Le plus vite possible. Ces hommes se sont jetés sur nous pour nous retarder. Pour que nous prenions la décision la plus rationnelle : celle de nous arrêter et de nous préparer à les affronter avant qu'ils nous attaquent sur le flanc...

Gilas savait ce qui venait, mais il attendit la suite en silence.

— Si nous faisons cela, ils se sépareront en deux groupes. L'un aura pour mission de nous retarder tandis que le reste de l'armée nous contournera. Ils arriveront avant nous aux portes de la muraille ouest. C'est ce qu'ils veulent, j'en suis persuadé.

Gilas évita, une nouvelle fois, de préciser l'évidence : s'ils passaient à marche forcée devant les Sakâs, ceux-ci en profiteraient pour les harceler sur le flanc. Ils passeraient peut-être, mais au prix de lourdes pertes. Leurs soldats feraient des cibles mouvantes sur lesquels les archers ennemis s'en donneraient à cœur joie.

— Le choix n'est pas facile, je le sais, dit doucement Harrakin.

Plus ils s'éloignaient, plus ils désobéissaient aux ordres de Laosimba. Ce qui n'avait pas d'importance, se dit Gilas, se tournant pour contempler les feux orange de l'ennemi. Que Laosimba rôtisse dans les Abysses, l'essentiel était de prendre la bonne décision. Si Harrakin avait raison... si les Sakâs visaient vraiment les portes de la muraille ouest, alors la question ne se posait pas : il fallait continuer, et arriver avant eux.

Mais encore une fois, rien ne prouvait qu'Harrakin avait raison. Les Sakâs avaient peut-être des intentions toutes différentes. Peut-être même cherchaient-ils à les induire en erreur, à les éloigner de la Grande Porte.

Et si celle-ci tombait, parce qu'ils n'étaient pas là ? Parce qu'ils avaient désobéi ?

Non, le choix n'était pas facile.

Tout reposait sur l'intuition d'Harrakin.

Gilas se retourna, observa le jeune roi d'Harabec. Qui était cet homme ? Un ambitieux, d'après les rumeurs, un jeune noble qui avait menti, manipulé, assassiné pour arriver où il était, un homme qui avait trahi sa femme pour prendre sa place sur le trône.

Et aussi un excellent chef militaire, idolâtré par ses hommes, qui avait gagné plusieurs guerres contre les ennemis d'Harabec.

Et aujourd'hui, il est là, devant moi, pensa Gilas. Malgré tous ses ennemis à la cour, ses rivaux, tous ceux qui ont dû rêver de sa mort et en rêvent encore, tous ceux qui convoitent sa place... il est toujours vivant, et c'est lui qui est roi.

L'instinct d'Harrakin devait être sûr.

Gilas eut un bref hochement de tête.

— Très bien. Je vous suis.

— Je ne bougerai pas d'ici, dit Vashni.

Les quatre soldats à la porte de sa chambre avaient l'air plus ennuyés que menaçants. La jeune femme désigna les coussins et les draps de soie amenés à grands frais d'Harabec, ses coffrets à bijoux, ses coffres à vêtements dont débordaient les robes, les larges pantalons moirés, les sachets contenant les blocs de parfums, ses peignes, ses fards.

— Il est hors de question que j'abandonne mes affaires, et je n'ai pas le temps de les ranger.

— Mais... commença un des soldats.

— Il n'y a pas de mais, coupa Vashni. Vous m'avez déjà obligée à déménager deux fois. D'abord, quand Laosim... quand le Haut Prêtre a renvoyé toutes les délégations étrangères de l'Assemblée, ensuite pour m'amener ici...

— Le Haut Prêtre voulait que tous les honorables représentants soient logés dans des conditions plus luxueuses.

— Elles le sont. Et je reste.

— Ehari Vashni, dit un autre soldat, plus âgé et moins intimidé, vous n'êtes pas en sécurité dans ces lieux.

— Je ne suis pas en sécurité à Reynes ?

— Pas si près des murailles ouest, dit le soldat, comme embarrassé par cet aveu de faiblesse. On se bat près d'ici.

— On se bat ? répéta Vashni. Qui ? Je croyais que les Sakâs se regroupaient vers la Grande Porte...

Le soldat eut un geste vague.

— Navré, ehari, mais nous n'avons pas le droit de... Avec tout mon respect, vous devez partir. Les autres membres des délégations sont déjà en train de réintégrer les ailes de l'Assemblée...

— Alors vous nous avez fait chasser simplement pour nous renvoyer là-bas une semaine plus tard ? C'est trop facile.

— Ehari...

— Je reste.

Les soldats insistèrent une bonne demi-heure avant de la laisser tranquille, et Vashni dut les menacer de leur faire un procès pour atteinte à la dignité d'un membre d'une délégation étrangère pour qu'ils se décident enfin à quitter la place.

Puis elle s'assit sur le lit en silence, et resta là un long moment, regardant le soleil descendre dans le ciel par la petite fenêtre du Palais des Sources. Quand les armées sakâs avaient passé les frontières, les conseillers de l'Assemblée avaient décidé, les dieux seuls savaient pourquoi, de faire évacuer toutes les délégations des pays du sud et de les parquer dans différents palais de la ville.

Ils y étaient restés une semaine, puis les conseillers avaient changé d'avis.

Vashni soupira. Devant elle, le ciel tourna en bleu profond, puis au noir.

Lentement, la jeune femme sortit de sa chambre et remonta les couloirs déserts. Certains serviteurs étaient encore là, disposant des torches, nettoyant des tapis. Tous des hommes et des femmes libres – les esclaves étaient morts ou s'étaient enfuis depuis longtemps – et cela se voyait, pensa Vashni, en observant d'un œil critique le manque d'efficacité de la femme aux nattes brunes qui lavait les dalles de la grande salle à manger. Les esclaves de ménage travaillaient vite et bien, leurs techniques améliorées par des années de pratique. Les serviteurs libres étaient affectés à des tâches plus honorables, comme femme de chambre ou cuisinier. Ils n'avaient pas l'habitude de tâches si vulgaires.

Le monde avait changé.

Et il change encore, pensa Vashni en traversant l'office désert pour atteindre la cour du fond, coincée entre le palais et la muraille.

Le ciel n'avait plus le même aspect, les esclaves avaient trouvé leur déesse...

Et on se battait près des murailles ouest, et Reynes n'était plus sûre, et Marikani, qui avait régné sur une des cours les plus raffinées des Royaumes, Marikani n'était qu'une esclave elle aussi.

Et Vashni ne savait quelle conclusion en tirer.

Elle traversa la cour, se dirigeant vers les marches de l'escalier de pierre qui grimpait le long de la muraille intérieure. Il n'était pas gardé – c'était l'escalier privé du Palais des Sources, qui n'était sans doute plus utilisé depuis des décades. La jeune femme grimpa les degrés un à un, s'arrêtant plusieurs fois pour reprendre son souffle.

Enfin, elle arriva en haut.

La nuit était sombre, la lumière des lunes obscurcie par des nuages qui n'avaient fait leur apparition qu'en fin de soirée. La muraille intérieure, sur laquelle Vashni se trouvait maintenant, était légèrement plus haute que la deuxième, qui surplombait la première de cinq à six pas. Des torches brûlaient sur le chemin de ronde – des dizaines, des centaines de torches. Vashni retint son souffle. Il y avait des centaines d'hommes sur la muraille extérieure. Des gardes, des patrouilles. Et de l'autre côté... Là-bas, dans la plaine...

On se battait. À quatre ou cinq lieues d'elle, au nord, près d'une haute tour. Impossible, par cette obscurité, de voir quelles étaient les troupes en présence et qui avait l'avantage. De là où elle était, Vashni ne voyait que des lumières dansantes... Des feux de camp, des torches, des flèches enflammées.

La jeune femme resta immobile un instant, comme hypnotisée... puis une main se posa sur son épaule et elle sursauta.

— Banh ! dit-elle, le cœur battant. Vous m'avez fait peur. (Le visage du conseiller était à peine reconnaissable dans l'ombre.) Je croyais que vous aviez quitté le Palais.

— Je n'avais pas envie de partir, dit-il doucement, puis il se plaça à ses côtés, laissant son regard errer sur les armées en contrebas. J'ai laissé les serviteurs emporter mes affaires, mais je... (Il haussa les épaules.) L'histoire est en train de s'écrire là, à côté de nous. Partir semble si... dérisoire. J'ignore comment l'expliquer... c'est un étrange sentiment...

Il eut un geste vague.

— Je sais, dit Vashni. Je... Pareil.

Côte à côte, ils regardèrent le jeu des lumières dansant dans la plaine.

Les Sakâs chargèrent en hurlant et au signal d'Harrakin, les fantassins s'agenouillèrent et plantèrent leurs lances dans le sol, pour casser la première vague. Les barbares ne ralentirent pas leur course et bientôt les premiers hurlements des hommes empalés retentirent. Il y en avait moins que prévu, pensa Harrakin en sortant son épée et en avançant entre les lignes. Les chefs sakâs avaient appris à leurs hommes quelques gestes de défense simples, mais efficaces... comment se jeter à terre sous les fers de lance, comment se protéger avec les corps de ceux qui étaient déjà empalés, comment arracher les lances des soldats une fois le barrage passé afin de faire de la place aux nouveaux arrivants. Une quarantaine de Sakâs tombés seulement, estima-t-il en se rapprochant, tandis que d'autres passaient déjà derrière.

Le combat se généralisa dans les premiers rangs, éclairé uniquement par la lueur fluctuante des torches plantées dans les petits murets de pierre défendus par les soldats de Reynes et d'Harabec. Les Sakâs hurlaient des cris de guerre, des exhortations et des chants, leurs adversaires frappaient en silence, écoutant seulement les ordres secs de leurs officiers. Harrakin fit encore quelques pas, puis frappa de toutes ses forces, abattant son épée sur la tête d'un ennemi qui s'était avancé trop loin, lui fracassant le crâne. Il retira sa lame, l'essuya contre son pantalon. Le vent se leva, faisant flamboyer le feu des torches, et pendant un instant, la lumière dansa, transformant le champ de bataille en une scène éclairée par à-coups de lumière et d'ombre, figeant les hommes dans leurs positions grotesques, héroïques ou tragiques, comme si la guerre n'était qu'un théâtre.

— Reculez, sire ! cria un homme derrière lui, et Harrakin reconnut son aide de camp, le visage ensanglanté. Vous n'avez rien à faire là ! Ne prenez pas de risques inutiles !

Il avait raison. Harrakin le rejoignit, jetant un dernier coup d'œil au flot de barbares et aux hommes qui tenaient tant bien que mal leur position. Les deux tiers de leur armée étaient arrivés à la tour et avaient réussi à se déployer à temps entre l'ancienne forteresse et les murailles ouest de Reynes, bloquant l'accès aux portes. Mais les Sakâs avançaient plus vite que prévu, et l'assaut avait commencé dès le crépuscule, alors que toutes les recrues de Reynes, ainsi que certains nâlas, n'étaient pas encore arrivés à destination. Harrakin avait vite organisé un barrage, retenant le gros de l'ennemi pour permettre aux retardataires de les rejoindre.

Il leur suffisait de tenir, une heure encore, pensa Harrakin. Les premiers rangs n'étaient plus qu'un magma, un chaos d'hommes et d'armes. Une heure encore... une fois le dernier soldat passé ils pourraient se replier.

Un cor sonna au milieu du chaos – trois coups, puis un. Lavine, le lieutenant de Gilas, demandait des renforts. Harrakin donna des ordres et quelques instants plus tard, une cinquantaine de soldats se précipitaient dans la mêlée. Il n'y en aurait pas d'autres. Ils ne pouvaient pas se permettre de sacrifier plus d'hommes pour une position temporaire, alors que les deux armées n'étaient même pas encore en place.

Quand le véritable assaut commencerait, tous compteraient.

Les flèches des Sakâs pleuvaient sur les lignes massées au nord de la Grande Porte. Du haut de la muraille, Laosimba, accompagné du conseiller Viennes et du sénateur Lucasi, observait les armées ennemies. Le vent frais de l'aube soulevait leurs cheveux, faisait voler leurs capes de laine.

Quatre mille hommes étaient massés devant la muraille, protégeant la Grande Porte.

En face, séparés d'eux de cinquante pieds à peine, six mille Sakâs les regardaient. Seuls les archers tiraient. Les barbares ne bougeaient pas.

— Qu'attendent-ils ? souffla Viennes, comme si hausser la voix risquait de les réveiller.

— Je ne sais pas, dit Laosimba. Mais nous, nous attendons l'armée de Laânnes. Ils sont à une demi-journée de marche. Mille hommes. Nous allons en avoir besoin.

Viennes se retourna vers le Haut Prêtre.

— Que se passe-t-il à l'ouest ? La rumeur court...

— J'ai envoyé les forces d'Harabec et l'armée de Gilas ès Maras protéger les portes secondaires, déclara le Haut Prêtre, le regard fixé sur les lignes. La première et la deuxième armée sakâs ont dévié brusquement vers le sud-ouest. Nous avons réagi juste à temps pour les bloquer.

Lucasi fronça les sourcils.

— J'ai signé moi-même les lettres leur ordonnant de les faire venir à la Grande Porte. Elles étaient de votre main.

— Il semble évident que j'ai changé d'avis, dit Laosimba, observant toujours les mouvements de l'armée ennemie.

Viennes jeta un coup d'œil aux traits tendus du Haut Prêtre. Laosimba était un faux passionné. Il pouvait s'enthousiasmer pendant des discours religieux, avoir les larmes aux yeux quand il parlait des dieux, partir dans des colères terrifiantes... mais Viennes, avec sa longue expérience des affaires, était capable de faire la part entre le caractère et la comédie. Les colères et les larmes du Haut Prêtre faisaient partie de son numéro d'acteur ; c'était une façon de se rendre imprévisible et terrifiant.

Quand Laosimba était vraiment en rage, quand on lui avait désobéi, alors il ne criait pas, ne s'énervait pas. Ses traits se figeaient dans une rage froide.

Comme maintenant.

Viennes détourna les yeux.

Si le roi d'Harabec et Gilas ès Maras avaient vraiment désobéi aux ordres, il ne donnait pas cher de leur peau, qu'ils aient pris ou non la bonne décision.

— Vous avez vu ? dit Lucasi. Les Sakâs montent des bûchers. Là-bas... et là...

Laosimba secoua la tête.

— Les hommes sur la première muraille disent que ce ne sont pas des bûchers, mais des foyers. D'immenses piles de bois.

— Pour faire des feux ? Pourquoi ? Un signal ? demanda Viennes.

Le Haut Prêtre secoua la tête.

— Je suppose.

Lucasi se pencha par-dessus le muret, tordant sa tête pour regarder vers l'est.

— Je voudrais que les forces de Laânnes nous aient déjà rejoints, dit-il à Laosimba.

Laosimba eut un hochement sec de la tête.

— Elles ne vont pas tarder.

Gilas ès Maras entra dans la tente où Harrakin s'était enfin endormi, deux heures après l'aube. Ils avaient réussi à prendre les Sakâs de vitesse, perdant plus de trois cents hommes, mais leurs forces étaient maintenant installées entre la tour et la muraille ouest, bloquant l'accès à la route et aux portes.

Depuis, l'ennemi ne leur avait accordé aucun répit. Les Sakâs avaient continué à attaquer, se concentrant sur l'est de leurs défenses, tentant de reprendre la route qui longeait les murailles. Des nouvelles étaient venues de la Grande Porte. Là-bas, rien ne bougeait encore. Les armées se contentaient de se jauger. Gilas avait espéré la même chose de leur côté du front : une courte trêve leur laisserait le temps de respirer, de réorganiser leurs hommes, d'anticiper la stratégie ennemie. Ils n'avaient pas eu cette chance.

Et pourtant tous les Sakâs étaient loin d'être montés à l'assaut. Cinq à six cents d'entre eux se concentraient sur la route, épuisant les défenseurs, mais les autres attendaient, derrière les murets et les petites maisons de pierre du Champ des Échanges, montant d'immenses foyers, qu'ils n'avaient pas encore allumés. Les foyers n'inquiétaient pas Gilas : sans doute était-ce une nouvelle tactique de terreur, pour semer la panique dans les cœurs des adversaires, comme les fausses créatures des Abysses. Ce qui l'inquiétait, c'était le nombre. Car finalement, ce n'était pas une armée, mais deux, qui campaient là, devant eux, et de nouveaux Sakâs arrivaient encore, des éclaireurs envoyés à l'ouest l'avaient confirmé.

Un tel nombre d'ennemis avait au moins un avantage : il prouvait qu'Harrakin avait raison. Les Sakâs en voulaient aux murailles ouest... à vrai dire, réalisa Gilas avec un léger frisson, les portes secondaires seraient sans doute déjà tombées s'ils ne s'étaient pas interposés. S'ils n'avaient pas changé de destination, les Sakâs seraient déjà dans la ville à l'heure qu'il était.

Je devrais être soulagé, pensa-t-il, *soulagé d'avoir pris la bonne décision*... Mais Gilas avait surtout peur. Ils étaient passés si près de la catastrophe ; ils avaient perdu tellement d'hommes, et l'ennemi était au moins deux fois supérieur en nombre. Les bonnes décisions ne suffiraient peut-être pas.

Il s'accroupit près d'Harrakin et celui-ci ouvrit aussitôt les yeux.

— Gilas ? Un problème ?

— Je ne sais pas encore. (Harrakin s'assit, fronçant les sourcils.) Un certain Amîn Eh Ma-haroud vient d'arriver. Un nâla... une des grandes lignées de l'Émirat.

— Son nom ne me dit rien.

— Il amène un message d'un certain ès Morales, pour vous. Il paraît que ce Morales a des hommes... quatre-vingts cavaliers, et huit cents fantassins. Il veut se joindre à nous.

Harrakin fixa Gilas un moment en silence et celui-ci se demanda si le roi d'Harabec était bien réveillé – les jeunes gens avaient parfois le sommeil lourd – mais Harrakin répéta enfin :

— Ès Morales ? *Arekh* ès Morales ?

— Oui. C'est le nom qu'il a donné.

Harrakin sauta sur ses pieds et attrapa sa cotte de mailles, jetée avec son pourpoint sur un grand coffre à terre.

— Ça, c'est intéressant, dit-il avec une ombre de sourire. Morales ? Je le croyais mort. D'où sort-il ses hommes ?

— Ce sont des renégats... Ils font partie de ceux qui n'avaient pas reconnu l'autorité de Manaîn, et il semble qu'ils ne reconnaissent pas non plus celle du nouvel héritier. Ils se sont choisi un nouveau chef, mais ils veulent se battre contre les Sakâs. Alors ? Qui est ce Morales ?

— Un ancien conseiller de la cour d'Harabec, dit Harrakin. Et un de ceux qui dirigeaient la défense de

Salmyre. Il a repris le palais aux hommes de l'émir quand mon frère nous a trahis. Ensuite... (Il s'interrompit en regardant l'officier.) C'est une longue histoire, Gilas, mais vous devez savoir qu'il est condamné pour hérésie et que Laosimba lui-même s'est occupé de son cas. À vrai dire, je croyais qu'il s'était suicidé.

— Ce n'est peut-être pas lui, dit Gilas, sourcils froncés. C'est peut-être un piège.

— Peut-être, dit Harrakin. (Il finit d'enfiler sa cotte de mailles, passa par-dessus son pourpoint en soie rouge, et commença à fermer les boutons, réfléchissant.) Dans ce cas, il est bien sophistiqué, ou bien maladroit. S'ils voulaient gagner ma confiance, les Sakâs auraient utilisé un autre nom. (Harrakin avança jusqu'à la sortie de la tente, puis se retourna.) Il n'y avait pas... quelque chose d'autre dans le message ? Une phrase, ou une information personnelle, pour me permettre de le reconnaître ?

— Peut-être. Le nâla a parlé des montagnes, et des chiens sorciers d'Inyas.

Harrakin haussa les sourcils, puis eut un petit rire.

— C'est lui. Combien d'hommes ? Neuf cents ? C'est toujours ça de pris. Mais... Gilas, ajouta-t-il, soudain sérieux. Je ne veux pas vous mettre dans une position plus difficile encore. Si Laosimba apprend que vous avez accepté de vous allier avec Morales, il aura votre peau. Au sens littéral du terme, peut-être.

Gilas haussa les épaules.

— Chaque problème en son temps.

Harrakin attrapa son épée et sortit, prenant une grande inspiration, emplissant ses poumons d'air glacé. Le nâla attendait un peu plus loin, debout, près de son cheval, reconnaissable à ses vêtements de lin simple alors que les soldats fidèles au successeur de Manaîn portaient sur leur bras droit les couleurs flamboyantes de l'Émirat. L'homme le regarda calmement approcher. Harrakin allait lui adresser la parole quand son attention fut attirée par un phénomène étrange.

Il se retourna, regarda vers la tour.

— Les combats ont cessé, dit-il, étonné.

Le bruit léger, mais constant, de cris et de métal qui montait de la route, à une centaine de pas à l'est, s'était apaisé. Harrakin fronça les sourcils, plus inquiet qu'heureux. Près de la tente, Gilas s'était retourné également.

— Ils montent des bûchers, déclara le nâla. D'immenses foyers, un peu partout. J'en ai vu un peu plus de trente, rien qu'ici. Et ils reçoivent encore des renforts par le nord. Rien qu'en essayant de vous rejoindre, nous avons échappé à deux attaques.

— Merveilleux, grommela Harrakin. (Il dévisagea l'homme.) Quel est votre nom, déjà ?

— Amîn Eh Ma-haroud. Je dirige les cavaliers.

— D'autres bonnes nouvelles, Amîn ? Je vous en prie, ne soyez pas timide. Je suis prêt à tout entendre.

Le nâla sourit, puis s'inclina.

— Pas pour l'instant, sire. Mais croyez bien que je me ferais un plaisir de vous les apporter. En attendant, nous sommes à votre disposition, si vous voulez de notre aide... Que dois-je répondre à aïda Morales ?

Harrakin désigna le nord, puis soupira.

— Qu'il est le bienvenu. Nous n'avons pas le choix.

Maintenant, même les serviteurs avaient évacué le Palais des Sources. Dans les rues avoisinantes, la panique avait frappé dès la nouvelle de l'arrivée des Sakâs. Les habitants avaient commencé à charger leurs affaires sur des chariots, voulant partir vers l'ouest de la ville, mais les gardes avaient barré les sorties, les empêchant de bouger. Apparemment, avait pensé Vashni en se promenant dans les rues, entre les ballots qu'on déchargeait, les familles revenant sur leurs pas et celles qui pensaient encore pouvoir partir, quelqu'un là-haut, au sein de l'Assemblée, avait décidé qu'il fallait contenir les mouvements de population pour que la peur ne gagne pas le reste de la cité.

Il était, pour elle comme pour Banh, encore temps de partir... son nom et sa qualité lui serviraient de laissez-passer. Mais ni elle, ni le conseiller n'avaient bougé. Dans le bâtiment maintenant désert, il n'y avait plus personne aux cuisines. Les garde-manger n'avaient pas été vidés, cependant, et ils avaient trouvé de quoi se restaurer. Vashni avait même cuit un peu de viande, avec des épices et des pommes, à la mode de Sleys. Cuisiner ne lui était pas arrivé depuis son adolescence, à l'époque où elle s'amusait parfois à rejoindre les esclaves à l'office, pour faire ce qui lui était interdit et apprendre des ragots que nul autre ne connaissait. La tâche n'était pas désagréable, et elle y avait même pris un certain plaisir nostalgique.

Après le déjeuner, Vashni était remontée sur les murailles, regardant l'armée à ses pieds – une armée qu'elle savait maintenant être celle d'Harabec. Des archers avaient été dépêchés de la garde personnelle de l'Assemblée, se plaçant un peu plus au nord pour protéger la route que, paraissait-il, les Sakâs essayaient de prendre.

Brièvement, elle se demanda où était Samia. Avant de bifurquer vers l'ouest, Harrakin avait sans cérémonie dépêché sa concubine à Reynes avec le reste des femmes et les hommes trop vieux pour combattre. Samia ne faisant pas partie de la délégation officielle, elle avait sans doute trouvé refuge dans un palais privé au centre de la ville avec le reste des courtisanes. Vashni n'avait aucune affection particulière pour Samia, qu'elle trouvait ambitieuse sans l'intelligence nécessaire, mais en ce moment, elle n'enviait pas son sort. Concubine du roi, la pauvre sacrifiait presque entièrement sa liberté pour une place qui ne lui rapportait que des honneurs très relatifs.

La meilleure manière d'être libre, pour une femme, était d'être riche, pensa Vashni en descendant les marches, se sentant étrangement mélancolique. Riche et veuve, on était entièrement responsable de ses mouvements. Oui, on était libre de tout, même de faire les choix les plus absurdes. Comme de rester dans un palais vide dans un endroit dangereux, alors que la guerre grondait à quelques pas.

Des coups résonnaient sur le bois dans une cour attenante et Vashni se rapprocha, curieuse. Elle passa une grille, entra dans une partie abandonnée des écuries, et étonnée, regarda une dizaine de soldats occupés à clouer de gigantesques planches sur une large porte creusée directement à l'intérieur de la muraille.

Un officier âgé surveillait leurs efforts et Vashni s'approcha. L'homme fit un petit salut en la voyant.

— Cette porte mène à la deuxième muraille ? demanda Vashni.

L'homme acquiesça, puis ajouta :

— Il y en a trois, les unes en face des autres. Nous avons déjà barré les deux premières.

Vashni fronça les sourcils.

— Elles mènent à l'extérieur ?

L'officier haussa les épaules.

— Le palais appartenait à la famille Riali avant d'être racheté par l'Assemblée. Ils avaient une sortie privée, ça leur évitait de faire la queue aux portes. Il y en a beaucoup dans la partie ouest. Nous essayons de les murer toutes... mais j'espère que nous n'en oublierons pas. Elles ne sont pas toutes sur les plans.

— Oh, dit simplement Vashni.

— Ne vous inquiétez pas, ehari. De nouveaux archers sont en route.

Laosimba inspectait les troupes à l'extérieur, portant la bénédiction de Fîr sur ses hommes, quand il aperçut, juste derrière les lignes, la longue robe pourpre d'un des Maîtres des Messagers. Avec un mot d'excuse à l'officier qui l'accompagnait, il fit aussitôt demi-tour, les hommes s'écartant respectueusement sur son passage.

Le Messager attendait, très droit. Le kââs était posé sur son poignet, ses plumes brunes luisantes de santé. Le cercle de métal sur sa patte avait été ouvert et la fine feuille, encore roulée, le fil du secret intact, était visible à l'intérieur.

Laosimba leva la main pour prendre la lettre... puis hésita, pris d'une crainte qu'il qualifia plus tard de présage. L'armée de Laânnes aurait dû être là depuis maintenant plus de quatre heures. Quatre heures, ce n'était pas grand-chose... une armée de plusieurs centaines d'hommes avait de nombreuses raisons de prendre du retard. Et rien n'indiquait que le kââs venait du sud.

Pourtant, l'envie le prit de ne pas ouvrir la lettre tout de suite, mais d'attendre d'être à l'intérieur. À l'abri, derrière les murailles.

Le Haut Prêtre repassa la Grande Porte, le Messager sur ses talons, sans s'arrêter, sans répondre ni jeter un coup d'œil aux officiers qui lui faisaient signe, attendant des nouvelles ou des paroles de réconfort. Il marcha droit devant lui, passa les trois murailles, arriva à l'escalier de granit qui conduisait à la plate-forme de l'œil et, ignorant deux conseillers qui s'approchaient, monta les marches. Arrivé à la plate-forme, il regarda de nouveau les deux armées en présence.

Le crépuscule tombait, plongeant le paysage dans une lueur bleutée. Laosimba se retourna, tendant la main. Le Messager lui tendit la lettre.

Déroulant le papier, Laosimba lut les quelques lignes écrites d'une écriture pressée et tendue.

L'armée de Laânnes ne viendrait pas. Il l'avait su dès que ses doigts avaient touché le papier.

Étrange. Il n'était même pas étonné.

L'armée n'avait pas été détruite, mais embusquée. Une série d'attaques venant du sud les avait retardés, et ils auraient au moins trois jours de retard sur le délai prévu, expliquait la lettre. « Tentez de retarder l'assaut jusque-là », ajoutait le kasaïr de Laânnes à la fin de la lettre, une phrase dont il ne réalisait sans doute pas l'ironie.

Laosimba roula la lettre.

Dans la plaine, devant la Grande Porte, les feux s'allumèrent.

D'un seul coup, en même temps, une centaine d'immenses flammes orange bondirent vers le ciel, jaillissant avec rage des foyers préparés les jours précédents.

Avec un hurlement furieux, les Sakâs se jetèrent à l'attaque.

La torche passa à un doigt du visage d'Arekh. Celui-ci riposta aussitôt, abattant son épée sur l'épaule du cavalier sakâs qui avait tenté de l'aveugler. Le barbare poussa un cri de douleur avant de donner un coup de la masse qu'il tenait dans sa main droite, mais la souffrance le déséquilibrait et Arekh n'eut aucun mal à esquiver. Un nouveau coup, à la poitrine cette fois, fit basculer l'homme de sa monture. Il se fit aussitôt piétiner et Arekh poussa son cheval en avant, scrutant le champ de bataille.

Enfin, il l'aperçut : un peu plus au sud, entouré des cavaliers d'Harabec, taillant et frappant, fracassant le crâne d'un cavalier ennemi qui avait fait l'erreur de s'approcher. Harrakin, le visage maculé de sang. Si loin au milieu des lignes ? Voilà qui était risqué : si le roi d'Harabec tombait maintenant, le moral de ses hommes s'écroulerait. Mais c'était sans doute pour cela qu'Harrakin s'était jeté dans la mêlée – pour remonter le moral de ses soldats, pour montrer à ses hommes qu'il avait foi en eux.

Arekh et Harrakin ne s'étaient pas encore rencontrés : après son entrevue avec Gilas, Amîn était revenu avec des directives. Il fallait attaquer les Sakâs par l'est, pour créer un deuxième front et essayer de faire diminuer la pression sur la route des murailles.

Cela faisait maintenant quatre heures qu'ils combattaient, et Arekh ignorait si leur intervention avait un quelconque effet. Les Sakâs paraissaient toujours aussi nombreux, et sans recul, sans perspective, Arekh n'avait aucun moyen de savoir si leur attaque était efficace.

Il éperonna son cheval et fit signe aux nâlas de le suivre – mais une nouvelle vague d'adversaires, une centaine d'hommes à pied, agitant des torches pour effrayer leurs chevaux, le coupa des cavaliers d'Harabec.

— Ne vous laissez pas impressionner ! hurla Arekh, tentant de couvrir le bruit de la bataille. (Amîn fit signe qu'il l'entendait et Arekh continua.) Les torches ne sont là que pour l'effet ! Ils jouent sur la peur !

Derrière lui, il entendit Amîn répéter ses mots aux nâlas et avec un cri de guerre, Arekh se jeta en avant. Ils avancèrent encore d'une vingtaine de pas, se rapprochant de la muraille ; dans le chaos, Harrakin et les cavaliers d'Harabec avaient complètement disparu. Mais ils étaient là, quelque part. Les Sakâs étaient pris en tenailles...

En théorie. Comment pouvait-on prendre un océan en tenailles ? pensa Arekh en regardant la mer de barbares qui se massait au nord. Il pressa encore une fois son cheval, avançant entre les hommes qui se battaient comme dans une boue épaisse...

Et soudain Harrakin fut à ses côtés, apparaissant du chaos comme par magie.

— Morales ! cria-t-il, et Arekh se tourna, étonné de lui voir au visage une expression presque euphorique, une joie née du sang et de la mort. Amusante, cette petite escarmouche, non ?

— En effet. J'attends avec impatience la véritable bataille... dit Arekh en abattant de nouveau son épée.

Les nâlas se déployèrent autour d'eux, les protégeant un moment des mouvements du combat et Arekh se tourna vers Harrakin.

— Que veulent-ils ?

— Passer par les portes secondaires... Celles de la muraille ouest, dit Harrakin, le visage sérieux. Du moins je crois. Je pense que l'attaque de la Grande Porte n'est qu'une diversion.

— Une sacrée diversion, dans ce cas. Il paraît que c'est un véritable massacre, là-bas.

Harrakin haussa les épaules.

— Peut-être que les deux attaques sont sérieuses. Peut-être qu'ils attendent de savoir quel front va céder le premier. J'espère que ce ne sera pas nous, mais... Où sont vos fantassins ?

— Plus haut, dit Arekh en désignant le nord, mais il était presque impossible de distinguer ses soldats dans le tourbillon. Nous allons nous replier vers le sud. La pression est trop forte.

Harrakin acquiesça.

— Tentez de tenir une heure avant de vous dégager. Nous avons construit un mur provisoire avec les pierres des murets du Champ des Échanges, et nous allons nous retrancher derrière. Un recul d'une centaine de pas...

— Une heure. Entendu.

Arekh se retourna vers Amîn et Harrakin éperonna son cheval.

— Nous discuterons demain à l'aube, si nous sommes vivants pour la voir. Bonne chance, Morales ! Ayesha vous protège, ajouta-t-il avec un pâle sourire avant de s'éloigner.

— Bien sûr, dit amèrement Arekh.

Puis le combat le reprit, et pendant une heure il n'y eut plus rien, que le tourbillon de la bataille, le feu de la rage et le vent de la mort.

À ses pieds, le roi des Sakâs ne voyait que beauté. Le Grand Cycle s'accomplissait, devant lui et par lui. Comme des étoiles tombées au sol, les flammes des torches, les flammes des guerriers du Cycle dansaient très loin, en bas, dans la plaine, amenant avec elles la pureté d'une nouvelle aurore. Les officiers des Royaumes croyaient que c'était pour porter la terreur dans le cœur de leurs adversaires qu'ils utilisaient le feu, que chaque Sakâs avait une torche à la main et que les grands foyers brûlaient, chaque étincelle portant vers le ciel la gloire de la déesse Hâl, mais c'était faux : la peur et l'effet produit sur les soldats ennemis n'étaient que secondaires. Ce qui comptait, c'était le symbole. Ce qui comptait, c'était l'art.

L'art. Comme il s'y était plongé, quand il était plus jeune. Tant de peintures et de statues, de poèmes et de grandes épopées, étudiés, copiés, adorés, là-bas, au cœur des tours des universités de Reynes dont les hautes silhouettes se dressaient dans la plaine. Un des précepteurs favoris du roi des Sakâs – il n'était qu'un étudiant à l'époque – l'avait initié aux théories de l'art mouvant. Comment s'appelait ce précepteur, déjà ? Le nom lui échappait, mais peut-être était-il encore vivant aujourd'hui, pensa le jeune roi, peut-être même était-il penché en ce moment même à une des fenêtres de la tour rouge de la cinquième université, dont il n'était sans doute jamais sorti. C'était ce précepteur qui lui avait expliqué que l'art ne pouvait pas être contenu, qu'il jaillissait, sans contrainte, de la vie et de la mort. Les hommes importants, ceux qui comptaient – les grands chefs, les grands rois, les grands prêtres, ceux qui faisaient danser comme les dieux les fils du destin des hommes – étaient de véritables artistes, et le monde était leur toile.

Oui, s'il était à la fenêtre, comme il devait être fier de son élève aujourd'hui.

Debout au bord du Grand Cercle, le roi des Sakâs contempla la beauté qu'il avait créée. D'abord la splendeur sombre de la cité, dans laquelle personne sûrement ne fermait l'œil cette nuit-là, une cité dont les formes élégantes et rondes se devinaient à peine. Les quartiers les plus pauvres étaient plongés dans le noir, car les pauvres ne dépensaient pas de bougies ou de torches dans une lutte inutile contre l'obscurité. À peine visibles de si loin, le roi distinguait pourtant les lueurs assourdies des éclairages publics des grandes avenues, les feux sacrés qui brûlaient nuit et jour sur les terrasses des temples, en soulignant les contours comme un pinceau léger. Certaines tours demeuraient obscures, ombre sur ombre. On ne les devinait que si on savait qu'elles étaient là, dans d'autres on apercevait parfois les lueurs dansantes des torches derrière les fenêtres.

Mais ces nuances, cette splendeur discrète de la ville nocturne était aujourd'hui effacée par les couleurs plus franches, plus superbes de la guerre. Ce qui étincelait cette nuit-là, c'étaient les lueurs mouvantes des gardes et de leurs torches sur les remparts, les feux éclairant les arbalétriers et les archers sur les chemins de rondes. Et puis, plus bas, dans la plaine, s'étalait son chef-d'œuvre : la danse des flammes, le plus grand ballet du monde. Chaque Sakâs portait une torche, et ils étaient des milliers, et tous, ils dansaient, cherchant dans la foule leur partenaire, celui avec lequel ils accompliraient leur salut final. Tous ces feux mouvants sur fond noir ; on aurait dit des joyaux, des lucioles...

Le roi sourit. Il y avait deux groupes principaux, deux mares de lumières. Ses deux armées. La première battait la Grande Porte, illuminée par les trois immenses feux de l'état-major de Reynes – quelque part là-bas devait se trouver le Haut Prêtre, et le roi des Sakâs se demanda s'il appréciait autant que lui la splendeur du spectacle. Au cœur de la mare de feu se trouvait une masse sombre et mouvante qui était l'armée de Reynes, une mare obscure sur laquelle se jetait la rivière des lucioles, entourant la zone, s'y insinuant même... oui, de petits ruisseaux de lumière s'inséraient déjà dans la masse sombre des guerriers ennemis et bientôt, comme la glace faisait éclater la pierre, ils la feraient éclater, elle aussi.

Le roi des Sakâs tourna la tête vers l'ouest, où se trouvait la seconde vague de lucioles. Là aussi les lumières dansaient, se concentrant en un point précis, vers la route des murailles ; d'autres groupes de petits insectes lumineux passaient déjà plus à l'ouest, par la forêt pour tenter de contourner leurs adversaires. Et là aussi les masses sombres des groupes des défenseurs paraissaient perdues, noyées, petit à petit elles reculaient et petit à petit les insectes lumineux grignotaient la route. Et bientôt il serait trop tard, car les insectes étincelants allaient trouver un trou discret pour se glisser à l'intérieur de Reynes...

Mais tout cela n'avait pas d'importance. La stratégie n'avait pas d'importance face à l'essentiel, face à la beauté.

Un pas résonna derrière lui et le roi des Sakâs se retourna. Anâs, un des sept guerriers sacrés par Hâl, un des sept dont le sang devait couler à la place du sang du roi si celui-ci était attaqué, s'inclina devant lui.

— Quelqu'un pour vous, dit Anâs. (Le roi des Sakâs le regarda, étonné.) Je sais que vous vouliez contempler en paix l'œuvre du Cycle, mais... il s'agit de la petite fille, expliqua-t-il. La messagère. La hâman d'Ayesha.

— Nous ne pouvons pas reculer, dit Amîn. Pas encore...

Le sang coulait sur son visage et son cheval était blessé. Son bras était brûlé là où un Sakâs l'avait atteint de sa torche. Sur les quatre-vingts cavaliers du début, ils n'étaient plus qu'une quarantaine, renforcés par des cavaliers de Reynes et une partie des nâlas de Manaîn... Au cours des dernières heures, d'autres hommes de l'Émirat étaient venus se joindre à eux, préférant combattre sous les ordres d'aïda Morales plutôt que de se joindre aux troupes de Laosimba. Quant au nouvel héritier de l'Émirat, quel que soit son nom, il ne ralliait pas les foules.

Les Sakâs s'étaient séparés en deux groupes. Le premier faisait reculer les forces de Gilas ès Maras et d'Harrakin sur la route, le deuxième tentait de les contourner par l'ouest, qu'Arekh et ses hommes faisaient de leur mieux pour tenir. Les Sakâs voulaient passer en force par les champs d'avoine, et de manière plus insidieuse par la forêt : pendant qu'ils se battaient, pied à pied, sur les rangs de céréales avec les hommes d'Amîn, de petites bandes ennemies de dix ou de vingt Sakâs filaient dans les bois, avec pour mission de descendre le plus possible vers le sud et de harceler les forces de défense avant de se faire tuer.

Les archers de Reynes, postés dans les arbres, réussissaient à en abattre beaucoup, mais ceux qui échappaient menaient une guérilla discrète, attaquant les groupes isolés, faisant des raids dans les camps où se reposaient les blessés. Certains avaient même surgi dans le camp principal, celui de Gilas ès Maras, des torches à la main. Ils avaient réussi à mettre le feu à la tente de commandement avant d'être arrêtés.

Ce n'étaient que des tactiques d'intimidation, mais elles étaient efficaces. Elles jouaient sur le moral des troupes, qui ne se sentaient en sécurité nulle part...

Et surtout, ils perdaient du terrain.

Le mouvement était imperceptible mais réel. Et là-bas, près des murailles, Harrakin et Gilas avaient eux aussi reculé, Arekh le savait. Cela se voyait à l'œil nu. La vague de feu – les Sakâs et leurs torches – se heurtait à la masse sombre des forces de l'alliance, et le front était clair. Elle était descendue de plus de cent pieds vers le sud depuis la tombée de la nuit.

Arekh se tourna vers Amîn, le regard las.

— Nous avons trop de pertes, et le terrain est en pente. Il joue en leur faveur. (Il désigna un petit bosquet près d'un cours d'eau, à peine visible dans l'obscurité mouvante.) Passons derrière. Nous en abattrons plus s'ils ont à traverser la rivière avant de nous atteindre...

Amîn secoua la tête.

— Cela fait trois fois que nous battons en retraite, dit-il assez fort pour couvrir le bruit du combat. Ils nous déciment, et nous perdons pied ! À quoi servons-nous, exactement ?

Nous servons à nous faire tuer pour protéger le flanc ouest de l'armée de Gilas.

La réponse était simple, et il n'y avait rien à discuter. S'ils n'avaient pas été là, à se sacrifier, les Sakâs auraient sans doute déjà pris la route et fait sauter les portes.

De toute façon, la question d'Amîn était rhétorique. Il savait. Il fallait protéger la muraille ouest, ils le savaient tous, et le reste n'était... le reste n'était que chanson, aurait dit le père d'Arekh. C'était une de ses expressions favorites. Pour Joanki ès Morales, du domaine de Miras, il y avait son devoir, qu'on devait faire en silence, et le reste n'était que chanson.

Pourquoi l'image de son père lui était-elle soudain revenue ? Arekh éperonna son cheval, avançant dans la mêlée vers trois gigantesques Sakâs qui, une torche à la main gauche et une hache dans la droite, creusaient un sillon sanglant au milieu des défenseurs.

Le château de son enfance, l'ennui et le désespoir filtrant de ses pierres grises...

Un des trois Sakâs se tourna vers Arekh et, sentant soudain l'envie de frapper, de tuer à pied, les bottes sur le sol, celui-ci descendit de cheval, l'épée à la main.

Son père, issu d'une si ancienne lignée d'officiers, dont tant étaient morts pour défendre les Principautés...

Le Sakâs lança sa torche en avant, au milieu des soldats, et leva sa hache à deux mains. Il mit tout son poids dans l'attaque et bascula vers Arekh, visant la tête avec un ahanement lourd. Arekh ne para pas ; le coup aurait brisé son épée et lui aurait peut-être démis l'épaule. Il pivota juste à temps, laissant la lame de la hache passer à une main de son visage – son père qui avait tant rêvé que ses fils suivent la tradition familiale, qui les avait élevés dans ce but... La hache se planta dans un cadavre à terre et Arekh frappa le Sakâs déséquilibré à la nuque, enfonçant son épée dans les os du cou.

Son père qui rêvait que ses trois fils se couvrent de gloire, mais ses deux préférés étaient morts et aujourd'hui c'était Arekh, le cadet, celui que son père méprisait et haïssait plus que tout, qui se battait devant les murailles de Reynes...

Le deuxième Sakâs s'était tourné vers lui. Il donna un coup de torche et cette fois, malgré un mouvement brusque pour l'éviter, Arekh sentit les flammes lui effleurer le visage. La douleur lui mordit la joue, mais il avait subi pire chez les Liseurs d'Âmes et il ne sentit qu'un léger souffle de colère quand il frappa en retour...

Le destin était si ironique, parfois.

— Aïda Morales !

La voix d'Amîn, derrière lui. Arekh frappa le Sakâs, le faisant reculer, puis il se retourna.

Amîn lui faisait signe de le rejoindre à l'arrière.

Abandonnant le blessé à ses hommes, il prit les rênes de son cheval et recula, l'image du château de Miras, du visage glacé de son père flottant au-dessus du chaos.

N'était-ce pas absurde ? Tout ce chemin, et il n'avait fait que tourner en rond, pour finalement rejoindre le destin qui l'avait toujours attendu.

— Aïda Morales, répéta Amîn quand ils furent un peu éloignés des lignes. (Autour d'eux, les hommes reculaient lentement vers la rivière. Le feu avait pris à une bande de petits buissons secs, éclairant la scène d'une lueur rougeâtre.) Vous devez quitter le front, et rejoindre l'arc nord-est du Grand Cercle. Il va y avoir une négociation là-bas... Avec Ayesha, dit Amîn, ne donnant qu'un geste d'incompréhension en réponse au regard abasourdi d'Arekh. Gilas ès Maras et le roi d'Harabec sont conviés eux aussi. Ayesha insiste pour que vous soyez tous présents.

Les fauves recouvraient les pentes. Des milliers d'hommes aux visages bleus, aux cheveux longs, blonds et sales, habillés de vêtements disparates et de morceaux d'armure, assis en tailleur, par terre. Les feux des Sakâs étaient loin en bas, et seule la lueur des lunes éclairait les visages des hommes.

Le lieu des négociations avait été choisi par Marikani... à mi-hauteur de l'est du Grand Cercle, dans une sorte de cuvette naturelle qui formait comme un amphithéâtre. Harrakin approcha de la table – une véritable table en bois, qui avait été placée sur l'herbe, sur la « scène ». Les fauves, assis sur les pentes, formaient les spectateurs. Quand ils seraient à la table, les chefs de l'alliance des Royaumes n'auraient qu'à lever les yeux pour voir les hommes d'Ayesha, au-dessus d'eux, partout, bouchant l'horizon.

Joli travail de mise en scène.

Harrakin était épuisé. Il n'était pas blessé, mais la fatigue et la tension des derniers jours pesaient sur son corps, sur sa tête, comme une couronne de métal. Une douleur lancinante vrillait son esprit – une douleur qu'il ne connaissait que trop bien... Le manque de sommeil. Mais il ne pouvait pas dormir. Dans les heures qui venaient, il allait avoir besoin de toute son intelligence, de toute sa lucidité pour ce qui allait se passer là, autour de cette table.

Cinq personnes étaient déjà installées – et une partie de la migraine d'Harrakin s'envola quand il vit le visage de Laosimba.

Le Haut Prêtre était blême. De rage, d'humiliation, de colère. Être obligé de s'asseoir à la table de la déméana – de l'ennemie des dieux, de celle qu'il avait tenue entre ses mains avant de la laisser s'échapper... de son adversaire principale, pensa Harrakin avec amusement – voilà qui devait presque rivaliser avec les tortures qu'il avait fait subir à tant de malheureux. Mais Laosimba était conscient de la situation. S'il y avait une chance de recevoir de l'aide, il ne pouvait pas la refuser.

Harrakin fit le tour de la table, sans s'asseoir. Tous les participants n'étaient pas encore là et Marikani n'était nulle part en vue. Elle se faisait attendre... bien entendu. Cela faisait partie de la mise en scène. Avec plus de quatre mille hommes sous ses ordres, disait-on, le pouvoir était entre ses mains. Elle pouvait les faire languir, elle pouvait se permettre de les faire venir jusqu'ici.

Et elle avait sans doute l'intention de le leur faire sentir.

À la table se trouvait aussi Gilas ès Maras, ainsi que son cousin. Et deux hommes blonds qu'Harrakin n'avait jamais vus : sans doute des lieutenants de Marikani. L'un d'eux, dont le nom était Bara, avait observé longtemps Harrakin avec un étrange regard, un mélange de curiosité, de jalousie et de haine. Maintenant, il discutait à voix basse avec son voisin et Harrakin les observa un moment, tentant de distraire ses pensées de ce qui se passait en bas, sous leurs pieds. Gilas et lui avaient laissé leurs hommes sous les ordres de leurs officiers – des hommes compétents et sûrs, mais le nombre ne jouait pas en leur faveur.

Ils perdaient du terrain, pied après pied. Combien en auraient-ils perdu quand ils reviendraient ?

Puis il regarda de nouveau Laosimba et la rage impuissante qui couvait dans ses yeux, et sentit son moral remonter un peu.

Au moins quelque chose aurait éclairé sa soirée.

Luisi del Virnas sentit la masse s'écraser sur son bras gauche et hurla de douleur. À côté de lui, un Sakâs approchait sa torche et dans un sursaut de rage et de peur le soldat se jeta sur lui, le faisant basculer avant que le feu ne touche le tonnelet qui avait atterri en bas de la Grande Porte. Le Sakâs tomba en hurlant et malgré la douleur, Luisi frappa, plusieurs fois, dans la poitrine, dans la gorge, jusqu'à ce que le barbare cesse de bouger.

Du mauvais travail – le capitaine de Luisi se serait moqué de lui – après plus de quinze ans de combat, après plusieurs actes d'héroïsme qui lui avaient donné le droit de porter le signe de Fîr sur son front, Luisi aurait dû savoir achever un ennemi d'un seul coup. Mais après plus de douze heures de combat ininterrompu, la fatigue lui brouillait les idées... la peur et la haine aussi. Luisi n'était qu'un soldat, parmi tant d'autres, mais jamais il n'aurait cru que les Sakâs pourraient atteindre la Grande Porte, qu'ils parviendraient à la toucher, physiquement. Pourtant, ils avaient réussi. Ce n'était qu'une percée temporaire : le combat continuait à faire rage sur les côtés, et bientôt la centaine de Sakâs qui avaient réussi à arriver jusque-là seraient éliminés... mais d'autres viendraient, par vagues, portant le feu avec eux. Le feu des torches, le feu qui prenait sur l'étrange liquide noir et visqueux que les Sakâs transportaient dans de petits tonnelets qu'ils jetaient sous ou sur la Grande Porte dès qu'ils parvenaient à s'en approcher. Le feu prenait sur ce liquide inconnu ; il s'accrochait, refusait de s'éteindre ; les flammes rongeaient le bois, s'étendaient avec le liquide comme une mare gluante.

La Grande Porte était épaisse et bardée de métal. Et derrière se trouvaient des grilles, et une autre porte, et d'autres grilles, et une autre porte encore. Il faudrait plus que quelques flammes pour passer. Mais la Grande Porte n'avait pas été fermée depuis des siècles ; depuis des siècles nul n'avait eu à la défendre. La voir léchée par le feu était un blasphème, et les dieux eux-mêmes, pensa Luisi, devaient là-haut verser des larmes de sang.

Je mourrai avant de la voir s'abattre, pensa le soldat, qui se jeta en avant sur un autre Sakâs portant un tonnelet... la souffrance de son bras blessé était maintenant insupportable, le poids mort de son épaule le déséquilibrait, rendaient ses coups moins précis, mais il frappa pourtant, mettant toute son énergie dans sa lame.

Le Sakâs para, puis fonça tête en avant sur Luisi, qui trébucha et s'écroula. Un éclair de douleur l'aveugla quelques instants et il attendit le coup de grâce...

... qui ne vint pas.

Quelque chose avait résonné, un cor, peut-être.

Soudain, le calme se fit sur le champ de bataille.

Les Sakâs reculaient. Les lueurs des torches refluèrent, comme une marée, avant de s'arrêter, à environ cent pas de la Grande Porte.

Plus rien ne bougea.

Luisi se releva lentement. Dans le camp de l'alliance, les officiers se regardèrent, incertains, mais heureux d'avoir ne serait-ce que quelques instants de répit. Les Sakâs s'étaient arrêtés, se repliant sur leurs positions, en attente.

Non'iama avança, le cœur battant à tout rompre. Personne ne l'accompagnait. Un des guerriers lui avait dit que le roi l'attendait, puis il avait désigné la crête.

Le bord du précipice était plongé dans l'obscurité. La petite fille avança avec précaution, prenant garde à ne pas trébucher. Quand le sol s'ouvrit devant elle, elle regarda le paysage en contrebas et retint son souffle, fascinée.

— Admiration ou terreur ? dit une voix familière.

Non'iama sursauta, puis se retourna. Le roi était assis au bord de l'escarpement, fumant une *nissia*, un fin bâton d'herbes compactes et odorantes qui donnaient, disait-on, l'esprit clair et élevaient le cœur. La mince fumée blanche montait dans l'air de la nuit, son parfum se mêlant à celui des mousses et des écorces.

— C'est beau, dit Non'iama. On dirait... ces petits poissons lumineux, qui frétillent dans les mares noires, la nuit. Ou des lucioles.

Le roi se tourna vers elle et la désigna du bout de sa nissia.

— Bonne réponse. Digne d'une hâman.

— Pourquoi se sont-ils arrêtés ? demanda Non'iama.

— Même mes hommes ont besoin de repos, dit le roi. Et puis... (Il sourit, comme d'une plaisanterie connue de lui seul.) Il y a de nombreuses raisons. L'une d'entre elles est la lente montée de la peur.

Non'iama le regarda sans comprendre et le roi tira une nouvelle bouffée.

— Nous gagnons. Tout le monde le sait. Les officiers vont passer une très mauvaise nuit, à ressasser leurs craintes et à élaborer des tactiques qu'ils savent sans espoir. Demain, ils seront en plus mauvais état que s'ils avaient passé ces heures à se battre. La fatigue morale est parfois plus cruelle que l'épuisement physique... (Une nouvelle bouffée, et :) Alors ? M'apportes-tu la réponse d'Ayesha ? Je suppose qu'elle n'est pas venue de si loin, avec toutes ses armées, pour rien...

Non'iama ne put s'empêcher de jeter un regard vers l'est du Grand Cercle avant de se reprendre avec un petit sursaut coupable. Le roi des Sakâs rit doucement.

— Ne t'inquiète pas, petite. Je sais où elle est.

— Je vous amène en effet une réponse, déclara Non'iama. Ayesha dit qu'elle veut discuter. Qu'elle peut pencher d'un côté ou de l'autre et qu'elle veut voir qui lui fait la plus intéressante proposition.

— Vraiment. Voilà qui est très... pragmatique, pour une déesse. (Le roi regarda sa nissia, tira une dernière bouffée, puis la jeta du haut de la falaise. La petite lueur orange tournoya un moment avant de disparaître.) Bien, cela paraît raisonnable... Que désire-t-elle ? Contre son aide, ou au moins sa neutralité ?

— De l'or. Une partie du trésor de l'Assemblée – il faut que vous en discutiez, a-t-elle dit. Ainsi que la moitié des provisions des entrepôts, du matériel et des ouvriers pour construire les vaisseaux à Samara. Et surtout, l'assurance que vous ne remonterez pas vers le nord... que vous ne détruirez pas Kinshara et les chantiers navals avant qu'elle en ait terminé.

— En gros, je lui laisse le nord et je prends le sud ?

Non'iama acquiesça.

— Le naufrage économique de Kinshara pourrait mettre en péril le départ du Peuple turquoise.

— Tu es un bon perroquet, petite. Elle t'a fait apprendre ça par cœur ?

— Phrase par phrase.

— Je vois. Pourquoi n'a-t-elle pas écrit ?

— La lettre aurait pu tomber en de mauvaises mains. Elle a dit qu'elle avait plus confiance en moi que dans un bout de papier, ajouta Non'iama en souriant. Elle veut vous rencontrer demain, à l'aube, dans un endroit discret... Je serai à vos côtés pour...

Le roi des Sakâs sauta sur ses pieds et Non'iama recula avec un petit cri de terreur. Le roi fit un pas en avant, saisit le bras de la petite pour l'empêcher de glisser dans le vide, puis la gifla à la volée, de toutes ses forces.

— Tu ne m'attirerais pas dans un piège, par hasard, gamine ? dit-il d'une voix si douce que Non'iama en gémit de terreur. Tu ne serais pas en train de me mentir ? Je sens une tentative maladroite pour m'amener quelque part où il ne serait pas bon pour moi d'aller...

Non'iama resta interdite, les larmes coulant sur ses joues tuméfiées. Le roi des Sakâs la saisit à la gorge.

— Que t'a vraiment dit Ayesha ?

— Ce que je vous ai répété ! réussit à articuler Non'iama.

— Et ce n'est pas un piège ?

— Non !

Il y avait de la fureur dans la voix de Non'iama et le roi la lâcha. La gamine tomba à terre, son corps secoué par des sanglots de rage et de terreur, et le roi l'observa un moment.

— Répète.

— C'est ce qu'elle a dit ! Je ne mens pas !

— Très bien, dit le roi après un moment de réflexion. Tu es sincère. Mais elle ne l'est peut-être pas. (Non'iama se redressa, les yeux étincelants.) Elle t'a peut-être menti, pour que tu puisses jurer de ta bonne foi en toute innocence et...

— Non ! répéta Non'iama, et elle avança vers le roi des Sakâs, le regard brûlant comme si elle voulait le frapper. Elle ne m'enverrait pas à vous si elle comptait vous trahir. Elle ne me mettrait pas en péril. Elle a juré à Arekh...

Le roi la regarda avec curiosité et Non'iama posa ses mains sur ses hanches.

— Elle a juré à Arekh qu'elle me garderait hors de danger.

— Et c'est pour cela qu'elle t'a choisie comme messagère ? C'est pour cela qu'elle t'envoie, toi, une enfant sans défense, seule dans le camp ennemi ?

À cet argument, Non'iama resta un moment interdite, puis elle secoua la tête.

— Ce n'est pas un piège, répéta-t-elle, obstinée.

— Tu seras à mes côtés, dit doucement le roi.

Marikani n'était toujours pas là et ceux qui avaient été conviés à la négociation attendaient en silence. Arekh jeta un coup d'œil à la table, aperçut Laosimba et s'éloigna aussitôt, avançant vers le bord de la pente pour contempler le champ de bataille en contrebas.

Si loin et en même temps si proche. Que devenait Amîn ? Au moins allait-il pouvoir prendre un peu de repos...

Mais malgré tous les efforts d'Arekh, ce n'était pas à Amîn qu'allaient ses pensées.

Il avait cru ne jamais la revoir. Quand Amîn avait annoncé l'arrivée d'Ayesha, quelque chose s'était brisé en Arekh.

Ses dernières défenses.

Il savait à quoi le phénomène était dû, bien sûr. À la fatigue. À l'épuisement de la bataille, à la fatigue, au désespoir... les barrières qu'il avait mis des années à créer s'écroulaient une à une. En comparaison avec les forces qui s'entre-déchiraient ce soir, ce qui les séparait, Marikani et lui, semblait si dérisoire.

Quelqu'un s'approchait. Harrakin. Arekh lui jeta un bref coup d'œil, puis désigna les formes sombres des murailles de la ville et les feux immobiles des Sakâs.

— Ils se sont arrêtés. Je n'aime pas ça.

Près des murailles ouest, à dix lieues de là, le damier d'ombres et de lumières dessinait mieux qu'une carte les positions des armées. La portion de route passée à l'ennemi était noyée sous les torches sakâs comme sous une rivière de pierres étincelantes. Derrière se trouvaient les lignes sombres des forces de Gilas et d'Harabec, puis, derrière encore, le camp. À droite, dans les champs, on distinguait la masse sombre des hommes d'Arekh. Des lumières éparses couraient dans la forêt.

— La Grande Porte brûle, dit Harrakin, désignant le nord.

C'était une exagération – des flammes couraient dans l'obscurité, à l'endroit où ils savaient tous deux que se trouvait la porte. De petites silhouettes éclairées d'une lueur rougeoyante s'affairaient autour, sans doute pour combattre l'incendie qui diminuait déjà.

Il y eut un long silence.

— Il reste des troupes à Harabec, dit Arekh au bout d'un moment. Même si Reynes... (Il désigna la ville, sans prendre la peine de finir sa phrase.) Vous pourrez encore vous défendre. Et les Sakâs auront épuisé une grande partie de leurs forces. Sans doute ne descendront-ils pas plus au sud. Ils se contenteront de piller la ville avant de refluer, de repartir chez eux, comme ils sont venus... Les Royaumes du sud ne seront peut-être pas touchés...

Harrakin se tourna vers Arekh.

— Et vous étiez un espion réputé ? Je croyais qu'il fallait savoir mentir.

Arekh eut un geste d'excuse et Harrakin haussa les épaules.

— J'ai voulu le trône et je l'ai. Je n'ai pas le droit de me plaindre. J'imaginais seulement les choses... (Il haussa les épaules.) plus calmes.

— Vous vous débrouillez bien, dit Arekh.

— Considérant les circonstances... je suppose. Laosimba vous a vu ?

— Pas encore, dit Arekh.

— J'attends ça avec impatience, dit Harrakin avec un sourire carnassier. Assister à la déconfiture du Haut Prêtre est mon seul rayon de joie dans cette morne soirée.

Arekh se retourna, jetant un coup d'œil en direction des Liseurs d'Âmes.

— J'avais promis de le tuer, dit-il d'un ton las.

— Qui ? Le Haut Prêtre ? demanda Harrakin avec un intérêt certain.

— Oui. (Arekh regarda la table.) Et je pourrais le faire, je suppose... ici et maintenant. Les hommes de Marikani ne s'interposeront pas. Ils s'en fichent, et l'escorte est trop loin pour intervenir... du moins pas avant que j'aie tranché la tête et les mains de ce fils de pute. Mais... Mais tuer le chef de la défense de Reynes alors que la ville est en grand danger... eh bien, ce n'est sans doute pas la chose la plus intelligente à faire.

— Que voulez-vous, dit Harrakin avec un geste vague. On ne tient pas toujours ses promesses. Tuer Laosimba... Les dieux m'en sont témoins, j'aimerais pouvoir vous rendre ce service. Mais vous avez raison, le moment serait mal choisi.

Arekh scruta l'obscurité, cherchant Marikani des yeux. Elle n'était toujours pas là.

Puis il crut l'apercevoir dans les ombres. Non. Ce n'était pas elle, pas encore...

Sa poitrine se serra, d'une douleur presque physique.

— Je suppose qu'il faut aller nous asseoir, dit-il après un dernier coup d'œil au Liseur d'Âmes.

Il se dirigea vers la table et s'installa sans un mot en face du Haut Prêtre. Si Harrakin espérait un esclandre, il en fut pour ses frais. La réaction de Laosimba fut intense, mais discrète. Il fixa Arekh, un long moment, hagard, comme s'il n'arrivait pas à en croire ses yeux. Puis il se tourna vers un des prêtres de sa suite et eut une longue conversation avec lui.

Le prêtre désigna l'ouest des murailles, puis de nouveau Arekh. Puis Gilas ès Maras et Harrakin.

Le regard de Laosimba se posa sur les deux hommes. Enfin, il détourna la tête et fit jouer en silence ses doigts sur la table.

Gilas n'avait rien remarqué. Il fit un signe à Arekh et désigna le haut de l'amphithéâtre.

— Votre déesse, dit-il.

Marikani s'assit au bout de la table, ses longs cheveux noirs peignés et nattés, portant un costume simple de voyage.

La moitié gauche de son visage était peinte en bleu.

Arekh l'observa en silence. Ainsi maquillée, elle paraissait distante, irréelle. Une autre femme. Pourtant c'était elle, et il oublia tout : la guerre, les nâlas qui l'attendaient, ses blessures, ses craintes. Il n'y avait qu'elle, que son visage, ses mains qui se posaient sur la table, ses grands yeux noirs, la mèche rebelle qui jouait sur son cou. Une vague d'émotions l'envahit et il serra l'accoudoir de sa chaise, jusqu'à ce que ses doigts lui fassent mal, pour revenir à la réalité.

Quelle ironie. Marikani lui avait si souvent reproché d'être un monstre froid, de n'avoir aucune émotion. À quel point elle le connaissait mal. À y réfléchir, il n'était qu'émotions quand il l'avait connue – colère, haine, désespoir, affleurant à la surface malgré ses efforts pour les contenir.

Ils étaient sept autour de la table : Bara, Day-yan, Laosimba, Gilas ès Maras, Pilanos ès Maras, Harrakin et Arekh. Marikani les étudia en silence, tour à tour. Quand son regard se posa sur Harrakin, Arekh se demanda ce qu'elle pensait, en revoyant, pour la première fois, le visage de l'époux qui l'avait livrée aux lames des bourreaux... mais la jeune femme ne trahit aucune réaction. Harrakin se contenta de croiser les bras, sans gêne visible, comme s'il n'était qu'un officier parmi d'autres, prêt à discuter alliance et traité, comme s'il n'y avait jamais eu aucun lien particulier entre lui et la femme aux traits impassibles qui l'observait.

Puis le regard de Marikani se posa sur Arekh.

Et s'attarda.

Ils se fixèrent un instant, un court moment de trop, avant que Marikani ne s'adresse à Laosimba.

— Cent mille res, dit-elle brusquement. En pièces d'or. Pas de traites, pas de bons à porteur. Quatre-vingts charrettes de farine par mois, et quarante de viande, à faire acheminer jusqu'à Samara par vos propres moyens. Un traité signé de votre main, Haut Prêtre, portant le sceau de Fîr, contresigné par le gouverneur de Kinshara et par l'Assemblée, nous donnant le contrôle complet et pacifique des chantiers navals, des ouvriers et du port jusqu'à ce que nous soyons partis, assurant que tous les esclaves encore en fuite dans les Royaumes puissent nous rejoindre librement. Et demain à midi, nous attaquons. Les Sakâs, ajouta-t-elle avec un sourire glacé, comme si la précision était importante. Je veux le traité signé, avec tous les sceaux nécessaires, au premier rayon du soleil. Si je n'ai pas ce que je désire, j'attaque quand même. Vos hommes. Je me ferai un plaisir de mettre moi-même le feu à la Grande Porte.

Un silence total accueillit sa déclaration.

Arekh se sentit soudain très conscient de ce qui l'entourait : l'escorte de Reynes, attendant à quarante pas de là, les quinze Liseurs d'Âmes, leurs robes noir et argent, à quelques pieds derrière le Haut Prêtre.

Et tout autour d'eux, dans cet amphithéâtre naturel, les milliers de fauves au repos, leurs lourds regards pesant comme une chape.

Gilas changea de position dans sa chaise, gêné. Pilanos paraissait abasourdi... comme s'il ne croyait pas à l'insolence de la déméana, au fait qu'ils se trouvaient là, tous, à écouter cette femme qui était un blasphème vivant contre les vrais dieux poser ses conditions.

Harrakin se renversa sur sa chaise, dissimulant un sourire amusé. Le roi d'Harabec observa son ancienne femme et Arekh lut dans ses yeux un mélange d'admiration et de fierté.

Encore quelques instants de silence.

— C'est d'accord, dit Laosimba.

Et ce fut tout. Il n'y eut aucune discussion, aucun marchandage. La conversation ne s'arrêta pas là, bien sûr, il fallut mettre au point la rédaction des articles, discuter des modalités, du versement de l'argent, de la tactique d'attaque, ce qui prit une bonne heure. Laosimba était pâle, sa voix hachée, ses traits tendus d'une fureur d'autant plus dévorante qu'il ne pouvait l'exprimer.

Puis Marikani se leva, mettant fin à la réunion.

De nouveau, son regard se posa sur Arekh, et celui-ci retint sa respiration. Puis elle se détourna, s'éloigna de quelques pas, et Arekh la suivit, fasciné, buvant chacun de ses pas, chacun de ses gestes.

Il était si fatigué.

Il s'était tellement répété qu'il ne la reverrait plus.

— Morales, siffla Laosimba.

Arekh se retourna, sursautant presque. Le Haut Prêtre le regardait, le visage décomposé de haine.

Ils ne se dirent rien, se fixèrent seulement. Enfin, Arekh s'inclina.

— Liénor Mar-Arajec vous envoie ses salutations respectueuses, Haut Prêtre, dit-il d'une voix d'une politesse parfaite.

Puis il s'éloigna, non sans avoir entendu résonner derrière lui le rire clair d'Harrakin.

Les membres de la réunion commencèrent à s'égailler, rejoignant leurs chevaux et se préparant à reprendre leurs positions. Harrakin fit un geste à Gilas et tous deux commencèrent à descendre la pente.

Arekh hésita, debout près de la table. Bara et Dayyan parlaient à leurs hommes.

Arekh leva les yeux vers Marikani.

Debout, à vingt pas de lui, elle le regardait. Puis elle lui fit un signe de tête bref, lui ordonnant de venir la rejoindre.

Sans réfléchir, Arekh franchit la distance qui les séparait.

— J'ai à te parler, souffla-t-elle.

Elle désigna une tente, un peu plus haut, à l'écart de la cuvette. Ils montèrent tous deux en silence, passant quelques arbres et tentes près desquels brûlaient des feux discrets. Arekh croisa Farer, qui aiguisait son épée sur une pierre. L'homme leur adressa un signe de tête distrait avant de se remettre au travail.

Enfin, Arekh et Marikani s'immobilisèrent devant la tente. Le calme régnait, rompu seulement par quelques éclats de voix venant de la cuvette, des bruits des chevaux qui s'éloignaient, quelque part en contrebas.

Marikani regarda Arekh. La lune faisait luire le maquillage bleu sur son visage, illuminant ses traits. Seule, ainsi, debout, elle paraissait si frêle.

— Je viens de recevoir un message du roi des Sakâs, dit-elle. Nous avons rendez-vous demain, quatre heures après l'aube, dans la passe du Roc rouge. Je ne pense pas qu'il viendra en personne : pas dans la délégation du moins. Il doit se méfier. Mais il sera aux alentours, avec une petite escorte, pour vérifier comment le rendez-vous se passe. Pour m'y rejoindre et négocier, une fois certain qu'il ne s'agit pas d'une embuscade. Il faut que tu sois là, que tu le trouves et que tu le tues.

Arekh mit un certain temps à avaler l'information, puis il hocha la tête, réfléchissant.

— La passe du Roc rouge. Comment as-tu réussi... comment as-tu réussi à l'attirer là ?

Marikani détourna les yeux.

— J'ai trouvé un moyen. Pour qu'il ait confiance... enfin, pour qu'il ait en partie confiance. Pour qu'il s'imagine qu'il y ait une chance, même légère, pour que mes intentions soient bonnes. (Elle continua, évitant toujours de croiser le regard d'Arekh.) Demande à Gilas ès Maras de te fournir une carte. Étudie les environs, les reliefs. Il faut que tu trouves l'endroit où il sera caché... Essaye de t'imaginer à sa place. Où te dissimulerais-tu pour surveiller une telle rencontre ? Prends des hommes solides, et ne montre aucune pitié.

— D'accord, dit simplement Arekh. (Il leva les yeux vers elle, conscient qu'elle devait lire en lui comme dans un livre ouvert, que ce qu'il ressentait devait être écrit sur son visage. Il esquissa un pâle sourire.) Bien joué.

Marikani lui rendit son sourire... aussi fragile, aussi hésitant que le sien.

— Tu sais que je n'aurais pas... que je n'aurais pas combattu aux côtés des Sakâs, ajouta-t-elle. Que c'était simplement pour faire pression sur Laosimba.

— Je sais.

Ils se regardèrent encore.

— Les Sakâs n'attaqueront pas avant que le soleil se lève, dit doucement Marikani. Il reste quatre heures jusqu'à l'aurore.

Un long silence suivit. Arekh hésitait, n'osant comprendre, parler, ou bouger, de peur de briser quelque chose, de défaire la magie fragile de l'instant.

— Tu as dit que je ne te toucherais jamais.

Marikani haussa les épaules.

— On ne tient pas toujours ses promesses.

Comme tout à l'heure, près de la table, Arekh sentit dans sa poitrine une douleur presque physique. Il leva la main vers l'épaule de la jeune femme, puis la retira, hésitant encore.

— Si tu crois... si tu crois que je vais refuser une telle proposition, dit-il, tentant de plaisanter, tu...

Sa voix mourut et le silence retomba.

Marikani souleva la tenture qui bloquait l'entrée de la tente et il la suivit à l'intérieur.

Le soleil du matin était dur et tranchant. Dehors, les combats n'avaient pas encore repris. Sur les murailles ouest, les hommes étaient tendus, inquiets. Vashni avait tenté de faire parler un des officiers pour en apprendre plus, mais l'homme avait refusé de lui répondre.

Les armées de Reynes avaient perdu tant de terrain pendant la nuit que les Sakâs longeaient maintenant un bon tiers des murailles ouest. Les archers et les arbalétriers postés sur les chemins de ronde avaient cessé de tirer quand l'étrange trêve avait commencé.

Mais l'attente était pire que le combat.

Même Vashni le sentait. Banh avait finalement cédé à la pression, et quitté le quartier pour les zones plus sûres au centre de la cité. La jeune femme était restée seule dans l'hôtel désert. La nuit, elle n'avait pas fermé l'œil. Les rues autour du Palais des Sources étaient maintenant vides. Pourtant les barricades fonctionnaient toujours, mais les habitants s'étaient débrouillés pour s'enfuir quand même, payant des pots-de-vin, se réfugiant chez des voisins. L'idée que les Sakâs étaient là, si proches, derrière les trois murailles, que seules quelques pierres les protégeaient de la marée n'était pas supportable.

Vashni fit quelques pas dans la cour, puis monta dans sa chambre. Elle resta là, debout à la porte, à regarder les vêtements étalés sur le lit, les couleurs subtiles des tableaux et des tapisseries qu'elle avait achetés dans les bazars de Reynes.

Si précieux, si fragiles. Si essentiels.

Puis elle redescendit, croisant trois soldats pressés qui l'ignorèrent, avant de passer dans la petite cour où se trouvait la porte barricadée la veille par les soldats. Elle resta immobile un moment, à l'observer, comme si les ennemis pouvaient l'abattre et surgir à n'importe quel moment.

Rien.

La porte ne bougea pas. Aucun Sakâs ne fit son apparition.

Du côté droit de la cour se trouvait une petite grille menant à une autre cour, celle des écuries du palais voisin, lui aussi vide. La famille Bernealles, qui l'habitait, avait évacué les lieux dès que les Sakâs étaient arrivés en vue de Reynes. Vashni avança. Ses pas résonnaient sur les pavés.

Elle passa dans la cour principale.

Là encore, une porte s'ouvrait dans les murailles. Là encore, elle était barricadée.

Lentement, Vashni remonta vers le nord, suivant la muraille intérieure, passant de palais désert en palais désert, de cour en cour, de porte en porte... prenant un malin plaisir à savoir qu'elle remontait, à l'intérieur, le long des lignes sakâs qui attendaient de l'autre côté.

À la cinquième cour, elle s'arrêta, lasse, et s'assit sur le socle d'une statue de bronze représentant un archer. Derrière elle s'élevait une grande maison bourgeoise. La façade était loin d'être aussi luxueuse que celle de ses voisines, mais la cour était remarquablement tenue. Du buis, des plantes grimpantes, des arbres. Une fontaine.

L'eau coulant sur le marbre faisait un petit bruit guilleret.

Des coups.

Une dizaine, des coups sourds, de lourde masse heurtant le bois.

Vashni sursauta et faillit hurler. Bondissant sur ses pieds, elle regarda la porte qui s'ouvrait dans la muraille – barricadée elle aussi...

Non, réalisa-t-elle, le cœur battant, après s'être approchée autant que la terreur qui lui faisait battre les tempes le lui permettait. Non. Ce n'était pas la porte. Elle prit une inspiration profonde, s'obligeant à se calmer, à écouter. Il lui fallut un moment pour réaliser d'où venait le bruit.

Du sous-sol.

Vashni leva les yeux – là-haut, au-dessus de sa tête, les soldats patrouillaient... Elle eut envie de crier, de donner l'alarme, mais elle ne pouvait pas, pas tout de suite : qu'aurait-elle dit ? Qu'elle entendait du bruit dans la cave ? Peut-être étaient-ce les soldats de Reynes qui barricadaient les égouts... le sous-sol de Reynes, disait-on, était un vrai labyrinthe... il existait de nombreux passages oubliés non mentionnés sur les cartes. Des passages datant de l'Ancien Empire, ou plus anciens encore, qui n'existaient que sur de vieilles archives connues des plus anciens lettrés...

On disait que le roi des Sakâs avait fait ses études à Reynes.

La rumeur était venue de nulle part, dans les jours précédents, pour se répandre dans la ville comme une traînée de flammes. Vashni sentit un grand froid l'envahir. C'était ridicule, bien sûr, de tirer des conclusions si rapides, si absurdes...

Pourtant elle avança vers le bâtiment.

Pour atteindre la porte de l'office, il fallait monter trois petites marches de pierre. Arrivée en haut, Vashni poussa la porte. Elle était fermée... la serrure ne paraissait pas très solide, cependant, et la main tremblante, la jeune femme sortit sa dague de sa ceinture. C'était une dague qui aurait fait rire tout autre qu'elle : la lame était ridiculement fine et ornementée, les pierreries incrustées dans la poignée rentraient dans la peau quand on la serrait trop fort. Mais c'était la seule arme que possédait Vashni. D'habitude, elle la laissait sur sa table de nuit, mais ce matin, elle l'avait prise en se levant.

Elle glissa la lame entre le chambranle et le mur et le bois céda tout de suite.

La porte s'ouvrit et elle entra dans la maison.

Il y avait quatre personnes assises sur les marches de l'escalier.

Un couple de vieux serviteurs, et deux enfants. Ils étaient immobiles, très droits, dans leurs vêtements un peu passés, et paraissaient terrifiés.

Leurs regards étaient fixés sur une petite porte entrouverte. Derrière, un petit escalier s'enfonçait dans le sol.

— La cave ? demanda Vashni, et malgré la terreur qui le figeait, le vieux serviteur réussit à hocher la tête.

Les coups étaient assourdissants maintenant, et en bas, à l'intérieur de la cave, quelque chose craqua – une paroi, peut-être. Les enfants se crispèrent mais comme le vieux couple, il semblait que la terreur les ait rendus incapables de bouger ou de parler.

Des voix rauques résonnèrent dans la cave, suivis d'ordres et de bruits de métal.

Rassemblant tout son courage, serrant sa dague jusqu'à ce qu'elle lui fasse mal, Vashni ouvrit la porte, descendit quatre marches.

Lentement, elle se pencha pour mieux voir.

Un battement de cœur plus tard, elle était remontée.

— Sortez de là ! cria-t-elle aux vieux serviteurs qui la regardèrent, tremblants, sans bouger d'un pouce. Sortez !

Elle ouvrit la porte de l'office à la volée et se précipita vers les murailles.

— Alerte ! hurla-t-elle, faisant des signes désespérés aux soldats, là-haut, sur le chemin de ronde. Les Sakâs ! Les Sakâs sont dans les caves !

La phrase sonnait ridicule à ses propres oreilles mais elle continua à crier. Les soldats réagirent aussitôt. Des ordres résonnèrent et des hommes commencèrent à dévaler les marches quatre à quatre. Derrière Vashni, dans la maison, un cri d'enfant s'éleva.

Ils n'avaient pas fui. Paralysés par la terreur, ces imbéciles n'avaient pas pris la fuite.

Vashni hésita, sa dague ridicule à la main.

Un long moment, pensant aux armées, là, dehors, à tout ce qui avait changé, à tout ce qui allait disparaître.

Puis, serrant l'arme, elle remonta les trois marches qui menaient à l'office.

Marikani regarda les armées se jeter sur la ville comme si elles voulaient la dévorer.

De nuit, le spectacle n'avait pas manqué d'une certaine beauté. De jour, il était sinistre.

Sans lumière, sans le voile tendre de l'obscurité, la guerre était réduite à sa plus simple expression : des hordes d'humains courant les uns vers les autres pour se tuer.

Les combats avaient recommencé une heure auparavant, sans raison visible. Au son du cor, les Sakâs s'étaient simplement réveillés.

De la fumée montait de l'intérieur de la cité, dans le coin nord-ouest. Des bâtiments brûlaient – sans doute sur plusieurs rues. Les défenseurs de la Grande Porte étaient presque engloutis sous le nombre, et à l'ouest, là où se trouvait Harrakin, Marikani ne voyait qu'une masse grouillante.

Bara approcha et elle se retourna.

— Ça va mal, dit-elle.

— Voulez-vous que nous avancions l'attaque ?

Marikani secoua la tête.

— Non.

Elle observa le spectacle un moment, avant d'ajouter :

— Il faut attendre le signal. Sinon le roi comprendra que... (Elle s'interrompit.) Les foyers sont prêts ?

— Ils brûleront plus haut que ceux des Sakâs, dit Bara. (Après un court silence, il s'approcha d'un pas, les yeux fixés sur Marikani.) Vous... Je veux dire, hier...

Il s'interrompit, hésitant. Marikani ne lui prêta pas attention. Elle scrutait l'ouest, les murailles, essayant de visualiser ce qui se passait près des portes secondaires... un véritable massacre, sans doute.

Arekh n'est pas là-bas. Il n'est pas là-bas, se répéta-t-elle pour se rassurer. Vu l'heure, il était sans doute déjà dans les passes.

Du moins l'espérait-elle. Pourvu qu'il soit parti à temps. Pourvu qu'il ne soit pas pris au piège de cette folie...

Une folie où, en ce moment même, combattait Harrakin.

Marikani l'avait à peine aperçu la veille... C'était la première fois qu'elle voyait son époux depuis Salmyre, et elle s'était attendue à avoir une réaction violente.

Elle pensait qu'elle serait submergée de colère, de haine. Mais cela n'avait pas été le cas.

— Vous n'avez pas eu besoin de moi hier soir, reprit Bara. J'ai vu... Vous et... Je veux dire... Voulez-vous que je quitte votre service ?

— Quoi ?

Marikani se retourna vers Bara, mais son attention était toujours ailleurs.

— Quoi ? répéta-t-elle, puis elle secoua la tête. Quitter mon service ? Non, bien sûr que non.

Harrakin. Il devait tout donner. Marikani l'avait souvent vu sur les champs de bataille. À la cour, c'était un manipulateur sans scrupule, mais quand le destin d'Harabec était en jeu... alors il était prêt à tout.

Et maintenant, il était là-bas. Peut-être blessé, peut-être déjà mort.

— Il est impossible d'avancer l'attaque, dit-elle soudain, se tournant vers Bara comme s'il venait de lui reposer la question, comme si elle voulait se justifier. Si le roi sait que nous avons pris parti, il ne viendra pas à la négociation. La mise en scène est cruciale. Il faut les battre avec leurs propres armes... Si nous chargeons maintenant, nous perdrons une partie de l'effet de surprise...

Bara la regarda, étonné.

— Les décisions d'Ayesha sont toujours justes, dit-il simplement.

Marikani scruta de nouveau le champ de bataille. Non, elle n'en voulait pas à Harrakin. En le revoyant, elle n'avait ressenti qu'une tendresse mélancolique. Elle espérait qu'il s'en tirerait vivant.

Ce qui serait sans doute le cas, pensa-t-elle avec un demi-sourire. Harrakin était plein de ressources. S'il y avait quelqu'un qui, dans cette guerre, pouvait tirer son épingle du jeu, c'était bien lui.

Ses pensées repartirent vers Arekh, qui préparait sans doute son attaque dans la passe. Elle avait peur.

Elle avait peur pour lui, une peur irrationnelle et poignante. Passer la nuit dans ses bras avait été une mauvaise idée, réalisa-t-elle, parce que maintenant... parce que maintenant, il y avait autre chose dans ses pensées que la guerre. Il y avait autre chose dans ses pensées que son peuple, que la manière de le nourrir, de survivre au lendemain, de trouver les meilleures solutions. Depuis Nômes, elle avait si bien réussi à contrôler ses émotions. Et maintenant, une seule nuit l'avait rendue faible.

— Vous me le direz, souffla Bara.

— Pardon ?

— Le jour où vous ne voudrez plus de moi.

Cette fois, Marikani entendit. Se tournant vers son compagnon, elle le regarda, le regarda vraiment, pour la première fois depuis le début de la conversation.

Il était très pâle.

— Bara, dit-elle, la gorge serrée.

— Ils disent que je suis dans la lumière d'Ayesha, dit-il doucement. Mais je n'y suis plus... n'est-ce pas ? Je vous ai déçue ?

Marikani l'étudia en silence, sans savoir quoi dire, quoi répondre.

— Bara, non... Il ne s'agit pas de toi. C'est compliqué.

— Si je viens cette nuit, me laisserez-vous partager votre couche ?

En bas, à moins de trente pieds, des hommes s'entre-déchiraient. Les morts devaient tomber par centaines, le destin des Royaumes était en jeu... et Marikani ne trouvait plus ses mots.

— Non, Bara, dit-elle enfin. Je suis désolée. C'est terminé.

Bara hocha simplement la tête. Marikani reporta son attention sur le champ de bataille.

— Combien de brasiers ? demanda-t-elle.

— Cinquante.

— Les hommes savent quoi faire au moment de la charge ?

— Tout est prêt.

Le regard de Marikani erra vers l'ouest, vers la passe du Roc rouge. Il lui sembla apercevoir de la fumée, peut-être du mouvement. Se concentrant pour mieux voir, elle n'entendit pas les derniers mots de Bara.

— Les dieux ont sur nous pouvoir de vie ou de mort. L'étincelle leur appartient, ils la donnent ou la reprennent. Et leurs décisions sont toujours justes.

Puis il s'éloigna. Marikani ne se retourna pas.

— Par ici ! cria Harrakin. Vite !

Devant lui, les cinq cents hommes de la garde personnelle de Gilas ès Maras s'engouffraient par la porte ouverte dans la muraille ouest.

Les soldats, qui avaient passé la veille tant de temps à la barricader, avaient dû l'ouvrir en urgence. Il leur avait fallu deux heures pour retirer les poutres clouées avec tant de soin sur les trois portes, deux heures précieuses pendant laquelle les Sakâs avaient sûrement progressé dans la cité. On ignorait combien ils étaient – quelques centaines, peut-être, sortis des souterrains à trois endroits différents du coin nord-ouest de la cité.

Voilà pourquoi les Sakâs voulaient tant contrôler le terrain à l'ouest, pensa Harrakin. Ils savaient où ils allaient.

Et ils avançaient maintenant droit vers la Grande Porte, pensa Harrakin. C'était forcément leur but. Ils allaient traverser Reynes de l'intérieur, se frayant un chemin sanglant vers le nord, et attaquer la Grande Porte par l'arrière.

S'ils réussissaient à l'ouvrir...

Tous les soldats qui restaient dans la cité convergeaient maintenant vers les envahisseurs pour leur bloquer le chemin. Les quelques recrues encore parquées dans les forts, les blessés légers, les soldats de la garde de l'Assemblée. Mais ce ne serait pas assez. Les meilleurs éléments de Reynes étaient tous dehors pour défendre la cité.

Il fallait du renfort.

Dès que la porte avait été ouverte, Gilas avaient pris la décision d'entrer. Démunir leurs défenses de leurs meilleurs hommes était quasiment suicidaire – les Sakâs étaient déjà trois à cinq fois plus nombreux qu'eux, et les pertes se faisaient à chaque instant plus lourdes. Harrakin et les soldats qui restaient signaient sans doute leur arrêt de mort en les laissant partir. Mais si le flot intérieur des Sakâs n'était pas endigué, c'était la fin.

Arekh avait disparu au matin, les dieux seuls savaient où, avec Amîn Eh Ma-haroud et cinquante hommes. Les autres nâlas, maintenant sous les ordres d'Harrakin, défendaient toujours le flanc ouest.

Le dernier soldat passa la porte, disparaissant dans la cour du petit palais. Il ne manquait plus que Gilas. Celui-ci donna ses derniers ordres, puis avança vers Harrakin.

— Bonne chance, Gilas, dit simplement celui-ci.

— Bonne chance à vous aussi, roi d'Harabec, dit l'officier avec un bref sourire. Croyez-vous que nous nous narrerons nos aventures demain ?

Harrakin soupira.

— J'en doute.

Après un dernier signe de tête, Gilas disparut dans la cité.

Trente Sakâs attendaient dans la passe du Roc rouge. En tête se trouvait un grand homme aux cheveux bruns, tenant une masse. Derrière lui, sur le cheval, accrochée à sa taille, Non'iama tentait de rester impassible.

— Les ordres sont clairs, répéta l'homme à voix basse. Au moindre problème, je te tue.

L'attente parut interminable, mais le soleil n'avait guère progressé dans le ciel quand arriva la délégation d'Ayesha. Une quarantaine de fauves. Devant eux chevauchait une femme. La moitié de son visage était peinte en bleu, et ses cheveux étaient dissimulés par une capuche, mais Non'iama n'eut aucun doute.

Ce n'était pas Ayesha.

Une sueur froide glissa le long de la colonne vertébrale de la petite fille tandis que le Sakâs faisait avancer son cheval de quelques pas. Si ce n'était pas Ayesha, alors...

Il fallait qu'elle fuie. Ses paumes trempées de sueur glissèrent sur la ceinture du Sakâs et celui-ci grogna :

— Ne bouge pas.

La femme avança et commença à parler, des phrases creuses et vides que Non'iama n'écouta même pas. Le Sakâs lui répondit et la conversation s'engagea.

Arekh fit signe aux hommes de se taire et le petit groupe s'accroupit en silence entre les rochers. Ils étaient dix, douze si on comptait Amîn et lui... Le nâla avait choisi les plus discrets, les plus entraînés. C'était l'avantage des soldats de l'Émirat. Leurs talents d'assassins étaient aussi réputés que leurs prouesses militaires.

Le deuxième groupe, composé des quarante autres soldats, était resté un peu en recul. Ils interviendraient en force dès qu'Amîn en donnerait le signal.

De là où il se trouvait, Arekh ne voyait pas la passe. D'ailleurs la passe importait peu. S'il en croyait Marikani, le roi des Sakâs ne ferait pas partie de la délégation.

Il serait quelque part, à observer la scène, et Arekh pensait savoir où. Il y avait un passage rocheux un peu plus haut, bordé de pierres blanches, parfait pour un poste de surveillance. Si Marikani avait raison, si le roi voulait jauger la scène, il s'y installerait sans doute. En vérité, il était peut-être déjà là-bas.

Arekh avança de nouveau de quelques pas. Rien, pas un mouvement derrière les pierres qu'il surveillait. Ce qui ne voulait rien dire. Le roi et sa suite devaient se montrer discrets.

Un nouveau signe, et Amîn le rejoignit. Arekh désigna les rochers.

— Nous devrions...

Une petite pierre roula, dévalant la pente, pour atterrir aux pieds d'Arekh.

On marchait juste au-dessus d'eux.

Les bâtiments d'où étaient sortis les Sakâs n'étaient plus que charniers. Les premiers soldats qui s'étaient jetés bravement dans les sous-sols pour arrêter l'ennemi s'étaient fait massacrer par les barbares supérieurs en nombre... puis d'autres étaient venus, des soldats comme des Sakâs, et le combat s'était joué marche après marche, pièce après pièce, dans chaque couloir, chaque entrée, chaque office. On s'était entretué dans les salons, dans les cours, dans les cuisines. À la fin, les combattants marchaient sur les cadavres.

Mais les Sakâs étaient passés. Des centaines d'entre eux, Vashni les avait vus, de la fenêtre de la chambre dans laquelle ils s'étaient retranchés : elle, la petite fille, et un soldat de Reynes qui avait échappé au massacre et les avait aidées à se barricader dans la pièce.

Dehors, des hurlements résonnaient. La maison d'en face brûlait, dégageant une fumée âcre et noire.

Juste en dessous, sur les pavés, une vingtaine de Sakâs achevaient les hommes venus les arrêter. Le sang coulait dans les rigoles, et quand la petite fille voulut s'approcher pour mieux voir, Vashni l'en empêcha.

— Ne regarde pas, dit-elle, puis, prise d'un élan de tendresse, elle la prit dans ses bras et s'assit avec elle sur le lit, au fond de la chambre.

— Ça va passer, chuchota-t-elle, en la sentant trembler dans ses bras. Tout passe. Tu verras.

Ils étaient là-haut, au-dessus d'eux. Arekh fit un signe à Amîn et avec mille précautions, ils reculèrent pour se cacher derrière un repli rocheux.

— Si le roi est là-bas, il faut donner le signal, souffla Amîn.

Arekh acquiesça.

— Il faut que je vérifie par moi-même. Si c'est eux, je crierai votre nom... Décochez la flèche, puis venez m'aider.

Après un signe de tête à Amîn, Arekh grimpa avec précaution la pente, se déportant lentement vers la gauche, se dissimulant derrière les rochers au-dessus d'eux.

Enfin, il les vit.

Ils étaient une trentaine, installés sur une plate-forme rocheuse à quelques pas sous ses pieds. De longs cheveux noirs, des cottes de mailles...

Il avança encore, se déplaçant en crabe. Plus près, encore plus près.

Des Sakâs.

Il n'y avait pas de temps à perdre. Marikani attendait son signal pour l'attaque, et chaque seconde perdue signifiait de nouvelles morts inutiles au pied des murailles.

Soudain, une colère fulgurante le prit. Toute la matinée, il était resté froid et calme, préparant l'embuscade, sachant que rien n'était certain, que le roi ne se montrerait peut-être pas.

Mais maintenant...

L'homme qui était responsable de tous ces massacres, l'homme dont les hordes avaient réduit les terres de l'ouest à néant, l'homme qui allait détruire ce qui restait des Royaumes si on le laissait faire était peut-être là, à quelques pas.

Non, il n'y avait pas de temps à perdre.

— Amîn ! cria-t-il, et bondissant en avant, Arekh se jeta sur la plate-forme.

Une flèche enflammée s'éleva du côté de la passe du Roc rouge. Marikani se tourna vers Day-yan.

— Le feu.

Day-yan fit un signe et avec une simultanéité parfaite, cinquante torches furent jetées sur cinquante brasiers. Les flammes jaillirent, grimpant à une dizaine de pieds. Au même instant, suivant les ordres, les quatre mille fauves d'Ayesha se levèrent et rugirent.

Le résultat fut assourdissant, comme si la terre elle-même hurlait. En bas, sur le champ de bataille, les soldats comme les Sakâs hésitèrent et tous les regards se portèrent sur les pentes ouest du Grand Cercle.

Cinquante immenses brasiers illuminaient le haut de la colline, accompagnés d'un hurlement irréel, montant vers le ciel comme un signal de l'au-delà.

Marikani retint son souffle. Tout tenait sur le spectacle.

Maintenant...

Elle leva le bras, et en haut de la pente, Haîk fit résonner le cor.

Les fauves dévalèrent les pentes en hurlant, se jetant sur les Sakâs.

Ils n'avaient pas de stratégie d'attaque. Les fauves d'Ayesha n'avaient ni la finesse, ni l'entraînement des forces d'Harabec ou de Reynes. Leur seul atout était la force brute. Et c'était sur cela que Marikani misait, sur la force pure, accentuée par la mise en scène... les visages bleus, les cheveux longs, l'absence totale d'uniforme ou d'organisation. Les Sakâs n'affrontaient pas une nouvelle armée. Ils devaient résister à la ruée d'une horde sauvage qui fonçait droit sur eux, assoiffée de sang.

Un instant, le champ de bataille parut figé, le seul mouvement étant celui de la course des fauves sur les pentes... et l'instant d'après, les deux groupes entraient en contact. Des hurlements et les chocs de métal s'élevèrent jusqu'à Marikani.

Les instants passèrent. Impossible de savoir qui avait l'avantage. Les Sakâs étaient mieux armés, mieux entraînés, mais ils étaient pris par surprise, attaqués par l'arrière...

Les groupes tentaient de se retourner pour faire face à ce nouvel ennemi. Marikani était trop loin pour entendre les cris et les ordres, mais elle voyait les mouvements qui s'initiaient au sein de la marée sakâs, comme des courants contraires dans une rivière tentant de remonter son cours.

Puis les deux vagues, celle des fauves et celle des Sakâs, se mêlèrent pour n'être plus qu'un tourbillon. Marikani garda les yeux fixés sur le terrain, les poings serrés, ses ongles s'enfonçant lentement dans ses paumes.

La femme à la capuche vit la flèche enflammée strier le ciel. Elle sourit, puis son regard se posa sur Non'iama.

— Petite ! Cours !

Et avec un hurlement vengeur, la « délégation » d'Ayesha se jeta sur les Sakâs.

Non'iama mit un moment à réagir, un moment à réaliser que la femme s'adressait à elle. Puis, réunissant tout son courage, elle se jeta à bas du cheval.

Le Sakâs la rattrapa par le bras et avec un hurlement de terreur, Non'iama le mordit jusqu'au sang. Autour d'elle, les combattants étaient déjà au contact, les sabots des chevaux soulevant une poussière étouffante. Le barbare poussa un cri de douleur, puis leva sa hache et frappa. Non'iama se tordit pour échapper au coup et ce fut le manche de l'arme qui s'abattit sur son épaule, brisant l'os dans un craquement sec.

La petite fille hurla de douleur, s'arquant en arrière. Pris par surprise, le Sakâs la lâcha et Non'iama s'écroula dans la poussière, manquant de peu de se faire piétiner. Criant toujours, elle se releva et malgré la douleur atroce de son bras, elle se jeta en avant, entre les chevaux, courant vers les rochers.

— À l'attaque ! cria Pilanos ès Maras. Ils hésitent ! À l'attaque !

Autour de la Grande Porte n'avaient survécu que moins de deux mille défenseurs... un assortiment épars d'hommes de Reynes, de Kiranya, de Sleys, ainsi que quelques recrues. La plupart des officiers étaient morts et les groupes s'étaient réunis un peu au hasard, comme ils le pouvaient, luttant ensemble pour survivre.

Pilanos éperonna son cheval et fonça droit devant lui, tandis que sur les murailles les archers de Reynes envoyaient une nouvelle volée de flèches sur leurs adversaires. Il fallait rallier les esprits, attaquer maintenant, alors que les Sakâs, tiraillés entre deux fronts, avaient un moment de flottement. L'occasion ne se représenterait peut-être pas. Les chefs sakâs étaient expérimentés et ils allaient réagir vite.

Pilanos continua à avancer, criant aux hommes de le rejoindre, chargeant le premier chef sakâs venu... un grand guerrier à la cape brune qui avait mené plusieurs attaques contre la Grande Porte.

— Suivez le général ! À l'attaque ! cria un officier sur sa gauche.

Pilanos entendit du mouvement derrière lui mais n'eut pas le temps de se retourner : le Sakâs était sur lui. La hache du barbare s'abattit et Pilanos eut seulement le temps de se baisser pour éviter la lame qui fit siffler l'air à deux doigts de sa tête. Il tira sur les rênes, faisant pivoter sa monture, et frappa l'homme au côté avant que celui-ci ne puisse changer de direction. Le coup fut en partie amorti par la cotte de mailles, mais le choc fit basculer le barbare qui tomba à terre. Il se releva aussitôt, trop tard. Pilanos faisait déjà voler son épée.

La tête de l'homme roula à terre et Pilanos leva son arme avec un cri de victoire. Derrière lui, le cri fut repris par quelques centaines de poitrines et les défenseurs se lancèrent dans une nouvelle charge.

Arekh roula dans la poussière, évitant de justesse un poignard, puis se releva, s'attendant à un nouveau coup. Celui-ci ne vint pas. Amîn et ses dix hommes venaient de se jeter dans la mêlée et les Sakâs, considérant la menace plus pressante, se retournaient contre les nouveaux arrivants.

Un des nâlas sonnait déjà de la trompe, appelant le deuxième groupe en renfort.

— À vous, aïda ! cria Amîn. Nous les prenons ! Occupez-vous...

Un coup le fit trébucher et Amîn s'écroula dans la poussière, sans finir sa phrase. Ce n'était pas nécessaire.

Occupez-vous du roi.

Ils n'étaient que onze contre trente, et les renforts mettraient plusieurs minutes à arriver. Dans quelques instants, les Sakâs auraient l'avantage. Arekh recula d'un pas, sortant de la mêlée, évaluant la situation.

Le sacrifice d'Amîn et de ses hommes ne lui gagnait que quelques secondes.

Trente Sakâs. Lequel était le roi ?

Un homme jeune, avait dit Non'iama. Jeune et beau. Un homme éduqué.

Arekh recula encore, tentant d'ignorer les cris de douleur de ses hommes. Tous ses instincts lui criaient de bondir à leur aide, mais pour une fois, ses instincts avaient tort. Il ne devait pas laisser passer cette opportunité.

Là.

L'homme qui ne se battait pas.

Il était mince, habillé de noir, une simple chaîne pendant à son cou, debout près du rebord de la plateforme de pierre.

Jeune. Un peu à l'écart, observant le combat...

Son regard se posa sur Arekh et il comprit aussitôt le danger.

— Anâs...

Arekh bondit sur le jeune roi et ensemble, ils basculèrent par-dessus le rebord de pierre.

Ils roulèrent tous deux sur la pente, leurs corps rebondissant sur les rochers. En haut, des cris de rage et de douleur s'élevaient. Arekh retint un gémissement, alors que les pierres lui déchiraient le dos, le visage, les cuisses...

Leur chute fut brutalement interrompue. Le dos d'Arekh entra en contact avec une des pierres du sentier sur lequel il avait atterri et le choc lui coupa le souffle. Des points blancs dansèrent devant ses yeux et le temps d'un battement de cœur, il perdit conscience.

Quand il rouvrit les paupières, le roi des Sakâs se jetait sur lui, un poignard à la main.

Arekh para du coude et se releva, envoyant son poing dans la figure du jeune homme. Son épée avait disparu, sans doute l'avait-il perdue en tombant, et se baissant, il ramassa un caillou gros comme le poing. Le roi frappa de nouveau et la lame du poignard entailla la poitrine d'Arekh, qui leva le caillou et frappa de toutes ses forces la tête de son adversaire, l'atteignant à la tempe.

Le roi des Sakâs tomba raide, sur le sol. Arekh se jeta sur lui et le frappa encore, et encore. Ce ne fut que quand le crâne éclata qu'il réalisa qu'il était mort.

La porte de la chambre vola en éclats et six Sakâs entrèrent. La petite fille hurla. Le soldat se jeta en avant, s'interposant entre les barbares et Vashni et l'enfant.

Un tel courage, pensa Vashni, et elle ne savait même pas son nom.

Elle ne le saurait jamais. Le premier Sakâs trancha la tête de l'homme d'un coup d'épée et le sang vola sur les murs. Deux Sakâs avancèrent vers Vashni tandis que l'enfant essayait désespérément de se cacher sous le lit. Vashni recula, étrangement détachée. Elle n'avait pas peur. Les événements paraissaient extérieurs, comme s'ils arrivaient à une autre.

Elle avait perdu sa dague depuis longtemps. Attrapant une chaise, elle la jeta sur le Sakâs, qui ne fit que sourire. Il leva son épée et d'un coup précis, traversa la poitrine de la jeune femme.

Elle mourut sur le coup.

Il venait de tuer le roi des Sakâs. À coups de pierre.

Arekh regarda le caillou dans sa main, les morceaux de sang et de cervelle qui y adhéraient encore. Sa tête tournait, et il avait envie de vomir.

C'était tout ? Si facile ? Si décevant ?

Il recula lentement, regardant le cadavre, sans en croire ses yeux. Le roi de ceux qui avaient détruit la moitié des Royaumes, laissant derrière eux une traînée de feu, de mort et de haine.

Et il avait suffi d'un coup de pierre.

S'il y avait là une morale, il ne voyait pas laquelle.

Il continua à reculer, les yeux fixés sur le cadavre. Sa tête tournait, et un brouillard ensanglanté passait devant ses yeux. Il trébucha, tomba. Quand il se releva, il n'était plus seul.

Trois Sakâs étaient là, devant lui. Ils avaient dû dévaler la pente à la poursuite de leur roi, mais Arekh était trop sonné par sa chute pour entendre.

Les barbares regardèrent le cadavre, puis Arekh.

Ils s'agenouillèrent autour du corps.

Arekh recula de nouveau, un pas après l'autre, conscient du fait qu'il était seul, armé d'un simple caillou, la tête si douloureuse qu'il y voyait à peine...

Les Sakâs commencèrent à chanter, un chant étrange et rauque. Puis l'un d'eux prit un cor et sonna.

Une longue plainte sortit de l'instrument de musique, résonnant dans les parois de pierre. Le Sakâs sonna de nouveau, sept autres plaintes, plus courtes.

Arekh tourna les talons et courut.

Le cœur battant, il remonta la pente. Quand il arriva sur la plate-forme, elle était jonchée de cadavres. Les Sakâs étaient morts, ou agonisants, et des quarante hommes d'Amîn arrivés en renfort, il ne restait que quinze survivants.

Amîn gisait par terre, la gorge tranchée.

— Aïda ? dit un des hommes. (Arekh le connaissait de visage, sinon de nom. Un des officiers d'Amîn, qui prenait maintenant le commandement du groupe.) Nous avons... Enfin... Voilà, dit-il en désignant le monceau de cadavres.

Lui aussi paraissait choqué. Un gigantesque hématome recouvrait la partie gauche de son visage et un peu de sang perlait de sa lèvre.

— Achevez les blessés, dit doucement Arekh. Pas les nôtres, bien sûr. Les Sakâs.

Sa tête était si douloureuse qu'il arrivait à peine à parler. Tout avait été si soudain.

Un des hommes se pencha par-dessus le rebord. En bas, les trois formes noires des Sakâs entouraient toujours le cadavre de leur roi. Le son du cor résonnait, rebondissant sur les parois montagneuses.

— Et ceux-là, aïda ?

Arekh secoua la tête.

— Non. Surtout pas. Laissez-les. Laissez-les sonner.

Non'iama courait toujours, ignorant si elle était poursuivie. Le sang battait à ses tempes et la peur distillait un goût âcre dans la bouche, mais elle ne s'arrêta pas. Elle s'enfonça dans les rochers, prenant des sentiers au hasard, tentant de perdre ses poursuivants, s'il y en avait.

Puis son pied accrocha une pierre et elle s'étala de tout son long.

Quand elle se releva, sa main et sa bouche étaient en sang. Son épaule lui faisait épouvantablement mal.

Elle se retourna.

Personne.

Elle attendit encore un moment, debout, pantelante, terrifiée.

Personne.

Le soulagement l'envahit comme une vague et elle se mit à rire sans pouvoir s'arrêter.

Puis son rire se transforma en sanglots et elle se laissa tomber à terre. Il lui fallut de longues minutes de pleurs avant d'évacuer la peur et la tension qui lui serraient l'estomac.

Enfin, prenant appui sur un rocher, elle se releva et commença la longue marche qui la ramenait au camp d'Ayesha.

Quelque chose bougeait au nord, Harrakin l'avait senti confusément aux mouvements ennemis.

Les Sakâs étaient devant lui, derrière, autour. Le sang coulait sur son arcade sourcilière, rentrant dans ses yeux, gênant sa vision. Il ne savait plus où il était, s'il avait reculé, avancé. Ils étaient environ deux cents défenseurs, réunis autour de lui. Tous à pied. Harrakin avait fait reculer ses cavaliers, du moins ce qu'il en restait, et posté les arbalétriers plus loin, dans la forêt. Des hommes à cheval n'avaient pas une chance dans la mer de barbares, et les arbalètes ne pouvaient plus faire la différence. C'était un combat au sol. Il fallait survivre, tenir, une heure de plus, une autre, en attendant... en espérant...

Un soldat s'écroula à ses côtés... d'Harabec, de Reynes, de l'Émirat, Harrakin l'ignorait et s'en fichait. Il avait vu tant d'hommes tomber pendant ces dernières heures, les visages et les uniformes se mêlaient dans son esprit en un puzzle sanglant. Harrakin se jeta en avant, frappa un Sakâs, un autre, blessant, tuant, peut-être... Il n'avait pas le temps de voir les résultats de ses coups. Il ne pouvait que tailler au hasard, crier et rallier les hommes terrifiés autour de lui...

Il y avait eu des mouvements parmi les Sakâs tout à l'heure... des ordres contradictoires, des groupes qui avaient reculé. Peut-être Marikani avait-elle attaqué. Peut-être la pression allait-elle se relâcher.

Peut-être...

Un nouveau groupe de barbares chargea et Harrakin plongea dans un tourbillon de violence, perdant la notion de lui-même et du temps.

Sur la plate-forme de l'œil, le conseiller Viennes scrutait le terrain.

Ils en étaient à cet instant crucial dans chaque bataille où le destin hésitait. Devant la Grande Porte, les forces s'équilibraient. Les Sakâs avaient encore le nombre pour eux, mais les fauves d'Ayesha avaient la surprise et la rage, et les derniers défenseurs, reprenant courage, chargeaient et taillaient des trouées sanglantes dans les lignes barbares.

Tout pouvait encore se gagner, ou se perdre.

À l'intérieur de la ville, les incendies faisaient rage, mais le flot des barbares avait été endigué et les soldats avaient bloqué les tunnels. Les Sakâs qui avaient réussi à passer affrontaient la garde de l'Assemblée et les hommes de Gilas ès Maras dans le quartier des blanchisseuses, à moins de quatre cents pieds de la Grande Porte. Viennes n'avait pas besoin de voir pour imaginer le massacre. Les habitants terrifiés hurlant et fuyant, se piétinant les uns les autres dans leur panique, les Sakâs frappant au hasard tandis que les soldats tentaient de les arrêter...

Au moins n'atteindraient-ils pas leur but. Les Sakâs n'étaient que quelques centaines : ils pouvaient faire un carnage, mais ils ne réussiraient pas. Ils n'atteindraient pas la porte.

Viennes reporta son attention sur le champ de bataille.

Le destin hésitait toujours. À l'ouest, les Sakâs se retournaient pour faire face à leurs nouveaux ennemis. Devant la Grande Porte, leurs forces étaient toujours désorganisées, chaotiques, hésitant à se décider pour un adversaire.

C'est alors que le cor résonna.

Un long appel, s'élevant de quelque part à l'intérieur du Grand Cercle. Suivi de sept autres, plus courts.

Viennes se pencha en avant, conscient de l'inutilité de son geste, mais voulant entendre, comprendre.

Le son du cor mourut.

D'abord, rien ne se passa.

Puis un nouveau son s'éleva – un autre cor, au cœur d'une des armées sakâs, reprenant la même mélodie. Un long appel, suivi de sept autres.

Et soudain, partout dans les armées barbares résonnèrent les cors... reprenant la même plainte, comme un sanglot, une nouvelle, un hommage.

Puis les cors se turent et un silence étrange tomba sur le champ de bataille, le seul son venant des fauves d'Ayesha qui continuaient à combattre, accompagnant leurs coups de hurlements. Devant la muraille, les hommes conduits par Pilanos s'immobilisèrent, incertains.

Les Sakâs aussi s'étaient arrêtés – pas tous, bien sûr. En première ligne, on combattait encore.

Les fauves, profitant de l'hésitation de leurs ennemis, redoublèrent d'énergie.

Puis un nouveau son de cor résonna à l'est, dans la troisième armée sakâs. Une mélodie différente, lente et profonde.

Lentement, l'armée sakâs battit en retraite.

Viennes prit une courte inspiration, n'osant en croire ses yeux. Ce n'était qu'un quart des forces barbares, mais...

Le son des cors jaillit de nouveau, émanant de partout, de chaque poitrine des chefs sakâs, plongeant le chant de bataille dans une cacophonie étrangement mélodieuse.

Ils n'étaient pas tous en harmonie. Sans connaître les codes militaires, la dissonance était claire. Les ordres étaient contradictoires, hésitants.

Devant la Grande Porte, Pilanos lança une deuxième charge et les barbares plièrent sous l'assaut.

Une nouvelle vague de cor.

Ce fut au tour des forces de l'ouest de reculer.

D'un mouvement lent mais perceptible, les groupes barbares commencèrent à s'éloigner de la muraille, laissant derrière eux les derniers défenseurs hagards.

Peu à peu le mouvement se généralisa.

Viennes garda son regard fixé sur le terrain, laissant passer les instants, les heures, contemplant le lent miracle qui se déroulait sous ses yeux.

Le flot des barbares repartait vers les terres de l'ouest.

Le Grand Cycle était terminé.

— Reculez ! Reculez ! cria Day-yan.

Sur la colline, les feux d'Ayesha s'éteignaient un à un, signe de la retraite. Day-yan galopa parmi les fauves, leur faisant signe de se replier. Inutile de se faire tuer alors que les Sakâs s'en allaient.

Au contraire, il fallait dégager leur chemin, laisser la place libre...

Une quarantaine de barbares qui n'avaient pas compris les ordres, ou décidé de ne pas les suivre, se jetèrent en hurlant sur le groupe de Haïk. Day-yan donna quelques directives et dépêcha cent hommes pour les soutenir. Ce n'était qu'une escarmouche. On se battait encore au nord-ouest, près du Grand Cercle, mais de leur côté du terrain, c'était terminé.

Day-yan éperonna son cheval et suivit ses hommes vers le camp.

— Nous avons vaincu ! cria Laosimba, levant son épée vers le ciel. Nous avons vaincu !

Il se réjouissait trop vite... tous les Sakâs ne s'étaient pas enfuis, et certains, regroupés contre les falaises nord-ouest, menaient une dernière et vaillante bataille. Plus de huit cents Sakâs n'avaient pas obéi à l'ordre de retraite. Huit cents, ce n'était pas grand-chose, mais tant qu'ils luttaient encore, le Haut Prêtre ne pouvait crier victoire.

Ce qui restait de l'armée de Pilanos avait commencé à les engager. Laosimba éperonna son cheval, se sentant d'humeur joyeuse et sanglante. Il y avait longtemps qu'il ne s'était pas battu – des années en vérité, depuis qu'il était entré chez les Liseurs d'Âmes, mais il était bien entraîné et quand il était jeune prêtre, il avait tué plus d'un révolté quand son ordre avait maté l'hérésie des fidèles de Manaos. Sortant son épée, il se préparait à charger quand les cavaliers d'Harabec le dépassèrent pour se jeter dans la mêlée.

Harrakin, montant un cheval de l'Émirat, était un peu à l'écart, donnant des ordres à ses arbalétriers qui se mettaient en place pour abattre les fugitifs.

Changeant d'avis, Laosimba éperonna son cheval et avança vers le roi d'Harabec.

Harrakin avait souffert pendant la dernière partie du combat. Son épaule gauche était blessée et une grande balafre lui tailladait le visage, de la tempe à la lèvre. Mais il était vivant. Et il avait conservé assez d'énergie pour se redresser et toiser le Haut Prêtre avec méfiance et dédain.

Laosimba lui sourit.

Le sourire n'était pas forcé. Il y avait longtemps que le Haut Prêtre ne s'était pas senti aussi heureux. La ville était sauvée, le soleil étincelait... Avec la victoire, Reynes retrouvait sa puissance, et plus encore. Les Royaumes limitrophes étaient gravement affaiblis. L'Émirat n'existait plus. À l'avenir, les jeux politiques allaient être grandement facilités.

— Ainsi, vous avez survécu...

— À peine, dit Harrakin. (Il rendit son sourire au Haut Prêtre... un sourire qui réussissait l'exploit d'être la fois fatigué et insolent.) Déçu ?

— Au contraire, dit le Haut Prêtre. Au contraire. (Le sourire d'Harrakin ne s'effaça pas, mais Laosimba vit la lueur d'inquiétude s'allumer dans ses yeux.) Gilas ès Maras a eu plus de chance que vous. On a retrouvé son cadavre à moins de cinquante pieds de la Grande Porte.

Cette fois le sourire du roi d'Harabec s'effaça.

— C'était un homme vaillant.

— Qui a fait de mauvais choix, comme vous. Je vous avais prévenu : une seule erreur suffirait. Vous avez été assez aimable pour me donner l'embarras du choix. Il y a votre désobéissance aux ordres...

— ... désobéissance qui a sauvé plusieurs fois la cité...

— Mais je n'ai pas à m'en soucier, car votre association avec Arekh ès Morales suffira amplement. Vous avez parlé à un homme dont vous saviez qu'il tombait sous le coup d'une accusation d'hérésie. Vous avez combattu à ses côtés, vous ne l'avez pas tué, vous ne l'avez pas livré. Vous avez fait alliance avec le compagnon de la déméana. Je vous félicite. Des aveux complets ne m'auraient pas été plus utiles.

Il s'attendait à une réponse agressive ou sarcastique, mais à sa surprise, Harrakin garda le silence. Laosimba lut la lassitude sur son visage, dans ses yeux. Le jeune roi tentait de donner le change, mais il était épuisé.

Parfait. L'épuisement moral de ses victimes permettait toujours à Laosimba d'obtenir l'ascendant. C'était la fatigue morale née de la torture physique, plus que la souffrance elle-même, qui brisait les êtres.

Une fois Harrakin condamné, Harabec passerait sous la « protection religieuse » de Reynes. Ensuite...

— Vous avez signé un traité avec la déméana, Haut Prêtre, dit Harrakin d'une voix douce. La victoire a été acquise en grande partie grâce à elle. Vous avez fait alliance. Si mon choix est une faute, le vôtre ne l'est-il pas aussi ?

— En effet... si j'avais l'intention d'honorer ce traité. Ce qui n'est pas le cas. (La stupéfaction qui se peignit sur le visage d'Harrakin donna à Laosimba une de ses plus intenses satisfactions.) Dès demain, je vais faire un appel à annulation devant l'Assemblée, pour raison religieuse. On ne peut signer un contrat valable avec un représentant des Abysses. Ils se croient soulagés, ajouta le Haut Prêtre, une rage froide perçant dans sa voix alors qu'il repensait à la discussion qu'il avait eue à l'aube avec trois sénateurs de l'Assemblée. Ils pensent que c'est la meilleure solution. Que la laisser partir est la meilleure façon de s'en débarrasser. Croient-ils que les vrais dieux acceptent les compromis ?

Il vit le regard d'Harrakin et se mit à rire.

— Vous êtes inquiet pour elle, c'est ça ? Amusant. Vous me l'avez livrée, mais aujourd'hui, l'idée que nos troupes viennent mettre le feu à leur port, à leurs foutus bateaux vous déplaît ? L'image de votre ancienne épouse pendue haut et court à un des mâts ne vous amuse-t-elle pas ? Je vous avais dit que vous étiez sous influence...

— Les conseillers s'opposeront à l'annulation du traité, dit Harrakin, mais l'incertitude se lisait sur son visage.

Laosimba sourit. Il y avait de la crainte dans la voix d'Harrakin, et là où la peur s'installait, l'homme était à la merci des Dieux.

— Ils essaieront. Oh, ils essaieront. Même mes subordonnés essaieront de me faire changer d'avis... Mais Fîr parle par ma voix, roi d'Harabec, dit Laosimba en baissant la sienne, se rapprochant de l'oreille d'Harrakin comme s'il voulait lui confier un secret. Par *ma* voix. C'est *moi* qui ai le pouvoir du Dieu. Tout passe par moi. Par moi, et moi seulement. C'est ce qu'il faut que vous compreniez... c'est ce qu'il faut qu'ils comprennent tous...

Une expression étrange passa sur le visage d'Harrakin, que, cette fois, Laosimba ne réussit pas à traduire. Mais elle s'effaça aussitôt et Laosimba, se redressant, flatta le cou de son cheval.

— Et maintenant, si vous voulez bien m'excuser... J'ai des Sakâs à tuer ! déclara le Haut Prêtre, l'énergie vibrant dans sa voix.

Et mettant son cheval au galop, il fonça dans la mêlée.

Harrakin le regarda s'éloigner, impassible.

— Sire ? dit le capitaine des arbalétriers, s'approchant. Nous sommes prêts. Si des Sakâs tentent de s'enfuir par les passes de l'ouest, nous...

— Non, dit Harrakin.

— Non ?

— Pointez vos arbalètes vers eux, dit Harrakin en désignant la zone de combat.

— Mais sire... Nos cavaliers... les soldats de Reynes... Ils sont mêlés aux Sakâs...

— Nous allons clore cette journée par un hommage aux dieux, déclara Harrakin. Le Feu d'Arrethas va s'abattre sur les Sakâs.

— Le...

— « Que les soldats protégés par Arrethas décochent leurs carreaux pendant la bataille, amis et ennemis mêlés... Ils ne toucheront que leurs adversaires, car Arrethas guidera leurs traits. » Vous souvenez-vous des paroles rituelles ?

L'officier le regarda, hésitant entre la crainte et l'enthousiasme.

— Bien sûr, sire, mais... Il y a des siècles que...

— Vous n'avez pas confiance en le pouvoir d'Arrethas, capitaine ? dit Harrakin avec un pâle sourire. La maladresse humaine est-elle plus puissante que le pouvoir des dieux ?

L'homme hésita de nouveau, puis une joie respectueuse apparut dans ses yeux.

— Par Murufer, sire, vous avez raison. Pardonnez ma réticence. Les dieux ont prouvé qu'ils veillaient sur nous aujourd'hui. Je vais donner les ordres.

Tandis que le capitaine mettait ses hommes en place et leur demandait d'entonner la prière, Harrakin chargea son arbalète.

La prière terminée, le capitaine donna le signal. Les soldats décochèrent une première volée de carreaux et des hurlements résonnèrent dans le chaos d'humains près de la falaise.

Pendant qu'ils rechargeaient, Harrakin leva son arbalète et visa.

Longuement.

Huit heures plus tard, quand les citoyens recrutés de force s'approchèrent du champ de bataille pour y trier les cadavres, ils y trouvèrent le corps du Haut Prêtre, un carreau anonyme planté dans la nuque.

Reynes n'était pas tombée.

Le soir avançait et dans les lueurs rougeâtres du soleil couchant, la cité blessée retrouvait sa splendeur. Les derniers incendies avaient été éteints et seuls quelques lambeaux de fumée rappelaient que l'ennemi avait réussi à s'y introduire. Le champ de bataille, qui n'était maintenant plus animé que par les soldats en train de soigner les blessés, prenait un romantisme trompeur dans la lumière sanglante.

Marikani n'était pas dupe. Elle était trop loin pour entendre les gémissements des centaines de mourants qui ne verraient pas l'aurore, mais elle savait à quoi ressemblait un terrain après un combat. Toute beauté en était absente.

Mais Reynes...

La ville était magnifique, il fallait l'admettre, surtout à cette heure où les silhouettes fières des tours se teintaient d'or et de pourpre. Ils allaient partir – lever le camp dès ce soir – pour repartir vers le nord. Marikani ne verrait plus jamais la cité. Elle savait qu'en lui disant adieu, elle disait adieu au symbole de sa vie précédente. Reynes représentait tout ce qu'elle laissait derrière elle.

Pourtant... pourtant, elle n'était pas triste. Au contraire. Prenant une profonde inspiration, Marikani se surprit à sourire : les Sakâs étaient partis, leur voyage jusqu'à Samara était assuré, ils auraient de l'argent et de la nourriture pour la construction de la flotte. Et surtout... Arekh était vivant. Un homme de l'Émirat était venu l'en avertir.

Après un dernier coup d'œil à la ville, elle tourna les talons et se dirigea lentement vers le camp. Le soleil finissait de se coucher et les premières étoiles apparaissaient. Marikani leva les yeux et sourit en voyant les étranges volutes turquoise s'inscrire dans le firmament.

— Ayesha, dit la voix de Day-yan derrière elle. Bara a disparu.

C'était en donnant l'ordre de départ que Haîk s'était aperçu de l'absence de Bara. Nul ne se rappelait l'avoir vu tomber pendant la charge – à vrai dire, nul ne se rappelait l'avoir vu se battre. Haîk et Farer pensaient qu'il avait descendu la pente au côté de Day-yan, Day-yan qu'il était resté au côté d'Ayesha pour la protéger.

Personne ne l'avait vu depuis sa conversation avec Marikani, sur la crête.

— Les Sakâs l'ont assassiné, dit la jeune femme, épouvantée, faisant fouiller le camp et les rochers, craignant à tout moment de découvrir un corps transpercé par un carreau. Il n'aurait pas manqué la bataille... Ce n'est pas possible... Des Sakâs ont dû pénétrer ici, le prendre en embuscade...

Ils retrouvèrent son cadavre dans sa tente. Bara n'avait pas été assassiné. Aucun Sakâs n'avait pénétré dans le camp, et comme pour retirer tout doute, sa main blafarde était encore crispée sur sa dague à la lame maculée de sang.

Il s'était tranché la gorge.

15

L'océan était d'un bleu épuisant, le ciel d'une clarté sans faille. À Samara, l'horizon paraissait immense, démesuré, la lumière plus éblouissante qu'ailleurs.

Les chantiers s'étalaient sur des lieues le long de la côte, formant une mosaïque de couleurs éclatantes. Le brun profond des planches, des coques des grands vaisseaux qui prenaient lentement forme sur les échafaudages. Le rouge des habits des ouvriers, qui portaient ces couleurs depuis que Kinshara était né, et qui n'auraient pour rien au monde renoncé à leurs traditions ancestrales. Le blanc des mouettes et des *niis*, ces immenses oiseaux de proie marins au bec recourbé et aux ailes immaculées. Les couleurs des habits chamarrés des enfants des ouvriers, qui depuis que le monde était monde, passaient leurs plus belles années à jouer sur la plage et dans les vagues avant de se faire engager comme apprentis aux chantiers...

Et devant, imposant, sur les collines, se trouvait le Grand Temple d'Ayesha.

Dans le camp se trouvait un autre temple consacré à Ayesha, un temple provisoire, en bois, qui avait été construit à l'arrivée du Peuple turquoise. Les planches avaient été peintes de bleu et de blanc, c'était un joli petit temple, gai et accueillant, mais Liénor voulait mieux.

Il faudrait au moins deux ans pour construire une flotte de bateaux capable de les transporter de l'autre côté de l'océan. Deux ans, peut-être plus... En attendant, Ayesha méritait un vrai temple. Et c'était Liénor qui l'avait conçu. Liénor s'était battue pour que la déesse ait un endroit où célébrer sa gloire, Liénor avait convaincu les fidèles, fait livrer les pierres, surveillé les travaux, pour que s'élève vers le ciel le bâtiment à la gloire de la force divine qui avait changé leurs vies.

Liénor Mar-Arajec, la Haute Prêtresse d'Ayesha.

Le temple n'était pas tout à fait prêt. Il manquait des pierres au deuxième étage et la coupole était encore en construction. Le bâtiment n'avait pas encore été inauguré ; il le serait le lendemain, pendant la célébration que Liénor préparait depuis des mois. Pourtant le temple servait quand même... À l'intérieur brillait une flamme sacrée gardée par les prêtresses ; encens et parfum brûlaient en permanence et les « vierges » volontaires – pas toutes vierges, mais on faisait avec ce qu'on avait – y apprenaient des chants en l'honneur de la déesse, qu'elles entonnaient lors des cérémonies, à chaque nouvelle lune.

Parfois, les fidèles s'y retrouvaient pour prier, mais en vérité l'intérieur du temple était peu fréquenté. C'était plutôt l'extérieur, les « terrasses », comme les appelait Liénor, qui attiraient les foules... Le mot « terrasses » était d'ailleurs un peu pompeux pour ce qui n'était pour l'instant que quelques enclos où les herbes folles poussaient à travers les dalles en pierre. Les femmes et les enfants venaient y jouer, y chanter, s'y reposer, faisant brûler de petites bougies ou tissant de minuscules poupées en laine turquoise qu'elles déposaient ensuite en humble offrande, sur les marches du temple.

La bénédiction du Grand Temple d'Ayesha s'étendait aux terrasses, et c'était pour les hommes et les femmes du Peuple turquoise une manière agréable de se recueillir.

Et puis il n'y avait pas que des anciens esclaves pour adorer la déesse. Le peuple d'Ayesha était plus divers que jamais. D'abord, il y avait les Exilés qui, s'ils gardaient leur culture et leurs tentes à l'écart du camp principal, se mêlaient de plus en plus souvent aux activités communes. Le temps avait fait son œuvre et depuis six lunes qu'ils étaient arrivés au camp monté près des chantiers navals, on avait déjà célébré trois mariages entre les deux peuples. La « belle Moïri », qui représentait les femmes du peuple des Exilés, avait épousé Day-yan peu après leur arrivée à Samara. Leurs fiançailles avaient donné l'occasion à Ayesha et au Maître des Exilés d'organiser une grande fête célébrant l'amour et l'entente entre leurs deux communautés.

Ils n'avaient lésiné ni sur le vin ni sur l'argent dépensé. L'entente entre les deux peuples était cruciale pour l'avenir, et Ayesha en était consciente.

Et puis il y avait les réfugiés, de toutes origines. Les familles fugitives venues avec Arekh ès Morales étaient restées, s'intégrant sans difficulté... et il y en avait d'autres encore, venant de tous les coins des Royaumes pour rejoindre Ayesha. D'abord, les anciens esclaves s'étaient méfiés de ces hommes et ces femmes... bruns aux yeux bruns, à la peau dorée comme leurs anciens maîtres, des hommes et des femmes qui souvent, avaient possédé des esclaves, les avaient fouettés ou livrés aux prêtres le jour du Grand Sacrifice. Et qui venaient maintenant adorer Ayesha.

Puis ils s'étaient habitués. Les nouveaux venus étaient nombreux, et certains étaient riches ; ils donnaient leur fortune à Ayesha ou au temple contre l'honneur d'être acceptés. Et Ayesha ne refusait pas.

Six lunes étaient donc passées depuis la victoire aux portes de Reynes et Liénor avait décidé de lier la cérémonie de commémoration et l'inauguration officielle du Grand Temple d'Ayesha par une immense célébration. Des réjouissances incroyables, qui marqueraient les mémoires. Tous les présages étaient favorables. Le lendemain était la date prévue pour la fête, et ce serait un jour exceptionnel. Le quatrième vaisseau de la flotte d'Ayesha allait être terminé. Les conjonctions de la nuit formeraient la rune de l'espoir, et à minuit E-Lâ se poserait exactement au nord de la rune, créant, par un hasard dicté par le destin, la rune du voyage et de l'océan.

Le temps était magnifique et les prêtresses qui lisaient les entrailles des bêtes sacrifiées n'avaient prédit que joie et prospérité pour les mois à venir.

Tout aurait été parfait si Ayesha elle-même avait été d'humeur à apprécier sa gloire.

Liénor remonta le long de la plage, sa robe de coton blanc flottant dans la brise marine, ses cheveux nattés comme il seyait à la Haute Prêtresse. Hannaï devait être en train de faire répéter les chants sacrés aux vingt jeunes filles choisies qui chanteraient le lendemain soir.

La rancœur d'Hannaï avait fini par se calmer.

Hannaï avait été la première prêtresse d'Ayesha, alors que le Peuple turquoise marchait encore dans les montagnes, et elle n'avait guère apprécié de se faire supplanter... mais l'autorité et l'éducation de Liénor lui avaient permis de s'imposer avec une facilité déconcertante. Depuis que Liénor avait pris en main le culte d'Ayesha, celui-ci avait pris une ampleur inespérée, ce que même Hannaï avait dû reconnaître.

Liénor avait fait construire le temple, Liénor avait mis en place les rituels, Liénor avait organisé les célébrations. Pour se faire obéir de tous, pour que même Day-yan et Haïk la respectent et la craignent, elle avait un atout majeur : son passé. Liénor était la meilleure amie d'Ayesha, elle la connaissait depuis son enfance, ensemble Liénor et Ayesha avaient affronté d'immenses dangers dont les récits étaient devenus légendaires. Seul Arekh ès Morales avait – sans même être présent – acquis une telle grandeur mythique. On racontait sur lui toutes sortes de récits étranges. Arekh ès Morales avait tué le roi des Sakâs et accompagné Ayesha dans ses voyages, il avait été son amant et son protecteur avant la nuit du Grand Sacrifice. Qui était-il vraiment, d'où sortait-il, nul ne le savait et le mystère jouait en sa faveur, même si des rumeurs terrifiantes couraient parfois sur son passé.

Arrivée au sud du camp, Liénor traversa la plage. Passant entre les tentes et les foyers où cuisait déjà le repas du soir, elle remonta vers la grande maison de bois où était installée Marikani.

Sur sa gauche, une mélodie attira son attention. Sur un des autels secondaires du camp, Non'iama dansait, portée par le Feu d'Ayesha.

Changeant de direction, Liénor s'approcha de l'autel. Les visions de l'enfant étaient rares, mais Liénor les respectait toujours.

Une cinquantaine de personnes s'étaient réunies autour de l'autel, rythmant la danse de la gamine en tapant des mains et des pieds. La petite dansait avec une légèreté et une joie contagieuses, et comme toujours quand elle la voyait, Liénor ne put s'empêcher de sourire.

L'épaule de l'enfant n'avait jamais vraiment guéri. Non'iama marcherait toujours un peu courbée, l'épaule gauche plus basse que la droite. Mais malgré sa difformité, elle irradiait un tel bonheur, une telle énergie, qu'elle était adorée de tous.

Le rythme s'accéléra et Non'iama tourna, de plus en plus vite, levant son bras droit – elle pouvait à peine bouger l'autre – dans un appel aux cieux. Puis elle s'arrêta et cria.

— Je suis la hâman d'Ayesha !

— Tu es la hâman d'Ayesha ! reprit la foule avec bonne humeur.

— L'esprit d'Ayesha n'est pas dans son corps, énonça Non'iama d'une voix claire. Demain viendra l'ascension !! Demain, la violence se mêlera à l'amour, demain l'esprit d'Ayesha sera dans les cieux, montera aux cieux, sa puissance éclairera le firmament ! Ayesha irradie dans la nuit et nous protège !

La foule trépigna et applaudit et Liénor s'éloigna, sourcils froncés. « La violence se mêlera à l'amour ? » Les visions de la petite fille étaient parfois obscures, et Liénor n'était pas certaine de comprendre celle-là. Il lui faudrait un peu de recul. Avec un peu de temps, ce qui était mystérieux se dévoilait parfois.

Tournant le dos à l'autel, Liénor avança vers la grande maison de bois et frappa à la porte.

N'entendant pas de réponse, elle entra. La salle principale était vide et elle trouva Marikani assise sur la terrasse, en train d'écrire.

— Bonjour, dit Liénor en souriant. Les cérémonies se préparent. Le temple est déjà recouvert de fleurs, et tout est prêt pour demain.

Marikani leva les yeux de sa lettre et observa Liénor.

— Magnifique, répondit-elle avant de se remettre à écrire.

— Les filles ont répété quatre nouveaux chants.

Levant sa plume, Marikani acquiesça distraitement, puis, consciente sans doute de son impolitesse, elle posa son papier et se tourna vers Liénor. Celle-ci s'était adossée à la rambarde de la terrasse, et les deux jeunes femmes s'observèrent un moment.

Entre elles, la gêne était palpable. Une tension qui existait depuis que Liénor avait décidé d'endosser le rôle de prêtresse.

Liénor se retourna, laissant errer son regard sur l'océan. Depuis la mort de Bara, Marikani évitait autant qu'elle le pouvait de participer aux rituels. Elle ne mettait que rarement le pied dans le temple, boudait les cérémonies et ne portait le maquillage turquoise que quand cela était absolument nécessaire, pour négocier avec le gouverneur de Kinshara, par exemple.

Curieusement, les fidèles se passaient plutôt bien de la présence de Marikani. C'était comme si le concept d'Ayesha était divisé en deux. Ils adoraient l'idée de la déesse, dansaient devant ses statues, brûlaient de l'encens en son honneur, chantaient ses louanges sans la voir. Pendant ce temps, Marikani visitait les chantiers, négociait avec les ouvriers, organisait la distribution de la nourriture, échangeait de longues lettres avec le Maître des Exilés et Arekh pour gérer les arrivées de provisions et d'argent.

Oui, l'absence d'Ayesha ne pesait guère sur son culte. Mais Liénor en souffrait. Elle était lasse de voir l'expression poliment exaspérée de Marikani quand Liénor lui parlait des progrès de la construction du temple, ou du nombre toujours croissant de fidèles qui avaient assisté aux sacrifices.

Tous ces efforts, toute cette foi, toute cette énergie dépensée, pour n'obtenir en retour qu'une froideur embarrassée.

Le silence s'éternisait et Liénor vit son amie chercher désespérément un sujet neutre.

— Les ouvriers des chantiers demandent à être augmentés, dit Marikani.

Puis elle se passa la main sur le front, comme si elle avait trop chaud. Liénor fronça les sourcils. Des maladies frappaient régulièrement le camp. Certaines étaient bénignes, d'autres mortelles ; elles passaient sur les réfugiés, faisant quelques dizaines de morts, parfois quelques centaines, avant de repartir. Cela faisait trois jours que Marikani n'était pas bien, et Liénor pensait qu'elle avait les fièvres. Rien d'inquiétant, vraiment.

Mais Liénor voulait que Marikani soit en forme demain. Ayesha conduisait la cérémonie, il fallait qu'elle soit éblouissante.

— Tu es malade, dit-elle. Tu devrais prendre des bains froids.

Marikani haussa les épaules.

— Ça passera.

— Sûrement... mais les fièvres passent plus vite quand on les combat...

— Je prendrai du mahhm demain, dit Marikani. Après la cérémonie. Mais pas maintenant, pas ce soir. Je ne veux pas être droguée ce soir alors que...

Elle s'interrompit et rougit. Liénor termina la phrase en souriant.

— ... alors qu'Arekh arrive, dit-elle, les yeux pétillants.

Cette fois, Marikani lui rendit son sourire... et un instant, elles retrouvèrent une ombre de la complicité d'antan.

— Oui, dit Marikani. Il m'a manqué.

Arekh était resté à Reynes. Après la mort du Haut Prêtre, il y avait eu à l'Assemblée de nombreux renversements politiques et Arekh, assisté par Pier, était le mieux placé pour représenter les intérêts d'Ayesha auprès du Sénat et s'assurer que les termes de l'accord étaient bien respectés.

Marikani ne s'était jamais plainte, jamais elle n'avait dit un mot qui puisse faire soupçonner qu'elle avait hâte qu'il revienne. Mais Liénor savait encore lire dans le cœur de son amie. D'ailleurs elle aussi avait hâte qu'Arekh soit là. Elle serait heureuse de le revoir, et pensait trouver en lui un allié.

Arekh était un homme pragmatique, Liénor le savait. Il convaincrait Marikani de s'investir davantage dans son propre culte. Liénor, malgré tous ses efforts, ses plaidoiries désespérées, n'avait pas réussi à ouvrir les yeux de Marikani sur sa nature divine. Peut-être Arekh ferait-il valoir des arguments plus rationnels, comme l'importance du rayonnement d'Ayesha sur la scène politique. Plus la « déesse » serait forte, plus leurs ennemis les respecteraient.

Les deux femmes bavardèrent encore quelques instants, mais le cœur n'y était pas. Liénor expliqua à Marikani les détails de la cérémonie du lendemain, et le rôle qu'Ayesha devait tenir. Marikani écouta sans poser de questions ni montrer un quelconque enthousiasme et, dissimulant sa frustration, Liénor retourna au temple.

Marikani passa l'après-midi à travailler sur la terrasse, sans sortir. Quand le soir tomba, elle prit un bain, peigna ses cheveux, et s'habilla lentement. Arekh devait arriver dans la nuit, et elle voulait être prête.

Les heures passèrent, faisant croître son impatience, et elle attendit sur la terrasse, sans pouvoir se concentrer. Elle n'avait pas revu Arekh depuis la nuit qu'ils avaient passée ensemble, et les jours suivants, ils ne s'étaient parlé que par messagers interposés. Depuis, ils avaient échangé des lettres, bien sûr, mais celles-ci pouvaient être lues par n'importe qui et leur ton restait strictement professionnel.

La soirée était superbe, comme toujours à Samara. L'océan était parcouru par un courant chaud et le climat du nord des Royaumes en était adouci. Les chants religieux qui s'élevaient du temple étaient clairs et mélodieux et Marikani dut avouer qu'ils étaient magnifiques. Les voix se fondaient de façon harmonieuse avec le bruit de l'océan, la lueur des lunes.

Avec ce qu'elle attendait.

Deux heures passèrent encore.

Six mois, cela faisait six mois qu'elle ne l'avait pas vu. Six mois, qu'elle attendait son retour, plus qu'elle n'avait jamais attendu quelqu'un.

Ils avaient tant de choses à se dire, à résoudre, à partager...

Le temps passa encore. Les lunes se reflétaient sur le noir profond des vagues. L'attente de Marikani se transforma en malaise, comme si la tension était trop grande, qu'elle allait craquer. Elle se leva, arpenta les planches en bois de la terrasse. Ces six lunes passées à Samara avaient été... étranges. Marikani s'y sentait décalée, comme si elle n'était pas à sa place.

Peut-être était-ce simplement que la guerre avait pris fin. Quand elle conduisait le Peuple turquoise dans les montagnes, quand les fugitifs la suivaient, pieds nus et affamés, elle souffrait, mais elle savait pourquoi elle luttait. Quand elle avait conduit ses hommes à la guerre, aux portes de Reynes, elle le savait aussi. Même si chaque battement de cœur apportait son lot de terreurs, même si la responsabilité de toutes ces âmes la blessait comme un fardeau d'acier, il fallait qu'elle tienne, et elle tenait.

Maintenant...

Maintenant elle n'était plus chef de guerre, il fallait qu'elle accepte de gérer la paix, et la transition n'était pas facile. Oui, c'était simplement ça, le problème... Ce devait être ça. Ce malaise, cette sensation de n'être plus elle-même, d'avoir perdu quelque chose, de sentir les événements lui glisser entre les doigts, ne venait sans doute que de là. Ce n'était pas grave, tous les conquérants devenus rois avaient dû passer par là. Après avoir joué avec la vie et la mort, il fallait se résoudre à retrouver le quotidien. Marikani allait s'habituer, et tout irait bien.

Oui, c'était ça l'origine de son malaise.

Il n'y avait rien d'autre.

Non, rien d'autre...

Marikani se rassit, mais elle se sentait toujours mal. Ses poumons la serraient, comme si elle étouffait. Il faisait doux, trop doux peut-être. Trop chaud. Elle se releva. Dans ses rêves, elle avait si souvent vu l'océan. Les vagues roulaient sur la plage, la nuit, dans les embruns salés, et elle respirait à pleins poumons l'air de la liberté. Dans son sommeil, la mer était fraîche, avec un goût d'algues et de sel, et le vent faisait voler ses cheveux.

Ici, à Samara, elle était engluée. Piégée dans le sable et la chaleur.

Ce n'est que partie remise, pensa-t-elle. Elle aurait bientôt le vent, les vagues et les vaisseaux fendant l'océan, il fallait simplement que la flotte se construise, voilà tout, la construction était longue, deux ans à attendre pouvaient paraître interminables, mais ils passeraient vite. Et elle irait au-delà des mers.

Je vais partir, souffla-t-elle. *J'en ai assez. Je veux partir.*

Je veux partir.

Et soudain, Arekh lui manqua, atrocement. Il allait arriver, dans quelques instants sûrement, mais là encore, Marikani n'en pouvait plus d'attendre. S'il tardait encore, elle allait crier ; il fallait qu'elle le voie, qu'elle le touche. Qu'elle lui parle de ce qui la torturait. Arekh n'était pas du genre diplomate, il irait directement au cœur du sujet, elle pouvait compter sur lui. Leur relation était difficile, douloureuse, passionnée. Mais indispensable.

Marikani se passa la main sur le front, décidément Liénor avait raison, elle était malade, et la fièvre montait. Ses pensées s'embrouillaient, c'était sans doute pour cela qu'elle était si nerveuse, si impatiente.

Tout irait bien quand Arekh serait là.

Des pas, dehors, sur le bois. La jeune femme sursauta. Son cœur bondit.

La porte s'ouvrit et Arekh apparut sur la terrasse.

Marikani comprit tout de suite que quelque chose n'allait pas.

Arekh avança vers elle, le visage dur, sans un mot. Son regard était si froid que Marikani eut l'impression qu'on lui avait jeté un seau d'eau glacée. Son enthousiasme retomba. Elle garda le silence, observant Arekh, tentant de trouver une explication qui ne soit pas inquiétante. Peut-être était-il fatigué, tendu.

Arekh s'arrêta devant la table et ils se fixèrent un moment, trois pas les séparant.

La jeune femme chercha désespérément quelque chose à dire.

— As-tu fait bon voyage ?

Arekh parla enfin, sa voix sans inflexion.

— Qu'est-il arrivé à Non'iama ?

Marikani se figea. Dehors, les chants montèrent dans le noir, meublant le silence.

— Tu l'as vue ?

— Je l'ai vue, et je lui ai parlé.

— Oh.

Marikani détourna les yeux, puis fit quelques pas avant de se retourner. Un frisson la parcourut. Elle avait froid maintenant. Quelques instants auparavant, la chaleur était telle qu'elle ne pouvait plus respirer et maintenant elle était gelée.

— Dans ce cas, ta question est rhétorique, dit-elle, soutenant son regard. Tu sais déjà ce qui lui est arrivé.

— Tu m'avais promis de la protéger, dit Arekh d'une voix rauque. Tu avais promis de la garder hors de danger. Et tu t'en es servi comme appât pour le roi des Sakâs.

Marikani haussa les épaules.

— C'était la meilleure solution.

— La meilleure solution ?

Cette fois, quelque chose avait craqué dans la voix d'Arekh. La souffrance vibrait dans son ton et Marikani dut retenir un élan vers lui. Ils se regardèrent, et Marikani comprit que lui aussi avait trouvé les six mois interminables, que lui aussi avait attendu leurs retrouvailles, et que la déception, le goût de la trahison n'en étaient que plus amers.

Elle prit une profonde inspiration.

— Le... Le roi des Sakâs avait confiance en Non'iama, tenta-t-elle d'expliquer. Du moins autant qu'il puisse avoir confiance en quelqu'un. Il fallait... Des milliers de vies étaient en jeu, Arekh, dit-elle enfin, sentant la colère monter dans sa voix. Et plus encore. Reynes était en jeu. Harabec était en jeu. La vie de mes hommes l'était. J'ai fait ce que je devais faire, et je le referais. (Marikani marcha jusqu'à la rambarde, puis se retourna, la voix blanche.) Ce n'est pas facile. Parfois je dois prendre des décisions qui...

— Celle d'envoyer une enfant de huit ans à la mort, sans la prévenir ? Une enfant que tu m'avais promis de protéger ? Une promesse que tu m'avais faite, *à moi* ?

Marikani le regarda, sans savoir quoi répondre.

— Je ne sais plus qui tu es, cracha Arekh.

Et il sortit.

Marikani resta seule sur la terrasse.

La nuit s'écoula lentement. Marikani s'était assise à la table, les mains sur ses tempes.

Réfléchissant.

Ses mains tremblaient, réalisa-t-elle avec stupeur. Ses mains tremblaient et son front était brûlant. La fièvre montait, de plus en plus haut. Elle avait du mal à penser.

Elle avait mal, tout court. Les mots d'Arekh résonnaient encore dans l'air. Elle avait l'impression qu'il était encore là, devant elle, la fixant de son regard glacé.

Trahi. Déçu.

C'est ridicule, se répéta-t-elle. La réaction d'Arekh était ridicule... et d'ailleurs, elle avait raison. Elle avait raison, elle avait pris la bonne décision, elle avait élaboré une stratégie et elle avait gagné. Arekh finirait par le reconnaître, il finirait par comprendre que certains sacrifices étaient nécessaires. Qu'elle n'avait pas eu le choix.

Des souvenirs lui revinrent, des souvenirs d'anciennes conversations, dans les tunnels, alors qu'ils étaient poursuivis par les chiens. Arekh et elle se disputaient, devant Mîn et Liénor, qui les écoutaient, inquiets, et c'était *elle*, elle qui défendait la vie, alors qu'Arekh disait que parfois, il fallait savoir sacrifier...

La tête de Marikani était douloureuse, tout s'embrouillait. Quand ? Quand les rôles s'étaient-ils inversés ? Avant, les choses étaient simples, claires et lumineuses comme le bleu-gris des montagnes où elle avait grandi, mais maintenant, dans son esprit, la fièvre faisait rage et rien n'était plus clair...

Qu'importe, pensa-t-elle avec colère. *Qu'importe. J'avais raison. J'avais raison, et si c'était à refaire, je le referais...*

Alors pourquoi tremblait-elle ainsi ?

Les chants s'élevèrent de nouveau. Marikani saisit l'encrier et de toutes ses forces, le fracassa sur la table. Le verre lui entailla la main, l'encre et le sang se mélangèrent sur sa paume.

Oui, la fièvre montait...

Si c'était à refaire, elle le referait.

Soudain elle se leva et sortit. Dehors, l'air était tiède, étouffant toujours, et un moment elle regretta le vent glacé des montagnes. Ses pieds nus s'enfoncèrent dans le sable de la plage et elle marcha au hasard, cherchant Non'iama. La petite devait dormir près du temple, sur un tapis. Le temps était si doux que beaucoup passaient la nuit comme ça, en plein air. Peut-être aussi les anciens esclaves appréciaient-ils la sensation de liberté que leur donnait l'air de la nuit.

Ils avaient été si souvent enfermés, enchaînés.

Les trois premiers vaisseaux flottaient devant les chantiers, leurs voiles claquant au vent. Un instant, Marikani s'imagina sur le pont, tandis que la proue fendait les flots. Si seulement elle pouvait répondre, tout de suite, à l'appel de l'océan...

Non'iama dormait sur son tapis. Marikani lui posa la main sur le bras, la réveillant.

— Ayesha, soupira la petite fille en la reconnaissant.

Elle lui adressa un sourire radieux qui serra le cœur de Marikani.

— Non'iama, dit-elle doucement. Arekh est venu te voir ce soir...

— Oui, dit l'enfant, la joie dansant dans sa voix. Il est revenu. Il est revenu. Les gens racontent... ils racontent qu'il va mener le Peuple d'Ayesha à vos côtés, vers les terres nouvelles, derrière les mers. Ils disent qu'il est votre Élu. C'est vrai ?

— Peut-être, dit Marikani, la voix rauque. Je veux dire... J'espère. Tu lui as raconté... tu lui as raconté ce qui est arrivé, tu te souviens, quand je t'ai envoyée porter un message au roi des Sakâs ?

Non'iama acquiesça.

— Je n'aurais pas dû ? C'était un secret ? Parce que je l'ai raconté à beaucoup de gens.

— Non, ce n'est pas un secret, soupira Marikani. Tu as été héroïque, Non'iama. Tu as raison de raconter. Les gens doivent savoir quel danger tu as couru. C'est seulement...

— Seulement ? demanda Non'iama.

— Je voulais te demander pardon. (La petite fille la regarda sans comprendre et Marikani ajouta :) Tu sais, pour ton épaule. Je t'ai menti, ce jour-là. Je t'ai menti pour que le roi des Sakâs tombe dans le piège... Et je voulais te dire... je voulais que tu comprennes. Pourquoi je t'ai envoyée là-bas, malgré la promesse faite à Arekh. C'était important, Non'iama. Essentiel. Tu te souviens du siège de Reynes. Les armées...

— Vous n'avez pas besoin de m'expliquer, dit la fillette. Je sais pourquoi.

Marikani fronça les sourcils.

— Parce que vous êtes Ayesha, reprit Non'iama, et que tout ce que fait Ayesha est juste. Mon épaule a été blessée, mais ce n'est pas grave. Ça n'a aucune importance. Et si j'étais morte, cela n'aurait aucune importance non plus.

— Non'iama...

— J'ai raison, n'est-ce pas ? interrompit l'enfant en souriant. Nous pensons tous ça, vous comprenez ? Nous pensons tous la même chose. (Elle désigna les familles qui dormaient autour d'elle, les tentes, le temple provisoire, le grand temple en construction au loin.) Nous donnerions notre vie pour vous. Si vous nous emmeniez aux Abysses, nous vous suivrions. Vous n'auriez pas à nous expliquer, à nous dire pourquoi. Car nous sommes dans la lumière d'Ayesha, et notre adoration est aveugle.

Marikani la regarda en silence.

Très pâle.

Arekh ne tint que six heures avant de revenir.

Traversant le camp endormi, il frappa à la porte de Marikani, ne sachant ce qu'il allait dire ou faire, ne sachant s'il venait pour des reproches, pour s'expliquer, pour discuter. Le cœur battant, hésitant entre la colère, l'amertume et des sentiments plus profonds, il attendit.

Aucune réponse.

Arekh frappa de nouveau, sans succès. Il attendit de nouveau.

Puis il poussa la porte et entra.

Personne. Ni dans la salle principale, ni sur la terrasse.

Marikani avait disparu.

Il la chercha dans tout le camp, discrètement, pour n'alarmer personne. Au matin, Marikani n'était toujours pas revenue. Non'iama était la dernière personne à lui avoir parlé.

La matinée passa et Arekh se décida à alerter Dayyan. Ensemble, toujours avec la plus grande discrétion, ils fouillèrent le camp, les chantiers, les alentours, sans succès.

Là-haut, sur la colline, la cérémonie se préparait. Cela faisait des semaines que tout était prévu. Les chants, les danses, les discours, les brasiers que les prêtresses enflammeraient d'un coup, en souvenir de ceux qui avaient été allumés devant Reynes. Ce serait l'apogée d'Ayesha, la plus belle cérémonie jamais préparée en son honneur, et dans la foule, l'excitation montait comme un orage.

Liénor, Hannaï et les prêtresses se démenaient pour préparer les tables cérémonielles sur les terrasses, devant l'autel principal. Les tables qui recevraient les sacrifices, celles prévues pour la nourriture et le vin.

Dès la fin de la matinée, la foule commença à affluer. Tous les habitants du camp étaient réunis, bien sûr, ainsi que les Exilés, mais ils n'étaient pas les seuls. Il y avait aussi des spectateurs venus des villes alentour, des habitants de Kinshara, qui voulaient voir la déesse. Et d'autres, encore... de Kiranya, de Sleys ; certains, réalisa Liénor alors qu'elle marchait sur les pentes herbeuses, étaient venus de Reynes. Ils avaient traversé les ruines et les terres brûlées par les Sakâs, ils avaient parfois tout abandonné pour venir.

Le soleil brûlait. Le ciel était d'un bleu dur. Les couleurs du Grand Temple d'Ayesha flamboyaient, impitoyables, la chaleur du feu faisait trembler l'air. Les oiseaux hurlaient dans le ciel, leurs cris raclant les nerfs comme du métal crissant sur le métal. Bientôt, les alentours du temple furent envahis de monde... des familles, des pèlerins, des curieux, des fidèles. La colline ne suffisait pas, et comme une avalanche de pierres, la foule couvrit les collines avoisinantes, l'herbe, la plage. L'humeur était à la fête, mais la fête était nerveuse. On attendait la pluie, mais la pluie ne viendrait pas, pas ici à Samara où il ne pleuvait jamais.

Seule l'arrivée d'Ayesha cristalliserait les tensions, seule la puissance de la déesse ferait exploser la tourmente.

Les enfants couraient entre les groupes, criant d'une voix trop aiguë. Les provisions et les outres de vin passaient de main en main.

Liénor continua à marcher dans la foule, sentant l'orage monter, portée par la tempête, humant la tension comme une drogue. Tout cela grâce à elle, pensa-t-elle, les larmes aux yeux. Le temple qu'elle avait fait construire. Les chants du culte qu'elle avait enflammé. Devant elle, une mère berçait son enfant et un instant Liénor eut une vision : celle de son fils, son fils qui était mort dans ses bras, mais dans la vision il était vivant, il commençait à marcher et il courait sur l'herbe, vers elle, souriant...

Puis la vision s'évanouit et Liénor resta immobile, la gorge serrée, les larmes aux yeux. Son fils, son bébé, qui était mort parce que Marikani dormait. Parce qu'elle ne s'était pas réveillée à temps pour donner l'ordre de le soigner, mais à ce moment les chants des prêtresses s'élevèrent, montant tel un cri vers le soleil, et Liénor se souvint que son fils était mort pour Ayesha, et non à cause d'elle, et encore une fois tout se mêla, la douleur et l'attente et l'exaltation, et sa foi se mêla au chant et monta avec les voix des femmes, monta vers les cieux comme un appel...

Lentement, Liénor remonta vers le Grand Temple d'Ayesha et le contempla. Son œuvre, pensa-t-elle, et les voix de la foule derrière elle n'étaient qu'acclamations.

L'autel principal était entouré des sept feux inférieurs, qui brûlaient déjà. Elle monta vérifier que tout était prêt. La table de sacrifice avait été vernie : aujourd'hui, ce serait une biche qui offrirait sa gorge. Liénor prit le couteau sacrificiel, le soupesa, testa la lame de son doigt. Pas assez aiguisée. Le gardant à la main, elle regarda la place où se tiendrait Ayesha quand la nuit tomberait et que la lueur turquoise flamboierait dans le ciel.

Alors les feux s'allumeraient – dix immenses brasiers, en souvenir de ceux qui avaient jailli devant Reynes.

Liénor resta un moment immobile, à contempler son œuvre. Ce soir, jaillirait la beauté. Ce soir, ils adoreraient la puissance d'Ayesha.

Elle repassa son doigt sur la lame du couteau et descendit.

Les ombres se faisaient longues et Marikani n'était pas revenue.

À chaque heure, les craintes d'Arekh s'amplifiaient. Day-yan avait prévenu Haïk, le deuxième homme de confiance de Marikani, et Haïk avait prévenu vingt hommes sûrs en les menaçant de leur trancher la gorge s'ils parlaient de la disparition d'Ayesha. Il fallait tout faire pour empêcher les rumeurs de courir.

Ensemble, ils avaient fouillé la plage, cherchant dans tous les endroits où la marée pouvait ramener un corps. Puis ils fouillèrent la colline, les grottes, les villages alentour. Sans succès.

Au bout d'un moment, Day-yan entraîna Arekh près de la terrasse. Il regarda autour de lui, pour vérifier que personne n'écoutait.

Puis il se tourna vers Arekh.

— Si nous retrouvons son cadavre, commença-t-il...

— Non, coupa Arekh. Elle n'est pas morte.

Day-yan lui empoigna le bras.

— Il faut prévoir le pire. Si nous retrouvons son cadavre, il faudra l'enterrer aussitôt. (Il désigna la foule qui se massait devant le temple.) Ils ne doivent pas savoir. Une déesse ne meurt pas.

— Marikani n'est pas morte, répéta Arekh, mais Day-yan l'ignora.

— Nous ferons disparaître son cadavre. Vous conduirez le Peuple d'Ayesha vers les terres nouvelles, reprit-il. Vous et Liénor. Pour eux, vous êtes l'Élu d'Ayesha. Vous étiez là au moment du Grand Sacrifice. Vous avez tué le roi des Sakâs. Vous et elle... Elle aurait voulu que vous preniez la relève. Que vous conduisiez les vaisseaux par-delà les océans, avec la Haute Prêtresse. Avec Liénor.

— Je ne suis pas un ancien esclave, protesta Arekh. Je n'appartiens pas au Peuple turquoise.

Day-yan haussa les épaules.

— La vie est pleine d'ironies, ès Morales. Ayesha ne voulait pas être une déesse non plus. (Il désigna le temple.) Eh bien, voilà.

Arekh le dévisagea.

— Vous y croyez ? demanda-t-il. À *elle* ? À la déesse ?

Day-yan hésita.

— Elle est nécessaire, dit-il enfin.

— Ce n'est pas une réponse.

— Je sais.

Un court silence suivit. Derrière eux, s'élevait le grondement de la foule et la musique sacrée. Assourdie, elle paraissait menaçante, comme un poids, une arme.

— Tout ceci, dit Day-yan en faisant un geste en direction du camp, des fidèles qui attendaient, là-bas, tout ceci ne tient que par un fil.

— Je sais.

— Je veux vous l'entendre dire, répéta Day-yan. Que si nous retrouvons son cadavre... Vous les conduirez. Vous et Liénor.

— Je ferai ce que j'ai à faire, dit Arekh, soudain exaspéré. Je sais ce qu'elle aurait voulu.

Il tourna le dos à Day-yan et partit sur la plage, seul.

Le crépuscule tomba sans qu'il l'ait retrouvée.

Arekh remonta lentement la colline. Quand les étoiles naquirent dans le ciel nocturne, il réalisa qu'il ne pouvait plus. Il ne pouvait plus avancer. Il ne pouvait plus marcher, plus parler, plus bouger.

Il se laissa tomber sur une pile de planches derrière le temple. Il ne pouvait plus chercher. Il ne pouvait plus penser.

C'était de sa faute. Il l'avait enfin retrouvée, ils s'étaient enfin retrouvés, et ce qu'il avait dit... ce qu'il avait dit l'avait poussée... à disparaître ? À mourir ? Malgré toute l'affection qu'il avait pour Non'iama, malgré l'horreur que lui inspirait l'acte de Marikani, à cet instant il était prêt à tout pour qu'elle revienne, prêt à s'excuser, à la supplier de lui pardonner, à...

Il leva les yeux.

Marikani était devant lui, portant les mêmes habits que la veille, pieds nus sur le sable.

Vivante. Intacte.

— Arekh, dit-elle doucement. Je suis désolée...

— Par les dieux...

Un moment, il crut à une vision, mais non. Elle était réelle. Il bondit sur ses pieds, la serra dans ses bras, l'étreignant de toutes ses forces. Elle lui rendit son étreinte, et quand ils se séparèrent, il s'aperçut qu'elle pleurait. Doucement, il essuya les larmes de ses joues, l'embrassa.

— Arekh, dit-elle. J'ai réfléchi.

— Nous en parlerons plus tard, dit-il en désignant le temple derrière eux. Tes admirateurs t'attendent...

— Justement, dit-elle, et Arekh reconnut sur son visage, derrière ses larmes, une expression qu'il ne connaissait que trop bien.

Celle d'une intense détermination. Arekh lui posa les mains sur les épaules.

— Quoi ?

— J'ai réfléchi, répéta-t-elle. Tu vois, ce que j'ai fait à Non'iama, je le referais...

— Marikani, répéta-t-il. Nous en discuterons plus tard...

Une rumeur monta de derrière le temple, la rumeur de la foule qui attendait, qui chantait. La jeune femme secoua la tête.

— Non, répéta-t-elle. C'est important. Ce que j'ai fait à Non'iama, je le referais... mais ce qui n'est pas normal, ce qui ne va pas, c'est... c'est qu'elle n'aurait jamais dû me pardonner. Elle devrait m'en vouloir, Arekh. Elle devrait m'en vouloir à mort...

— Elle t'aime.

— Non. Et Bara ne m'aimait pas non plus. Ils adoraient Ayesha. Non'iama me l'a répété. Ils feraient n'importe quoi. Ils mourraient pour moi. Je suis en train de créer un peuple d'esclaves, Arekh.

Il hésita.

— Ce n'est pas si simple...

— Si. C'est très simple au contraire. J'ai tiré un peuple de ses chaînes, simplement pour lui en donner d'autres. Je ne peux pas laisser faire ça.

— Non, ce n'est pas si simple, répéta-t-il. Pense à tout ce qu'ils ont enduré. Pense à ce qu'ils vont endurer encore, pendant le voyage. Pense à ce à quoi ils ont survécu... parce qu'ils avaient la foi. Et c'est cette foi qui leur a permis de marcher, affamés, derrière toi pendant tous ces mois...

Marikani secoua la tête.

— Eh bien, ils sont là maintenant. Et si je continue ce jeu... Bientôt, il sera trop tard. Tout ce que je dirai ne servira plus à rien. Il faut que je mette fin à cette comédie. Aujourd'hui.

Arekh prit une courte inspiration.

— Non. (Il secoua la tête.) C'est trop dangereux. Ayesha est ce qui les tient... C'est ce qui les rassemble, c'est ce qui leur permet d'attendre que les vaisseaux se construisent... C'est ce qui les fera monter dedans quand la flotte sera prête, tu comprends ? (Il désigna le temple, l'autel, derrière.) Si tu parles maintenant, tu les détruis.

— Je les libère.

— Marikani, ne...

— Tu ne feras pas *ça*.

Marikani et Arekh se retournèrent en même temps. Liénor les observait, très pâle, le couteau sacrificiel à la main.

— Tu ne feras pas ça, répéta-t-elle. Que vas-tu leur dire ? Que tout est faux ? Que tu n'es pas Ayesha ?

Marikani la regarda, hésitante.

— Quelque chose de ce genre...

— Ils ne te croiront pas. (Liénor s'approcha, le visage dur.) Ils ne te croiront pas.

— J'insisterai.

— Ils ne te croiront pas parce que tu as tort, répéta Liénor. Parce que tu ne réalises pas ce que tu as en toi.

Marikani lâcha Arekh et fit face à Liénor, les yeux brillant de fureur.

— Ne me dis pas qui je suis.

— Nous n'avons pas besoin de toi, dit Liénor d'une voix douce. Ils n'ont pas besoin de toi. Ils ont besoin d'Ayesha, et sa véritable puissance est dans les cieux... Ce sont les cieux qu'ils adorent...

Arekh lut quelque chose dans le regard de Liénor et avança d'un pas.

— Marikani, dit-il, levant la main. Ne...

Liénor frappa avant qu'il ait eu le temps de réagir. Le poignard s'enfonça dans le ventre de Marikani et Arekh hurla à sa place. Il se jeta sur Liénor, mais celle-ci eut le temps de frapper une deuxième fois, à la poitrine.

Le coup d'Arekh envoya Liénor rouler à terre, trop tard. Marikani s'écroula, une bave sanglante aux lèvres.

— Tu ne feras pas ça, répéta Liénor, se relevant.

Elle jeta le poignard ensanglanté, et tournant les talons, elle fit le tour du temple, courant vers l'autel.

Arekh se précipita vers Marikani, la prit dans ses bras, arrachant sa chemise, regardant ses blessures.

— Tu vas t'en tirer, dit-il, les larmes aux yeux, essayant désespérément d'arrêter le flot de sang. Tu vas t'en tirer...

Marikani réussit à rire.

— Non, soupira-t-elle.

Devant le temple, la foule hurla de joie tandis que les prêtresses allumaient les foyers. Les flammes jaillirent vers le ciel, illuminant le temple et Liénor d'une lueur rougeoyante. Derrière elle, les vingt jeunes filles commencèrent à chanter, une mélodie lancinante et douce.

À l'est, sur l'océan, attendaient les bateaux.

Liénor monta lentement sur l'autel, avançant à la place où aurait dû se tenir Marikani.

Puis elle leva les mains.

— L'esprit d'Ayesha n'est pas dans son corps, commença-t-elle, sa voix claire et vibrante montant vers les étoiles. L'esprit d'Ayesha est dans les cieux, monté aux cieux, sa puissance éclaire le firmament ! Ayesha irradie dans la nuit et nous protège...

— Arekh, souffla Marikani, derrière le temple.

Il la serra dans ses bras, les larmes lui maculant le visage, et le temps s'arrêta, s'arrêta un instant, un instant qui devait rester gravé à jamais dans la mémoire d'Arekh. L'instant où tout était joué, où tout avait sa place, autour de lui et de Marikani mourante, où le destin les avait amenés, la plage et les rochers, et les dunes, et le temple, le Grand Temple derrière eux, les fumées, les sacrifices, les statues, et la foule hurlante, car tout hurlait maintenant, tout hurlait dans l'esprit d'Arekh, et sur l'autel Liénor levait les bras et hurlait, et la foule hurlait, et les prêtresses hurlaient, et l'océan hurlait, et l'obscurité de la nuit qui tombait hurlait avec la voix d'Ayesha et seule, loin de tous, sur la plage déserte, Marikani émit un soupir imperceptible, et tourna ses yeux vers la mer, cherchant à distinguer les voiles.

Puis elle regarda Arekh, luttant pour trouver ses mots.

— Promets-moi que tu vas leur dire. Tu ne les laisseras pas... Promets-moi que tu vas leur dire la vérité, répéta-t-elle. Ayesha... Tu ne la laisseras pas gagner. Promets-moi...

Arekh la serra contre lui, les sanglots l'empêchant presque de parler.

— Je te le promets, dit-il.

Bien sûr, il mentait.

« Ils sont arrivés par milliers, traversant, sur leurs vaisseaux aux voiles blanches, les océans déchaînés. Les hommes, les femmes, les enfants du Peuple turquoise, et ceux qui les suivaient... espérant une nouvelle vie, un nouveau soleil.

Sur les Terres Retrouvées.

Quinze ans ont passé depuis notre venue. Le jour où j'écris ces mots, de mon bureau dans la Tour de la Déesse, le vent de la côte fait voler les tentures et les étendards de la Cité Nouvelle, et mêle aux odeurs du marché, des fruits, des encens, des sacrifices, des parfums et des huiles un petit goût de sel.

La ville est prospère et croît tous les jours. Les temples aussi, de plus en plus nombreux. Je ne sais si le Grand Ordre des Prêtresses me punira pour avoir écrit ces mots, mais mon cœur est lourd. Le poids d'Ayesha est partout, les rituels commandent les gestes, les paroles, les pensées.

Oui, mon cœur est lourd. Marikani l'avait craint. Les chaînes ne sont pas que de métal.

Et pourtant...

Et pourtant le vent continue à souffler, et les embruns arrivent jusqu'à moi, et des rires d'enfants s'élèvent dans les rues. Et je ne peux m'empêcher d'espérer. L'espoir a toujours été mon défaut, ma faiblesse. Arekh, le Premier, l'Élu d'Ayesha et mon ami me l'a reproché tant de fois durant son règne. L'espoir. Il a ri de moi, et de ma conviction profonde que les hommes changent.

Il n'est plus là aujourd'hui, et ne peut me contredire. Cela me donne-t-il raison ?

Je vais à la fenêtre et regarde la mer. Le bruit de la ville monte jusqu'à moi.

Oui, les hommes changent. Et je crois tous les jours à un nouveau matin. »

Pier, historien du nouveau Peuple d'Ayesha.
Écrit à la lueur du soleil, par-delà l'océan,
dans la plus grande tour de la Cité Nouvelle,
sur les Terres Retrouvées.
An 15 du nouveau calendrier.

7761

Composition PCA à Rezé
Achevé d'imprimer en France (La Flèche)
par Brodard et Taupin
le 10 octobre 2005. 31983
Dépôt légal octobre 2005. ISBN 2-290-34856-2

Éditions J'ai lu
87, quai Panhard-et-Levassor, 75013 Paris
Diffusion France et étranger : Flammarion